dtv

Alex' Vater erträgt den Alltag seines diktatorischen Heimatlandes nicht länger – und hinter dem Horizont lockt das gelobte Land. Schwupp, fliegt der Junge über den Grenzzaun, die Eltern fliehen hinterher. Doch schon bald zeigt sich, daß sie in ihrer Heimat nicht nur einen rosenbestickten Gobelin, Großeltern, Onkel und Tanten zurückließen. Zwischen Traum und Wirklichkeit liegen Welten: Italien, das ist zunächst das Flüchtlingslager Pelferino. So hatte sich das keiner vorgestellt ... Jahre später geht Alex in einer namenlosen westlichen Großstadt an der Hoffnungslosigkeit des Exils beinahe zugrunde. Aber da taucht Bai Dan auf, sein 99jähriger Taufpate vom Balkan, ein Spieler, ein Hasardeur im besten Sinne. Der zwingt den depressiven Alex, ihn auf einem Tandem durch die Welt zu strampeln, denn die ist groß, und Rettung lauert überall. Auf dieser etwas ungewöhnlichen Bildungsreise lernt Alex zu leben. Und er findet auch zu seinen Wurzeln zurück. – »Trojanow kann zweifellos erzählen. Besser, leichtfüßiger, einfallsreicher als viele seiner Kollegen. Die orientalisch anmutenden Sätze scheinen ihm gewissermaßen widerstandslos aus der Feder zu fließen, und aus jedem beliebigen Ereignis zaubert er eine rhythmische, leichte, und dazu noch witzige Szene.« (Andreas Schäfer, ›Berliner Zeitung‹) – »Ein Glücksfall für die junge deutsche Literatur.« (Ulrich Baron, ›Rheinischer Merkur‹)

Ilija Trojanow wurde 1965 in Sofia, Bulgarien, geboren. 1972 Flucht mit den Eltern über Jugoslawien nach Italien, später politisches Asyl in Deutschland. Wuchs in Kenia auf. 1989 Gründung des Kyrill & Method-Verlages, seit 1992 Marino-Verlag. Zur Zeit lebt Ilija Trojanow in Indien und schreibt an seinem zweiten Roman. Veröffentlichungen: ›In Afrika‹ (1993), ›Naturwunder Ostafrika‹ (1994), ›Hüter der Sonne‹ (1996), ›Autopol‹ (1997).

Ilija Trojanow

Die Welt ist groß
und Rettung
lauert überall

Roman

Deutscher Taschenbuch Verlag

Von Ilija Trojanow
ist im Deutschen Taschenbuch Verlag erschienen:
Autopol (24114)

Ungekürzte Ausgabe
Juli 1999
Deutscher Taschenbuch Verlag GmbH & Co. KG,
München
© 1996 Carl Hanser Verlag, München · Wien
Umschlagkonzept: Balk & Brumshagen
Umschlagbild: ›Schreibmaschine‹ (1955) von Konrad Klapheck
(© VG Bild-Kunst, Bonn 1998)
Satz: Satz für Satz. Barbara Reischmann, Leutkirch
Druck und Bindung: C. H. Beck'sche Buchdruckerei,
Nördlingen
Gedruckt auf säurefreiem, chlorfrei gebleichtem Papier
Printed in Germany · ISBN 3-423-12654-X

на Георги
Grüß Gott и гъз гол

Die künstlerische Deutung der Welt hat die Form einer Reise
Gustave Flaubert

I'm looking for a home in every face I see
Jim Morrison

Es gibt nichts Bleibenderes als das Vorübergehende
jüdisches Sprichwort

Erste Würfe

Vor vielen vielen Würfelwürfen gab es ein tägliches Ereignis in der heimlichen Hauptstadt der Spieler, einer Stadt, die sich so in den Bergen versteckt hielt, daß kein Steuereintreiber sie kannte und selbst die Geographen von Sultanen, Zaren und Generalsekretären sie nicht auf ihren gierigen Karten verzeichneten; in den Bergen, die Balkan heißen. Dieses Ereignis, zuverlässig wie Kirchenglocken, nahm seinen Ausgang vor einer Bank. Zumindest schrieb die Fassade oberhalb des Portals BANKA, und es führte auch eine breite Treppe in den Schatten hinauf, aber seit Erfindung des Würfels war keiner mehr in diese BANKA hineingegangen. Noch nie hatte die Treppe wochentäglich Kunden hinaufgetragen und wieder hinabgeführt, zu Stoßzeiten stöhnend ihre Arbeit erledigt, in der Mittagspause sich aufplusternd abgestaubt, um jegliche Vertraulichkeit mit der Straße von sich zu weisen. Es gab keine Kunden, die mit Lust oder Bange die Bank betraten, keine eifrigen Gedanken, die sich um eine Reihe bunter Zettel scharten, nicht die routinierten Blicke von Angestellten und nicht die Portionen Illusion, die aus dickhäutigen Behältern herausgenommen, flink abgezählt und nebensächlich über den Schalter geschoben werden.

Was es drinnen gab, wußten die Männer, die tagtäglich vor dem Gebäude warteten, nicht – was immer es war, es wurde nicht benötigt. Aber wer hinaustrat, war allseits bekannt: Bai Dan. Er kam aus dem Schatten heraus und zog seine Krawatte zurecht, protokollarisches Zeichen, daß die Alten Berge unverändert geblieben waren, auch an diesem Tag. Das war der Trommelwirbel, Beginn des Beginns. Wer an den Säulen lehnte, richtete sich auf, wer auf dem Boden kauerte, erhob sich. Und die Treppe hinab schritt der scheinbare Bankdirektor, der eigentlich Meister des Spiels in der heimlichen Hauptstadt der Spieler war.

Willkommen Bai Dan – ein Stimmengewirr, aus gutturalem Selbstbewußtsein und zungenstolpernder Nervosität. Die Jüngeren, ungeübt, ihre Fragen gehen auf Zehenspitzen, sind stolz darauf, dabei sein zu dürfen. Sie tänzeln um die Gestandenen herum, ängstlich Aufsehen zu erregen, atemlos, erwartungsvoll ... Bai Dan lächelt, hört die Stimmen, hört Pentscho und Dimtscho und Elin und Umeew, durch dessen Mund seine Frau spricht ... mußt du da wieder hin, diese unnütze Veranstaltung, diese Zeitverschwendung, Teufelszeug; komm nicht wieder so spät heim, bitte.

Die Männer bewegen sich die Hauptstraße hinab, das Knäuel der Spielerstimmen wickelt den Tag ein, Bedeutendes und Banales zugleich, die Erlebnisse der Stadt seit dem gestrigen Abend. Am Ende der Hauptstraße zieht die Prozession nach links durch einen Bogen zum Kern der Stadt, zum meridianischen Mittelpunkt, dem Café der Spieler. Auf mannshohen Mauern sitzen die Holzhäuser, ihren vollgestopften Bauch vorgestreckt in der schamlosen Art der Feisten. Sie haben die Straße zu einem charmanten, aber unbedeutenden Gäßchen degradiert. Und wenn sie sich der Völlerei hingeben, müde werden, sehr müde, neigen sie sich schläfrig, das Dach tief über die Stirn gezogen, schützend schlummernd, zum Gäßchen hin – bis dieses so eingeengt ist, daß die Nachbarn in gegenüberliegenden Häusern sich je nach Laune die Hände schütteln oder den Schnurrbart rupfen können.

Der Mittelpunkt der Stadt wird von einem wuchtigen, stämmigen Glatzkopf betrieben. Breitbeinig steht er vor seinem Café Wache – wartet, weiß, sie kommen, jetzt gleich, wie an jedem Tag –, auf dem kleinen Platz der Kastanienbäume und des Brunnens, zugänglich nur über das Gäßchen, das die Spieler hinabschreiten. Die Prozession fließt in den kleinen Platz und überflutet ihn.

Bai Dan, endlich! Sei gegrüßt!

Sei gegrüßt, Pejo!

Wie war der Tag, Bai Dan?

Danke, und deiner?

Er beginnt doch erst ... und die Gesundheit?

Keine Klagen! Und deine?

Ach das Übliche, nicht der Rede wert.

Was sind die Nachrichten, Pejo?

Was sollen sie sein, Bai Dan? Sie warten auf dich!

Und die Familie?

Alles bestens, Bai Dan, alles bestens. Aber sage mir, wo bist du gewesen, wieso haben wir so lange auf dich warten müssen? Was stört dich an uns? Wirst du anderswo besser bewirtet, bekommt dir meine Gastfreundschaft nicht? Wer soll mich besuchen, wenn du mich nicht beehrst?

Aber, aber Pejo! Welcher Hahn erträgt schon Stille beim Sonnenaufgang? Wir sind bei dir zuhause, wo sollten wir denn sonst hingehen?

Das höre ich gern, Bai Dan, das ist gut. Aber was schwätzen wir hier draußen, wo es doch drinnen so viel zu tun gibt.

Und wie an jedem Tag schreitet der Wirt voran, um seine Schulter ein weißes Handtuch geworfen, das zum Abschluß des Abends dessen Geschichte erzählen wird, mit Flecken und Spuren. Würfel hinterlassen beim Polieren einen Abdruck ihrer Launenhaftigkeit, Taten flattriger Trinkerhände werden aufgewischt, eine unbekümmerte Fliege säubert sich, ehe sie unwirsch verscheucht wird. Der Wirt rubbelt an seinen Lippen, täuscht Überlegung vor, durchschreitet den Raum und weist auf den größten Tisch, von breiten Bänken umgeben. An diesem Tisch würfelt Bai Dan jeden Abend seine Meisterschaft unter die Spieler. Zu seiner Matrone ruft der Wirt ... Veika, wir haben Besuch, setz weiteren Kaffee auf ... Wer is es denn? ... dringt als Antwort durch den Vorhang, der die Küche von Blicken abschirmt. Die Spieler, inzwischen bequem am Tisch versammelt, rufen schelmisch lachend zurück ... der Steuereintreiber,

Veika; hier spricht der Bürgermeister, Verehrteste; Doktor Inspektor Direktor ... Ein nasenbetonter Kopf zeigt sich neben dem Vorhang ... und wie sehen solche Herrschaften aus, laßt mich mal gucken. Ihr gezüngelten Krummdolche, ihr möchtet wohl heute meine eingelegten Früchte nicht probieren?... da blickt jeder reuig und optiert für die Kleinigkeit zum Kaffee.

Es wird serviert, genüßlich getrunken. Der Wirt postiert sich vor dem Vorhang, hinter seinem Rücken verschränken sich die Arme. Ruhe ist eingetreten, Mützen stapeln sich in einer Ecke, im Hintergrund versprechen Klimpern und Zischen Abendessen. Tassen leeren sich, werden umgedreht. Nach einer Pause schauen die Männer in sie hinein, unnütz grübelnd. Nur Veika kann den zähen Satz entziffern, nur sie könnte in den Ausgang der Stille blicken ...

Am Anfang ein vollkommenes Gleichgewicht auf dem Spielbrett. Die Steine in Zweier-, Dreier- und Fünfergruppen, Formationen im Stand – bevor sie von Ersterhand durcheinandergeschüttelt werden. Erstermann. Ersterwurf. Die eleganten Finger des Meisters und die breitschwielige Hand des Gegenübers ergreifen die zwei Werkzeuge der Zeit. Würfelzeit. Ein kurzes Auswürfeln. Der Sieger umfaßt mit vier Fingern, der kleine Finger als Reservist, beide Würfel, zieht sein Handgelenk nach hinten und läßt es in flüssiger Bewegung nach vorne schnellen. Augenblicke rollen über das Brett, bleiben liegen, erste Entscheidungen, Schöpfungen und Erosionen. Positionen werden besetzt, wieder freigegeben, Mauern errichtet und zerstört. Und ständig ein Trommeln und Klacken, Tricken und Tracken Trommeln Klacken-TrickenKlacken

plötzlich ein grelles gehirnrindenscharfes Geräusch, *ein Baby schreit seine Geburt heraus, sehr deutlich*, in einer Stadt in der Stille nach dem Poltern der hellen Stunden, *im Chor der Klagen der Hochschwangeren*, in einem düsteren

Saal mit vergitterten Fenstern liegt ein Neugeborenes, noch klebrig und naß, krallt die Luft und schreit gegen die Mütterschmerzen an.

Aus der heimlichen Hauptstadt der Spieler

So wurde Alexandar Luxow geboren, und ich vermute, auch Sie. Aus einem Wurf heraus, in einen Wurf hinein. Und dann mußten Sie, so wie er, versuchen, das Beste daraus zu machen. In seinem Fall war der Wurf brauchbar, eine solide Eröffnung: schnelle Gehirnzellen langsame Beine weiße Haut schwarze Haare und ein Zuhause am Rande Europas, dort wo es endet, und doch noch nie begann. Seine Mutter erahnte das Glück und wollte sich dessen so sicher sein, wie in der Fantasie nur möglich. Sie vertiefte sich noch vor der Geburt so sehr in die Vorstellung, was für ein prachtvolles Leben (muß ich Ihnen das erklären? Ein Topf voller Gesundheit und Geld, ein Beruf namens Anwalt oder Arzt, keine Überraschungen hier) ihrem Kind bevorstand – ihre Nachbarinnen schrien und stöhnten derweil –, daß sie ihre Aufgabe ganz vergaß, Alexandar erst einmal zur Welt zu bringen. Sie merkte seine Ungeduld nicht, auch nicht, wie er seinen Kopf herausstreckte und aus eigener Kraft in den dunkel gekachelten Saal strebte. Eine vorbeieilende Krankenschwester erblickte den flaumigen Hinterkopf, rief lautstark den Arzt herbei und schimpfte während der Herausnahme vor sich hin ... *sowas hab ich noch nie erlebt, wieso sagen Sie denn nichts, zwanzig Jahre bin ich schon hier, aber sowas, sowas, also wirklich, nein* ... sie verbrauchte Worte, die ihr fehlten, als sie das Neugeborene in die Hände nahm, pflichtbewußt untersuchte, und ihr der Atem stockte, ungläubig fragend, den Arzt – was ist das, wie ... können Sie? ... Er konnte nicht, in seiner Ratlosigkeit konnte er sich nicht einmal bewegen, ganz im Gegensatz zu den Fingern des angekommenen Alex, die schnappten und schnipselten, man könnte meinen ... nur harmlose Löcher in die aseptische Luft des Saals … aber dann hätte man nicht so genau wie die Krankenschwester hingesehen, die ihren Blick weiterhin auf den Bauch des Kleinen richtete, weich und frisch, ein gerade gereifter Joghurt, nicht ungewöhnlich für den Bauch eines Babys, würde nicht etwas Entscheidendes fehlen, etwas, was die Jüngsten einem Sicherheitsseil gleich an ihre Herkunft bindet: die Nabelschnur. Alex mußte sie selbst abgerissen haben, seine Finger von Unruhe geschärft. Stümperhaft hatte er sich dabei angestellt, so stümperhaft, daß bei ihm noch heute das, was man gemeinhin Bauchnabel nennt, wie ein drittes Ohr aussieht. Seit ich das weiß, warte ich darauf, daß eine fantasiebegabte Frau ihre Liebe dem Nabel erklärt.

Schon wieder ist es passiert: Man hat uns nicht vorgestellt! Erlauben Sie, man nennt mich Bai Dan, so lange schon, daß ich meinen Namen aus Herkunft und Taufe fast vergessen habe. Bai Dan! Dan von Jor-dan, und Bai zur Auszeichnung eines Mannes, dem eine gewisse Beziehung zu den Würfeln nachgesagt wird. Eine intime, fast unheimliche Beziehung. Ein Dompteur des Zufalls, flüstern sie gelegentlich hinter meinem Rücken. Ein Magier, höre ich sie nicht selten sagen. Und sie übertreiben damit. Auch ich bin gegen die Überraschungen der Würfel nicht gänzlich gefeit, und staune über ihre Bestimmtheit und Bestimmung.

Man darf die Würfel nicht unterschätzen. So können sie, beispielsweise, um mal etwas zu nennen, das Sie beeindruckt, die Zeit einfrieren und wieder auftauen (gelegentlich steht man knöcheltief in den Pfützen eigener Versäumnisse). Sie können Schwarz zu Weiß machen, aber nicht umgekehrt (keine Nachfrage, zur Zeit), sie können alle Quanten überspringen und den Dow-Jones-Index von nächster Woche vorhersagen, sie können alle Suren und Psalmen rezitieren und täglich neu interpretieren.

Wenn sie loslegen, folge ich ihnen, bis sie sich ausrollen, auf einem Acker, vielleicht, und ich eine Kartoffel ausbuddle – was soll man hier auch anderes tun –, sie pelle und dem Geruch der knusprigen Fritten folge, bis zur nächsten Straße und in die große weite Welt …

ein Laufstall neben Bett neben Gobelin neben Schrank neben Fenster neben Gobelin neben Seitentisch neben Tür neben Wand neben Laufstall, ein Einfamilienzimmer; die Tür zu den anderen Einfamilienzimmern im vierten Stock eines Hauses in der Innenstadt knarrt. Ein auffälliges Haus, viertelweit bekannt als das *Gelbe Eckhaus*, ein verziertes Gelb und fußbreite Balkons, und diese knarrende, schnarrende, klemmende, erschöpfte Tür zu dem Zimmer mit den glücklichen Eltern. Ein schönes Bild existiert von dem Gelben Eckhaus, von unten aufgenommen, im Hintergrund Gewitterwolken, von Sonnenstrahlen umrahmt – richtig lebendig wirkt das Haus, wie ein Bild von Hopper, das könnte man ineinander blenden

mit Schwarzweißfotos

Alex, drei Tage jung, im Arm seiner Mutter, beide zufrieden angesichts des Pasches, den sie gewürfelt haben, gesund und voller Erwartungen.

Alex von zwei Großmüttern gehalten.

Alex erklettert die nackte Brust seines Vaters.

Alex beim Schreien – gleich danach tröstet ihn der Fotograf.

Alex im vorlegergroßen Garten, links die Mutter, rechts der Vater, und im Hintergrund Bauarbeiten.

Alex auf allen Vieren im Laufstall.

Alex auf stotternden Beinen.

Alex faßt an

Stoff, den die Großmutter im Wohnzimmer spannt, um sich dahinter zum Schlafen zu begeben – ihr Schnarchen überspringt solche Versuche, Intimität zu wahren –, ein molliger Stoff, in dem seine Finger versinken.

Kupfer, beim täglichen Abtasten des Samowars, an dem es so viele Nischen zu entdecken gibt und der ihm als erster Maßstab des Wachsens dient.

Blech, wie die Uhr neben dem Kopfkissen des Vaters, deren einziges bewegliches Teil sich hineindrücken und herausziehen läßt, wie das Lärmen, das Verschlafene aufscheucht, laute Stimmen verbietet, zu einigen gesummten Takten, und dann zu dem Kuß führt, mit dem sich Mutter und Vater von ihm verabschieden. Wenig später schnarrt die Tür, und Großmutter kommt herein. Der Tag hat begonnen ...

Die Großmutter von Alex, schon früh ergraut und rundlich, und seit dieser Zeit Slatka genannt, war farbenfroh und ausgeglichen. Ihr Tun konzentrierte sich auf den Verzehr eingelegter Früchte, ihr Denken kreiste um den Genuß von Konfitüren – ihr Freund, Priester Nikolai, den sie besuchte, weil er ihren Beistand benötigte, nannte sie *Meine Galilea*, und flüsterte verschwörerisch hinzu: Und ich sage dir, die Erde dreht sich doch um einen Zuckerwürfel. Ihr Sprechen hatte vor langer Zeit an einem provinziellen Schauspielkollegium eine gewisse Schulung erfahren, eine strenge und anspruchsvolle Schulung, die sich an westlichen Vorbildern orientierte und Phonetik anhand von Adelstiteln übte, denn damals waren Adlige noch ein Exportschlager aus Mitteleuropa. Wem es gelang, *Gnädigste Fürstin von und zu Sachsen-Coburg* formvollendet auszusprechen, mit der nötigen Opulenz in der Diktion, der war für Eugen Onegin und Macbeth gerüstet.

Doch inzwischen hatte sie sich gänzlich dem Diktat des Süßen gebeugt ... *ach, wie ist mir süß* (will sagen: positives Wohlbefinden); *welch Caramel!* (Zeichen fortgeschrittener Bewunderung); *Du leere Zuckerdose!* (verzweifelte Enttäuschung) ... so ließ sie verlauten, meist nur zu den Wänden, denn die Jüngeren, mit denen sie eine Wohnung bevölkerte, waren tagsüber außer Haus, liefen überfüllten Trambahnen hinterher, zeichneten Pläne, die niemand ausführte, jagten schlangestehend Gerüchten nach, erbeuteten ein Kilo oder einen Liter von etwas, das sie nicht gesucht hatten, und kehrten abgekämpft heim. Slatka blieben die Wände. Diese Wände! Auch sie waren bunt, rettungslos bunt, als wäre einem Maler die Aufgabe zugefallen, eine brav gemusterte Tapete – Mohnblumen auf Rhomben – zu verbessern. Die Mohntapete war der Hintergrund und der Maler war der Familienzufall. Hier hingen Reproduktionen prächtiger Ikonenfresken in überschnörkelten Rahmen, dort Porträts von Vorfahren oder verblichene Fotos, und dazwischen prämierte Zeichnungen der Töchter des Hauses. Als auch noch das diffuse Licht eines schwarzweißen Fernsehers auf die Blumen fiel, da zwirbelte mancher Besucher mit den Augen – diese Wände …!

Slatkas verblichener Ehemann lag im Familiengrab, Opfer einer zwanghaften künstlerischen Berufung. Nach Ansicht seiner Witwe trug das Schicksal die Schuld … *Dirigenten leben doch sonst so lange* … beteuerte sie und stürzte sich in eine Aufzählung weltbekannter Methusaleme des Pults. Die kreative Kraft, göttlichen Ursprungs und somit göttliche Labsal, stärke diese Menschen, so war ihre Überzeugung. Dabei übersah sie, daß selbst diese göttliche Subvention machtlos war gegen das Nikotin, gegen die täglichen diabolischen Aderlässe unter selbstgeschaffenem Druck.

Als er, der Fehlende, der Verstorbene, einmal Geschmack daran gefunden hatte, aus dem Unbekannten in die knisternde Spannung eines vollen Opernhauses zu treten, an die kleine Notlampe, die wie ein Scheinwerferlicht wirkt, inmitten eines generösen Vorapplauses den Stock zu heben, dem Violinmeister ermutigend zuzulächeln, seine Schulterblätter noch einmal im Sakko zurechtzurücken und dann den ersten Ton zu fordern, den ersten Rhythmus anzuwippen, und als der Applaus am Ende immer stärker ausfiel, da hielt ihn nichts im Haus, in der Stadt, im Land. Grigori Grigorow wurde zum musikalischen Reisevertreter. Alle paar Monate kam er für einige Wochen heim, oft um der Geburt einer Tochter beizuwohnen oder sie zu feiern. Er war mit Töchtern gesegnet, wie mit musikalischem Erfolg. Er gewöhnte sich daran, aus dem Zug zu steigen, die älteste Tochter zu umarmen und ihrem süßen Atem, der sich an sein Ohr preßte, zu entnehmen ... Vati, wir haben noch ein kleines Schwesterchen ... Jeden dieser Jahrgänge nahm er mit wohlbedachter Freude an, dann starb er, und sieben Frauen standen am Grab – sechsmal lockigschwarzes Haar und einmal weiße Pracht.

Slatka gab die Süße weiter, sie zuckerte die Träume, Sehnsüchte und Ambitionen ihrer Töchter, bis diese ganz verkrustet waren. In ihren Desserts ging selbst die größte Mandelmenge unter, und Desserts gab es viele. Was ihre tägliche Notwendigkeit betraf, herrschte zwischen ihr und dem Dirigenten Einmütigkeit. Wenn er sich von ihr bekochen ließ, mußte das Mahl mit etwas Süßem enden, nur eine Kleinigkeit, ja, aber sofort nach dem Eintopf aufzustehen und ins Wohnzimmer hinüberzuschreiten – das war undenkbar! Was jedoch die Mengen betraf, so unterschieden sich ihre Auffassungen erheblich. Er, Ästhet des Dosierten, teilte selbst das kleinste Baklawastückchen noch in zwei und ließ die eine Hälfte genüßlich im Mund zergehen. Die Damen, allen voran die Mutter, erlagen den Verlockungen der restlichen Baklawa.

Sollten Sie einmal in dem Almanach menschlichen Größenwahns blättern, so werden Sie in dem voluminösen Buch die Heimat von Slatka nur einmal genannt finden – sie hat den weltweit größten Zuckerverbrauch. Da und sofort werden sie wissen, wem dieser ruhmreiche Rekord zu danken ist, wissen, welche Familie sich besonders ausgezeichnet hat.

In *dieser* Familie trug der Hausgott einen Zuckerhut, es herrschte das Ideal der Zuckerfreiheit, und das familieneigene Unglück hieß *Rationierung*. Das Gleichgewicht mit seinem caramelisierten Halt zerfiel, die eingekaufte Ordnung stand nicht mehr im Angebot. Und was für ein Unglück, als die Zuckerrübe sich langfristig den Erfordernissen der Zeit nicht anpaßte – jede Rübe ist subversiv, ging das Gerücht –, immer weniger wuchs, sich höchst zurückhaltend fortpflanzte, auch beim Ernten Schwierigkeiten machte, und schließlich vorzeitig zu verfaulen begann oder sich sogar selbst verbrannte.

Ach, süßes Leben, oft besungen, aber selten so zungennah wie im Haus des Herrn Dirigenten und seiner Slatka. Süßes Leben, dein Untergang, oft besungen, täglich, wenn auch meist ungewollt. Als im Filmclub zum ersten Mal nach dem Krieg italienische Meisterwerke gezeigt wurden, im Original mit einem leibhaftig neben der Leinwand schwitzenden Simultanübersetzer, flimmerte eines Abends eine Dolce Vita den gespannten Augen entgegen, und wer weiß, ob dem gewitzten Herrn aus Cinecittà jemals gesagt wurde, daß seine Ironie in diesem Raum voller Zuckerfans verlorenging. Der ganze Saal träumte davon, in den Film auszuwandern.

Doch die Welt ist groß und anderswo wächst Zuckerrohr, das allmählich jenes historische Bewußtsein erlangte, welches den einheimischen Rüben so sehr abging. Das Rohr – ein Guerillero – der Rum seine Waffe, zum Besäufnis der Macht, im Taumel ihres Nachtlebens, aufgedunsen reaktionslahm blind. Mit dem Zuckerrohr als Vorhut in den Kehlen der Gegner war es nur eine Frage der Zeit, bis Slatka eines Abends die sechs Töchter in der Küche versammelte, sich von der Ältesten den Lippenstift auslieh und auf der Kommode ein riesiges, rotstrotzendes Herz malte, und darunter in Großbuchstaben: CUBA.

Die Welt ist groß und Rettung lauert überall.

ALEX Windstille

Ich treibe durch TV-Kanäle, blicke aus dem Fenster, betrachte die Wäscheausstellung auf dem Balkon des Nachbarn, der Bildschirm spiegelt sich im Glas, ich raffe mich auf, das Fenster zu öffnen, lehne mich hinaus, warte bis der Wind das Haar zerzaust, zähle Autos, schließe langsam die Augen, langsam, bis der Verkehr ein Band ist, das jedes Gebäude umschnürt. Öffne ich die Haustür erwartet mich ein Korridor mit dunkelbraunem Teppichboden, die Türen massiv, die Namensschilder vom Tintenstrahldrucker des Hausmeisters (neues Modell von HP, hat er über mich mit Rabatt bezogen), nur die Nachnamen, stets zwei Nachnamen mit Querstrich verbunden. Einer der Etagenmitbewohner läßt den Kinderwagen vor der Tür stehen, ein anderer seine Schuhe. Die Räder des Kinderwagens sind sauber, die Sohlen der Schuhe auch. Gelegentlich finde ich kleine Kiesel im Profil, von den Wegen im nahegelegenen Park, vermute ich. Wenn ich den Tag zuhause verbringe, wie meist, weckt mich dienstags und freitags ein Staubsauger, ich schlafe lang. Durch das Guckloch erblicke ich kurz einen Hinterkopf, gebettet in einen Schal, der sich nach vorne beugt, wohl das Gerät nachzuziehen.

Regelmäßig befällt mich eine Grippe, etwa dreimal im Jahr, etwa zwei Wochen lang. Was kriege ich da von der Welt mit? Ein Verkäufer von Zeitschriftenabos irischer Abstammung verrät mir, heißes Bier mit Honig hilft alles ausschwitzen, und ist enttäuscht, das Rezept bringt ihm kein Abo ein. Eine ältere Frau, John Belushi ähnlich, an ihrer Seite eine jüngere Frau zur Besänftigung. Dumm, die Tür zu öffnen. Vor mir stehen nette Menschen mit einer Mission. Trifft sich gut, ich bin krank. Heilung naht, Rettung. Ja ja ja, frei Haus liefern die netten Menschen eine Einladung zu einer neuen Gemeinschaft, richtungsweisend hoffnungsnähernd tralala. Ich blicke verlegen zu Boden, stolpere über die Schuhe der beiden, Sandalen im Sommer, darüber trägt die Jüngere scheu einen Rock, und wer weiß, vielleicht ließe ich mich retten, wenn sie ihre Beine rasiert hätte, aber was soll ich im Himmelreich solcher Unweiblichkeit.

An einem Samstag ein weiterer Besuch scheucht mich aus dem Bett mit energischem Klingeln. Ich erschrecke über eine prächtige Soldatenuniform, ein ernsthaft breites Gesicht unter einem Barett. Ich bin sprachlos. Das fade Neonlicht im Gang müht sich ab, Glanz zu verleihen dieser Begegnung von Pyjama und Uniform

Wir sammeln für die Kriegsgräber, sagt die Uniform

Und ich möchte eine eigene Pershing haben, antwortet der
Pyjama

Das Barett neigt sich zur Seite, so verwirrt wie schief

Für die Erhaltung der Kriegsgräber, sagt die Uniform

Ich verstehe, sagt der Pyjama, Sie wollen für meine Rakete
nicht spenden

Kurze Turbulenzen in der Windstille

DAS ERSTAUNLICHE AN DEM GELBEN ECKHAUS: Es steht genau dort, wo vor ungefähr zwei Jahrtausenden ein Römer
übernachtet hat. Was ist daran erstaunlich, werden Sie vielleicht fragen. Abwarten. Damals gab es kein Haus, keine
Straßen und keine Bauarbeiten. Es gab keine Fotos, weder
farbig noch schwarzweiß. Überhaupt gab es damals recht
wenig, eigentlich nicht mehr als Gras und Büsche und Bäume
und einen Bach – einfach nur Natur. Wie langweilig, werden
Sie denken, und das Längstvergangene gleich überlesen.
Nicht so voreilig. Ein Römer reitet schon herbei, zufällig
kommt er des Weges, ein übermüdeter Kundschafter ohne
Sklaven und Trompeten, der nach einer Schlafstätte Aus-
schau hält. Ob aus Instinkt oder aus Erfahrung oder weil er
Würfel bei sich trug, er traf eine exzellente Wahl. Der Platz
war von nahen Hügeln geschützt, reichlich mit Wasser und
mit der Eigenschaft versehen, Geschichte anzuziehen. Und
den Römer kann man nur beneiden, lebte er doch in Zeiten,
in denen man sich nichtsahnend auf einer Lichtung schlafen
legte und am nächsten Morgen als Stadtgründer erwachte.

Der Rastplatz bewährte sich, wurde zum Umschlagsort
und Verkehrsknoten, von dem aus andere Römer ihre Kopf-
steinwege nach Norden und Osten weiterklopften. Sie blieben lange, vermischten sich mit Menschen, die da hießen
Thraker, Slawen und Wilde, die von Norden kommen. Hier
ließ es sich leben, vorteilhaft das Klima, ergiebig die Brunnen, üppig die Bäder, welche später, überbaut von den Banjas
osmanischer Tage, ein Palimpsest der Reinlichkeit bildeten.

Auch ein Hinrichtungsplatz gewann bald an Tradition. Und der Towasch-Hügel – Alex sieht ihn von Tante Neukas Fenster aus –, war von Anbeginn auserwählt, von den Geistern und Göttern.

Dort residierte einige Jahrhunderte lang Jupiter; seine Augen labten sich an dem luftigen Ausblick durch die Säulen ins Tal hinab. Jupiter war aus Marmor, glatt, aufrecht und muskulös wie die Zenturionen, die ihm gelegentlich Gesellschaft leisteten. In die Jahrhunderte gekommen, räumte er seinen Platz, für Tangra, einen Gott von der einfacheren Sorte, der sich lieber in den benachbarten Wald zurückzog und noch lieber unter seinen Verehrern blieb, ein volkstümlicher Pfahl, dem die Wärme des Herdfeuers behagte. Es ließ ihn gleichgültig, daß Jupiters ewiges Gestein in heftiger Begrünung so viele Risse aufwies wie seine Bäume Ringe.

Schließlich und endlich beging Tangra einen fatalen Fehler: er verbrannte, gemeinsam mit den Hütten seiner Anbeter. Am Brunnen zusammengetrieben hörten sie bibbernd, wie ein kriegerischer Gesandter ihnen gut zuredete … es sei der Entschluß des Khans, einen neuen Gott zu umarmen, einen mächtigeren und ruhmreicheren Beschützer, und er wünsche, daß ihm alle Klans folgten. Die Entscheidung liege bei ihnen, der Krieger zeigte auf seine Männer, die von der Zerstörung ausgelaugt waren und deren Ungeduld, schlamm-, ruß- und blutbedeckt, nur mit neuerlicher Beute zu besänftigen war. Einige Schwerthiebe noch, und dann ab nach Hause. Der Krieger fuhr fort … wer sich sträube, werde sofort sterben, wer sich beuge, werde am Ruhm des Khans teilhaben, auch in der Zukunft seiner Kinder und Kindeskinder. Er werde reich ernten …

Die Zusammengetriebenen verabschiedeten sich von dem rauchenden Tangra, einem schwarzen Stummel mit letzter Glut. Sie duckten sich tief, damit ihre Kinder aufrechter gehen konnten, und ließen sich mit Brunnenwasser begießen.

Der verwilderte Jupiter bekam neuerliche Gesellschaft, die ihm näher stand als Ameisen, Moos und waldverliebter Tangra. Ein kleiner Altar zunächst, der überdacht wurde, und dem eine große Lichtung folgte, in der die Krönung hochgezogen wurde: eine Kirche, die den Bau von Jupiter um Kreuzeslänge überragte.

Der neue Mann dort oben erwies sich als erfolgreichster Sakralanbieter. Er war ein Dauerbrenner, der sich in schwierigen Zeiten asketisch, bescheiden und engagiert zeigte, bei mangelnder Konkurrenz jedoch ungeniert eine Opulenz und Verschwendungssucht entfaltete, die den Römern den Rang ablief. Lange trohnte er, bedient von Schwarzberobten. Selbst die Rufe des Imams konnten ihn mit seinen musikalischen Ohren nicht in die Flucht schlagen – die Moschee blieb unten in der Stadt. Denn sie erwartete alltäglichen Besuch, liebte es, den Puls der Gläubigen zu bestimmen, generalstabsmäßig und mit Stechuhrmacht. Wie sollte von der Lichtung auf dem Hügel aus, umgeben von Bäumen, die sich in den Wald zurücklehnten, angeblasen von einem Wind, der die Widersprüche schnitt, und nur abends von der Sonne umhegt, solch rigorose Kontrolle funktionieren? Der Blick hinab versank zu häufig im Nebel, verlor sich im Dunst.

Das Kreuz herrschte wieder unbedrängt, als die Pläne des Architekten für das Gelbe Haus an der Ecke angenommen wurden, als die Bauarbeiter das Fundament aus dem sommerlich trockenen Boden hoben, als der Dirigent seine Slatka zur Besichtigung ihres ehelichen Schlafzimmers im vierten Stock einlud. Und selbstverständlich wurde der vierte Stock, wie auch alle anderen Stockwerke, das Treppenhaus, der Keller und das Haus insgesamt mit Seinem Rauch geweiht. Doch während der Dirigent aus einem Taxi stieg, seine Reisetasche schulterte, seiner erstmalig schwangeren Slatka hinaushalf und ihren Arm hielt, wurde die vorerst letzte Phase Seiner Einzigartigkeit eingeläutet. Es waren ein Murmeln, ein Grollen und Wollen zu vernehmen, Dummheit und Gier zu riechen. Als es zum Himmel stank, gedachten die Bewohner der Stadt Seiner in den Kellern – ihre Häuser legten sich derweil hin angesichts der Bomben, die so ruhig und beständig und genau niedergingen, wie die Nadel von Slatka beim Sticken der Gobelins, im Zwieschein einer Paraffinlampe. Noch vor der Kapitulation entstanden ihre zwei schönsten Werke: *Segelboot* und *Rosenmeer*. Hätte der Krieg noch länger gedauert, pflegte sie danach zu sagen, wann immer ein Gast die Gobelins lobte, dann wäre aus mir noch eine Künstlerin geworden.

Das Gelbe Haus an der Ecke blieb lange heil, Nutznießer einer trügerischen Bescheidenheit des Zufalls, der sich eine Überraschung vorbehielt. Der letzte und schwerste Bombenangriff erfolgte an einem Samstag. Der Dirigent und Slatka waren mit ihren zwei Töchtern zu Verwandten aufs Land gereist. Das Jaulen des Fliegeralarms erreichte im vierten Stock nur das Hausmädchen, das gerade zu den Klängen der *Slawischen Tänze* abstaubte. Weil der Zufall sich ins Zeug legte, gelangte sie nicht mehr in den Keller, nicht einmal aus der Wohnung heraus. Auch das Heim des Sakralen sollte zum Abschluß nicht verschont bleiben. Ein übermüdeter Pilot verließ die vorgegebene Route; sein Kollege warf die Ladung ab – direkt über der Basilika. Eine Bombe drang durch das Dach des gelben Eckhauses, explodierte in Druckwellen, riß die Grammophonnadel aus dem Viervierteltakt, hob das Dienstmädchen hoch, schleuderte sie aus dem Fenster, Jesus wurde aus der Ikonostase gerissen, flog als Brett hinaus, landete inmitten der römischen Ruinen neben einem verwitterten Marmorkopf. Besiegt lagen die Götter nebeneinander, schlammbedeckt – ein Regenguß hatte alle Feuer gelöscht.

Vom Lande zurück fanden der Dirigent und Slatka an ihrer Ecke einen Schutthaufen vor – gelb waren nur noch Putzfetzen, die wie Schuppen auf dem Boden lagen – und ihr Hausmädchen ganz in Gips. Ihre Knochen waren wie die Klingen eines Taschenmessers zusammengeklappt. Kein Organ war verletzt und nichts fehlte, abgesehen von einigen Millionen Gehirnzellen.

ALEX Arbeit
Arbeitszeit
Verdienst
Versicherung
Der Steuerberater sagte, bedenken Sie die Vorteile als fester
Freier, das habe ich, ausgiebig, gefiel mir, aus der Firma
wegzukommen, aus dem Büro, Aufträge bekomme ich genug, jetzt arbeite ich weniger, kann zuhause bleiben, Lust
habe ich eher selten, der Verdienst langt, Miete muß ich
keine zahlen, da hat Vater vorgesorgt, sein Stolz war das,
von null auf Zweizimmerwohnung in zehn Jahren, was der
für einen Ehrgeiz entwickeln konnte, wär mir zu anstren-
gend, und überhaupt, wofür eigentlich, ich habe geerbt. Der
Verdienst reicht für die Versicherungen, reicht für die Einkäufe. Nicht zu fassen, wie manche Kollegen sich im Büro
hineinsteigern konnten, nicht zu glauben. Das machte allen
Sinn für sie aus, schleierhaft ist mir das, ganz schleierhaft.
Zu Hause ist es bequem mit Rechner, mit Faxmodem, gelegentliche Aufträge, mehr brauch ich nicht. Muß mich nicht
anstrengen, die Akquise läuft so von allein, pünktlich liefere
ich ab, da leg ich mich ins Zeug, wenns sein muß, das ist
wichtig.

Wohnung

gefällt nicht allen, eigentlich gefällt sie niemandem, am
wenigsten Frauen, den wenigen, die da waren. Zugegeben,
sie ist, und das stört andere vielleicht, voll mit Büchern und
Flaschen, erstere geerbt und noch nie abgestaubt, letztere im
Discount-Markt neben der Bushaltestelle gekauft, über die
Jahre bis zum letzten Rest ausgetrunken. Ich müßte sie mal
wegbringen, könnte ich auf einmal machen, ist nur um die
Ecke, rechts der Altpapiercontainer, links Altglas, nach Farben unterschieden muß ich sie reinschmeißen. Ich habs noch
nicht getan, auf dem Hängeschrank in der Küche überall
Glas, der Fußboden vollgestellt, beim Kochen muß ich mich
vorsichtig bewegen, aber ich koche schon lange nicht mehr,
ich denke das Einrühren von Suppenpulver und Püreeflocken,

29

das Aufwärmen von Tiefkühlkost, das Schmieren von Toasts kann man nicht kochen nennen.

Da, wo ich abends immer sitze, in die Röhre gucke, kann ich einen Fleck auf dem Teppichboden sehen, war ein Fehler, hellbraun zu nehmen, wollte es nicht zu düster haben, fällt eh schon wenig Licht in die Zimmer, muß eben mit den Flecken leben, Spuren von Rotwein, von Gitarre, kaltgewordene Spuren, ein Rost trotz Einsalzen, ein überdauernder Knutschfleck. So oft schaue ich nun auch nicht wieder hin

ALS ER GICHT BEKAM, stiftete der Familienpatriarch ein Kloster ... Es kann, spätestens seit den Privatstudien von Onkel Verno, als ziemlich gesichert gelten, daß die Familie Luxow ihren Stammbaum weit zurückverfolgen kann, bis zum Umfeld des königlichen Hofes aus vorislamischer Zeit ... Urgroßmutter war auf dem Karren der Familie unterwegs zum Wochenmarkt; Urgroßvater ritt auf seinem Esel vorbei, sah sie und begann Kunststücke vorzuführen – er gewann sie, aber es dauerte zwanzig Jahre, bis ihn sein Schwiegervater ernstnahm ... Luxow war in der Gegend gleichbedeutend mit Land, mit Besitz Vermögen Einfluß ... Böse Zungen behaupteten, das Kloster zu stiften, sei reine Diplomatie gewesen, um auf allen Ebenen sicherzugehen ... Wohlstand, Ansehen und gute Erziehung ... Cholera ... großes Unglück ereilt jede Familie auf eigene Weise ...

Im Jahre 19.., einem der europäischen Todesjahre, kämpfte sich in der Provinzhauptstadt T. eine Mutter allein mit ihrem Kind durch, so gut sie es in ihrem erst jungen Leben gelernt hatte. Mit der Heirat war sie ihrem Gemahl, dem Herrn Offizier, hierher gefolgt, und mußte nun in der Hoffnung ausharren, ihr Ehemann werde bald von der Front zurückkehren, gesund, heil im Kopf, nicht auf Krücken humpelnd, wie die Heimkehrer, die schweigend durch die Straßen zogen, vom Bahnhof zum Rathaus, wo der Bürgermeister eine peinlich kurze Rede hielt und sie entließ. Er und sie kämen wieder zusammen, mit dem Vergnügen, das sie sich gegenseitig bereiteten, in dem Zauber, den sie in Gegenwart des anderen verspürten, und mit der Sicherheit, die von seiner Verbindlichkeit, seinen vollendeten Umgangsformen, seiner Redegewandtheit und, nicht zu vergessen, dem Reichtum seiner Familie ausging. Der Krieg konnte nicht mehr lange dauern, war die allgemeine Rede; geheime Friedensverhandlungen in der Schweiz; seit dem Sturz der Romanows konnte es sich nur noch um Wochen handeln; der Kaiser hatte seinen wichtigsten Adjutanten nach London geschickt. Und unser Zar? Beim kleinsten Zeichen der Verbündeten würde er auf allen Fronten das Feuer einstellen lassen.

Aber in den Briefen von ihrem Mann, die im wöchentlichen Zyklus bei ihr eintrafen – sie dankte Gott, der Postbote lobte die Pünktlichkeit der Feldpost –, stand nichts von Frieden, nichts von solchen Aussichten, nur einige humorvolle Beschreibungen von Kameraden Offizieren und eine Ahnung, ein Hauch von dem Schrecken, den sie den Gesichtern der Heimkehrer ablesen konnte. Er wollte sie nicht ängstigen und sie war beunruhigt genug, nicht nachzufragen. Das wenige, was sie wußte, reichte ihr.

Ihre Antworten hielten wochenweise das Wachsen des kleinen Grigori fest, beschrieben die Form seiner Finger, die Haltung seines Kopfes, jede seiner Reaktionen, seiner Fähigkeiten. Den Klang seines Lachens. Den Grund seines Lachens. Die Abwesenheit des Ehemanns zwang sie, die Entwicklung des ersten Sohnes mit einer Intensität wahrzunehmen, der nichts entging. Sie schloß die Briefe mit der Versicherung, sie beide seien gesund, es mangele ihnen nur am Ehemann und Vater, aber wenn es noch des Wartens bedürfe, würden sie warten.

Cholera. Die Heeresleitung hatte es monatelang geheimgehalten, mit allen Kräften der Zensur einen Damm aufgebaut, um eine Flut von Angst und Panik zu verhindern, aber schließlich drang es doch an die Öffentlichkeit. An allen

Ecken sammelten sich die Menschen und mit ihnen Nachrichten, Berichte, Gerüchte. Die Cholera hat schon mehr Opfer dahingerafft, als die gegnerischen Kanonen und Kugeln! Die Entlassenen schleppen sie an! Das ganze Volk wird sich infizieren! Eine tödliche Krankheit, habt ihr von der Seuche einst in Genua gehört, in wenigen Jahren war die ganze Stadt ausgerottet!

Auch er schrieb ihr davon, beiläufig: Meine Liebe, so oft ich es versuche, ich kann mich nicht überwinden, das angeschimmelte, nasse, dunkle Brot, das den Namen nicht verdient, zu essen. Ich denke, daß ich dies meiner Erziehung schuldig bin, dem Geist des guten Geschmacks. Die Kameraden drücken ihre Scheiben zusammen und tunken sie in die Suppe. Zwar ist die Suppe beileibe keine Delikatesse, jeder Landstreicher würde sie angewidert wegschieben, aber sie ist wenigstens nicht faulig. Die Vorstellung, Verschimmeltes zu speisen, erniedrigt mich. Ich muß mich von Maden und Geschmeiß distanzieren. In letzter Zeit wird verbreitet – und wie gelegen –, Schimmel sei gesund, und was die Cholera angeht, die aus allen Löchern kriecht (mir scheint, nur so kann uns der Feind besiegen), soll der Schimmel hilfreich sein, nicht genug soll man davon kriegen können. Natürlich weist mein alter Freund, der Regimentsarzt, das als Unfug zurück, aber manchmal hilft schon der Glaube, wie Du weißt, Liebes, so wie mir der Glaube an uns hilft und ich denke, Dir auch ...

Sie war stolz auf ihn, stolz, daß er lieber hungerte, als sich zu erniedrigen, und sie nahm sich vor, ihn für diese Entbehrungen ewig mit Köstlichkeiten zu entschädigen, wenn es ihr nur vergönnt wäre, ihn wiederzusehen.

Inzwischen wuchs die Zahl der Opfer, jedes Haus war Klageort, das laute Aufheulen der Frauen lähmte über Stunden hinweg das Städtchen, den Menschen schien es, sie würden auf einem Friedhof leben. In Rußland immer noch kein Friede, der Kaiser sprach wieder vom Sieg, und der eigene Zar? Viele hätten ihn, seine Kamarilla und seine falschen

Versprechungen am liebsten in Stücke gerissen. Aber sie trauten sich nicht einmal, es auszusprechen.

Weiterhin erhielt sie die wöchentlichen Briefe. Hin und wieder erschrak sie; die Schrift war verändert, plötzlich ungelenk, kränklich. Aber ein Vergleich mit vorhergehenden Briefen beruhigte sie wieder. Ihre andere Sorge galt dem kleinen Grigori, der zwar wuchs und wuchs, aber was in ihm vorging, was diese trostlose Zeit in ihm auslöste, konnte sie nicht abschätzen.

Grigori war vernarrt in das Schmuckstück des Wohnzimmers, in den gewaltigen Samowar aus Taschkent, den ihr Schwiegervater in Kiew erworben hatte, als er dort zu Studienzwecken weilte. Die Ornamente auf dem Samowar, kunstvoll verästelt geschwungen elegant, bestanden aus einer einzigen Linie, unbestimmbar, wo sie begann, beim Sockel vielleicht, sich hinaufwand bis zu dem kleinen Hahn, aus dem der starke *chai* floß, mit heißem Wasser aufgegossen und reichlich gesüßt. Früher wurde der Samowar nur bei Familienanlässen benutzt, oder wenn gute Freunde ihres Ehemannes zu Besuch kamen, inzwischen jedoch täglich, als würde sie über ihn eine Verbindung zur Front aufrechterhalten.

Sie war früh aufgestanden, hatte die Kohlen zum Glühen, das Wasser zum Kochen gebracht, zwischenzeitlich Grigoris Frühstück bereitet – altes Brot und Butter (am Sonntag auch Schafskäse), mit Wasser übergossen –, und die Teeblätter aufgehäuft. Gleich würde sie die erste Tasse des Tages trinken. Grigori saß auf dem Tisch und versuchte, einer dünnen Kruste Schwimmen beizubringen. Draußen war es ruhig. Noch etwas verschlafen nahm sie eine Tasse und drehte den Hahn auf. Sie erstarrte. Eine Farbe füllte ihren Kopf, deckte ihre Augen zu, umklammerte sie und zog sie nach unten. Es war diese Farbe, Sekunden nicht begriffen – ihre Tasse war voller Blut, das Blut floß über, tropfte auf den Teppich, der Teppich wurde Farbe, alles war nur noch Rot. Ihre Hände stürzten sich auf den Hahn, hielten ihn fest, versuchten den Anblick abzudrehen. Grigori saß am Tisch, spielte vergnügt mit der Kruste, die Tasse lag umgekippt auf dem Teppich.

Kein Brief kam in dieser Woche an, das registrierte sie noch. Die Todesmeldung erreichte sie nicht mehr.

ALEX   Sylvia

Sylvia hat einen großen Vorteil, sie arbeitet bei McDonalds am Hauptbahnhof. Das hat mich sofort fasziniert, als ich sie kennenlernte. Zweimal die Woche bedient sie, zweimal die Woche gehe ich hin. Bestellungen eintippen, Schritte nach hinten, abgepackte Einheiten aufs Tablett, Flüssigkeit in den Becher, Pommes in die Tüte, Schritte nach vorn, überreichen, kein Lächeln bei einer Bezahlung von einmal Kino die Stunde. Keine Zeit für Gespräche. Ich stelle mich an einen Stehtisch in der Nähe und betrachte sie, an ihrem Fließband, sie läßt sich nicht hetzen, kein Wort zuviel, so ist sie auch nach der Arbeit. Manchmal gehen wir noch ein Bier trinken, in den Spätlokalen, wo sich die Bedienung eingerichtet hat in der Nacht, ein Bier, und ich bestelle dasselbe, unser Schweigen auf Zigarettenqualm gebettet, ich kann sie immer anschauen, wähle den richtigen Tisch dazu, oder ein Spiegel hängt goldrichtig. Ihre Augen erinnern mich an die Murmeln, die ich als Grundschüler gesammelt habe, sie kullern beim Lachen, fast springen sie heraus, wenn der blöde Kellner einen Witz macht, und ihr ungläubiges Gesicht, nein das gibt es doch nicht das kann nicht sein. Sie ist mein sicherster Hafen vor der Langeweile, Sylvia, wenn sie bedient bei McDonalds, gelegentlich mich anblickt, kein Ausdruck, aber sie hat ihre Routine durchbrochen, das ist Interesse genug. Ich ziehe an meinem Strohhalm, wenn ich es langsam angehen lasse, hält ein mittelgroßes Cola drei Zigaretten lang, die Pausen mitgerechnet, meine Finger verschränken sich, mein Oberkörper lehnt sich über die Tischplatte, ich ziehe an dem Strohhalm. Und gehe noch einmal hin, bitte sie um einen

Cheeseburger, reiche ihr den Schein, erhalte Wechselgeld und ein Lächeln, sie guckt richtig hoch, ein Lächeln lang, danke und schönen Abend noch. Was solls sein? sagt sie, und ich gehe zu den Bahnsteigen, beiße in den Cheeseburger und warte weiter.

DIE TOCHTER VON GRIGORI UND SLATKA war mit einem Vorsprung ins Leben gegangen, den sie mit der Heirat schon verspielt hatte. So empfand sie es. Tatjana, von den meisten Jana genannt, war die schönste und jüngste unter den sechs Töchtern. Bis zu ihrem neunzehnten Lebensjahr stellte sie sich das eigene Leben vor, bemalte das Dekor ihres Alltags, bis sich die anderen darin nicht mehr zurechtfanden, orientierte und beglückte sich am Lebensplan erfolgreich wartender Jungfrauen aus einschlägigen Romanen. Verführerische Geschichten, in denen sich die Unruhe des Herzens auf einem seidenbestickten Taschentuch ausbreitete, ausgelöst von einem berittenen Adjutaten, der ihr, am offenen Fenster stehend, in Scheu und Scham gehüllt, ein Lächeln schenkte. Hauchzart erwiderte sie seine Aufmerksamkeit und zog sich ins Zimmer zurück, in ihre Unsicherheit, bis er eine Aufwartung machte, sie verzückte und verzauberte, und ins ewige Glück entführte. Slatka hätte ihre wenigen, etwas frivoleren Bücher nicht im Schlafzimmerschrank hinter den Jahrbüchern des Patriarchats verstecken müssen. Das Versteck wurde ausfindig gemacht, aber Tatjana reagierte anders auf die Lektüre, als Slatka befürchtet hatte. Als sie zur ersten leidenschaftlichen Szene gelangte und las, wie sie (die Liebhaberin) sein (des Liebhabers) behaartes Bein spürte und sogleich vor Wollust erschauderte, mußte sie (die junge Leserin) losprusten. Wie lächerlich! So etwas wurde aus ihrem Reich verbannt.

Niemand störte dabei. Der Haushalt war männerfrei, ihre fünf älteren Schwestern waren mit sich selbst und auswärtig beschäftigt, und ihre Mutter sah keinen Grund, der betrüblichen Realität Einlaß zu gewähren. Streng und ungehalten wies sie den Gast zurecht, der die Haustür einen Schlitz weit offenließ, von den Schrecken im Lande flüsterte, von Verschwundenen und Verbannten. Selbst Bai Dan entkam nicht ihrer Schelte – immer wieder stellte sie unmißverständlich klar: Angelegenheiten dieser Ungüte hatten in ihrem Haus nichts verloren. Sie glaubte an die labende Kraft der Fantasie. Was blieb einem sensiblen jungen Wesen in dieser grauen Epoche auch übrig, als zu überwintern, in zeitlosen Träumereien.

An mehreren Abenden in der Woche verließen die beiden in Schönheit, manchmal von der einen oder anderen Schwester begleitet, das Gelbe Haus an der Ecke, gaben acht auf Gräben und Steinhaufen, staksten vorsichtig über Planken und Kopfsteine, und erreichten einige Minuten später das Opernhaus. In der Saison zwischen Herbst und Frühling verbargen sie sich unter dem Kokon schwerer Mäntel. Sie gingen schnell, die Köpfe zusammengesteckt, tuschelten über das Libretto oder über die Liaison zwischen der Mimi und dem Maskenbildner.

Jeder an der Oper, ob Kartenverkäufer oder Platzanweiser, ob Sänger oder Geiger, erwies Slatka Respekt, und fand an ihrer jüngsten Tochter Gefallen, die unermüdlich interessiert war, nicht nur an den Premieren, sondern auch an der wer-weiß-schon-wievielten Reprise von La Bohème, vorgetragen vom zweiten Glied des Ensembles, wenn die erste Garde im Ausland weilte und mit glanzvollen Aufführungen von *Boris Godunow* oder *Aus dem Totenhaus* der Heimat ein hochklassiges Zeugnis ausstellte. Die Witwe des Dirigenten – er ist so frühzeitig von uns gegangen – hatte Anrecht auf eine Loge, von der aus Tatjana süchtig wurde. Süchtig nach Kostümen und Kulissen, nach Treue und Tränen, nach Arien und Duetten, bei denen sich alle Wirrnisse klärten und alle Bruchstücke zusammenfielen. Hier lebte ein Zauber, den der gewöhnliche, ungespielte und unverspielte Alltag entbehrte. Vielleicht trugen Schulfächer wie Traktorkunde eine gewisse

Verantwortung, vielleicht waren aber auch die vielen Opern daran schuld, denen sie schon im Mutterleib beigewohnt hatte.

Fand der Unterricht erst am Nachmittag statt, schlief sie bis kurz vor dem Mittagessen, meisterte alle Weckversuche, indem sie sich auf die andere Seite drehte und murmelte: Laßt mich nur noch mein Goldstück schlucken. Sie schluckte und schluckte, bis sie glaubte, ihr Inneres sei ein goldener Saal und der Spott der Schwestern, die ihr das Brot oder das Salz mit der Anrede *Prinzessin* reichten, nur die Begehrlichkeit neidischer Goldgräber.

Mit neunzehn stellte ihr das fremde Leben einen Brocken in den Weg, der ihr Sicht und Schlaf nahm, und den sie nicht herunterschlucken konnte. Sie verliebte sich; einige Monate später war sie schwanger.

Wenn Sie zu jenen gehören, lieber Zuhörer und liebe Zuhörerin, die stets neugierig sind, *Und wie haben Sie sich kennengelernt?*, weil Sie an die Romantik des Anfangs glauben, an die Reinheit der ersten Anziehung, weil Sie glauben, daß die Geburt der erste und größte Höhepunkt ist und es gleich danach bergab geht, dann will ich es Ihnen hiermit verraten.

Tatjana schwamm in einem schwarzen Einteiler im Schwarzen Meer und ihr schwarzes Haar wurde schwer und der Himmel weit oben, den sie sah und nie vergessen sollte, war anschmiegsam blau. Die Strömung schob ihre Beute hinaus, und der Wind ließ die roten Flaggen der Rettungsschwimmer flattern. Als sie aufblickte, war der Strand eine Miniatur und die Menschen zerbrochene Streichhölzer. Sie wußte nicht, ob sie sich fürchten oder der Gewaltigkeit des Augenblicks hingeben sollte. Ihre Füße begannen zu paddeln. So weit konnte der Strand nicht weg sein. Die Wellen ohrfeigten sie, *so ist das, hast du kapiert, du wirst es noch sehen, du hast noch viel zu lernen.* Sie versuchte, den Ohrfeigen auszuweichen. *Du entkommst mir nicht*, salzig war das Wasser, das in ihre Nase drang, *huste nur, du Schwächling,*

37

es wird dir nichts nutzen. Sie schlug mit den Armen um sich. Spuckte. Beruhigte sich und schwamm, kraftvoller, entschiedener. Der Strand war nähergerückt, ein bißchen zumindest. Kaum merklich. *Das bildest du dir nur ein, das schaffst du nie.* Sie kniff die Augen zusammen. Oder hatte sich der Strand noch weiter entfernt? Sie begann schräg zur Strömung zu schwimmen, einer Landzunge entgegen. Die Ohrfeigen trafen sie seitlich, der Hohn schlug über ihren Kopf zusammen. *Kleines Mädchen, so ohne Schutz, was hast du dich auch so weit hinausgetraut.* Sie kam besser voran, die Landzunge schob sich ihr zu.

Als sie den Ohrfeigen mit letzten Kräften entwischte, und in der kleinen Bucht, nahe am Strand, im seichten Wasser, ohnmächtig wurde, sprang ein sportlicher Mann mit weißen Abdrücken auf den Nasenflügeln in das sturmgewarnte Meer und barg sie. In dieses Gesicht blickte sie, als sie die Augen wieder aufschlug. Ein besorgtes Gesicht und schon Zuneigung im Blick. Sie sollte noch bereuen, ihre Augen geöffnet zu haben.

Ein knappes Jahr später blieb ihr nichts anderes übrig, als Alexandar zur Welt zu bringen, hinter vergitterten Fenstern in jenem düsteren Saal.

ALEX Heute
Ein anstrengender Tag, herumstehen, inmitten altfettiger Dünste und blecherner Ansagen regenschirmgroße Zeitungen im Durchzug von Ankunft und Abfahrt lesen, wer kann das lange, das strengt an. Sinniere vor mich hin, lasse Gedanken nach einem unbekannten Fahrplan kommen und gehen: Gleise, die sich in die Welt hineinfühlen, so ein Gedanke, im Warten, im Kauern, ich blicke den beiden parallelen Linien nach, in der Nähe noch schwer wie Eisen und Schmiede, hinter dem Dach schwebend wie ein Versprechen. Im Warten? Das Warten gebärt die gierigsten Gedanken, die lassen es sich nicht nehmen, jeden Zug zu besteigen, Erste

Klasse selbstverständlich, sich in den blauen Polstern einzurichten, wie zu einer langen Reise. Aufpassen muß ich, halt, hiergeblieben. Fehlt nur noch, daß Schuhe ausgezogen Lektüre herausgeholt ... mir entwischt einer dieser Gedanken, die unglücklich machen, springt durch die Trilogie der Abfahrt: meisterschaftlich sportlich, hop die Ansage, skip das Trillern, jump durch die Tür, die hinter ihm zufällt. Bald nur zwei verschwindend leuchtende Augen. Aufgeschreckt, wir fahren schon durch die Vororte, ein Flirt im Abteil, Kaffee und Brötchen im Anmarsch – ich ziehe die Notbremse. Zerknirscht steigt der flüchtige Gedanke mit mir aus, wir blicken uns nicht an, keiner schaut uns nach, der Bahndamm ungastlich ... Ist das Warten?

Auf die Ankunft? Andere zupfen an der Verpackung eines kunstvoll aufgemachten Blumenstraußes, schreiten hin und her, mit Spannung in jedem Schritt, starren alle paar Sekunden auf die Tafel, um sich zu vergewissern, und spähen den Gleisen entlang in ihre Erwartung hinaus. Am Flughafen lugen sie über die Zollbarriere hinweg, um ja keine Sekunde zu spät den Erwarteten zu erblicken, hochhüpfen schreien winken lachen und sich die ersten Späße zuwerfen, als Aufwärmtraining für das Fest des Wiedersehens. Diese Menschen beneide ich.

Heute ist Großmutter angekommen. Natürlich hatte der Orient-Express Verspätung. Eine Verspätung, während der meine Gedanken mich mehrmals zu düpieren versuchten, und ich drei Cappuccini trank und die Abendzeitung verdrückte. Großmutter! Seit zwanzig Jahren nicht gesehen, nur einige Male gesprochen, am Telefon, und das ist schon lange her, eine schluchzende Stimme im Kampf gegen den Rauschvorhang, einige schwerfällige Worte wie *Bist du es, mein Sascho, mein Kleiner*, einige gemeinsam verweinte Momente, und nun kam sie an. Ich wußte nicht, in welchem Abteil sie war, aber ich vertraute darauf, sie wiederzuerkennen. Der Waggon mit kyrillischen Buchstaben, soviel war mir klar. Ich erkannte sie sofort. Zwei Männer, die ihr halfen, die drei Stufen hinab auf den Bahnsteig zu überwinden, die massiv stolze Gestalt und eine Umarmung, in der man glücklich ohnmächtig werden könnte. *Wo ist dein Gepäck, Großmutter?* Sie drehte den Kopf, einer der Männer reichte ihr eine braune Papiertüte. *Das ist alles?* Der Gepäckwagen war also gar nicht nötig, aber ich konnte mich an ihm festhalten, Großmutter an meinem linken Arm, und langsam zum Bahnhofsgebäude zurück. Ich redete über Belanglosigkeiten, was man sagt, wenn es soviel Wichtiges zu erzählen gibt. Großmutter sah imposant aus, richtig gut sah sie aus. Jemand, der etwas darstellt, eine Großmutter, auf die man stolz sein kann. Den Gepäckwagen parkte ich, hob die Tüte hoch, sie war ganz leicht. Erstaunt blickte ich zu Großmutter ... etwas traf meinen Kopf. Vor mir stand ein Bahnbediensteter in ölverschmierter Kluft, der sich fluchend eine Stirnseite rieb. Ich tastete meinen Kopf nach dem Schmerz ab, fand eine aufgehende Beule; die Tüte war zu Boden gefallen. *Können Sie nicht aufpassen!* Ja, ist ja gut, das ist leicht gesagt, natürlich kann ich, aber das hier ist meine Großmutter, und wir haben uns zwanzig Jahre lang nicht gesehen. *Sie, Sie ...* Er drehte mir den Rücken zu. Wo war Großmutter? Die Tüte war aufgeplatzt, sie enthielt nichts, außer einem Geruch, dem Geruch des Gewürzes, das sie mir auf die Margarinebrote zu streuen pflegte, wenn ich meine heiße Milch ausgetrunken hatte. Der Geruch der Belohnung, er stieg aus einer braunen, gerissenen Tüte hoch, ein betörender Geruch. Ein Schuh trat darauf und hinterließ schmutzige Spuren. Großmutter? Verschwunden, und die Vorbeihastenden warfen mir unvollständige Blicke von Argwohn und Verwunderung zu. War wohl seltsam, mein Verhalten. Inmitten des abendlichen Trubels starrte ich auf eine Papiertüte und schnupperte an der Luft. Ich schlich mich hinaus, zur Bushaltestelle. Genug gewartet.

DIE WÜRFEL WERDEN ÜBERMÜTIG. Einen wunderschönen ...
sagt der eine ... guten Abend ... der andere. I'm your host
tonight ... votre conférencier. The one ... the only, magisch
... magnetisch. Ich bin's wieder ... back again. Tonight is
the night ... faites attention, enjoy ... the joy. Passen Sie auf,
Ihnen wird gleich einer der Stars der Soirée vorgestellt.

Noch steckt er in den Kulissen, zappelt dort, wird unruhig, es treibt ihn, drängt ihn, auf die Bühne hinaus, das war,
unter uns gesagt, schon immer sein Problem, he's moving
much tooooooooo fast. Hinter dem Vorhang steht er, im Dunklen noch, aber das nicht mehr lang – Spot an, auf den Drängenden, den Flüchtenden, auf Vasko Luxow, den Vater von
Alex ...

Die Flucht in die Flucht, der Drang weg weg weg, über die
Jahre faßte er in Vasko Wurzeln, wie eine exotische Pflanze
im Marmeladenglas auf dem Fenstersims. Im Humus seiner
Unzufriedenheit, der kleinen täglichen Frustrationen, gedieh
sie bestens, bewässert und gedüngt von Ahnungen und
Sehnsüchten.

Es begann mit Weintrauben. Er saß auf einem Baumstamm im väterlichen Weingut und versenkte die großen,
prallreifen, hellgrünen Früchte ungewaschen in seinen
Mund, eine nach der anderen, stundenlang, bis die Sonne
sich senkte und die Unruhe der Wolken sich in seinem Magen spiegelte: gescheitert bei dem Versuch, die gesamte Ernte
aufzuessen, bevor sie zu Staatswein gepanscht wurde. Sein
Vater und seine Brüder starrten ebenfalls die übersäuerten
Wolken an.

Am Vormittag hatten sie offiziellen Besuch erhalten. Der
Stadtteilparteisekretär stand vor der Tür. In den Händen den
Brief, überreicht mit einem genuschelten Gruß, in den Augen
Triumph. Seinen Beinen schien es peinlich zu sein. Sie trauten sich nicht über die Schwelle, trotz wiederholter Einladung. Der SPS hatte früher in dem Laden der Familie ausge-
holfen. Ein freundlicher, schüchterner Mann, der seine Hände
sauber hielt, gewissenhaft abwog und nur wenig stahl.

Die Familie versammelte sich vor der Tür, die drei Brüder in Ringelsocken und Matrosenhemden, die beschürzte Mutter. Alle ahnten, was bevorstand. Wie immer war das Gerücht der Verfügung vorausgegangen.

Der Familienvater, Ladenbetreiber und Weinbauer, bot einen Kaffee an, oder vielleicht etwas von unserem frischgemachten Traubengelee, eine erste Probe. Er lächelte an den Rändern, nahm Umschlag und Ablehnung an.

Gut, ich danke dir, gehen wir zurück ins Haus.

Es ist Vorschrift, daß du den Bescheid in meiner Gegenwart liest, damit alles klar ist, verstehst Du.

Damit alles klar ist?

Schweigen. Er riß den Umschlag auf, las mit buchstabierender Bedächtigkeit den Inhalt und reichte das Dokument seiner Frau. Sie überflog es nur, während ihr Ehemann den Überbringer der Botschaft fixierte wie einen Schuldner.

Sie gab den Brief an die Söhne weiter. Der Älteste las in der Schule schon Lermontow, mühelos. Das Blatt befand sich umgehend in den Händen von Vasko, dem Zweitältesten und Zweitjüngsten, der sich noch bei den Abenteuern des Schlauen Peter aufhielt. Als er fertiggelesen hatte, blickte er fragend seinen Vater an – der dritte Bruder konnte noch nicht lesen. Vorlesen, brummte der Vater. Dem SPS war nicht wohl dabei. Die Betretenheit hatte sich von den Füßen in die Kehle hochgearbeitet, und suchte räuspernde Befreiung. Die Kinderstimme hüpfte über die Verfügung.

Nicht so!

Der Vater nahm den Brief an sich und begann zu rezitieren. Es war die Stimme vor jedem Essen, im Namen des Vaters und des Sohnes ..., die Stimme zum Abfragen der Hausaufgaben, die Stimme zum Wecken, die Stimme zum Singen der monarchistischen Lieder, die den Abend für den Sänger zum gelungenen Abend machten. Aber nun war die Stimme dem Willen des Volkes ausgeliefert. Sie klang Vasko noch in den Ohren, während er die Rebe leerpflückte, die Früchte ankaute, dann schluckte. Sie saßen zu viert auf dem Baumstamm, die Ringelsocken braun, die Arme, die Beine zerkratzt, den Rücken gekrümmt. Vor ihnen standen die Körbe mit den Trauben, und sie aßen nur noch langsam, den Mund absuchend, ob denn noch eine Nische frei wäre, für eine weitere, ungewaschene ... Die Lippen und Zähne spielten auf den Trauben herum, bis die platzten, und der Saft das Kinn hinab auf die Matrosenhemden tropfte. Nur dem Vater passierte das nicht, er schwieg und aß, konzentriert, abwesend, sein Blick glitt den Hang hinab, vom Baumstamm aus wirkten die Rebenreihen wie Teppiche, von Pfaden gemustert

eine Schar Uniformierter stieg den Hang hinauf, sie waren ausgeschert und trugen gemeinsam eine Plane. Im Gegenlicht war zwischen den Mützen und den Hemden Schatten. Sie schritten bedächtig hinauf, als wüßten sie, daß es keine Eile gab. Der Vater, erstarrt auf seinem Baumstamm, in dem Bewußtsein der Niederlage. Sie kamen näher, schweigend, wiesen sich nicht aus, nahmen ihn nicht zur Kenntnis, zeigten weiterhin kein Gesicht, befestigten die Plane an den Rebpfählen mit sicheren Griffen und entfernten sich wieder. Den Schatten aber ließen sie zurück. Auf der Plane der Enteignungsbescheid, eine blasse Durchschrift, inklusive Stempel und Unterschrift. Das Original war schon abgelegt, archiviert.

Der Vater wollte einen weiteren Stock aus dem Korb nehmen, als sich der Jüngste zur Seite drehte und sich übergab. Der Vater hielt ihn an der Hüfte fest und reichte ihm sein Taschentuch.

Wir gehen.

Er nahm den Jüngsten an der Hand und trat die Körbe um, besann sich eines Besseren, trampelte auf ihnen herum, bedacht und gezielt, die Flechte zerriß, das hölzerne Skelett knackste, ein Geräusch, das ihm das befriedigende Gefühl gab, er hätte Genicke gebrochen. Dann gingen sie zur Straße hinab, vorsichtig und unsicher. Als sie zu Hause ankamen, rebellierten ihre Mägen. Das Abendessen wurde keines Blickes gewürdigt.

ALEX Krankenhaus

Heute mußte ich ins Krankenhaus, um die Ergebnisse der umfangreichen Untersuchung von letzter Woche entgegenzunehmen. Ich fühle mich seit Monaten müde, leichte Kopfschmerzen, Kraft nur fürs Drücken der Fernbedienung, fürs Ziehen von Korken. Die im Krankenhaus waren zuerst ratlos, schickten mich durch eine Ochsentour an Untersuchungen, mal sehen, vielleicht haben sie etwas herausgefunden.

Die Sonne war letztes Jahr länger dageblieben. Jetzt stürzten die Schneeflocken herab, als hätten sie es eilig, auf meinen Kopf zu fallen. Letztes Jahr gab es noch Wärme, der Herbst hatte sich verschanzt. Heuer scheint er früh aufgegeben zu haben.

Ich nahm den Bus.

Einige Haltestellen später meldete sich von hinten ein Zeitungsleser zu Wort.

Ich würde gern alles bestimmen. Wann fängt die Hoffnung an. Heute stellt sie sich bei 12 Grad schlagartig ein. Wenn es friert, friert auch sie ein, aber zwischen 0 und 12 Grad reicht eine unbestimmte Spanne, die man durch empirische Annäherung noch einengen könnte. Aber wo ist die genaue Grenze?

Er pochte auf die Zeitung.

Hier müßte es stehen, die seelische Vorhersage. Ein Hoffnungsdruckgebiet zieht vom Süden heran, im Verlauf des Tages durchsetzt mit nordischen Gefühlen. Nachts wieder Rückgang auf Trauertemperaturen! Ich verbiete ihnen zu lachen, schrie er und stampfte hinaus.

Ich brauch einfach den Hund, fügte ein älterer Herr auf einem Einzelsitz hinzu, während ein Köter ihm wedelnd die Druckerschwärze von den Fingern leckte.

Man ist nur mit Hund sicher.

Ein Schild in der Unterführung, ein weiteres neben der ersten Litfaßsäule, Wegweiser auf Baumstämmen auf Mülltonnen, auf Generatoren, eine riesige Schrift oberhalb der gläsernen

Vorhalle. Vor kurzem wohl hinzugebaut, der Rest ist schwer gemauert. Ich wurde in das Wartezimmer gebeten. Später zum Arzt vorgelassen. Dazwischen längeres Warten, meine Gedanken kränkeln auch.

Der Arzt meinte, er könne mir so viel schon klar sagen, bei mir liege vieles im Argen. Danke, die erste Zahlung schon fällig? In meinem Körper seien Knoten gefunden, sozusagen interne Unordentlichkeiten. Ich war nie ordentlich, Doktor. Allerdings, der Gründlichkeit zu genügen, müssen noch einige weitere Untersuchungen vorgenommen werden. Nur zu. Aber soviel könne er jetzt schon sagen, er fürchte, an einer Operation werde man wohl nicht vorbeikommen. Termin geben lassen, sich bereithalten, vor größeren Reisen würde er abraten, wer weiß, ob wir Sie nicht, ich verstehe, von dem Ergebnis der Untersuchungen abhängig natürlich, ich verstehe, sofort zu uns bitten müssen.

VASKO WAR INDIVIDUALIST. Er haßte die Paraden, Aufmärsche, Pioniergesänge, Eide und Versammlungen. Er wollte weglaufen. Wie und wohin, wußte er nicht, bis Boro, genannt der Marathoner, ihn einlud, gemeinsam mit ihm zu laufen. Eine hagere Gestalt, die Augen richteten sich meist auf die Hände, die Hände spielten mit den Gelenken, das ständige Knacken irritierte die Leute – Boro fühlte sich nur beim Laufen wohl. Er holte Vasko ab. Hinter dem Haus ging das Kopfsteinpflaster in Staub über, führte durch die ärmeren Viertel. Am ersten Aufstieg überholten sie einen Eselskarren, beim Abstieg kam ihnen ein Lastwagen entgegen. Hustend aus der Staubwolke heraus, durch ein Tal, in dem einst eine Schar Haiducken einer Kompanie Janitscharen aufgelauert und diese aufgerieben hatte. Seitdem kam jede Schulklasse der Region einmal hierher – die Sträucher mußten von der jahrzehntelangen Lobpreisung von Vergangenem Ruhmreichen taub geworden sein. Lauf auf Zehenspitzen, sonst hörst du die Knochen knirschen, hauchte Boro. In dem

45

Waldstück dahinter lief er Zickzack, dosierte seine Schritt-
länge so, daß er auf keinen Tannenzapfen trat. Hast du dir
mal einen Tannenzapfen genauer angeschaut, so richtig aus
der Nähe? Was Schöneres gibt es nicht. Und während er sich
ausführlicher begeisterte, später, nach dem Laufen, knabber-
ten seine Finger an den Schuppen eines Tannenzapfens, den
er aus der Tasche seiner Sporthose geholt hatte, glitten über
ihn, als wollten sie ein Glissando spielen.

Ich würde sie gerne sammeln, all die verschiedenen Tannenzapfen, die es so auf der Welt gibt.

Quatsch. Tannenzapfen sind bestimmt überall gleich.

Der Waldweg endete an einem Felsbrocken, der über einen
kleinen See ragte – zum Sprungbrett wie geschaffen. Das
Ziel sonntäglicher Picknickausflüge. Mir nach. Boro hüpfte
hinunter, sprang mit Unterhose ins Wasser. Sie schwammen
bis in die Mitte des Sees. Auf der anderen Seite des Sees befand sich ein kleiner Tierpark mit Rehen, Hirschen und
Bären. Manchmal sahen sie die Tiere. Beim Zurückschwim-
men forderten sie sich heraus.

Auf dem heißen Gestein trockneten sie schnell, auf Bauch
und Rücken pfannengroße rote Abdrücke. Boro machte
Dehnübungen, und redete drauflos.

Wenn ich laufe, stelle ich mir vor, ich würde endlos weiter-
laufen, über alle Grenzen hinweg. In die Türkei, durch den
Orient, nach Indien und China, dort nehme ich ein Boot
nach Japan, lächle beim Laufen, dann fliege ich nach Amerika. Nicht mit so einer Tupolew. Mit einem richtigen Flugzeug, mit Bädern und Sesseln drin, das haben die dort. Und
wenn ich mal in Amerika bin, da lauf ich erst richtig los,
durch die Prärien, den Büffeln auf den Fersen, über die Berge
zum Grand Graben, bis nach New York. Den Broadway lauf
ich zweimal rauf und runter. Die Leute rufen, da ist der wunderbare Läufer, der von so weit hergekommen ist, und sie
klatschen Beifall und laden mich zu einem Eis ein. Die haben
Eis dort, das schmeckt wie Torte.

Er stand plötzlich still.

Da, guck mal.

Vasko sah nichts Ungewöhnliches in Richtung des ausgestreckten Armes. Boro belehrte ihn eines Besseren.

Wenn du geradeaus weiterläufst, ich habs mir auf der Karte genau angeguckt, dann kommst du nach Jugoslawien, und Jugoslawien hat auch ein Ende. Dann bist du in Italien und du kannst es dir aussuchen. Willst du nach Paris, oder willst du nach London, oder gleich nebenan in die Schweiz?

Sie liefen zurück. Boro holte ihn fast jeden Nachmittag ab. Bevor er kam, vertiefte sich Vasko in den Atlas, prägte sich seine Tagesroute ein. Er störte sich nicht daran, daß die Karten veraltet waren: Österreich-Ungarn kleckste hellblau in der Mitte Europas, das Deutsche Reich breitete sich beige zu beiden Seiten des Bundes aus, und ein Rußland in rosa strotzte voll heiliger Städte. Hauptsache die Entfernungen stimmten, das war für einen Läufer das Wichtigste, und Vasko wußte schon, daß selbst Revolutionen und Befreiungen daran nichts geändert hatten. Wenn eine sommerliche Sonne schien, hielten sie am Felsen und verglichen ihre Pläne.

Ich bin auf dem Weg nach Australien, da komme ich gerade rechtzeitig zu den Olympischen Spielen und nehme am Marathonlauf teil. Ich habe gehört, jeder Sieger erhält ein Kängeruh.

Aus Stoff?

Nein, ein lebendiges Kängeruh.

Was machst du damit?

Ich werde es Kängo taufen, dressieren, und auf unsere Waldläufe mitnehmen.

Der konstante Rhythmus des Knirschens und Atmens, die runde Bewegung, die sich hundertfach und tausendfach fortspann, das regelmäßige Ein- und Ausatmen, all das brachte Vasko dem fernen Ziel näher. Je mehr er sich verausgabte, mit zugekniffenen Augen, die den Pfad unter seinen Füßen zum Fließen brachten, desto sicherer wurde er, daß er ankommen würde. Die Wiederholung gebar Gewißheit.

Ein Jahr später gewann Vasko in seiner Altersgruppe die

Stadtmeisterschaft im Langlauf. Er wurde von anderen gemeinschaftlichen Verpflichtungen freigestellt, um mehr trainieren zu können. Er fuhr zu den nationalen Wettkämpfen in die Hauptstadt. Weiter brachte ihn der organisierte Sport aber nicht.

ALEX   Alte

Lauter alte Frauen besetzen die Straßenbahn, wenn ich zur Therapie fahre. Ihr zusammengespartes Alter reicht bis zur Erfindung des Rades zurück. Und sie stöhnen unter der Last von Plastiktüten, die sie die drei Stufen in den Waggon hochhieven, krächzend ächzend klagend schrill beschweren diese Alten die Tram und setzen sich hin, ungeschickt und umständlich und erst nachdem sie alle anderen freien Plätze in dem Wagen gemustert und geprüft haben. Sie setzen sich ans Fenster. Wenn ein Fensterplatz frei ist. Was schleppen die immer in diesen Plastiktüten herum? Der Winter ist eingetroffen und die Fenster sind beschlagen und bin eingeschlossen mit diesen alten Frauen, die aus dem Fenster gucken wollen, jede von ihnen, nicht eine von ihnen will etwas anderes, jede wischt mit einem Mantelärmel, die rechts Sitzenden mit dem rechten, die links Sitzenden mit dem linken, eine luckgroße Fläche sichtfrei, um hinauszustarren, verkniffene Lippen, verbissen, jede auf ihrem Einzelsitz. Doppelsitze werden nur genommen, wenn die Einzelsitze besetzt sind.

Eine der Frauen beginnt, vor sich her zu reden, von dem, was nicht sein darf, und was ihr angetan wird, und von denen von denen immer wieder von denen da, wie sie leiden muß ... was bildet ihr euch ein, antwortet eine andere. Aber das ist keine Antwort. Einige alte Frauen kichern. Macht euch nur lustig, sagt die erste. Richtig unwohl fühle ich mich hier. Darauf nehmen die Stimmen der alten Frauen keine Rücksicht, das interessiert die nicht. Vorne im Wagen schreit es, es klingt nicht wütend, eher wie ein Signal, damit jemand, der sie suchen soll, zu ihr findet. Vor mir knabbert eine an Keksen, an denen, die keinen Geschmack haben. Wer soll schon nach der Alten suchen? Ich habe nichts damit zu tun. Ich fühl mich in diesem Straßenbahnwagen absolut beschissen. Noch zwei Stationen. Junger Mann, Mist, jetzt sprechen die mich an, ich bin nicht gemeint, schau einfach angestrengt durch das beschlagene Fenster. Junger Mann, hören Sie mal zu, da gibt es viel zu sagen, ich weiß nicht, wie Sie mich verstehen wollen. Überhaupt nicht, altes Weib, guck hinaus und laß mich in Ruhe. Noch eine Station. Ich stehe schon mal auf und gehe zur Tür. Aus allen Ecken trifft mich jetzt das Gerede, jede erzählt etwas, was ich alles überhaupt nicht verstehe. Manche quatschen dermaßen laut, das halten meine Nerven nicht aus. Jetzt ist auch noch die Ampel direkt vor unserer Nase auf Rot gesprungen. Was dauert das eigentlich so lang, ist doch nur eine Station. Keine der Stimmen schaut mich an. Die Wörter sind Kondenswasser, das am Fenster Spuren hinterläßt, an den Rändern, um die Luke herum, dort wo es noch beschlagen ist. Das denken die sich so, nicht? nicht? Paßt mir nicht. Die lassen mich nicht in Ruhe. Da drüben läuft er. Und Sie haben mir gesagt ... ich drücke auf den Knopf, *Wenn Sie aussteigen möchten*, springe hinunter und renne zu meiner Therapie.

DER ERSTE TAG. BEIM EINKLEIDEN erhielt er zu enge Stiefel, denn es gab nur noch zwei Größen, und seine Füße lagen genau in der Mitte. Der kleine Mann, der die Stiefel austeilte, riet ihm zu den engeren: Das wird wehtun, sagte er, aber immerhin kannst du dann laufen. Wenn du in den Dingern rutschst, kannst du es gleich vergessen, besser es tut weh, aber es geht irgendwie. Wenn du Glück hast, kommen mal neue Stiefel rein. Er mußte ihm das abnehmen. Er war verunsichert, von weither angereist, kurzgeschoren, traute sich nicht nachzufragen und nicht zu widersprechen. Er schulterte die Stiefel, nahm die zwei Sätze Uniform in die Arme

und folgte den anderen, die von weither angereist und kurzgeschoren waren, in den Schlafsaal.

Stockbetten in zwei langen Reihen. Name auf Name
wurde aufgerufen, die Betten wurden der Reihe nach einge-
nommen. Im Uhrzeigersinn wurde der leere Saal besetzt von
Achtzehnjährigen, von weither angereist, kurzgeschoren.

Sie mußten neben ihrem Bett stillstehen, wer oben schläft,
der bezieht an der vorderen Stange Stellung, wer unten
schläft an der hinteren. Eine Stimme teilte die Regeln mit.
Nach jeder Regel schrie sie VERSTANDEN? und ein einstimmi-
ges JAWOHL mußte antworten. Um zehn Uhr wird das Licht
gelöscht und danach wird nicht mehr geredet.

VERSTANDEN? JAWOHL!

Am ersten Abend hielten sich alle an die Regel, wagten
nicht einmal, sich in die Augen zu sehen. Die Wände des
Schlafsaals waren verknöchertes Schweigen.

RAUS schrie es durch den Gang. Und die unaufdringlichen
Geräusche von vierzig Achtzehnjährigen, die wortlos aufstehen. RAUS. Im Schlaf war er durch einen rötlichen Wald gelaufen, so leicht, daß der Boden ihn um Berührung bat. Ganz
leicht war das Vergessen des Schlafs. RAUS DA, WIRDS BALD.
Jemand traute sich zu gähnen.

Er schlug sein Gesicht mit eiskaltem Wasser.

Er zwängte seine Füße in die Stiefel.

Es gab Haferschleim.

Appell.

Am nächsten Tag marschierten sie durch marschiges
Land, ein paar Kilometer nur, zum Eingewöhnen.

Sie marschierten zehn Kilometer.

Die Erde verteidigte sich mit Frost.

Sie marschierten zwanzig Kilometer.

Die Erde verschloß sich dem Knirschen ihrer Schritte.

Nachts fror die Einsamkeit in ihm. Die Stiefel waren naß
geworden. Sie trockneten nicht richtig. Die Blasen gaben
keine Ruhe, wenn in der Dunkelheit des Schlafsaals geflü-
stert wurde.

Neue Stiefel wurden geliefert, pünktlich zum Beginn des zweiten Jahres.

Ein Oberst gab die falschen Koordinaten aus. Eine Granate schlug in die Freundschaft von fünf Neunzehnjährigen ein. Weiche Frühlingserde krümmte sich.

Das Schweigen drückte die Überlebenden in ihre Betten. Die Verzweiflung fror in ihnen.

Am nächsten Tag liefen sie fünfundzwanzig Kilometer. Die Offiziere wollten nicht, daß sie litten.

Am Sonntag hatten sie Zeit zum Spielen. Vasko lernte ein Spiel aus zwei Würfeln und dreißig Steinen. Alles liegt an den Würfeln, dachte er.

Dachte nach. Schob Wache. Dachte über die Steine nach. Wie sie sich den Würfeln widersetzen. Wie sie es können. Wie sie ebenbürtig sind. Er freute sich auf den Sonntag.

Die Stiefel waren trocken, die Blasen waren in Hornhaut übergegangen.

Die Entlassung nahte.

Fünf Tage vor Ablauf seiner Wehrpflicht, in der angebrochenen letzten Woche, die verbleibenden Stunden wurden angezählt, die letzte Woche war ein zu Boden getaumelter Boxer, der sich nicht mehr aufrichten würde. Appell, sie mußten außerplanmäßig im Hof antreten. Keine Ahnung warum. Sie warteten in Drillformation. Auf den Kommandanten. Das stellte sich nach einer Viertelstunde heraus. Er bestieg ein kleines Podest und begann ein Sperrfeuer von Rede. Die hinteren Reihen verstanden nicht alles, aber die besonders laut intonierten Parolen reichten aus: Weltfrieden, Brüderschaft, Pflicht, Bedrohung, Schutz, alles, was einem Soldaten heilig zu sein hat, Imperialismus, Revisionismus, Berlin, die Opfer, die ein Jeder zu bringen hat. Ihr seid auserwählt, dem Vaterland, den Brudervölkern und dem Weltfrieden zu dienen. Die Rede war zu Ende. Der Kommandant gab Befehl *Der roten Sonne der Zukunft entgegen* zu singen. Die Stimmen schienen zwei Jahre lang gewatet zu sein.

Sie durften abtreten, aber die meisten blieben stehen. Die Gesichter der Dienenden waren zerknülltes Papier, in der vordersten Reihe ein zerknüllter Liebesbrief, eine Reihe dahinter eine zerknüllte einfache Fahrkarte nach Hause, weiter hinten eine zerknüllte Bestätigung des Studienplatzes. Vasko fragte seinen Nebenmann: Was sollte das? Was bedeutet das? Große Krise in Berlin, alle in Alarmbereitschaft versetzt. Wir werden nicht entlassen.

Ein weiteres Jahr verging. Dann bestieg Vasko einen Zug, weg von dem Schweigen, dem Frost und der Einsamkeit.

TO WHOM IT MAY CONCERN
ALEXANDER INS KRANKENHAUS EINGELIEFERT STOP VERDACHT AUF INNERES VERSAGEN UNKLARE SITUATION STOP ÄRZTE BEFÜRCHTEN BLEIBENDE ORGANSCHÄDEN VIELLEICHT ENTFERNUNG EINER NIERE STOP BESUCH UND BLUMEN UNERWÜNSCHT STOP BEILEIDSTELEGRAMME VERFRÜHT

NOMEN EST TOTEM. MY NAME IS MY CASTLE. Verschanzt hinter der Palisade deines Namens, nur herauszulocken durch die richtige Anrede, korrekt ausgesprochen. Dann wirst du breitarmig empfangen, auch wenn du sonst kein Geschenk mitbringst. Du hast den Namen hingelegt, respektvoll wie einen Kranz. Wie wurmt es da die Würfel, daß sie ohne Namen geblieben sind. Benenne uns, rufen sie taumelnd, mit einem kurzen beschwingten Namen, einem Namen, den das Mädchen rufen würde, wenn es aus dem Meer gelaufen kommt und ein Handtuch benötigt.

Was soll dieser Lackmustest mit dem badenden Mädchen, grüble ich. Nun, nicht jeder hat das Glück, getauft zu sein, sagen wir, zum Beispiel, auf den Namen Alexandar ...

die zerkratzten, rostpockigen Abteile füllen sich allmählich mit Fahrgästen. Hier ein Rumpeln, dort Köpfe, die sich, zur Abfahrt noch unentschlossen, reihum in den Fenstern des Ganges zeigen. Wer in den Waggon hinaufsteigt, stolpert über die aufgestapelten Taschen, Körbe, Geschenke, und trifft im ersten Abteil auf die Spieler ... kaum eingestiegen, stellen sie zwei kleine Koffer nebeneinander und öffnen das Spielbrett auf diesem improvisierten Tisch. Der Schaffner kommt am Abteil nicht vorbei, weil er sich kraft seines Amtes und kraft seiner Begeisterung einmischt... *aiii, du mußt innen zumachen,* dann habe ich doch hinten keine Sicherung, *aber du kannst angreifen,* direkt ins Messer hinein, *und wenn er jetzt eine eins würfelt, na, was dann?,* jaja, jetzt *hast Du's,* ach spiel doch selber ... schon haben sie dem Uniformierten die Jacke abgenommen, ihn hingesetzt, das Täschchen zur Seite, die Mütze ins obere Netz, er spuckt sich in die Hände und die Welt hinter dem Fenster wird ausgeblendet, weil sie nicht benötigt wird und weil die Frauen im nächsten Abteil froh sind, die Männer auszublenden, nach einem langen Tag, an dem sie Arbeit, soweit vorhanden, erledigt haben: Sie seufzen und scherzen und verscheuchen alle Wesen älter als drei aus dem Abteil. Was war das doch für ein bemerkenswerter Tag! Eine von ihnen steht auf, um im nächsten Abteil nach dem Taufkind zu schauen, nach der Mutter, den Großeltern. Wo ist der Taufpate eigentlich? Hat ihn jemand gesehen? Unzählige Verwandte lärmen, manche haben sich schon länger nicht gesehen. Sie machen es sich zu acht zu zehnt in einem Abteil bequem und genießen die Reise schon, noch bevor der Zug abgefahren ist. Die Kinder strecken ihre Köpfe zum Fenster hinaus. Der Fahrtwind wird die Langeweile vertreiben.

Sie alle haben der Taufe in einem Kloster in den Bergen beigewohnt.

Die Taufe, das zweite Ereignis nach der Geburt. Die Kirche war unbeheizt, durch das eisige Prisma des Fensters schwebten strahlende Formen in den Raum. In die Jahre gekommene Nonnen flatterten umher, geschäftig bemüht um die Anordnung von Kerzen, Ikonen, Weihrauchfäßchen, Gebetbüchern und anderen Utensilien des Sakraments. Bai Dan stand am Taufbecken, fröstelte beim Eintauchen der Hand ins Wasser, blickte zum Grund, hörte ein Hüsteln, sah im Augenwinkel schwarzen Stoff.

Es hat genau die richtige Kälte, Vetter.

Die Worte des Priesters entschlüpften einem Loch, das hinter Bartwucher und Backenfleisch nur zu erahnen war.

Zur Abschreckung, Vater Nikolai? Bai Dan drehte sich nicht um.

Vetter, dem Bischof war gar nicht wohl dabei, dich als Taufpaten zu akzeptieren. Er hat das Gefühl, du würdest eine Rolle spielen; spielen ist doch richtig, oder! Und ein Lachen brodelte aus der talarbedeckten Brust. Sie standen sich gegenüber. Keiner sah sein Spiegelbild. Bart stieß auf Rasur, Haarzopf auf kurzes Haar, Uniform auf ungeformt.

Lange nicht mehr gesehen, Vater Nikolai. Wie laufen die Geschäfte. Sind die Schafe alle ausgezeichnet, ist das Brandmal heiß?

Warum so bösartig, so nachtragend. Mäßige dich. Etwa noch Mißklänge von damals? Man mußte dich hinauswerfen, du warst ein ständiges Ärgernis. Weißt du, ich bewahre deinen Unfug noch auf. Benutzen wir manchmal als Anschauungsmaterial im Priesterseminar. Die dreizehn Thesen zur Nichtexistenz GOTTES. Eins muß ich dir lassen, du hast Sinn fürs Symbolische, du hättest es bei uns weit gebracht. Und an jeder Tür des Schlaftraktes eine der Thesen aufgeklebt. War das ein Skandal! Wie du aufgesprungen bist, als der Leiter wutentbrannt nach dem Schuldigen fragte. Daran kann ich mich noch genau erinnern. Hast dich aufgerichtet, mit dem Stolz eines Buben, der Birnen beim Nachbarn gepflückt hat, und hast verkündet: Das war der Teufel, und der Teufel bin ich! Gehört sich sowas in der Priesterausbildung? Aber das ist typisch für dich. Schau dir doch dein Leben seither an, ein Vorbild etwa? Du machst hier mal was und dort mal was, treibst dich mal im Ausland herum, und sitzt mal im Gefängnis, und immer hinterläßt du Spuren wie ein Erdbeben. Du hast dich nicht geändert, Jordan, kein bißchen. Werde ruhiger, gelassener, trink aus deinem eigenen Becher, und laß die Welt kommen und gehen.

Der Priester war ganz nahe herangetreten, nicht einmal das Neue Testament hätte zwischen den beiden Platz gefunden. Er war einen Kopf kleiner – schon immer ärgerte ihn, daß Bai Dan zu ihm von oben herab sprach.

Eure verfluchte Selbstsicherheit. Erinnert mich an den Mann, der dreimal den Eiffelturm verkauft hat – nichts in der Hand und ein großes Auftreten. Nun, heißt ja nicht umsonst, wer einen Bart hat, muß sich Farbe kaufen. Dabei sind eure Flügel ganz schön gestutzt. Den Kopf einziehen, immer *Amen hier Amen dort Amen Partei Amen Beschluß.* Aber vielleicht werdet ihr mir bald wieder sympathisch – ich hab ein Herz für aussterbende Arten.

Vetter, Vetter, die Kirche hat Schlimmeres überstanden. Und Leute wie du sind nur kläffende kleine Köter. Ohne Bedeutung.

Lassen wir das jetzt. Ich bin hergekommen, weil ich dem Wunsch der Familie entspreche. Vor allem Slatkas Wunsch. Sie hat mich inständig darum gebeten, daß ich die Taufe ihres Enkels bezeuge. Aber eins will ich dir sagen: Da ich nun der Taufpate bin, treten wir von heute an in Wettbewerb. Du tauchst ihn ins Wasser, wenn ich mich recht entsinne, soll ihn das aus der Gewalt des Bösen befreien. Hast du ihn dir schon angeschaut? Er muß von nichts befreit werden, außer von schlechten Einflüssen. Ich werde ihn sofort wieder aus dem Wasser ziehen und fest abtrocknen, damit von eurer Jauche nichts hängenbleibt.

Vater Nikolai verzog keine Miene. Er enthüllte seine zwei Arme, rieb sich die Handballen.

Versuche, dich während der Zeremonie nicht lächerlich zu machen. Weißt du überhaupt, was du zu tun hast? Hast du das noch in Erinnerung? Komm mit.

Die Kirche wurde von der Ikonostase gewärmt und erleuchtet von den bewundernden Blicken der Taufgäste. Die Frömmeren verneigten sich vor der Heiligen Maria, Muttergottes, verkörpert in einer kleinen, alten, landesweit verehrten Ikone. Jana hielt den schlafenden Alexandar in der Armwiege, Slatka strahlte, bekreuzigte sich beflissentlich vor jeder Ikone, und strahlte weiter.

Lasset zum Herrn uns beten!

Das muß man ihm lassen, eine Stimme hat er.

... zerstöre deine Gewaltherrschaft und die Menschen befreie ...

Ich folge dir, Vetter, ich bin noch dabei.

Denn ich beschwöre dich durch den, der dahinwandelte auf dem Rücken der Meere wie über festes Land und den Sturm der Winde bedrohte, sein Blick legte die Meeresgründe trocken und ließ die Berge schmelzen ... denn ich beschwöre dich durch jenen, den die Flügel der Winde tragen, Boten waren ihm die Winde und die Feuer Diener.

Amen.

Bai Dan nahm Alex an sich, der weiterhin ruhig schlief, und betrachtete das entrückte Gesicht, eine Maske wohl, hinter der kosmische Kämpfe tobten ... erlöse Du selbst auch dieses Dein Geschöpf aus der Knechtschaft des Feindes, entreiße ihn aller Nachstellung des Widersachers, böser Begegnung, dem mittäglichen Dämon ... der war es wohl, der hat Alex bei dessen Geburt zu dieser Hast getrieben, und mit seinen dämonischen Zähnen hat er die Nabelschnur abgeknabst.

Bai Dan und Vater Nikolai entkleideten Alex, dann hob ihn der Priester in die Höhe, drehte ihn zum Osten hin, dort gastierte, das war Bai Dan noch gegenwärtig, das Reich der Gerechtigkeit, im Osten war die Sonne, war der Erretter, Jesus Christus.

Der Priester hauchte Alex an, auf den Mund, auf die Stirn und auf die Brust.

Vertreibe aus ihm jeden bösen und unreinen Geist, der sich

verborgen und eingenistet hat in seinem Herzen, und Vater
Nikolai wiederholte das ein erstes Mal, zeichnete das Kreuz
auf Stirn und Brust, Alexandar wird aufgenommen in die
weltliche Gemeinde und in das unendliche Mysterium, und
wiederholte es ein zweites Mal, legte Alex die Hand auf, ihn
zu schützen ... Bai Dan griff ein, *vertreibe aus ihm Dummheit und Ignoranz, die ihm andere eingeben* ... vertreibe aus
ihm jeden bösen und unreinen Geist, der sich verborgen und
eingenistet hat in seinem Herzen, den Geist des Betruges,
den Geist der Bosheit, den Geist des Götzendienstes und aller Habsucht, den Geist der Lüge und der Unlauterkeit ...

Ich folge Dir wieder, Vetter, ich bin wieder dabei.

Amen.

Vater Nikolai hielt Alexandar nun gegen Westen, und
auch das war Bai Dan gegenwärtig, das wußten alle Versammelten und konnten es nicht vergessen: Der Westen war das
Reich der Finsternis und des Todes.

Entsagest du dem Satan und allen seinen Werken und allen
seinen Engeln und all seinem Dienste und all seinem Ge-
pränge?

Und Bai Dan mußte nun antworten:

Ich entsage. Und er murmelte noch, *den Fürsten dieser
Welt, ihren Dienern, ihrem Dienst und ihrem Glanze.*

Vater Nikolai fragte ein zweites Mal.

Ich entsage.

Ein drittes Mal.

Ich entsage.

Hast du dem Satan entsagt?

Etwas gequält sah Bai Dan seinen Vetter an, *hab ich das
nicht schon deutlich gemacht?*

Ich habe entsagt.

Hast du dem Satan entsagt?

Ich habe ... die Pause ließ Vater Nikolai hochblicken, und
etwas über den herausfordernden Blick von Bai Dan er-
schrecken. Hoffentlich macht der jetzt nicht etwas Unbot-
mäßiges ...

entsagt, trompetierte Bai Dan, die Fenster klirrten und das Wasser des Taufbeckens kräuselte sich.

Hast du dem Satan entsagt?

Ich habe entsagt, und dann spie und blies Bai Dan den Teufel auf Aufforderung seines Vetters an.

Dann bestätigte er dreifach, daß Alexandar sich Christus angeschlossen habe. *Wenn Sie mich so reizend zur Lüge auffordern!*

Dann sprach er dreimal das Glaubensbekenntnis, fehlerfrei und ohne Intonation.

Der erste Teil war vorbei, nun kam das Wasser ins Spiel.

Gesegnet das Reich des Vaters ...

der Mutter und des ehrlichen Gefühls.

Die Kerzen wurden von einer der Nonnen angezündet, und eifrig pendelte das Weihrauchgefäß.

Wir bekennen die Gnaden, wir verkünden das Erbarmen, wir verhehlen nicht die Wohltat ...

sei in der Gemeinschaft, und die Gemeinschaft wird in dir sein, was du ihr an Leben gibst, gibt sie dir vielfach zurück.
Allmählich gewann Bai Dan an diesem Wettstreit Gefallen.

Vater Nikolai bekreuzigte das Taufwasser, in das er seine Rechte eingetaucht hatte, und das er anhauchte. Dann segnete er das Katechumenenöl.

Gesalbt wirst du, damit du in Nachfolge stehst von Kämpfern und Athleten, damit du stark bist, in Stirn, Brust und Schulter, in Händen und Füßen.

Der Priester tauchte den kleinen Alex vollständig ins Wasser ... getauft wird der Knecht Gottes Alexandar Luxow im Namen des Vaters ... Alex schlug die Augen auf, hinter dem Schleier des Wassers schimmerte es um eine schwarze Gestalt herum, der Schleier riß, und er erblickte einen Bärtigen, hinter ihm funkelnde Lichter ... Amen ... und daneben einen Bartlosen ... und des Sohnes ... wieder verschwand die Form und das Licht hinter dem Schleier ... Amen ... und des Heiligen Geistes ... *AlexandarAlexAlekoSaschoAljoscha AlAliAlabama*, zwuzelte Bai Dan fröhlich und nur für Alex

58

und Vater Nikolai hörbar ... Amen ... *euren heiligen Mief werde ich schon unter den Teppich kehren, da könnt ihr Weihrauch drauf nehmen* ... und eifrig trocknete Bai Dan seinen Taufsohn ab. Alexandar wurde in ein weißes Hemd gesteckt ... mit dem Gewand der Gerechtigkeit ... und der Gesang dreier Nonnen hob an ... reiche mir das Lichtgewand, der Du Dich umkleidest mit Licht wie mit einem Gewande ... und Bai Dan, die Pflicht erfüllt und seine Kampfeskräfte geweckt, freute sich auf den Schnaps und das Anstoßen mit seinem Vetter, der dem Ende zu zelebrierte ... Du bist gerechtfertigt, bist erleuchtet. Du bist getauft, bist erleuchtet, bist gesalbt, bist geheiligt, bist gewaschen ... das stimmt, du tapferer stummer Kerl, gewaschen bist du nun, und keinen Piepser hast Du von dir gegeben, ich hoffe nur, daß Du nicht einer wirst, der alles erträgt, der alles hinnimmt, sich an alles gewöhnt, mit Engelsgeduld, mit Schafserdulden ... und dann verlor Alex einige seiner wenigen Haare an die Schere des Priesters. Er war in die Gemeinschaft eingegangen und hatte das dreimalige Reißen des Schleiers erlebt, wie seine Väter und Vorväter ... und jetzt und immerdar und in die Äonen der Äonen.

Amen.

Eines Tages starb der greise König, und alle waren sehr traurig und weinten. Der Name des Königs war Güte, zwischen seinen Augen pendelte die Waage der Gerechtigkeit, auf seiner Zunge standen weise Worte Spalier wie Friedenspreisträger. Reinstes Glück war den Bewohnern seines Reiches im Laufe seiner Herrschaft beschieden, die so viele Jahre und Jahrzehnte andauerte, daß sie auf ewig schien. Unermeßlich war die Trauer unter Jung und Alt, auf Wiesen und in Waisenhäusern, als von Türmen und vor Toren die Nachricht von seinem Tode verkündet wurde.

Märchen! Märchenmacht und Königstraum, nichts will ich davon wissen. Mir liegen die subtileren Inszenierungen,

mich interessiert der Präsidentschaftswahlkampf in den Ver-
einigten Staaten mehr. Die Fortsetzung des Märchens mit
anderen Mitteln. Aber die Könige sterben nicht aus. Sie haben sich verkleidet, sich neue Titel verliehen und glauben
sich unerkannt. Und entlarven sich, weil sie weiterhin Märchen von sich erzählen lassen ...

im vierten Mai seines Lebens wurde Alex unsanft geweckt
– der Himmel weinte bitterlich. Der Morgen war kaum hel-
ler als die Nacht. Die Eltern waren schon auf. Fröstelnd ging
er ins Wohnzimmer. Im Radio sprach eine Frau, die sehr
traurig klang; sie schluchzte. Großmutter lag noch auf ihrer
Couch – ihr Gesicht war salzig. Alex gab ihr trotzdem einen
zweiten Kuß.

Er ist tot, sagte sie.

Alex ging weiter in die Küche. Am Tisch saß ein pfeifender
Mann, der sich schwungvoll ein Brot schmierte – sein Vater
mit ungewohnt guter Laune. Er erblickte Alex, lachte auf
und zwitscherte ihm zu. Komm her. Er schenkte eine zweite
Tasse Tee ein, zog Alex zu sich und verkündete: Mein Sohn,
weißt du, was wir heute für einen Tag haben? Den 3. Mai.
Merke dir diesen Tag, es ist ein großartiger Tag. Heute ist ein
wun-der-schö-ner Tag. Wir gehen heut nachmittag in den
Zoo und feiern zusammen mit den Bären und den Löwen.
Und wenn du willst, auch mit den Giraffen. Mit den Menschen ist ja nichts anzufangen.

Noch ehe Alex nachfragen konnte, stürmte seine Tante
Neuka herein. Ihre Lockenwickler hingen auf Halbmast.

Hör auf, du holst das Unheil ins Haus. Bring dem Jungen
nicht solche Sachen bei. Was ist, wenn er sich im Kindergarten verquatscht. Reiß dich bloß zusammen. Außerdem könntest du etwas Pietät zeigen. Ein Mensch ist ein Mensch, ein
Geschöpf Gottes, auch wenn er noch so schlecht war.

Aus dem Wohnzimmer war kollektives Heulen zu hören.
Die Großmutter solidarisierte sich mit dem Radio. Gut, daß
die Fenster zu sind, sagte der Vater, sonst hören wir noch ein
ganzes Konzert. Also Sascho, du hast vernommen. Sag im

Kindergarten, die ganze Familie sitzt vor dem Radio und weint. Die Tante stürmte wieder hinaus, und Alex konnte endlich fragen: Was ist denn passiert?

Sein Vater brüllte wie ein Indianer los: Der Vater der Nation ist tot, der Vater der Nation ist tot. Er tanzte um den Tisch herum, nahm zwei Gabeln, drückte Alex zwei Löffel in die Hand und begann zu klimpern, während sein Körper von einer Seite zur anderen schwankte und Alex ihm trippelnd folgte, bis beide sich erschöpft in die Arme fielen. Lustig ist es, dachte Alex, wenn der Vater der Nation stirbt. Das könnte öfters passieren.

Zwei Tage später, nachdem sich das Volk vom aufgebahrten Vater der Nation verabschiedet hatte, wurde das feierliche Begräbnis begangen, in einem Mausoleum auf dem Hügel – den Sie schon kennen, Stichwort: JupiterTangra-Christus –, erbaut in einem rasanten Tempo, die Mauern in einer Nachtaktion hochgezogen. Als sich ein ausgeschlafener Nebel von der Stirn des Hügels erhob, war zu sehen, daß dieser Vater sich von der Zukunft nicht lumpen lassen würde.

Die Prozession führte an der Allee der Befreiung entlang, vorbei an der Parteizentrale, an den drei Stockwerken enttäuschter Kaufkraft, an der winzigen mittelalterlichen Kirche, die mitten auf einer wüsten Kreuzung bewahrt geblieben war, bog dann hinter dem Institut für Lebensmitteltechnologie links ab, durch kleinere Straßen, auf die Allee der Armee, an der Akademie der Wissenschaft, an dem Trainingsgelände Spartak und der Ausbildungsstätte *Langer Marsch* vorbei, durch den Stadtwald und dann den Hügel hinauf. Alle Honoratioren warteten vor dem Mausoleum, unter Schirmen versteckt. Der Himmel hatte sich peinlichst genau an die Trauerfrist gehalten, die Flut seit Bekanntgabe der Todesnachricht nicht mehr unterbrochen. Die Straßen standen unter Wasser, der Boden war verschlammt. Die Menschenmenge säumte den Tränenfluß, nieste, fluchte und weinte bei Beobachtung weiter.

Aus senilen Lautsprechern blies verhaltene Marschmusik.

Die Tränen wurden nicht umsonst vergossen. Sie sammelten sich, bis die Straße ein reißender Strom war, gegen den die Sargträger mühsam ankämpften. Ihre Uniformen waren durchnäßt, die Augen verschleiert hinter den kleinen Sturzbächen, die von ihren Mützen hinabbrannten. Bis zum Hügel gelangten sie, umrahmt von obligatorischem Schwarz und optimistischem Rot. Plötzlich entglitt ihnen der Sarg – die internationalen Beileidsspender hatten sich schon ins Mausoleum geflüchtet –, kippte nach hinten, begrub die weniger beweglichen Sargträger unter sich und plumpste ins Wasser, ein getauftes Schiff auf Jungfernfahrt, rasant die Straße hinunter, steuerlos. Die Sargluke sprang auf, der Kopf der Leiche klopfte auf die Eichenholzplanken, als wäre noch ein letzter Nagel einzuhämmern, die Schminke verteilte sich auf den schweren Augenwimpern, auf dem Schnurrbart, auf Lippen, Wangen und über den Hals. Der Sarg wurde zur Allee gespült, umkurvte die winzige, mittelalterliche Kirche und rammte vor der Parteizentrale einen Telefonmast, wölbte sich und verlor den Leichnam, der noch ein Stück weitergetrieben wurde, in Richtung der Residenz des Vaters der Nation, ehe er unterging, eines Staatsmannes würdig, steif und unbewegt, vom Volk und vom Himmel betrauert.

ALEX   Temperatur
Erhöhte Temperatur. Herr Hoffnang, mit dem ich ein Zimmer teile und der nie Besuch erhält, leidet an erhöhter Temperatur. Fing harmlos an, mit etwas über 37, nicht der Rede wert, ein leichtes Fieber, nichts, was die Kräfte eines Hausmittels übersteigen würde. Nicht einmal Grund für Bettlägerigkeit. Etwas müder als sonst setzte er sich an den Eßtisch zu Abend, ließ sich in den Sessel fallen, schlief eine halbe Stunde früher als üblich vor dem Fernseher ein. Is so ne Sach mit der Temperatur, sagt Hoffnang, die nimmst du nich wahr, wenn sie so bei 36 und die paar Zerquetschten liegt, da denkst du nich, ich lauf rum und bin so warm wie Bade-

wasser. An so was denkst du nich. Als er zum ersten Mal 38 ablas, hatte er Bauchschmerzen. Er nahm einen Aquavit und ging noch früher schlafen. Du beginnst daran zu denken, ziemlich oft und dann, irgendwann einmal, ab einem gewissen Punkt so gut wie ständig, da trägst du dein Thermometer mit dir rum wie manche nen Kamm, mit in die Arbeit und du bist voll drauf fixiert, alle halbe Stunde oder so mußt du aufs Klo, um wieder zu messen, weil ein Lufthauch oder ein leichtes Schwitzen oder sonst was dich auf die Idee bringt, die Temperatur hätt sich verändert, du bist guter Dinge, fühlst dich ne Spur wohler und sofort ab zum Messen, weil du während der ersten Wochen denkst, jetzt, jetzt gehts runter – und nix is. So nen Blödsinn, das gibts nich, das muß doch mal weggehen, denkste, Pustekuchen. Der erste Arzt, der Hausarzt der Familie, muß ziemlich ratlos gewesen sein, aber er zerstreute die Sorgen des Patienten. Temperatur, dozierte er, Temperatur sei eine natürliche Verteidigungsanlage des Körpers, ein Bollwerk der Selbstheilung, und wenn sie sich jetzt eine Zeitlang erhöht zeige, dann könne das nur bedeuten, der Körper werde belagert, also habe er seine Abwehrmechanismen aktiviert, oder – wenn Sie so wollen – die Wehranlage hochgezogen. Ja, genauso hat der das gesagt, und da wo ich herkomm, da tut man das Wort des Doktors nich anzweifeln. Es klang ja fast wie nen Erfolg, is doch so, aber als ich drüber nachdachte, hieß das ja, es ist Krieg, in meinem eigenen Körper und ich krieg es nich mal gescheit mit … ich konnte nix dagegen tun. Was ihm auch der Doktor beim zweiten Termin eröffnete – in der Zwischenzeit war die Auswertung der Blut- und Urinproben erfolgt. Was tun? Die berühmte Frage, Herr Hoffnang. Wahrscheinlich geht es von alleine wieder weg, die Belagerer werden ermüden, Herr Hoffnang. Das war das Letzte, was der zu mir gesagt hat, dann bin ich zu einem anderen … nich, daß es was genützt hat.

Die Temperatur stieg weiter an, mal im Wochentakt, mal nach einem oder einigen Monaten Pause. Aus Hausärzten

63

wurden Krankenhäuser, städtische und kirchliche, Universitäts- und private Kliniken. Es ging nicht mehr nur um die Temperatur, die Organe hatten begonnen, ihren Dienst aufzugeben. Operationen, das Warten auf Transplantationen und das Leben mit der inneren Hitze. Heute war wieder so ein Tag, heute überschritt die Temperatur zum ersten Mal die Vierzig-Grad-Grenze. Eine neue Phase, Hoffnang lächelt, etwas entrückt, fast so, als wäre er stolz auf diese Leistung. Dann holt er einen Bocksbeutel aus seinem Nachtkasten, das Ende einer Periode zu feiern, gibt mir die Karten zum Mischen, so vertreiben wir uns die Zeit, kümmert sich um den Wein. Er stellt zwei frischgespülte Gläser auf den Tisch, sie zittern nach. Er müht sich mit dem Korkenzieher ab. Schließlich ist der Korken zerfetzt. Der Tag verabschiedet sich zaghaft, eine Krankenschwester schreitet mit klackenden Sandalen den Gang hinunter. Mit den Karten fängt er an zurückzugehen, so als würden ihm die gewonnenen und verlorenen Stiche einen Weg bahnen, leise und bedächtig zuerst, dann temperamentvoller, erregter, einen Weg zu einem Stammtisch Sonntag mittags, der in unserem aseptischen Raum bald den Geruch fetter Braten verbreitet.

In der Provinz gruppieren sich rundliche Gesichter, die zum Abend hin feist werden, um das Bier herum, zocken Zug um Zug, notieren kommentieren die Punkte und lassen auf Filzen anschreiben. Neben den Händen eifern die Stimmen frotzelnd und im Nebensatz um einen Bluff. Der Dunst der Zigaretten, die Heizung, das Bier treiben Schweiß auf die Stirne, Einsätze in die Höhe und im Laufe der Zeit den Betrug aus seinem Versteck. Stolzverletzt war er fortgegangen, hatte die Pfennige zurückgelassen, um die ihn die anderen zu hintergehen glaubten.

Da bin ich weg, das brauchte ich nicht.

Er erzählt, als sei es eine bedeutende und zugleich tragische Lebensentscheidung gewesen. Er erzählt ausgiebig, mit einem vor vierzig Grad Temperatur roten Kopf, und wir trinken lauwarmen Weißwein.

Von Kindheit an war es sein Traum, Musiker zu werden. Ich sehe mir seine Hände an, sie zittern, man würde ihnen keine gelenkige Erinnerung an das Konservatorium zutrauen. Vier Jahre Theorie und Bratsche und eines Tages den Anstellungsvertrag vom Rundfunkorchester in der Tasche. Der junge Mann, der die Provinz hinter sich gelassen hatte, spazierte die Alleen entlang, jeder Anblick begegnete ihm mit Verführung und Lust, sein Herz pochte wie die Türen eines soeben fertiggestellten Hauses, von frischem Wind auf- und zugeschlagen. Er freute sich auf die lange, uferlose Zeit, die ihm in diesem Haus bevorstand. Er war am Ziel. Einige Stunden lang. Im Wohnheim übergab ihm der Zimmernachbar ein Telegramm, das ihn zurückholte . . .

VATER GESTORBEN STOP BITTE SOFORT KOMMEN

Die Wiederholung einer abgesetzten Inszenierung: Stirnkuß, Leichenschmaus, eine erbittert kalte Mutter, die bekanntgab: Du bist der Älteste, du mußt den Getränkemarkt weiterführen, das kannst nur du. Zwischen dem Mittagessen und dem Montagmorgen darauf hatte er Zeit, sich zu entscheiden: ein weiteres Mal Gehorsam oder ein endgültiges Mal Auflehnung. In der linken Innentasche pochte der Anstellungsvertrag, im Sonntagsanzug. Jetzt, mit vierzig Grad, weiß er, daß er sich falsch entschieden hat. Er fügte sich, nachdem er in der Nacht herumgeirrt war, eine Flasche billigen Weinbrand geleert und den zusammengerollten Arbeitsvertrag hineingeschoben hatte. Die Flasche warf er in eine Baugrube. Jahre später wachte er mit 37 einhalb Temperatur auf – der Aufstand ließ sich nicht mehr aufschieben, aber nun richtete er sich gegen ihn selbst. Dauerhaft.

DER VATER VON ALEXANDAR HATTE EINIGE MAXIMEN, an die er sich hielt wie ein Hobbyschneider an ein Schnittmuster. *Wenn Du nicht gegen den Strom schwimmen kannst, laß dich treiben.* Und er ließ sich treiben: aus dem Bett heraus. Die Aktivisten riefen keine Liebeserklärung in den zweiten

Stock hinauf, spät abends, sondern eine unverblümte Einladung zu einer Veranstaltung des internationalen Studentenkongresses, der gerade in der Hauptstadt tagte. Die Brigade wurde gebraucht. Vasko Luxow zog sich murrend die Schuhe an. Progressive Studentenführer aus der ganzen Welt hatten sich versammelt. Im Treppenhaus war das Licht ausgebrannt. Er tastete sich die Wand entlang nach unten, setzte seine Schritte vorsichtig, begleitet von den Rufen der Aktivisten, die ihn zur Eile mahnten. Er war ja nicht der einzige, den sie abholen mußten. Es gab Dringliches zu tun: Bei den ersten Veranstaltungen hatte es sich unglücklicherweise gezeigt, daß einige der Fremden zum Diskutieren hergekommen waren. Das galt es zu unterbinden. Denn obwohl die Diskussion mit Bedacht nach Mitternacht angesetzt war und somit kein großer Besucherandrang drohte, sollte der Saal mit Treibholz gefüllt werden, um den Gesprächsfluß auf dem Podium zu stören.

Die Aula der Universität war berstend voll. Auf dem Programm stand ein Podiumsgespräch mit einer Reihe bedeutender Rebellen aus Frankreich, Italien und Lateinamerika. Als Vasko zusammen mit den anderen aus seiner Gruppe hineintrat, geriet er in einen Platzregen ohrenbetäubender Begeisterung. Die einberufenen Einheimischen trampelten auf den Boden, quietschten mit den Stühlen, riefen Bravo BravoJaBravo. Die ausländischen Redner guckten verdutzt. Anfangs noch der irrigen Ansicht, ihr Ruf als Beatles der revoltierenden Studentenschaft sei ihnen vorausgeeilt, versuchten sie diese kakophonischen Vorschußlorbeeren zu bremsen. Doch weder ihre mahnenden Handflächen oder ihr Kopfnicken zum Dank, noch das heftigste Anheben der Stimme vermochte den Lärmpegel zu mindern. Und während Lächeln und gespreizte Finger erlahmten, kam ihnen der Verdacht, daß die Sympathiekundgebung ganz einfach bedeutete, man würde sie anhören ... wenn sie schwiegen. Ermüdet überließen sie dem Diskussionsleiter und seinen Claqueuren das Wort, das plötzlich über alle Köpfe des vollgestopften Saales hinweg bis in die Gänge hinein zu vernehmen war. Nach dieser Kapitulation nahm die allgemeine Aufmerksamkeit ab.

Vasko Luxow schloß die Augen, um ihn herum wurde gescherzt, manche lasen und manche knüpften flüsternd Gespräche mit den Fremden. Er schlummerte ein. Angesichts der zahmgewordenen Zuhörer glaubte ein französischer Delegierter etwa eine Stunde später, doch noch einen provokanten Denkanstoß anbringen zu können. Einige Sätze konnte er ungestört formulieren, die von dem Simultandolmetscher zwar entschärft wurden, die aber doch in der Lage waren, bei den Französischkundigen Unheil anzurichten. Von den Rändern der Aula her wurde ein Stampfen ausgelöst. Vasko erhielt von seinem Nebenmann einen Stoß in die Rippen, hörte den gezischten Befehl STAMPFE! – seine Beine gehorchten automatisch. Er hörte Schreie, er schrie mit: Lo-ko-mo-tiv, Lo-ko-mo-tiv, jetzt noch eine Schlußoffensive, wie am letzten Wochenende, diese Provinzflaschen von *Traktor* müßten sie in Grund und Boden spielen, das Siegestor liegt doch in der Luft ... Lo-ko-mo-tiv! Um ihn herum erhoben sich die Leute, Elfmeter, das muß er doch pfeifen, er richtete sich auch auf, etwas schwerfällig, das Feld besser zu sehen, was hatte er verpaßt, hatte der Schiedsrichter wieder keinen Elfer gepfiffen, Schweinerei, der will doch nur, daß der Armeeklub Meister wird. Er blickte um sich und sah am Ende seiner Reihe den Brigadeführer, dessen offene Handflächen Luft nach oben zu pumpen schienen. Was hatte der hier verloren? Der interessierte sich doch nur für Ringen. Wo war er? Zu viele Leute sahen ihn an. Etwas war nicht in Ordnung, er mußte dringend wach werden. Er vernahm einen Gesang. Das Lied kannte er doch, was war das, was war das nur? Die Melodie? Das waren keine Schlachtrufe. Etwas Offizielleres. Nicht die Internationale. Etwas anderes. Die Marseillaise? Ja, eindeutig, es war die Marseillaise, und er war nicht im Stadion, da hatte dieser falsche, vielmündige Gesang, diese donnernde Wiedergabe, nichts

67

verloren. Wieso wurde sie gesungen? Egal, mitsingen. Sein Herz zuckte mit den Klappen – *wenn du nicht gegen den Strom schwimmen kannst, laß dich treiben.*

Aber ein Gedanke ließ ihn auf dem Heimweg durch die nächtliche Stadt nicht los, auf dem langen Gang durch die kalten Straßen, zu einer Nachtzeit ohne Trambahnverkehr: Wie konnte er diesem Strom entkommen, wie ans Ufer gelangen? Das hieße ruhig dasitzen, den eigenen Rhythmus bestimmen, das eigene Leben leben ... das Gehen fiel ihm schwer, zäh war die Widerwärtigkeit, die ihn umschloß, am Fuße der neuen Bauten, selbstbewußt und ohne falsche Rücksicht in das Viertel gestampft. Wir haben nichts zu befürchten, behaupteten sie, und weil sie es selber nicht glaubten, wuchsen sie in die Breite und in die Höhe, verstärkten ihre Drohgebärden und warfen säubernde Schatten über die Straße – der Staub hatte sich mit dem Aufbegehren davongemacht. Wie ein Elefant, der Gedanke ermunterte Vasko ein bißchen, und selbst Elefanten haben Angst. Vor Mäusen, und je größer der Elefant, desto mickriger die Maus, die ihn in Panik versetzt. Mit ihrem Piepsen. Pieps. Piepspieps, Vasko warf Nase und Mund zur Schnauze zusammen, streckte seinen Kopf nackenkrumm nach vorne, pieps, und rannte zur Wand des nächsten monströsen Gebäudes. Pieps, habt ihr Angst vor mir? Und rannte auf die andere Straßenseite, geduckt nach vorne gebeugt, piepsend, vielleicht würden die Bauten in Panik geraten, davonstampfen, nach Moskau zurück und wenn sie ganz verwirrt und in Rage sind, stampfen sie womöglich den Kreml platt. Das wäre es. Ausgelaugt blieb Vasko stehen, und sofort umschloß ihn die Widerwärtigkeit, aus widerwärtigen Lehren und Belehrungen, widerwärtig.

Zu Hause rüttelte er Jana wach. Ich muß mit dir reden. Sie drehte sich zur anderen Seite. Er stieg über ihren zusammengezogenen Körper, rüttelte sie und sagte laut: Wach auf, Jana, komm schon, ich muß dir was sagen, wichtig, wiiiichtig! Sie richtete sich auf, blickte ihn mißlaunig an, griff sich ein Kissen, an das, zurechtgeklopft und an die Wand gestellt, sie sich lehnte.

Was ist denn? Kommst du erst jetzt zurück? Wo warst du denn?

Hat gedauert, wir mußten Lärm machen, damit man die geladenen Redner nicht hört.

A--ha.

Ich will weg!

Wie weg?

Weg von hier, aus diesem Land raus, irgendwo anders hin. Es ist hier zu eng.

Du solltest froh sein, daß wir bei meiner Mutter leben können. Oder hast du etwa eine freistehende Wohnung, in die du uns einladen willst.

Aber eine eigene Wohnung, ganz für uns allein, würde dir das nicht gefallen? Anderswo ist das überhaupt kein Problem, jeder hat da eine eigene Wohnung.

Ja, wir gehen woanders hin, wir reden in Ruhe darüber – laß uns jetzt schlafen.

Ich meins ernst. Das ist mir heute nacht klar geworden. Ich weiß es, ich bin sicher, ich glaube, ich habe es schon immer gewollt.

Aber ich, ich bin mir unsicher.

Ich will unbedingt weg.

Und was ist mit mir?

Von nun bedienten sich ihre diesbezüglichen Gespräche regelmäßig der Komplizenschaft der Nacht. Vasko bombadierte seine Ehefrau mit Argumenten und Absichten, und Jana erwiderte, daß ihr schon der Gedanke größtes Unbehagen verursache. Ihr Gefühl widersprach, und sie begriff bald, daß Vasko ihre Gefühle nie als seinen Argumenten gleichwertig anerkennen würde. Wenn er mit seinen vernünftigen Überlegungen daherkam, etwa mit der Zukunft von Alex, fiel ihr keine überzeugende Widerrede ein. Sie konnte nur Gefahren beschwören. Er hatte die richtigen Argumente und

69

sie die falschen Gefühle. Ihr Widerstand erlahmte, brach immer öfter ab, wie die zertrümmerte Mine eines Bleistiftes. Sie konnte mit niemandem reden. Vasko hätte ihr das gar nicht einschärfen müssen, nein, auch nicht mit der Mutter, du weißt, wie gern sie schwätzt, und das bei deinen fünf Schwestern, und ihren fünf Männern, im Nu weiß es die ganze Stadt und die Staatssicherheit auch. Niemand konnte sie in ihrer Weigerung bestärken, und niemand konnte die wachsende Unsicherheit vertreiben, ob vielleicht nicht sie falsch liege, ob Vasko nicht vielleicht doch recht habe. Wie ein Dieb schlich sich das Zaudern und Zagen hinein, und entwendete ihr die Kraft für eine unbeugsame Ablehnung.

Jana hatte die Grenzen ihrer Realität immer wieder in Träumen überwunden, Träume, die mit keinerlei Ambition ausgestattet waren, sich zu verwirklichen. Vasko dagegen überflog die Grenzen ständig im sehnsüchtigen Flug, so häufig, daß er Karten hätte zeichnen können, topografisch korrekte Karten der Ebenen und Berge und Flüße hinter den Grenzen. Anhand dieser Karten wollte er sich orientieren, wenn er sich aufmachte, die schwerste aller Grenzen, die Eiserne, zu überwinden.

Als zweite Maxime galt Vasko: *Die Ausdauer des Langstreckenläufers führt zum Ziel.* Wer unvorbereitet das Weite sucht, wird böse Überraschungen erleben. Instinktiv spürte er, daß das Gelobte, dort in der Ferne, weit im Westen, nicht nach ihm schmachtete, wie nach einem versprochenen Gemahl. Es wollte umworben sein. In der fremden Sprache. Vasko lieh sich Lehrbücher aus, trockene grammatikalische Abrisse mit Listen von Vokabeln, die er paukte, über den Tag verteilt, einige für die Fahrt mit der Tram in die Arbeit, einige für die Mittagspause und einige für die Stunde vor dem Zubettgehen. Jana fragte ihn aus, und sie brachten sich einige zärtliche Sätze bei, die nur ihnen gehörten, spät, wenn alles schlief. Die Kunde von Vaskos neuerworbenen Kenntnissen sickerte zu den Freunden durch. Bald machte er Karriere als

Pop-Song-Übersetzer. Die sprachlich ungeschulteren Freunde trugen ihm enthusiastische Kostproben ihrer Lieblingsschlager vor, Lieder, die schon vom Rauschen und Knistern des fernen Senders und vom Slang verfremdet waren: *Koz ai il oleys law yu, Du baba if yu baba law mi* oder, und deutlicher wurde es nie: *Dudu hani, dudu mani, dudu yu main.* Ein tolles Lied, spielen die momentan ständig. Eine ganz große Nummer. Nun sag schon, worum gehts da? Um sie nicht zu enttäuschen, um sich nicht nachsagen zu lassen, er könne die gelobte Sprache gar nicht, verstehe er doch nicht einmal einen einfachen Text – hör mal genau zu: *Lait ju mait bi, dait ju mait si* – verbrachte er Stunden vor dem Radiogerät und enträtselte mühsam Strophe um Strophe. Der Sinn, der sich schließlich ergab, war wenig erquicklich. Von Mal zu Mal verstärkte sich seine Überzeugung, daß er sich die Mühe sparen konnte. Weit weniger aufwendig, die Texte selbst zu erfinden und als souveräne Übersetzung auszugeben. Man hält sich an das dominante Leitmotiv, garniert es mit wohlbekannten, inflationär gebrauchten Worten, und formt einen Refrain, der endlose Wiederholung ermöglicht. Niemandem fiel auf, daß die Ode an die Liebe hausgemacht war.

Vorrangig war auch das Sammeln von Fluchtkapital, um nicht als Bettler anzukommen oder auf dem Weg am nötigen Kleingeld zu scheitern. Er mußte Dollars auftreiben, horten und vor allem gut verstecken, denn die dritte Maxime war überlebenswichtig: *Was der andere nicht weiß, macht ihn nicht heiß.* Niemand in der Familie durfte etwas erfahren, kein Freund, kein Vertrauter. Eine größere Menge Dollars würde Fragen und Befürchtungen provozieren, hysterische Appelle von Slatka, keine Dummheiten zu machen. Nachdem er die fünfzehn Quadratmeter mehrfach abgesucht hatte, die ihm, seiner Frau und Alex zur Verfügung standen, entdeckte er das perfekte Versteck. Die Gestelle des Laufstalles ließen sich oben öffnen, das abgerundete Endstück mit ei-

niger Kraftanstrengung abziehen. Ein hohler Raum bot sich
darunter an, geräumig genug für die Dollars, die er zusam-
mentragen würde. Von nun an mußte sich Jana an ein spät-
abendliches Ritual gewöhnen: Vaskos Siegespose, die Hände
nach vorne gestreckt, guck sie dir an, sauber nichts dran,
ABRADOLLARA, die Hände verschwinden, das Lächeln kün-
digt die Überraschung an, die Lippen nehmen Fahrt auf zum
Pfeifen, während die Hände wieder erscheinen, längs gefal-
tete Banknoten zwischen den Fingern, Grün ist die Farbe der
Hoffnung, und der Fächer aus balkanischen Fingern und
amerikanischen dollari senkt sich zum mißmutigen Gesicht
der Mutter. Pschhht, du wirst ihn aufwecken mit deinem
Zirkus. Kannst du das Geld nicht leise verstecken, laß das
jetzt, mußt du so fest rütteln … Sie beobachtete ihn skep-
tisch, besorgt. Der hohle Innenraum füllte sich, ihre bösen
Vorahnungen gruben sich tiefer ein. Innerlich blieb es bei
ihrer Ablehnung dieses Abenteuers, aber ihrem Mund ent-
schlüpfte eines Tages ein totgeborenes *Wenn Du unbedingt
willst.*

ALEX   Screen
Der Techniker war heute da, um den Screen zu justieren, so
wird hier das Fenster genannt. Nach einigen Wochen Krankenhaus hat man Anspruch auf neue Programme, nicht, daß
viele im Angebot wären, aber die Heidelandschaft hing mir
zum Halse raus, und die Berge ödeten mich an. Ich hatte um
Wald gebeten. Ich finde die Sache mit diesem künstlichen
Fenster nicht schlecht. Die tatsächliche Aussicht ist nämlich
alles andere als erquickend: zwei zu große und zu häßliche
Amphoren, dort bewahren wir das Herz der Oberschwester
auf, nur ein Scherz, der Pfleger hat so einen kranken Humor,
wenn wir dir was amputieren, kannst du es dort wiederfin-
den. Hinter den Amphoren sieht man eine Ecke des Park-
platzes und einen Schuppen. Die gepflegte Gartenanlage
befindet sich auf der anderen Seite des Trakts. Aber ich weiß

nicht, selbst wenn die Aussicht besser wäre, mit dem Screen könnte sie bestimmt nicht mithalten.

Der Techniker war da, um eine leichte Störung zu beheben – es flimmerte am Rand –, und er fing an, mir die Technik des Dings zu erklären, obwohl es mich nicht im geringsten interessiert. Wissen Sie, wie der Tagesablauf simuliert wird? Das Bild, das ich zu sehen kriege, wandelt sich, von Morgenlicht über Tageslicht zu Abendlicht, und nachts strahlen Sternenpunkte. Und das auf einer Größe von etwa zwei mal drei Meter. Echt nicht übel. Der Techniker war nicht zu bremsen: Hinter einem 35mm Dia, zum Beispiel die Heidelandschaft – gerade die will ich weghaben, unterbrach ich ihn – befinde sich eine Lichtquelle, über die eine elektronische Digitaluhr in 24 Stunden 650 Lichtveränderungen produziere. Die Entwicklung gehe hin zu bewegten Bildern, Bäume, die sich im Wind wiegen, Wellen, die an einem Felsen branden, Wolken, die am Himmel vorbeiziehen, man könnte Metereologen beauftragen, die Sache realistisch anzulegen, mit Cumuli, Strähnen, Wetterleuchten undsoweiter. Das fand ich stark. Aber als sich der Techniker mit seiner Begeisterung wieder einkriegte, enttäuschte er mich: das werde bestimmt noch ein oder zwei Jährchen dauern. Ich versicherte ihm, wie die Dinge stünden und lägen, könnte er mich zu den Dauerbenutzern der Screen zählen.

MITTEN IN EINEM RAUM STEHT EIN SAMOWAR, von würdiger Herkunft, aus Taschkent, Kiew, aus einem anderen Jahrhundert. Ein Samowar auf einem Glastisch wartet auf Durst. Ein Neonlicht an der Decke. Es häutet sich kalt. Wie Tücher legen sich Farben auf den durchsichtigen Tisch. Durst braut sich zusammen. Plastikbecher stehen dort, wo sie vorhin nicht standen. Rotbeschriftete Becher. Eine eheberingte Hand, groß wie der Durst, greift in den Raum hinein, zieht den obersten Becher heraus und stellt ihn unter den Hahn des Samowars. Trinken, in diesem Raum mit einem Teppich,

der die Farben in Weichheit schluckt. Der Hahn wird gedreht, langsam, bedächtig, über dem Becher mit roter Be-
schriftung, und aus dem Samowar fließt, nein, das ist kein
Fließen, das zischt so raus, sprudelt spritzt kalt spritzt dunkel perlt COCA-COLA welcome to the show, reinste Coke, das
Original. Führ den Becher an den Mund, leer das Zeug in
einem Zug, dreh nicht ab, Mann, da ist noch so viel drin, das
macht dich high und happy Mann, stell den Becher wieder
hin, nimm'n zweiten Becher, trink den ersten, füll den zweiten, trink den zweiten füll den dritten, füll den ersten, trink
den dritten, dann den ersten, füll den dritten trink den zweiten nimm den vierten, mehr davon, das gurgelt und sprudelt
und gluckert, na, hast du noch Durst, oh yeah, jetzt willste
mehr, jetzt willstes haben, da sind sie, greif sie dir nimm sie
dir, all die süßen schönen roten Becher, schmeckt so gut, ich
weiß, es schmeckt so gut, ewig müßt man weitertrinken, ne-
ver ending trinken trinken, drink and drink and drink again,
dreh den Hahn nie zu, mit den Farben tanzen, mit mellow-
yellow, oder mit der Rosa, have another drink, have another
dance, und jetzt drückst du diese elenden weißen Wände mal
weg, die fallen ja schon von alleine um, ein Stoß genügt, du
hast jetzt Power, der Raum wird größer, plops und plumps,
das war die Wand, ach wie ging das von der Hand, komm
raus jetzt, hierhierhier, tsutsutsu, hier scheint die Sonne oh ja
oh ja, you are the sunshine, hast du dir etwa was zu trinken
mitgenommen?, nicht nötig, Dummerchen, hier gibt es mehr
als genug, hier ist nämlich alles möglich, alles, und alles wird
für dich getan, have some fun ... dem Samowar sei Dank,
ich bin schon auf dem Weg, es ist passiert, ich bin draußen,
das Sonnenlicht blendet, aber die Gerüche stimmen, die sind
richtig, die Luft ist frisch, sie will alles zum Leben erwecken,
die Stimmen freundlich, vergnügt, Kinder, die in meinem
Ohr Wasserrutsche spielen. Da ist jemand, ein sympathi-
scher, verbindlicher Herr mittleren Alters, im dezenten Anzug, er schüttelt mir die Hand, jemand klopft mir auf den
Rücken, jemand öffnet eine Wagentür lädt mich ein jemand

dreht sich um und jemand fragt: Bitte, wohin möchten SIE jetzt, Mr Vasko Luxow?

Und Genosse Luxow schläft glücklich weiter.

ALEX   Wald

Der Wald hat sich bewährt, eindeutig meine bevorzugte Landschaft. Ich betrachte den Wald von dem Feld meines Bettes aus, diese glänzenden Grüntöne, die einen beruhigen, und wie. Manchmal überkommt mich eine Lust, gerne würde ich meine Hände ausstrecken und sie in das Grün tauchen, gerne würde ich das tun, in den Wald rennen – schon steige ich einen gewundenen Baumstamm hinauf. Vorsicht, vorsichtig. Nicht ausrutschen. Barfuß ist besser. Fast wäre es passiert, ein fester Griff ist nötig. Hinauf zu dem großen Ast. Ich setze mich hin, meine Beine baumeln hinab, meine aufgeschürften Knie, hohe graue Socken mit rotem Streifen am elastischen Band. Der Sportunterricht, immer die letzte Stunde am Vormittag, ist vorbei, jeder von uns geht zu einem anderen Mittagessen, am Kiosk kaufen einige Kaugummi und Lutscher, ich nicht, meine Mutter kocht besser, und beleidigt wäre sie, wenn ich einen Lollipop zum Salat mitbringen würde. Der Wald liegt auf dem Weg nach Hause. Oder so ungefähr, einen kleinen Umweg ist er wert.

Spät, der Nachmittag nach den Hausaufgaben, ich könnte die Vögel nicht zählen, die ich beobachte. Vögel, deren Namen ich kenne, und Vögel von namenloser Schönheit. Ich beuge mich vor, meine Augen schaukeln über einem Bach, dessen Farbe die Tageszeit verändert, sie schaukeln über naßgespritzte Felsbrocken und moosbesetzte Steine. Bis mich ein Schwindel erfaßt und ich mich ins Geäst zurücklehne, die Augen schließe, eine Weile ruhig weiterschaukele. Und die Vögel zwitschern. Dem Techniker einen großen Dank. Es wäre halb so schön, wenn die Vögel nicht zwitschern würden.

Weilen später hebe ich den Kopf, schüttele mich, den langvergangenen Schwindel zu vertreiben, richte mich auf im dü-

steren Licht des Stationszimmers, ein richtungsloses, weltver-
gessenes Licht, und einen Screen, der gelegentlich zu Tagen
führt, die über einem Bach baumeln und sich selbst genügen.

ALS JANA AUFWACHTE, am Morgen nach dem Verrat des Samowars, ahnte sie davon nichts, sah einen aufgeklappten
Koffer, der von Vasko abgestaubt wurde. Sie schlüpfte tiefer
unter die Decke, schloß die Augen und versuchte wieder ins
Dösen zu gleiten. Nur noch drei Monate bis zu den Sommerferien, hörte sie ihren Mann sagen. Wir haben Zeit, alles zu
organisieren. Diesen Sommer wird es passieren. Ich spüre,
das ist unser Sommer. He, Jana, ich kann das hier nicht alles
allein machen. Unwillig zog sie die Bettdecke hinab, bis ihre
Augen ins Zimmer schielen konnten. Was ist denn? Ich habs!
Wir werden sagen, daß wir unseren ganzen Urlaub dieses
Jahr am Meer verbringen, wir fahren wieder einmal ans
Meer, ist doch das Beste, was man machen kann, nur, was
die alle nicht wissen, dieses Mal fahren wir in die andere
Richtung. Diesen Sommer müssen wir es tun. Wieso? Weil es
an der Zeit ist. Wir haben schon lange genug darüber geredet. Jetzt müssen wir handeln. Wie kommst du gerade jetzt
drauf? Hast du mit jemandem gesprochen, Vasko? Nein
nein, nur ein Traum, ich hatte einen Traum …

Zwei Koffer sind nicht viel, wenn man sie mit einer Auswahl
seines bisherigen Lebens füllen soll. Zwei Koffer, mehr geht
nicht. Und ein kleinerer Koffer, der kann auch noch mit. Be-
züglich der Kleidung, hinsichtlich des Spielzeuges, einigten
sich Vasko und Jana schnell. Er zeigte sich großzügig: Frauen
brauchen mehr Kleidung, und Kinder natürlich etwas zum
Spielen. Aber ansonsten müssen wir uns auf das Wesentliche
beschränken.
   Gehören die Gobelins dazu, zum Wesentlichen? Ich will
beide mitnehmen, sagt Jana. Irgendwo müssen wir eine
Grenze ziehen, sagt Vasko. Jana überhört das. Sie nimmt

beide Bilder von der Wand und legt sie auf das Bett. Das Rosenmeer und das Segelboot. In schweren Rahmen. Der Oberkörper einer einsamen Pflückerin in wohlriechendem Rot. Sie
löst beide Gobelins aus den Rahmen. Ein weißes, geneigtes
Segel in einem Meer wellenförmiger Versprechen. Nehmen
doch kaum Platz weg. Das kann man über tausend andere
Sachen sagen, das geht einfach nicht. Wir können nicht alles
mitnehmen. Ich dachte, wir hätten uns darüber geeinigt. Das
ist mir aber sehr wichtig. Was willst du mit diesen alten Dingern. Hör mal, ich kauf dir drüben viel schönere Bilder, versprochen, sobald wir Fuß gefaßt haben. Nein. Du wirst über
diese Gobelins nur noch schmunzeln. Nein, werde ich nicht,
ich bin mit ihnen großgeworden. Wir können uns jetzt keine
Sentimentalitäten leisten. Hast du überhaupt Gefühle? Dir
ist alles egal, außer dieser Flucht. Hauptsache du kannst
deine fixe Idee durchsetzen. Das ist keine fixe Idee. Ich will
das für uns, damit unser Leben besser wird. Wenn es nach dir
ginge, würden wir für immer in diesem Loch hausen. Loch?
Loch? Du hast in einem Loch gewohnt, bevor du das Glück
hattest, mich kennenzulernen. Hast du das schon vergessen?
Was für ein Rattenloch, im Vergleich dazu bist du hier in
einen Palast gelandet. Vielleicht weißt du es nicht mehr. Dieser Verrückte, mit dem du zusammengelebt hast, der hat
ständig gequalmt, und seine Asche hat er über den Fußboden
verteilt, der Ofen hat nicht funktioniert, es war immer feucht
und kalt. Du hattest ein klappriges Bett, einen Schreibtisch
aus Obstkisten, zwei Hosen und, wenn es hochkommt, vier
Hemden. Nur wegen mir bist du aus diesem Drecksloch her-
ausgekommen. Wie redest du mit mir. Du vergißt dich. Soll
ich mich jeden Tag bei dir bedanken, gnädigste Prinzessin,
wie nobel von Ihnen, wie gütig, daß ich in Ihrem Scheißpa-
last hausen darf. Soll ich dir etwa die Füße küssen? Mit mir
nicht, ich sags dir, nicht mit mir. Entweder du kommst mit,
oder du läßt es sein. Vasko verließ das Zimmer. Janas Tränen
fielen auf die Gobelins.

Das Auto war in Schuß gebracht, so weit das bei diesem Werkzeug der Unzuverlässigkeit überhaupt möglich war, und sie stritten sich über die Gobelins. Der Paß mit Visum für einige Bruderländer war besorgt – einige Beziehungen mußten gemolken werden –, und die Qual der Wahl zwischen *Rosenmeer* und *Segelboot* dauerte an. Die angesammelten Dollars stimmten zuversichtlich, in lokale Währung umgerechnet, bildeten sie einen Reichtum, der auf jahrelange Bescheidung zurückging. Die Verwandten, die Kindergärtnerin, die Kollegen, selbst der Hausarzt, alle wußten, daß die Familie Luxow dieses Jahr die ganzen Sommerferien am Schwarzen Meer verbringen würde. Mal ein neues Plätzchen ausprobieren. Weiter südlich, sehr abgelegen, dort solls ruhiger sein. Vielleicht trifft man sich, wir sind da auch in der Nähe. Ich weiß nicht, wird schwierig, wir wollen ziemlich viele Ausflüge machen, und es gibt kein Telefon. Und Alex glaubte, er würde Schwimmen lernen. Er sah sich schon als großen Schwimmer, lief durch die Wohnung und räumte im Bruststil seine Tanten und Onkel aus dem Weg. In der Küche versprach er der Oma, sie aus den Fluten zu retten. Aber ich gehe doch gar nicht ins Wasser, Saschko. Ich trau mich nicht. Im Gegensatz zu dir kann ich nicht schwimmen. Ich mach nur meine alten Füße etwas naß. Und wenn dich dabei eine riesige Welle packt?

Der Gjuwetsch roch ein letztes Mal nach gemeinsamen Abendessen. Sie saßen alle eng am Tisch zusammen, und keiner ahnte die Endgültigkeit. Außer Vasko und Jana. Sonst hätten sie sich vielleicht weniger gestritten, über Geld, darüber, wer wieviel und was und wann einzubringen hatte, und wer sich nicht daran hielt, und wer der Ansicht war, es mit anderen Leistungen zu kompensieren, die nicht angemessen gewürdigt wurden. Müßt ihr euch immer so streiten, unterbrach Slatka, Jana war in Tränen aufgelöst, Heulsuse, zischte Tante Neuka, beim kleinsten Anlaß machst du ein Riesentheater. Vasko war ungewohnt schweigsam, vielleicht hätten die anderen es bemerkt, wenn sie sich weniger erhitzt hätten. Entrückt aß er sein Gjuvetsch, äußerte sich nicht, er, der aufbrausende Dickkopf, lächelte einmal sogar, und keiner hätte seine Gedanken erraten können: Das muß ich mir bald nicht mehr anhören. Ihr werdet Augen machen. Jana dagegen sah drei leere Stühle am Tisch, und Slatkas gesenkten Kopf, die nicht von ihrem Teller hochblickt.

Es mußte eine Entscheidung fallen. Beide gaben nach – Vasko hatte es am Tag darauf, als er am Steuer saß und pfeifend Richtung Westen fuhr, bereits vergessen. Jana dagegen vermißte schon den zurückgelassenen Gobelin. Und erinnerte sich an das Gefühl von Ohnmacht, als sie sich zwischen den zwei Gobelins entscheiden mußte. Sie sitzt auf dem Bett und bewegt sich nicht. Überwiegend rot der eine, eher blau der andere. Das hilft nicht weiter. Vasko kommt von der Tankstelle zurück, alles in Ordnung, Öl drin, Benzin drin, die Kiste müßte uns hinbringen, er sieht seine Frau auf dem Bett sitzen, neben ihr zwei Gobelins. Hübsche Komposition eigentlich, in der Ausführung etwas schlampig, aber gut, wenn man bedenkt, wie sie entstanden sind. Bist du soweit, Jana? Was machst du denn? Es wird höchste Zeit, daß du deine letzten Sachen einpackst. Wir sollten früh schlafengehen. Jana antwortet nicht, bewegt sich nicht. Tust du immer noch mit diesen Gobelins herum?

Jana wählte das Rosenmeer.

Und wo sollen wir den Rahmen hintun? fragte Vasko. Wir können ihn nicht einfach herumliegen lassen, wenn deine Mutter morgen zufällig reinkommt und ihn sieht, wird sie sich sofort einen Reim daraus machen.

Als Jana sich die Kleider anschaute, die sie zurücklassen muß, sah sie die Lösung vor sich. Gemeinsam hingen sie den Rahmen im Schrank auf, die Stange ging leicht genug heraus, und bedeckten sie mit den mottengeschützten Wintermänteln. Der Rahmen würde gewiß halten, was ein Bügel trug.

ALEX   Vorbereitung zur Operation

Früh wie immer werde ich geweckt, bekomme das Frühstück
serviert, Graubrot mit Wurst, gleich kommt jemand zu
Ihnen, erfahre ich. Ein Mann kommt, eine Weile später, mit
Papieren unterm Arm, und einer Schüssel in der Hand, darin
Schwamm, Pinsel, Tube und Rasierer. Wir müssen Ihnen das
Kopfhaar und die Schamhaare abrasieren, sagt der bärtige,
langhaarige Mann. Aber davor müssen Sie einige Unter-
schriften leisten. Hier, schauen Sie es sich ruhig an. Ich be-
ginne die Sachen durchzulesen. Das erste Dokument betrifft
mein vorauseilendes Einverständnis zu einer Prothese. Ich
unterschreibe, weil es mir egal ist, ob mit oder ohne Prothese. Mit dem zweiten Dokument bewahre ich den Chefarzt
und seine Klinik vor einem möglichen Bankrott und mit dem
Dritten vor dem Gefängnis. Ich unterzeichne. Kaum hat der
bärtige Kittelträger die Dokumente zurückerhalten, drängt
er, ich solle mich freimachen. Er hats eilig. Na, besonders angenehm dürfte dieser Job nicht sein. Er geht ins Bad und holt
Wasser. Guter Mann, er hat an lauwarmes Wasser gedacht,
auch der Pinsel ist warm, tut gut, bis auf den leichten
Schmerz des Rupfens, das Jucken dann, gleich kommt die
Anästhesie, aber bis sie kommt, juckt es, ich freue mich auf
die Anästhesie, sie kommt, eine Brillenträgerin mit Warze
auf der Oberlippe. Sie betäubt mich, ich merke noch, wie das
Bett über den Gang geschoben wird, in ein anderes, helleres
Zimmer hinein. Alles weitere überlasse ich den anderen.

DER FLUCHTHELFER ORDNETE SEINEN BRUSTLANGEN BART,
als wollte er seine Fracht dort verstecken, ein Gastarbeiter
auf dem Weg zurück ins Gelobte. Wer würde schon die Zahl
seiner Koffer zählen, wer Fragen stellen. Eine ungefährliche
Sache, die sich bezahlt machte. Reiste er nicht schon zum
tausendsten Mal zwischen den zwei Orten seiner wechseln-
den Sehnsucht hin und her? Kannten ihn nicht einige der
Zöllner und Grenzposten vom Sehen? Er übernahm Auf-

träge nur über persönliche Vermittlung von Kollegen, Freunden und Verwandten. Mit Unbekannten ließ er sich nicht ein.

Von der Hauptstraße war er in eine kleine Abzweigung gebogen, hatte gehalten. Er erklärte den Weg. Lichtung Wald, kleiner Pfad, bis zum Ende folgen, Lichtung Fluß Wachtturm links hinter der Biegung, Furt, Durchwaten, Aufpassen, Schnell. Fertig. Warten. Der Vater, die Mutter und Alex stiegen aus dem südländisch adaptierten Mercedes, die Türen in eigener Farbe, mit abblätternden Aufklebern und dem obligaten Gepäckträger, dessen Verkrümmungen von gewichtiger Nutzung zeugten. Sie standen nebeneinander, nahe aneinander, und hatten Angst vor dem letzten Schritt. Die Mutter konnte ihren Blick nicht von dem kleinen Koffer auf dem hinteren Sitz losreißen. Sie starrte ihn an und fühlte die Beklemmung eines endgültigen Abschieds. Sie würde den kleinen Koffer nie mehr wiedersehen, auf einmal war sie sich dessen sicher. Der Mercedes setzte sich in Bewegung.

Ich nehme den Koffer mit, sie zerrte an der Wagentür, der Fluchthelfer bremste, kurbelte das Fenster hinunter. Was wollte die Hysterikerin denn?

Entschuldigt, den kleinen Koffer bitte.

Der Fluchthelfer wand sich über den Sitz nach hinten, um die Tür zu öffnen, zuckte nur mit den Mundwinkeln, wartete, bis die Tür sich schloß. Der Vater hustete ein Argument nach dem anderen aus, gegen diese Wahnsinnstat, die sie nur hemmen und behindern würde und die sowieso ohne jeglichen Sinn ...

Sie schauten den Rücklichtern hinterher, verräterische Wegweiser, die sich auflösten. Gehen wir, sagte der Vater. Der einzige, der stoisch schwieg, die ganze Zeit schon und von nun an erst recht, war Alex.

Als sich die erste der beschriebenen Lichtungen vor ihnen öffnete, war dem Vater schon wohler zumute und das kräfteraubende Angehen gegen einen herbstlich tobenden Wind ließ ihm für Sorgen keine Zeit. Sie waren mitten in der Lichtung, als der Wind in Tobsucht fiel und sie aus allen Gedanken herausriß. Er riß sie an sich und stieß sie ab. Und der Koffer erwies sich als größte Last, als fetteste Beute. Ein letzter Stoß, der Hand entrissen, auf und davon, knallte er gegen einen Baumstamm, sprang auf und ... hinaus fielen hinaus purzelten kleine große Stücke wochenlang abgewogen in Gedanken, in Händen zusammengetragen, Souvenirs an das zurückgelassene Leben: ein geklöppeltes Tuch mit aerodynamischen Spitzen; einige Spielfiguren von Alex, die zu Boden plumpsten; Pyjamas und Nachthemden, die sich zur Choreographie der plötzlichen Bö verrenkten; eine Bluse, eine Miniaturikone, ein kleines, aber nützliches Wörterbuch, das nach Mitteleuropa führen sollte, nun aber richtungslos über den Boden hüpfte, sich wiederholt öffnete und schloß, als ringe es um Sprache, einige Seiten verlor, die wie Reklameblätter umhersegelten, sich in den Wipfeln um die Lichtung herum verhedderten und im Unterholz verhaspelten. Das *Rosenmeer* flog als letztes heraus, flatterte unentschlossen vor den hypnotisierten Augen der Mutter, wurde von einem zielstrebigen Windstoß erfaßt, strich an einigen Ästen vorbei und verschwand. Das Tuch wurde von einem Dorn aufgespießt, der Umschlag des Wörterbuchs fiel den Flüchtenden vor die Schuhe. Der Vater trat schnell darauf, um das Unheil zu stoppen. Die Mutter wäre den Sachen hinterhergerannt, wenn es ihr der Wind erlaubt hätte. Der Vater schrie etwas von Weitergehen, klappte den halbleeren Koffer zu, zog mit der anderen Hand Alex hinter sich her, duckte sich noch mehr in das Pfeifen und Heulen hinein. Im nächsten Waldstück hatte die Mutter beide Hände frei, um Alex festzuhalten, das letzte, was ihr blieb, auf dem Weg ins Gelobte.

Als sie die Grenze erreichten, standen eine Mauer im Weg und ein gelangweilter Soldat Wache. Der Fluß, den sie hätten durchqueren sollen, war nicht da. Die Mutter, von Angst und Wind entkräftet, stand gelähmt zwischen den Bäumen, gab sich auf, ihr Gesicht nur Vorwurf, gegenüber Ehemann, Leben, sich selbst. Der Vater zählte die Schritte des Soldaten:

insgesamt achtzig zum Wachhäuschen, dann zurück. Das Gewehr baumelte am Rücken, uninteressiert.

Wenn er umdreht, laufen wir los; wir müßten es schaffen, bis zur Mauer, ich heb euch rüber.

Die Mutter nickte unmerklich, heftete ihren Blick an die Mauer. Der Wachhabende erreichte das Häuschen, blieb stehen, fischte aus seiner Hosentasche ein Tuch und schneuzte sich ausgiebig. Alex zupfte an der Hand der Mutter, stupste sie an. Sie war zu aufgeregt, um zu verstehen, was er wollte. Der Soldat räusperte sich, laut und ungeniert, wie einer, der sich allein glaubt, und schritt wieder aus.

Der Vater zog Alex an der Hand, und dieser die Mutter, und die Familienkette ruckte ein letztes Mal an, hinter dem Rücken des Soldaten, der die Grenzmauer entlangschritt, ruhig und hustend, ein Zeitauslöser, achtzig Schritte müssen noch verstreichen. Die Familie eilte über die Lichtung, vorneweg der Vater, dahinter der Sohn und am Schluß die Mutter, der durch den Kopf schoß, daß es nun endgültig zu spät war, nein zu sagen, anzuhalten. Die Kette näherte sich der Mauer, der Soldat seiner Drehung und es gab keine Notbremse mehr. Vielleicht warf ihr dieser ernüchternde Gedanke einen Knüppel zwischen die Beine, vielleicht stolperte die Mutter über eine bodenständigere Wurzelknolle: Sie fiel hin und schrie auf. Die Kette wurde auseinandergerissen, der Soldat vollzog eine Frühdrehung, und drei Erwachsene und ein Kind sahen sich einem Problem gegenüber, das für alle neu war. Der Vater starrte den Soldaten an, Alex schaute zu seiner Mutter hinab, der Soldat blickte verstört zurück. In wenigen Augenblicken begriffen sie, daß sie auf diese Situation nicht vorbereitet waren, daß sie etwas schrecklich falsch machen konnten. Dem Soldaten schossen Alternativen durch den Kopf, und mit ihnen ging ihm auf, daß es eine, und nur eine, Lösung gab: So zu tun, als sei nichts geschehen. Ein leichtes Frösteln durchfuhr ihn, als er kehrtmachte und seinen Marsch langsamer in die andere Richtung fortsetzte. Der Vater schnellte hoch wie eine niedergedrückte Feder, die plötzlich losgelassen wird; vor lauter Schwung hatte er Alex über seinen Kopf gehoben, noch ehe der alles begriffen hatte, und auch schon über die Mauer geworfen.

STOP. Halten wir ein. Zuschauer, Sie auf den Tribüneplätzen im Westen, die Sie alles überschauen, oder ihr im Osten, die ihr zwischen Zaunlatten kiebitzt oder auf Bäumen geklettert seid, Ihre und eure Phantasie ist gefragt. Dies hier könnte eine entscheidende Szene sein. Alex fliegt über den Eisernen Vorhang, in diesem Fall eine einmetersechzig hohe Mauer, seine Eltern haben diese letzte Hürde noch vor sich, ein Soldat schreitet mit gedämpfter Verwirrung davon. Alles scheint klar zu sein und in bester Ordnung: Alex segelt mit dem Hintern voran ins Gelobte, der Soldat wird sich bald eine Suppe schmecken lassen, und die Eltern werden die hohe Latte zum anderen Leben bald übersprungen haben. Ihr auf den kostenlosen Plätzen, ihr merkt, ich sage nicht: zum besseren Leben; ich warnte euch ja, Phantasie wird gefragt, und zwar mehr, als im Kiosk zu erwerben ist.

Keine Angst, Zuschauer, das wird keine Walt-Disney-Szene, kein Feentanz Handstandüberschlag Sidestep Chorus; es werden keine Flaggen gehißt. Wir treten nur aus der Zeit aus und sehen: Alex in der Luft, mit offenen Augen, in Käferhaltung, die Arme ausgestreckt, wie ein Sieger, der sich ergibt, zwanzig Zentimeter über der Mauer. Und ohne musikalische Untermalung.

Der italienische Bauer, der mit seinem Heukarren die Schotterstraße an der Grenzmauer entlangfuhr, hörte nicht das Kind auf seinen Karren fallen; er war schon im Alter leichter Gehörlosigkeit. Bäuerinnen, die den Vorgang aus größerer Entfernung beobachteten, sprachen von einem Engel, der auf Friaul geschwebt war. In der Kneipe wußte man das Gerücht gleich richtig einzuordnen

jetzt fliehen bei denen schon die Engel

so ein Quatsch, Dummkopf du, seit wann kommen die Engel von drüben?

Ähnlich soll sich auch der Pfarrer geäußert haben, als ihm das Wunder zugetragen wurde. Zwar hofft jeder Pfarrer auf ein Wunder in seinem Distrikt, aber dieses schien nun doch eine Spur inopportun zu sein.

Der Bauer verpaßte seinem Gaul einige Stockhiebe, der Karren ratterte den Hügel hinunter. Alex richtete sich gemütlich im Stroh ein, schaute sich den Himmel an, der über ihm lebte, und wartete darauf, daß auch seine Eltern hinabfielen. Als sich diese jedoch über die Mauer gehievt hatten und um sich schauten, sahen sie weit und breit keinen Alex, nur in der fernen Senke des Schotterweges einen Karren, der den Ausblick in Staub hüllte.

Bericht über das
Gelobte Land

So weich Alex auf dem Heu gelandet ist, so falsch kommt der Knöchel seines Vaters auf dem Schotter auf und verstaucht sich prompt. Hat nicht geschossen, beim Umknicken, der Mann hat nicht geschossen, im Fallen, gottseidank, er hat nicht geschossen nicht geschossen, ein stechender Schmerz. Wieso war da eine Mauer? Er richtet sich auf, stärker der Schmerz, geschafft. Jana? Wir sind rüber Jana. Das war der Falsche, die Schmerzen dringen durch den Knöchel, während er aufhüpft, auf dem anderen Bein, verdammt, das kann ich jetzt nicht brauchen, so nicht, nicht humpelnd, das hat er sich anders vorgestellt, ausgemalt, beim Einschlafen, im Traum, und in vielen wachen Augenblicken: feiern jubeln, übermütig überbordernd überglücklich, von Menschen empfangen, die sich freuen, ihn zu empfangen, ihn willkommenheißen, umarmen, mit ihren Fragen bewundern, ihn und seine Flucht, ihm auf den Rücken klopfen, seine Hand suchen, den Helden beglückwünschen, kleine Gastgeschenke überreichen. Seine Flüche begrüßen die Fremde: Es ist Italien, auch wenn seine Blicke sich nicht nach den Angaben des Fluchthelfers orientieren können. Italien, wir haben Italien erreicht, klopf auf Holz, eine Kerze anzünden, wo ist der Mann mit dem Gepäck, der wartet auf uns, wie find ich raus, wo wir sind, wir müssen zu dem Treffpunkt ...

Wo ist Alex? fragt Tatjana. Wo ist Alex?

Italien trägt Kleidung, an der geflickt wird. Unfertige Mauern berichten Halbwahres über ihren Eigentümer, in den Sandhaufen stecken Schaufeln wie Spieße, Bretter liegen aufeinander, durcheinander. Weit sind die Felder in ordentlicher Pflanzung. Zwei ältere Frauen, auf Hacken gestützt, haben sich der Neugier ergeben, beobachten schweigend seltsame Vorgänge. Ein Kind flog über die Mauer, landete auf einem Karren, ein Mann und eine Frau hinterher, stehen herum, vielleicht wissen sie nicht, wohin sie müssen, mal sehen, was noch passiert.

Entlang der Schotterstraße reihen sich, wenn auch nicht regelmäßig wie bei einer Allee, Zypressen und andere Bäume, die zu den Anfängen eines Städtchens hinabführen. Die Stille bleibt, bis Tatjana erneut nach Alex fragt. Gib ihn mir zurück, sagt sie fast, aber sie beläßt es bei dem vorwurfsvollen Ton. Die Bäuerinnen starren sie weiterhin aus der Entfernung eines Kartoffelfeldes an und ahnen nichts von der Panik, die in der grazilen Frau ausbricht.

Wo ist er?

Weiß ich nicht, ich seh nicht mehr als du, was läuft er auch weg, kann sich doch denken, er soll warten.

Jemand hat ihn mitgenommen. Jemand hat ihn einfach mitgenommen. Wie sollen wir ihn jetzt finden?

Laß uns zu den Häusern dort laufen, scheint eine Stadt zu sein, das gibt es nicht, was verschwindet der?

Eine blasse Sonne begleitet sie.

Der Karren rollt derweil in das Städtchen ein.

Was transportierst du denn da, Colore? fragt der Erste, der ihn zu mustern Zeit hat.

Muß das Heu nachher noch nach Pomaso bringen.

Ich mein doch nicht das Heu, das Kind mein ich.

Was für ein Kind?

Na dann guck dich doch mal um, Colore. Was ist der Alte schon verkalkt!

Markttag! Viel Geschmack pro Quadratmeter, Gespräche und Äpfel und Anpreisungen und Käse und Schmähungen und Fisch und Witze und Tomaten und Drohungen und Auberginen und Ausrufe und das Zähneknirschen der Frau dort drüben, die etwas gebeugt von dem offenen Anhänger voller Kartoffeln wegschlurft. Von wegen besondere Ware, was soll an den Kartoffeln so besonders sein, Halsabschneider sind das, seit der Alte weg ist, diese raffgierigen Jungen, die werden noch was erleben, rächen wird sich das, und sie geht an dem Karren vorbei, an dessen Seite Colore steht und unschlüssig um sich blickt. Und nun? Kleiner, wo kommst du denn her, wie kommst du auf meinen Wagen, was machen wir mit dir? Alex blickt etwas zottig zurück und antwortet in der Sprache geflohener Engel.

Ist das dein Enkelkind, Colore? Ein Mann, soeben aufgetaucht und schon eine Hand an der Wange von Alex, eine Hand tätschelnd auf dem Kopf, und seine Zunge offeriert dem gebrechlichen Colore Süßigkeiten – wie kann man einen Alten mehr erfreuen, als Loblieder auf seine Enkelkinder zu singen.

Nein, neinnein, er ist mir irgendwie zugelaufen, was mache ich bloß mit ihm. Warte hier, Kleiner, bleib hier, hierhier, ja hier, bin gleich wieder da, hier mußt du warten.

Colore geht weg. Alex bleibt so lange auf dem Karren sitzen, wie er benötigt, um sich einen bequemen Weg hinab zu überlegen. Ruhig ist er, ruhig. Er strebt dem ersten zeltförmigen Gehäuse entgegen und guckt sich eine Reihe aufgehängter Hühner an. Huhn neben Huhn, darunter ein überförmiger Truthahn, der sich, an den Füßen festgeschnürt, kopflos anpreist. Der tut es ihm an. Alex starrt den Truthahn an, geht näher, soll er ihn berühren, diesen riesigen Truthahn, es ist ja niemand in der Nähe? Alex erschrickt. Der Truthahn hat Ohren und Nase, einen Schal um den Hals, Augen, die ihn beäugen, einen Mund, der spricht. Eine korpulente Frau rückt ihm mit Fragen näher.

Wer ist denn dieser süße Junge, der ist doch nicht von hier, wo kommst du her, mein Lieber? Wo ist Mama, na, wo ist Mama? Einkaufen, oder? Was kauft sie denn ein? Hab ich dich hier schon mal gesehen? Nein, das glaube ich nicht. Ich glaube, du bist nicht von hier. Oder? Kennen wir uns denn? Weißt du, so ein süßer Junge, der wär mir schon aufgefallen.

91

Na, komm schon, sag es mir, was, willst du nicht mit mir reden?

Alex starrt sie an: eine ganze Frau inmitten kopflosen Geflügels.

He Massimo, hier hat sich ein kleiner Junge verirrt, der sagt kein Wort, ganz schüchtern ist er, komm mal her, Massimo, guck ihn dir an, ganz durcheinander ist er, wenn du mich fragst, was meinst du?

Massimo und einige Kunden tauchen auf beiden Seiten der Hühner auf. Massimo hält braunes Papier in der Hand, darauf rosa Scheiben.

Ach was, du hast ihn wahrscheinlich erschreckt. Magst du mal probieren? Hier, nimm!

Er streckt Alex eine rosa Scheibe hin, bis in Nasennähe. Eine große Scheibe. Alex schiebt sie ungeschickt in seinen Mund, kaut zurückhaltend, seine Augen loben schon den Spender, der ihm das braune Papier in die Hand drückt, lächelnd.

Das schmeckt, heh?, nimm nur, soviel du magst, laß es dir schmecken, heute ist Prosciuttotag, frisch aus San Daniele.

Lecker die Scheiben, noch eine, die nächste schmeckt immer am besten, und die Lacher und die Augenpaare vermehren sich. Auch um die der Bäckerin, die zu den letzten Scheiben ein panino reicht. Und weitere Gaben: dünnhäutige Tomaten, zarte Trauben und ein Stück Käse, bei dem eine Ameise auf Alex' Zunge hineinkrabbelt und hunderte hinaus.

Aha, da ist das Findelkind. Wird schon verköstigt. Na, mächtig Hunger scheint es zu haben. Jetzt geht mal beiseite! Ich kümmere mich darum.

Der Carabiniere, den eine sehr verdünnte Verwandschaft mit Colore verbindet. Er hat sich schon nützlich gemacht, die Zentrale angerufen und die Anweisung erhalten, das Kind zum Flüchtlingslager nach Pelferino zu bringen, eine gute Fahrtstunde entfernt.

Sososo, jetzt laßt mich doch durch, und laßt das Kind mal

in Ruhe, der hat schon soviel im Mund, daß er noch bis zum Abendessen kauen muß.

Wo kommt das Kind her, Michele?

Muß vom Himmel gefallen sein, unserem guten alten Colore auf den Karren.

Vasko und Tatjana haben nicht viel zu schleppen, von einem Schatten zur nächsten Zypresse, die sich der Sonne in den Weg stellt. Der kleine Koffer beschwert sie kaum. Sie erreichen die ersten Häuser, die noch einzeln stehen, die weiterentfernten ballen sich, drängen aufeinander, von Dach zu Dach, von Farbe zu Farbe, ziegelrot auf steingrau, und wieder ziegelrot, und darunter mischen sich lohende Farben.

Die Straße dringt in das Städtchen ein, führt zu einem langgezogenen Platz, mit Häusern, die sich nicht über die Stehplatzordnung geeinigt haben, und sich dort am meisten beengen, wo eines von ihnen unangemeldet einen Verwandten mitgebracht hat. Kanten und Ecken prägen die Fassaden zu allen Seiten. Vasko und Jana bleiben stehen, neben einer Bank. Kein Mensch auf dem Platz. Sie blicken um sich. Wohin jetzt? Wieso ist es hier so leer? Wo ist Alex?

Ich werde die Polizei suchen.

Jana nickt.

Möchtest du dich hier etwas ausruhen?

Jana nickt.

Vasko biegt in die nächste Straße, die vom dem Platz wegführt. Noch macht er sich keine Gedanken: Um die Ecke wird ein Polizist stehen. So kennt er es. Seine Worte hat er sich seit Wochen zurechtgelegt, eine kleine Rede fast, nicht in der hiesigen Sprache, aber immerhin in der Weltsprache, der Sprache der freien Welt, die sicherlich jeder in der freien Welt versteht. Vasko geht weiter und weiter und erlebt nach dem Verschwinden seines Sohnes, nach dem Verstauchen seines Knöchels die nächste Überraschung. In diesem Italien scheint Mangel an Polizisten zu herrschen. Schon um drei Ecken ist er gehumpelt, ohne in die Fänge eines Uniformierten zu geraten, ja, Du da, woher kommst du? was hast du hier zu suchen? weise dich mal aus! Das war nicht vorherzusehen. Einen Polizisten suchen zu müssen, das wäre ihm nie in den Sinn gekommen. Gekreuzte, brüchige, nach außen gewölbte Latten; aus dieser Tür tritt ein Mann mit Kübel. Fragen! Graue Bartstoppeln bedecken Einkerbungen von Gutmütigkeit.

Scusi, where is police ... polizia?

Der Mann blickt in seinen Kübel, stellt ihn auf den Kopfsteinen ab und sieht sich den Fremden ausgiebig an.

Carabinieri, eh? Dove sarà Michele? Oggi c'é mercato, sarà in giro da qualche parte. Forse é meglio andare a cercarlo al mercato ...

Ein Finger durchbohrt die Luft, die Straße hinunter, an der Nagelwurzel ein dunkler Fleck, die andere Hand knickt ein, die Lebenslinie ist ein tiefer, unvergänglicher Schatten, der Arm schnellt mehrmals nach vorne, und dabei fällt die Hand, richtet sich sofort wieder auf und fällt wieder um ... All'incrocio vai sempre dritto ... die Hände gehen zusammen, Rücken an Rücken, und gehen auseinander, fallen hüfttief, ein Lächeln lang, dann steigt die Hand mit dem schwarzen Nagel wieder hoch, mit leicht gespreizten Finger, der Daumen unbeteiligt, floppt über die Nähe eines Flüsterns, die offene Handfläche unterstützt ein *Basta*, und die Wegbeschreibung endet mit Zahnlücken.

Il mercato è là.

Grazje, Sinjor.

Wie lange kann man die Wolken ansehen, bis es den Sorgen am Himmel zu eng wird, bis sie auf wettergegerbte Wände sacken, sich aufkratzen, weiter hinabsinken, auf die Ritzen einer Sitzbank, weiße Farbschuppen, die unter dem Nagel hängenbleiben, einer Ritze folgend, die bis zur Lehne eingerissen ist, gegenüber der Ecke, in die Jana sich schräg zurückgelehnt hat. Gekauert. Sie knabbert an dem Nagel mit den Farbresten, zieht ihn über einen Schneidezahn. Das mühsame Öffnen von Dosen. Sie setzt sich auf beide Hände, als sei in ihnen die Angst. Bedrückend. Unterdrücke sie. Angst um Vasko, wo bleibt er so lang. Um Alex. Im Westen wirst du deinen Sohn gleich los. Ihr Oberkörper zittert, pendelt vor, zurück. Zittert. Ein Windstoß staubt, greift in die schwarzen Locken und wirft sie über ihren Blick, der gebeugter … sie erträgt das Sitzen nicht, aber auch nicht das Stehen, nicht den Gedanken, wie Vasko gefaßt wird, verhaftet, eingesperrt, ausgeliefert, wer weiß, ob es stimmt, daß Italiener Flüchtlinge nie zurückschicken, die werden mich auch finden, uns alle zurückschicken, ins Gefängnis stecken, was aus Alex wird, wieso habe ich mich darauf eingelassen? Ich hätte mit Mutter reden sollen. Immer meine Schwäche, ich gebe immer nach. Zwei junge Männer, in einem Alter, in dem Jana geheiratet hat, nähern sich, bleiben neben der Bank stehen, beäugen sie, die Absichten unklar, einer pfeift, sie bleiben stehen, sprechen sie grinsend an, und der eine setzt sich neben sie, so nahe setzt man sich nicht an eine unbekannte Frau, geh weg. Sie kann sich nicht weiter zurückziehen. Wenn er nicht weggeht? Wenn er dableibt? Häßliche Hände, einige der Fingernägel länger als es sich gehört, Schmutz unter den Nägeln, die linke Hand stützt sich auf der vordersten Holzlatte der Bank ab, neben ihrem Oberschenkel. Mit dem kleinen Finger streift er sie.

Vasko hat den Marktplatz zweimal umkreist, nichts gesehen, einen weiteren Mann um Auskunft gebeten, der ihn zu einem Haus führte, ein verständliches Schild neben der Tür, ein Amtszimmer, ähnlich denen, die er kennt. Im Raum ist niemand, der Mann, der ihn hingeführt hat, zuckt mit den Achseln, deutet auf einen Stuhl, wie Stühle in der Schule, bedeutet ihm zu warten, er gehe Michele suchen. So heißt, das hat Vasko verstanden, der Polizist.

Non, schreit Jana, sie hat es mehrmals gehaucht, ohne Folge ohne Wirkung. Non. Der Unwiderstehliche ist erstaunt, das war nicht geziert und nicht genervt, vielleicht ist die Frau verrückt, er schupst seinen Kumpel an, sie schmatzen noch kurz und entfernen sich, im Gang betont wippend. Jana sieht sich: geschrumpelt, auf einer Bank auf einem Platz, ihr ist düster geworden, alle Haustüren geschlossen, Alex fehlt, Vasko fehlt. Keine der Türen wird sich öffnen, und sie schreit, zweimal, zwei lange Schreie, die der Behäbigkeit des Ortes nichts anhaben können, ihre Stimme fällt Treppen hinab, schluchzt auf, es bleibt, eine Bank auf einem Platz in einem Städtchen des Friaul, nicht weit von der Grenze zu ihrem früheren Leben entfernt.

Die Tür geht auf. Vasko ist in Gedanken versunken, pragmatische Gedanken, was wird er gleich sagen, wie wird er ihre Lage erklären und wie den Aufenthaltsort des Fluchthelfers herausfinden, und wie Alex beschreiben? Ein großgewachsener Uniformierter tritt hinter dem Türknarren hervor, und hinter ihm, eifrig kauend, mit fröhlicher Miene – die Vasko ihm sofort übelnimmt –, tapst Alex ins Zimmer.

Vasko erkennt seine Schritte nicht wieder, so leicht, nun, da er wieder alles im Griff hat. Die kauernde Gestalt, das muß Jana sein, brav, immer noch dort, wo er sie zurückgelassen hat. Er wird sie überraschen. Sie wird vor Freude aufschreien und ihn umarmen ... sie macht sich immer so viel Sorgen, dabei kommen die Sachen wieder in Ordnung, und hier sind wir in einem zivilisierten Land. Mit der Zeit wird sie einsehen, wie gut wir daran getan haben, zu fliehen. Er schleicht sich von hinten heran. Sie bewegt sich nicht, leise!, fast wäre er über einen Bordstein gestolpert, wird Augen machen, daß ich den kleinen Gauner so schnell gefunden habe. Sie merkt nichts, gut, jetzt, ihre schönen Schultern, GENOSSIN bruuh! Wieso sitzen Sie so einsam auf dieser Bank, wollte er noch sagen, Kreischen schneidet ihn ab, Jana springt auf, kleine Schritte nach hinten, der Oberkörper zusammengepreßt, NICHT, BIIITTE und sie schlägt aus. Jana, mein Mädchen, Liebes, he, ich bins, FASS MICH NICHT AN, was ist denn?, ich hab ihn gefunden, alles ist in Ordnung. Sie schüttelt den Kopf, vergräbt sich in die eigene Umarmung, schüttelt den Kopf. Er steht hinter der Bank und versteht

nicht. Was soll er sagen? Und sie hört ihn nicht. Als würde sie
sich verschlucken. Vielleicht. Was. Schon wieder falsch.
Schau mich doch an. Vielleicht könnte er. Er berührt ihren
Rücken mit einer Hand. Der Kleine wartet auf der Polizeistation, es ist alles in Ordnung. WIE KANNST DU NUR. Als würde
sie versuchen, ihre Arme abzuschütteln. Du, du ... ich hatte
Angst, wo warst du, du warst so lange weg, du kamst einfach
nicht, wie kannst du nur, wie kannst du nur ...

In vorwurfsvoller Entfernung ging sie mit ihm zur Polizeiwache zurück.

Die erste Befragung: Wenige Worte, die verstanden werden,
aus den Gesten heraus. Gerupft und armselig wie eine Vogelscheuche, denkt sich der Carabiniere, während Signor
Luxow mit den Handkanten die Höhe einer zu überspringenden Mauer liniert, mit den Fingern einen Delphinsprung
andeutet und sich dann humpelnd um die eigene Achse
dreht. Wie ausschwirrende Bienen, denkt Vasko, als dem
Carabiniere die konfusen Laute zuviel werden, die Hände
hebt, ein zwei drei Sätze ruhig auf den Händen bettet und
dann als Konfetti den Fremden zuwirft. So lebt er sich in die
Situation ein, erstmalig für ihn, und auch für die Herolde,
die hinter Fenster und Tür das Geschehen und vor allem
seine Vorstellung verinnerlichen, um gleich mit der am
Markt versammelten Neugier Frage und Antwort zu tauschen, daß er sich in Fahrt redet, hinter seinem Tisch hervortritt und Eloquenz zelebriert, zuerst Auge in Auge mit
dem Vater, und dann, in einer mutzusprechenden, melodischeren Variante, mit der Mutter. Was für ein eleganter Polizist, geht ihr durch den Sinn. Sie hält Alex, drückt ihn an
sich, etwas zu heftig, küßt ihn immer wieder. Seine Wangen
versuchen, sich vor den nassen Schmatzern zu retten. Viel
lieber guckt er den Carabiniere Michele an, mit dem er
schon einige Scherze gemein hat.

Was sagt er, fragt Jana ihren Mann.

Weiß nicht genau.

Sie wendet sich dem Carabiniere zu: Grazie, grazie, oh grazie, drückt und küßt Alex. Der Carabiniere versteht.

Essen? fragt er, füttert seine Lippen mit einem Finger und lächelt Alex an.

Hier schmeckts ganz toll, Mamo, Alex reibt sich den Bauch, der Schinken, und der Käse, ajajajaj, da krabbelt es auf der Zunge. Das sind die Ameisen.

Wir wenig Geld, so der Vater, und der Carabiniere, dankbar für weitere Gelegenheit, Größe zu zeigen, schüttelt den Kopf, dreht die Hände so unvermittelt schnell herum, wie ein Boot kentert, lacht, redet gleichzeitig, geht zur Tür und redet auf einen Jugendlichen ein. Er läßt die Flüchtlingsgäste Platz nehmen, heißt die Tür schließen; die Vorstellung ist zu Ende, jetzt muß er Autorität wahren. Er setzt sich an seinen Schreibtisch und wählt wieder die Zentrale an. Die Lage ist jetzt doch etwas komplizierter

und telefoniert noch, als der Jugendliche einen Teller mit Brot, Schinken, Käse, Tomaten und zwei Äpfeln hereinbringt. Zwei große, wohlgeformte Äpfel. Janas Sorgen weichen zurück.

Das hier, das ist er, so was habt ihr noch nicht gegessen. Alex mit ganzer Statur und Überzeugung. Das ist der beste Käse.

Gerade Tür geworden und schon quietscht er, sagt Jana.

Siehst du, man muß die Kinder nur ins Ausland schicken, schon werden sie weltklug, und können ihren armen, unwissenden Eltern etwas beibringen.

Die drei lachen, seit langer Zeit wieder, zusammen.

Michele, auf dem Beifahrersitz, versucht sein Bestes, sich mit Vasko, Jana und Alex, die hinten sitzen, zu unterhalten. Der Polizeiwagen fährt eine hügelschneisige Autostrada entlang, oberhalb des Meeres und oberhalb einer Stadt, der ersten richtigen Stadt der Westens. Trieste, sagt Michele. Das also ist Triest, Schattierungen von Weiß, ziegelroter Schutz. So schön. Als sei das langmütige Meer an dieser Bucht zu einem

Edelstein geronnen. Zuversichtlich recken sich Kräne, gewaltige transozeanische Schiffe, mehrere Stockwerke hoch müssen die sein, ankernd und wartend, wie ist es wohl auf so einem Schiff, das muß ich Mischu schreiben, dem Diabetiker Mischu, der seine Sehnsüchte in Schiffe verstaut, von denen er nicht mehr weiß, als daß sie irgendwo auf der Welt einlaufen. Was würde der geben, so ein Schiff leibhaftig zu sehen. An Bord zu gehen, sogar. Janas Blick fliegt voran zu dem Hügel, zu den Villen am Hang. Den Tag auf der Veranda begrüßen, eine Tasse Kaffee in der Hand, richtiger Kaffee, wie ihn Vater einmal aus Wien mitgebracht hat, und kissenweiche Klänge von Tosca im Rücken, wenn sie auf das Meer blickt, hier gewinnt es dem Himmel eine andere Farbe ab, als das Meer, an dessen Ufer sie jetzt Urlaub machen würden, wenn nicht ... Alex hat nur Augen für die Autos, die auf der linken Spur vorbeirasen, er muß sich vorbeugen, um besser zu sehen, an der Mutter vorbei. Den einen oder anderen kennt er, einen Fiat, einen älteren Alfa, das sind hier nicht die tollen Dinger, kleine Fische sind das hier ... guckt euch den an, ruft er aus, sie zischen vorbei, als seien sie im Wettstreit, wer am besten gefällt, ein Heckflügel, der kurz Eindruck schindet, doch schon übertrumpft von dem tiefliegenden Fabelwesen, das sie überholt, auf ihre Spur zurückgleitet, rechts blinkt, das ist das schönste, oooh, das allerschönste, Michele lacht, zeigt den Daumen für Qualität und fragt Alex etwas. Der Wunderwagen entfernt sich auf einer abschüssigen Straße. Maserati, Mase-rati. Eine exklusive Marke von Sportwagen, meint der Vater. Was redet der dazwischen. Der Klang paßt zu der Schönheit. Iso Grifo, fügt Michele hinzu. Ma-se-ra-ti I-so Gri-fo. Dieses Aussehen, elegant und alles, was man sich wünscht. Alex würde ihn vorsichtig streicheln, diesen Maserati Iso Grifo, die Eltern lächeln – in diesem Maserati würden all ihre Sehnsüchte Platz finden. Alex hebt die drei Wörter mit Aplomb auf, die ersten Stücke einer neuen Sammlung, kostbare Münzen, wie wunderbar der Klang, wenn sie in eine leere Sparbüchse fallen.

Der Polizeiwagen biegt von der Autostrada ab, fährt durch ein Städtchen und eine kurze Strecke an einer Mauer entlang. Hält vor einem Gittertor. Der Fahrer hupt ungeduldig, bis sich ein Kollege aus dem Wachhäuschen löst und nähertritt, Wagen und Insassen mustert. Die beiden Polizisten palavern eine Weile.

Das Tor wird geöffnet, nach innen, der Wagen fährt an, rollt auf einen flachen Bau zu. Die Zufahrt wird flankiert von dreistöckigen, ebenbildlichen Gebäuden, braun stehen sie hinter einem ausgetretenen Rasen, in Formation gesetzt, mit enggittrigen Fenstern, die jeden Sonnenstrahl aussieben, anders als Villa und Veranda, wie Jana bald aufgehen wird. Hier wohnt niemand, der sich zurücklehnt. Vasko erkennt die Geometrie wieder, fühlt Kälte in seine Füße schleichen. Die Geometrie des Drills, und die Füße vereisen. Der Frost in den zu engen Stiefeln. Ein unregelmäßiger Atem, der Pfiff, der hinaustreibt, vor dem Frühstück Gehorsam geübt, Kasernenkommandant und Kompanieführer, Reihen bilden, Hacken aneinander und im Frost, er will den Rufen der Verachtung ausweichen, sich ducken, laufen, wegkriechen sogar, aber er ist mit den Füßen in den Stiefeln an dem Kasernenhof festgefroren, und er kann sich nur einreden, daß es vorbeigehen wird. Verdammt, verdammt, ich habs doch geschafft. Wieso lande ich in einer Kaserne?

Die zweite Befragung, über Dolmetscher, in einem Raum mit hölzernen Tischen, hölzernen Regalen, uneinheitlich beschrifteten Aktenordnern und verjährten Kalenderblättern an den Wänden. Michele hat sich zärtlich von Alex verabschiedet, und die Eltern gelobt, was für einen Sohn sie doch hätten, und diesen einfach so wegzuwerfen, über eine Mauer, ohne zu wissen, was dahinter sei, schnalzend und Finger schüttelnd – letzteres übertrieb er etwas, ein Scheibenwischer vor einem breiten Gesicht, schwunghaft zwischen zwei Lachgrübchen.

Der Dolmetscher. Jana erschrickt. Er scheint die Kleidung,

die er trägt, nicht zu mögen, und seine Kleidung kann ihn nicht ausstehen. Zwei rostige Nägel blicken Jana an, an denen ein ungerahmter Ausdruck von Verlebtheit hängt.

Willkommen im Lager Pelferino. Ich bin Bogdan.

Ein Landsmann!

Ah, guten Tag, ich heiße Vasko, Vasko Luxow, und das ist meine Frau, Tatjana, und unser Sohn Alexandar.

Saschko, gib Pranke, her damit, sei mir herzlich gegrüßt, mein Junge, willkommenwillkommen. Also, keine Sorgen, ihr seid hier gut aufgehoben, alles in Butter, ihr könnt Luft holen, entspannt euch, das Schlimmste ist geschafft, jetzt könnt ihr euch erstmal ausruhen, soviel ihr wollt, jede Menge Zeit dafür, das dauert hier nämlich ein bißchen, das will euch Bogdan gleich mal ehrlich sagen. Rein ist leichter als raus – aber irgendwann klappt es –, ist ja kein Gefängnis, nicht wahr, oh, keine Bange, Madam, nur ein Scherz, wird alles gut, jetzt steht euch die Welt offen. Wie seid ihr überhaupt rüber? Bei Goriza! Kompliment. Mit Helfer? Ja ja, klar, und dann? Wunderbar, das ist mal was Neues, hatten wir noch nie, den Kleinen mit dabei, Respekt, daß ihr nicht umgedreht seid, richtig mutig. Glatze ab, sagt Bogdan immer. Aber das mit den Helfern, das könnt ihr vergessen. Die haben zuviel Schiß, wenn was schief läuft, ziehen die sofort den Schwanz ein. Ihr seid nicht aufgetaucht, habt eure Vereinbarung nicht eingehalten, und damit arrivederci. Die findet ihr nicht mehr. Ein bißchen Kleidung bekommt ihr, Spenden, gute Sachen. Na, wird euch nicht unterkriegen, so scheints Bogdan, und der irrt sich seltener als der Papst, ihr schafft es bestimmt. Manche tun sich schwer, da gibts schon mal Ärger, ab und an, aber ich verrat euch jetzt die goldene Regel, meine persönliche Prämie für die Flucht – Extra! Haltet euch an die Regeln, möglichst nicht auffallen, da laufen Typen rum, die suchen Ärger, ruhig bleiben, Kopf einziehen, dann gehts, keine Bange. Bei dem, was ihr schon hinter euch habt, macht ihr das ganz locker. Da ist sich Bogdan sicher. Gleich gibts ein paar Fragen. Werwiewowas. Aufgepaßt bei den politischen. Schön allgemein bleiben, ha, ganz unbestimmt, Genaueres wollen die eh nicht wissen. Nur müßt ihr daran denken, wenn ihr jetzt eine Geschichte auftischt, dann müßt ihr euch an die halten, da gibts nichts, keine Abweichungen später, das mögen die nicht, da können sie unangenehm werden, Änderungen der Melodie nicht erwünscht. Zurückschicken tun die euch nicht, aber die haben hier die miese Eigenschaft, manche bis zur zweiten Wiederauferstehung dazubehalten. Habt ihr schon was parat? Nein, nicht die Flucht, die Gründe, ihr wißt schon, Verfolgung und so. Ihr werdet nämlich jetzt Asyl beantragen. Also, was isses bei euch? Vater im Knast, kein Studienplatz bekommen, strafversetzt in die Provinz, verbannt? Ok, ja, das ist doch nicht schlecht, das kommt an. Sippenverfolgung ist ne sichere Nummer, nein nein, erklärt mir bitte nichts, interessiert mich nicht mal einen Topf Bohnen, juckt mich nicht im geringsten, obs wahr ist oder nicht. Wer flieht, hat seine Gründe, das ist Bogdans Meinung, und glaubt mir, ich hab schon viel gesehen, da gibts keine Heiligen, Scheiße, kommt einer daher und will gute und schlechte Flüchtlinge unterscheiden, das stinkt. So, gehen wir mal rein, und keine Sorge, wär ja gelacht! Wenn ihr was Dummes sagt, bügle ich das beim Übersetzen schon aus, ihr wißt schon. Ihr seid nicht die Ersten und nicht die Letzten, die ich hier reinbringe ... Buon giorno, Dottore Sforza. Come sta lei e sua moglie? Ancora dei connazionali.

Auch die Flucht kennt Hochsaison: Sommer, wenn Ungezählte durch die Ferien strömen. Im Westen mehr Staus, im Osten mehr Schlangen. Die Flüchtenden schwimmen mit, fallen weniger auf. Jeder Urlauber erkundigt sich mal nach einem Boot, einem Bus oder einer Wegbeschreibung. Der Flüchtende bemüht sich, seine Nervosität zu verstecken. Siehst du die Familie dort am Parkplatz, neben diesem Wagen, der sich besser als Hühnerstall eignen würde – was meinst du, wohin die unterwegs sind? Zu den Sehenswürdigkeiten der Bruderländer, zu einem Friedensfestival oder ins Gelobte?

Im Spätsommer füllen sich die Lager des Gelobten, die Aufnahmelager, Auffanglager, Durchgangslager. Die Räume sind überbelegt, die Lagerangestellten fluchen unterbesetzt. Die kinderreichen Kollegen haben Urlaub genommen.

In den ehemals eigenen Betrieben und Kombinaten bleiben leere Stühle zurück, die verstohlene Blicke auf sich ziehen. Schon drei Tage verwaist! Und noch keine Erklärung. Die Vermutungen wuchern, wer sich vertraut, tauscht sie leise aus. Getürmt, den sehen wir nicht wieder. Manche verbergen ihren Neid, andere ihre Sorge. Gewiß ist: Sie sind aus den Ferien nicht zurück. Ich habe die Schwiegermutter getroffen, sie weiß auch nichts, hatte Tränen in den Augen, wiederholte laufend, sie seien verunglückt. Vielleicht hatten sie eine Panne, sage ich, so zum Trost. Wieso rufen sie dann nicht an? Sie würden sich melden, das weiß ich.

Es klingelt an der Tür der Zurückgelassenen, der Zurückgebliebenen. Wir würden gerne wissen, wo sich ihre Tochter momentan aufhält? Wo ist ihr Sohn? Wir suchen deinen Bruder. Sollte er denn nicht schon längst zurück sein? Wieso hast du das nicht gemeldet. Scheint dich nicht sehr zu bekümmern. Wissen Sie vielleicht mehr, als Sie uns sagen? Hat er irgendwie angedeutet, daß er nicht zurückkehrt? Wie hat er sich verabschiedet? War Ihnen bekannt, daß er vor den Ferien im Betrieb einige persönliche Sachen an die Genossen Kollegen verkauft hat? Schallplatten, zum Beispiel. Er wird Geld für den Urlaub gebraucht haben, wie? Zeigen Sie uns seine anderen Platten. Keine da? Er hat also seine ganze Plattensammlung verkauft, um zwei Wochen am Meer zu verbringen, ha? Was waren das für Platten. Wissen Sie auch nicht. Und was, wenn wir dir verraten, daß dein Sohn ein Visum für Jugoslawien hatte? Und einen Paß, der vier Wochen gültig war. Zeig mal ihr Zimmer. Sehr ordentlich, deine Tochter, hat die immer so aufgeräumt? Ha, und wieso hast du uns das nicht gemeldet? Da hingen mal Bilder an der

Wand, ja dort, das sieht ein Blinder. Wann wurden die ab-
gehängt? Tantchen, du warst kein einziges Mal in diesem
Zimmer, und Staub hast du auch nicht gewischt, die ganzen
Ferien lang. Bei der unverschämten Hitze, die wir den
ganzen Sommer über hatten, hast du kein einziges Mal das
Fenster geöffnet? Du hattest mit dem Zimmer nichts zu tun,
was? He, Mischu, komm mal her, guck dir das an. Und was
haben wir hier? Erklär uns doch mal, Tantchen, was dieser
Rahmen, booo ist das ein schweres Ding, was macht der im
Schrank? Deine Leute räumen das halbe Zimmer leer, und
du willst uns weismachen, du hast nichts mitgekriegt. Ich
geb dir einen Rat, und schreib dir den hinter deine tauben
Ohren – sorg dafür, daß deine anderen fünf Töchterlein
nicht auch noch entfleuchen, sonst kommen wir wieder. Und
wehe, wir finden raus, daß du an dieser Schweinerei beteiligt
warst ...

Die Flucht kennt Epochen, Jahre der Bewegung und Jahre der Trägheit. Niedergeschlagene Aufstände, mißglückte
Machtübernahmen, es sind mehr als nur Einzelne, die flie-
henflüchteneilen davon, und vergessen dabei ihr Diplom,
und haben nicht Platz für ein geliebtes Buch. In einen Zug
gesprungen, auf Nebenstraßen Gas gegeben, Richtung Lan-
desgrenze, manche zu Fuß, manche gedrängt auf Lade-
flächen von Lastwagen, den Fahrer drängt es auch. Die
Grenzen sind porös, für Wochen, oder Monate vielleicht, ein
Aderlaß, befände ein Arzt, Ärgernisse losgeworden, kalku-
lieren die Eigentümer der Macht ... so geschah es wieder
einmal im Herzen Mitteleuropas, kurz bevor Alex über die
Mauer flog. Die osteuropäische Kameradschaft war herbei-
gerollt, bleiernes Mißfallen zu bekunden, und die Lager des
Gelobten waren voll.

Sie verstehen. Zur Hochsaison wird es voll, da könnte es
schwierig werden, Vasko, Tatjana und Alexandar Luxow un-
terzubringen.

Die Treppen sind breit, fünf Gefreite könnten nebeneinander hinuntereilen, das obere Drittel des Hemdes noch zuknöpfend, vielleicht sogar sieben, einmal macht die Treppe Pause hinauf zum ersten Stock, die Fenster bieten eine schmutzige Aussicht, und einmal Pause hinauf zum zweiten. Auf den Stufen liegen zertretene Spaghetti. Verwirrt steigt Vasko die Treppen hinauf, mit Bogdan Schritt haltend. Jana hält Abstand, gehemmt von den Erniedrigungen der letzten halben Stunde. Alex zerrt an ihrer Hand. Der Italiener, einen schicken Anzug hatte er an, und ein gewagtes, leicht rosa Hemd – die Krawatte wölbte sich als Regenbogen um den satten Bauch. Er sah sie nicht an, seine Fragen schienen ihm weniger wichtig zu sein als ein Schniefen, ein Umschichten von Blättern, ein Knacken des Kugelschreibers. Die Antworten notierte er in einer Kürze, als würde ihn nur das Endergebnis interessieren. Nicht einmal die Sache mit der Mauer schien ihn zu erstaunen. Ich weiß nicht Bogdan, es war, als würde er mir kein Wort glauben. Was meinst du, wie viele solche Geschichten der schon gehört hat. Der Mann ist völlig erschöpft von den Geschichten, die er zu hören kriegt. Deine Flucht ist für dich was Großartiges, das weißt du, ich weiß es auch, aber für ihn bist du nur eine Wiederholung, der hört schon jahrelang jeden Tag dasselbe, einer, der nicht studieren durfte, ein anderer, der sich nicht im Ausland spezialisieren konnte, der dritte, den man nicht befördert hat, weil sein Vater Faschist war, immer dasselbe, durfte nicht, konnte nicht, hatte keine Chance, und immer übertrieben, und manchmal sogar erfunden, von der Schöpfung an. Der Sforza, der weiß doch inzwischen alles, was es über Lügen und Leiden zu wissen gibt. Den würde es nicht mal erstaunen, wenn du Tito wärst.

Sie mußten ihre Pässe abgeben. Jana fühlte sich nackt, Vasko war erleichtert, als wäre er mit dem Verlust des Passes endgültig den heimatlichen Behörden entronnen. Nach der kurzen Befragung wurden sie ins Nebenzimmer geführt, auf dem Hocker Platz nehmen, Jana hatte nur Zeit, sich eine

Strähne von der Stirn zu streichen, da blitzte es schon, und mit einem spuckefeuchten Finger den Scheitel von Alex zu ordnen, da blitzte es wieder, dein Kragen, Vasko, aber Vasko reagierte nicht, und schon blitzte es das dritte Mal. Und dann, Bogdan war hinausgerufen worden, bedeutete der Mann, der sie fotografiert hatte, ihm zu einem weiteren Tisch zu folgen. Wie sah der Mann eigentlich aus? Es lief so schnell ab, Janas Gedanken waren noch beim Fotografieren, der Mann packte sie am Handgelenk, er stand ihr gegenüber, er war viel größer als sie, auf dem Tisch eine Lampe, sehr viel größer, sie brannte, er nahm ihren Daumen zwischen seine Finger, drückte ihre Hand zum Tisch hinunter. Was will er? Auf dem Tisch lag etwas, er drückte ihren Daumen zur Seite, drückte ihn in etwas Nasses hinein, wälzte ihn über ein … Stempelkissen. Was macht er? Er schüttelte ihre Hand, locker werden, dann rollte er ihren Daumen über ein hellbraunes Kärtchen, in ein viereckiges Feld hinein, führte ihre Hand zurück, und wiederholte die Prozedur mit jedem einzelnen Finger ihrer rechten Hand, für jeden Finger ein viereckiger Kasten, und mit jedem Finger grub sich die Erniedrigung weiter ein. Sie blickte auf die Karte, der Mann hatte sich vertippt, Tatajna Luxow, und nicht deutlich zu lesen, vielleicht könnte sie behaupten, sie sei das nicht, aber die Fingerabdrücke ihrer rechten Hand glänzten, im häßlichen Glühbirnenlicht löschten sie aus, was sie zu etwas Besonderem machte. Da müssen alle durch, Jana, das hat nichts mit uns zu tun. Und wenn sie sich weniger Mensch fühlte als zuvor? Sie starrte auf ihre pechschwarzen Finger. Das geht nie mehr ab. Im Waschraum ist Seife, sagte Bogdan. Das beruhigte sie nicht.

Breit ist der Korridor und unbeleuchtet, das Fenster am Ende behält das Licht für sich, ein Mann, an die Wand gelehnt, ein Umriß des Wartens, späht hinaus. Hör mal, sagt Bogdan leise, leider gibts noch was Unangenehmes, du wirst es im Griff haben, bin ich sicher, aber die Familie, ich mein, Frauen, die nehmen sich sowas zu Herzen, nicht den Mut verlieren, in einigen Monaten seid ihr wieder raus, einfach

Augen zu und durch. Stell dir einfach hinundwieder die schöne süße Heimat vor, dann läßts sich leichter aushalten.

Was ist denn? Ein Blick über die Schulter zu Jana.

Nun, naja, wir haben zuwenig Zimmer im Moment, Männer und Frauen schlafen getrennt, und eigentlich sollten Familien eigne Zimmer bekommen, aber es fliehen zu viele, und in ganz Italien gibts nur drei Lager, was sollen die da machen, haben eigene Sorgen, also, wies dumm kommt, ihr müßt euch ein Zimmer teilen, wär nicht so schlimm, nur, tut mir leid, ließ sich nicht verhindern, da ist selbst Bogdan machtlos, sie haben euch mit Zigeunern zusammengesteckt, ne ganze Schar ist das, die gibts nur mit Mengenrabatt, kommen aus Polen, ihr kriegt die eine Seite des Zimmers, gucken wir uns gleich an, die wird mit einem Tuch abgetrennt, oder so, halb so schlimm.

Am Ende des Korridors biegen sie nach rechts, in einen schmaleren Seitengang. Der Mann am Fenster beäugt sie, mißtrauisch, oder nur ermattet. Tscheche, sagt Bogdan. Sind viele da, ihr wißt schon.

Eine Gruppe Männer steht mitten im Gang herum, Stimmen, die sich laut auf den Rücken klapsen. Die Zigeuner. Ihre Gespräche fallen voneinander ab, als Bogdan und Vasko vor der offenen Tür stehenbleiben. Kein einladender Blick. Bogdan nickt den Männern zu und geht in das Zimmer hinein. Vasko ihm nach. Jana hält sich dicht dahinter, Alex an der Hand. Ein Geruch. Dieser Geruch, er hat jegliche Frische aus dem Zimmer vertrieben: köchelnde Eintöpfe, Zwiebeln und Knoblauch, schlechtes Rindfleisch, stark gewürztes und leicht angebranntes Essen. Jana muß sich zwingen, das Zimmer wahrzunehmen. In der rechte Ecke glüht ein kleiner Kohlenherd, und auf ihm ein großer, gußeiserner Topf. Die Wand trägt Striemen von Ruß und eine Tapete aus Speisespritzern, von Tomaten zumeist, teils sattrot, wenn Dosen unachtsam entleert werden, und unterschiedlich bräunlich, wenn es aus der brodelnden Oberfläche einer kochenden Sauce hochplatzt. Links im Zimmer stehen zwei Stockbetten, und in der Mitte ein Tisch, auf seiner Oberfläche Stunden von Langeweile eingekerbt.

Vasko legt den halbleeren Koffer auf den Tisch. Jana geht mit Alex zu einem der Betten, setzt sich an den Rand. Laken, weißblau und längsseitig gemustert, an der Eckseite rauhe Decken, quadratisch gefaltet.

Wo schlaf ich, Mamo?

Die Zigeuner sind aus dem Gang ins Zimmer getreten, ihr Reden ballt sich zu Geschrei. Bogdan scheint einige Brocken Polnisch zu sprechen, aber keine Zustimmung zu erhalten. Gibt Probleme. Bogdan aufgeregter. Einer der Zigeuner zieht ein Messer. Rammt es neben den Koffer in den Tisch. Bogdan schreit, schreit den Zigeuner an. Er schreit zurück. Die anderen halten ihn fest.

Bogdan dreht sich um.

Die kochen hier. Die wollen nicht weg, weil sie hier kochen.

Er redet auf die anderen Zigeuner ein, drohend. Einige Sätze, dann gehen die Zigeuner vor die Tür. Sie beratschlagen lauthals.

Mamo, darf ich oben schlafen?

Bogdan kommt zum Bett. Die essen nicht in der Kantine, dafür kriegen sie Geld und füttern sich selbst. Behaupten, das Essen nicht zu vertragen. Mist. Die sind schon lange hier, bestimmt schon zwei Jahre. Aarh, das tut mir leid, das hätte sich der Sforza eigentlich denken können. Die kriegen das Essen von anderen Zigeunern, oder klauens, oder was weiß ich, und mit dem Geld kaufen sie sich was anderes. Fuuu uuh, das Problem ist, die haben dieses Zimmer geräumt, haben sich auf die anderen Zimmer verteilt, damit sie hier kochen können.

Stören wir sie denn dabei? Wir könnten uns arrangieren ...

Vasko!

Was denn, Jana, wir müssen eine Lösung finden. Wenn es keine anderen Zimmer gibt ...

Und wie ihr sie stört. Die mögen das gar nicht, wenn Fremde ihnen zu nahe kommen. Jetzt wartet mal. Das Essen scheint ja fast fertig zu sein. Ich hab ihnen gesagt, sie sollen euch mal für die eine Nacht hier schlafen lassen, und ich werd schauen, was sich machen läßt. Die sollen sich auch was einfallen lassen. Sonst geh ich zum Direktor.

Zwei der Zigeuner kommen zurück. Sie reden auf Vasko ein. Er schüttelt verständnislos den Kopf. Sie schubsen ihn. Er drückt einen von ihnen weg. Bogdan geht dazwischen. Schreie.

Jana beginnt zu weinen.

Eine alte Zigeunerin, die regungslos neben dem Kochtopf auf dem Boden gesessen hat, ihre Beine unter einem weitfallenden Rock versteckt, richtet sich mühevoll auf, und geht langsam auf Jana zu, einen leeren Plastikteller in der Hand. Sie bleibt vor ihr stehen, streicht ihr über die Wange, hält den Teller unter ihrem Kinn. *Nje plaž.*

Das Schreien hat sich verdichtet.

Die alte Frau entfernt vorsichtig eine Träne von Janas Oberlippe. Sie befeuchtet den Teller mit der Träne und sagt etwas. Wiederholt *Nje plaž*, krächzend laut. Die Schreie zerbröckeln. Sie zeigt den Männern den Teller, *plaž*, unverständliche Worte dann, und wieder *plaž*, ihre Tränen, Jana versteht. Die Alte geht zum Topf zurück, ergreift einen Holzlöffel und wirft einen Schlag Gulasch auf den Teller. Es spritzt in alle Richtungen. Sie reicht den vollen Teller einem der Männer. Iß, sagt sie.

Iß.

Ich zeig euch noch, wo ihr euch waschen könnt und wos Essen gibt. Stell euch gleich einigen Landsleuten vor. Wie gesagt, Vorsicht. Sind nicht alle so wie ihr. Auf der Hut sein, das ist Bogdans Meinung, kann nicht schaden. Jetzt, zum Abendessen, gibts Brot mit Butter und Marmelade, wird in kleinen Packungen ausgegeben. Ihr müßt euch selbst fürs Frühstück eindecken. Ist ganz einfach, jeder kriegt genug in die Hand, und wenn du besonders hungrig bist, kannst um noch eins bitten.

Sie erreichen einen großen, hohen Raum. Zwischen den kahlen Wänden reihen sich lange Tische aneinander, in acht Reihen, und daneben, in der Mitte des Raums, ein weiterer Tisch. Große Körbe auf einem Überzug, der bis zum Boden hängt – aus Plastik, wie Jana gleich feststellen wird. Eine Schlange endet bei drei Frauen, die in die Körbe greifen, etwas herausnehmen, dem nächsten in der Reihe geben.

Da hinten sitzen sie. Kommt mal mit, ihr könnt euch das Essen noch später abholen.

Grüß euch, grüß euch, wie gehts dem Fuß, Stojan, ich hoffe, du ölst bald mal wieder deine Scharniere, das ganze Haus ist aufgewacht, als du heut Nacht die Treppen hochgestiegen bist. Nein, ich hab heute keine Nachrichten für euch, auch von deinem Vetter nichts, Iwo. Tut mir leid. Ich bin nur kurz vorbeigekommen, um euch diese junge Familie vorzustellen, Nachschub aus der Heimat, gerade eingetroffen. Na, eigentlich sind sie noch nicht einmal richtig da. Überlaß ich euch, sie ein bißchen einzuführen, mach mich davon, in Triest wartet ein guter Wein. Und wenn ihr auf Bogdan hören wollt, laßt euch erzählen, wie die mit dem Kleinen rüber sind, wunderbar, aufs Herz meiner Mutter, wunderbar, im Vergleich dazu seid ihr Waisenknaben und Jungfrauen, entschuldigt mich, liebe Damen. Vasko, morgen früh komm ich vorbei, besprechen alles weitere. Wünsch allen ein Körbchen Schlaf, und seid mir lieb zu den Neuen.

Und Jana, Vasko und Alex lernen sie gleich kennen.

Boris, und wie heißt du Junge? Sascho! Dann komm, Saschtscho, setz dich her.

Grand Stojan, Handkuß für die Verehrteste. Und ich darf vorstellen, unsere Drei Damen, kurze Röcke, Lächeln mit vulgären Fransen.

Iwo Schicagoto, pliiz tu mit yu. Teik siit.

Die Schusterbrüder, Kopfnicken, schauen auf ihre Hände herab.

Assen, die Zigarette fast bis zu den Fingern geraucht ...

Meine Frau. Ein unbeteiligter Blick.

Jana wacht zu einer Arie auf, die in eigentümlichen Schleifen schwingt. I-ta-li-ja i-ta-li-ja. Jede Silbe ein Ton, nicht hinausposaunt, sondern von den weichen Wellen eines Flüsterns getragen. Ein Teil von ihr entsteigt dem Schlaf, beobachtet sie ... der Kopf oberhalb der Decke, dunkle Strähnen, laufen wie Adern eines Deltas über weißblaue Felder aus, geschlossene Augen, und, I-ta-li-ja i-ta-li-ja, eine Arie wird geübt, die Töne schaukeln sonntäglich, ein Ausflug in die Hügel, strahlendes Grün bis zu den Kuppen hinauf, das Licht reckt sich, die Stimmung genährt vom Lachen, vorhin, als sie über den Bach gingen, Vasko warf die Schuhe ans andere Ufer, krempelte seine Hosenbeine hoch, ich bin der Fährmann, sagte er im Ducken, ich laß mich nur mit Küssen bezahlen. Die Freundin sprang auf seinen Rücken, he, nicht so stürmisch, seine Hände packten ihre Schenkel, fast wär er gefallen, die Böschung hinab, wieder im Gleichgewicht, geduldig vertrauen sich seine Füße glitschigen Steinen an. Am anderen Ufer belohnt sie ihn schlecht, mit flüchtigen Lippen, und schon außer Reichweite. Er protestiert, das war nicht vereinbart, du schuldest mir noch, ich treibs ein, wirst sehen, jetzt geh ich mir eine bessere Kundin suchen, und er überquert erneut den Bach, weniger achtsam. Jana zieht ihn am Hals, unter ihnen ist Wasser, er taumelt nach vorne, einige Spritzer vom Bach entfernt, fallen sie in eine Umarmung, rollen durch das Gras, Schnaufen Kichern Piepsen, lustvoll flattern Augenblicke zwischen ihnen, hinundher, ein Buhen rutscht den Hang hinab, Jana schaut auf, Vasko kippt seinen Kopf nach hinten, bis er Petjo sieht, Alex auf den Schultern, die beiden haben ihre Hände vereint und schwingen sie über dem Grün. Vasko knabbert an Janas Ohr, und flüstert: Ich liebe ... I-ta-li-ja. Sie ist wacher. Alex kitzelt sie an den Fersen, zwei Finger hüpfen über ihre Sohle wie ungeduldige Vögel, begleitet von dem Lied des Spechts, nein, Alex, nein, durch den Wald, läuft ein Specht, mit langer Nase, nackt und barfuß, ist der Specht, alle Weile, stampft er auf, tak tak tak, hak hak hak, rühmt sich, wieviel

Wurm er fangen kann. Sie zieht ihre Beine zurück und schlägt die Augen auf.

Hier stinkt es.

Guten morgen Schönes, laß deine Nase einfach weiterschlafen.

Alex ist über das Bett gekrabbelt und stempelt ihr einen Kuß auf die linke Wange.

Kochen die schon? Die Zigeuner ...

Ich hab Tee für dich besorgt.

Vasko lächelt beutestolz und hält eine Colaflasche hoch. Tassen gibts nicht, mach mal den Mund auf. Er hält die Flasche, das volle Ende mit seinem Unterhemd umwickelt, setzt die Öffnung an ihre Lippen – und ein zu großer Schluck springt heraus. Der Tee rinnt über ihren Hals. Er brennt. Vasko trocknet sie rasch mit dem Unterhemd ab.

Wenn die wiederkommen, du mußt ruhig bleiben, die sind gefährlich, die sind in der Lage und erstechen dich.

Niemand wird erstochen.

Klopfen, wie von einer flachen Hand, schon ist Bogdan im Zimmer, versprochen ist versprochen, gute gute Nachrichten. Die Zigeuner haben von sich aus ne Lösung gefunden, werden enger zusammenrücken und noch ein Zimmer räumen. Das bekommt ihr dann. Das Kochen, das scheint denen mächtig wichtig zu sein. Schon gefrühstückt? Oh entschuldigt, gerade aufgestanden. Komm später wieder ...

... so, wie gehts jetzt weiter, das möchtet ihr bestimmt wissen. Das ist die Preisfrage, könnt man sagen, das wollen alle von Bogdan wissen. Wenns nach mir ginge, morgen schon dampft ihr mit erster Klasse ins Paradies ab und ich wink euch fröhlich nach. Leider nicht möglich. Scusi. Will mal versuchen, euch die Lage zu erklären. Ihr habt um politisches Asyl ersucht und dürft deshalb in diesem Lager bleiben. Erstes Problem: Italien gibt kein Asyl, zumindest nicht an Sterbliche. Ist für euch also nur Durchgangsland. Ihr müßt woanders hin und die Auswahl ist nicht groß. Gibt nicht viele, die Emigranten wollen, Australien, Südafrika,

Argentinien, noch ein paar andere. In die Staaten kommt ihr nur, wenn euch jemand eine Erklärung schickt. Da muß draufstehen, daß er euch kennt und für euch bürgt, daß ihr das Land nicht abbrennen und den Präsidenten nicht erschießen werdet, und noch einiges mehr, Affidavit nennt sich das. Habt ihr jemanden dort? Na, dann schlagt euch das gleich aus dem Kopf. Kanada geht auch ohne, aber ... man muß warten ...

Und Europa? Eigentlich möchten wir in Europa bleiben.

Schlecht, ganz schlecht. Da ist kein Platz, da kann ich nur Schweden anbieten, kaltes Land kleine Quote. Ziemliche Wartezeit, Kanada ist dagegen anständig, würd sich Bogdan dreimal überlegen. Schweden heißt warten und warten und nochmals warten, und niemand weiß, ob die nicht in der Zeit, in der ihr lammfromm wartet, ihre Meinung ändern. Das ist der Stand der Dinge. Ihr müßt nicht gleich entscheiden. Laßt euch alles erstmal durchn Kopf gehn. Kommt ein bißchen zur Ruhe. Nichts übers Knie brechen. Saschko, wo hast du denn geschlafen, laß Bogdan mal raten, bestimmt oben, oder?

Hat Mamo nicht erlaubt.

Ooooh. Mal sehen, ob wir Mama nicht überreden können. Warts ab. Noch was, bevor Bogdan wieder verschwindet, beim Mittagessen müßt ihr eure Teller und euer Besteck abwaschen, da gibts 'nen Waschraum neben der Kantine, na, da werdet ihr euch mal die Äuglein reiben. Und Sascho, du hilfst, he? Vielleicht kannst du dann zur Belohnung oben schlafen.

Bogdans Lachen verabschiedet sich.

Spaghetti zu Mittag: Spaghetti, wie für ein Regiment, und Hackfleisch, wie für eine Familie. Zwei Stapel Suppenteller, aus Plastik und in blauer Farbe. Wer an der Reihe ist, nimmt den obersten Teller vom Stapel, hält ihn einer Kelle hin, die einen Batzen Spaghetti mit Tomatensauce draufläd. Vasko, Jana und Alex setzen sich zu den Landsleuten. Wohin man

schaut: Spaghetti werden um Gabeln gedreht, die Nudeln
hängen über, bei manchen so weit, wie der Mund vom Teller
entfernt ist. Messer gibt es nicht, Löffel sind ungelenk zur
Hand, das essen die Italiener so, ich zeigs euch, aufgepaßt,
und jetzt dreht ihr schnell die Gabel, und ... solche Spaghetti nennen die hier Bolognese. Nach der Stadt Bologna.
Das ist die älteste Universität, sagt Jana, und die anderen
gaffen sie an, als hätte sie was Dummes gesagt. An den Ne-
bentischen essen Rumänen Spaghetti, an anderen Tischen
sitzen wohl Ungarn, Tschechen, Polen, reden laut und geben
sich Mühe, Spaghetti mit Löffel zu essen. Dort hinten sitzen
die Araber. Vor denen müßt ihr euch hüten. Die sind nur auf
Streit aus. Jeder von ihnen trägt ein Messer im Gürtel, mit
dem sind sie schnell bei der Hand. Wir versuchen, ihnen aus
dem Weg zu gehen.

Wohin man schaut: Spaghettireste bleiben auf blauen Tel-
lern übrig, die aus dem Raum getragen werden. Bogdan
meinte, wir müssen die Teller abwaschen? Ja, da hat er ganz
recht, nicht, und wie ich ihn kenne, hat er nicht viel mehr
dazu gesagt. Dann kommt mal mit, ich zeigs euch.

Eine Schwingtür in den Waschraum hinein, die Geübten
schubsen sie mit einem Fuß auf, tragen ihre Teller zu einem
von fünf Waschbecken. Schon der Boden im Gang war naß.
Aber das hier! Es hat eine Überschwemmung gegeben.
Knöchelhoch steht Wasser. Und auf dem Wasser: rötliche
Schlieren und fettige Augen und jede Menge, wie Würmer,
durchschauert es Jana, dünne weiße Regenwürmer, einge-
rollte, zuckende, gekräuselte Spaghetti. Was machen die auf
dem Boden? Was für Schweine. Jana sieht, wie Assen den
Teller über dem Waschbecken schüttelt, die Spaghetti fallen
hinein. Ein zischendklatschendes Geräusch beherrscht den
Raum. Sie schaut nach unten. Die Abflußröhre der fünf
Waschbecken sind offen. Wasser, Essensreste, alles platscht
auf den Boden. So, jetzt könnt ihr hier ran. Guck nicht so
schockiert. Gibt es keinen Abfalleimer? Manchmal steht so
ein kleiner roter dort in der Ecke, aber wie du siehst, fehlt

der auch manchmal. Früher waren die Ausgüsse verstopft, das war vielleicht eklig, und ich nehm an, die Italiener hatten die Nase voll, die Dinger freizumachen. Also haben sie einfach unten aufgeschraubt. Fließt ja auch so ab. Kein großes Aufhebens drum, kommt schon, Teller unterm Wasser, mit der Hand drüber, so, und fertig, laßt uns abhauen, gibt schließlich schönere Orte. Na, macht nicht so ein Gesicht, ihr gewöhnt euch dran. Und wenn ein Makkaroni am Schuh klebt, wischt mans halt weg.

Nach dem Mittagessen sitzt man in Grüppchen auf dem Rasen und palavert sich durch den Nachmittag. Alex verständigt sich spielend mit einigen Gleichaltrigen. Das weiche, spätsommerliche Licht läßt die Kasernenbauten am Leben teilhaben. Ein Mann zeigt am Tor seinen Ausweis und geht auf sie zu.

Bin gespannt, was der heute zu erzählen hat, sagt Assen.

Was denn? Lügengeschichten natürlich. Aber du stehst ja auf solche Aufschneider.

Sei doch ruhig, Frau.

Grand Stojan begrüßt sie mit seinem großen, geheimnisvollen Lächeln, und setzt sich umständlich hin. Er trägt ein Sakko mit unübersehbaren Flecken.

Grand Stojan, Angeber Hochstapler, Ladykiller ... ich mag sie vollbusig, sie mögen mich vollmundig ... mit seinem Holzbein ausgezogen, die Welt zu erobern. Und die Welt besteht aus Geld, ich sag euch, dieser Mendeleew, das ist reinste Propaganda, sein Gesülze über Natrium und Kalium und Chlor, das ist ein rießengroßer Betrug, der Kerl hat durchs Mikroskop geschaut und Rubel gesehen, oder was immer es damals gab, was meint ihr, wie nervös die Reichen daraufhin wurden, die haben ihn geschmiert, damit er Wasserstoff hinkritzelt und die Menschheit verblödet. Anstatt Sauerstoff sollte auf dieser Tafel Dollar stehen, anstatt Kohlenstoff Deutschmark oder Pound ... ihr versteht schon, und wenn diese Stoffe sich verbinden und wirken, funktioniert die

Welt, nicht bei BdreioderHzweioderOvier, oder was der Blödsinn. Aber ich habe den Betrug durchschaut, ich habe begriffen, wie das Spiel läuft, bin ich etwa von vorgestern? bin ich etwa zufällig?... er hinkt, unser Stojan, und häßlich ist er, wie eine aufgegebene Fabrik, aber er pafft selbstsicher vor sich hin, wie einst sein Vater, der Baron von Thiele, und auch so aufrecht. Zwei Vorzüge zierten den Baron, der Heilige Kliment habe ihn selig, in seinen besten Tagen: vollendete Manieren und vollendete Deutschkenntnisse. Mehr benötigte man damals nicht, zwischen den großen Kriegen, um zu reüssieren. Baron von Thiele, verlautete die Visitenkarte, mit der er sich anmelden ließ. Generalvertreter von IG Farben! Seine Sprache war von alteingesessener Vornehmheit, sein Gang aristokratisch arrogant und seine Kleidung weltmännisch ausgereift. Leben und leben lassen, war sein Motto – denn jeder Aristokrat hat ein Motto. Der Baron empfing in Hotelsuiten Geschäftsleute, denen zu Gehör gekommen war, daß die Möglichkeit bestand, sich gegebenenfalls an einer örtlichen Niederlassung zu beteiligen. Als Gegenwert für getätigte Investitionen lockte, neben der gottsicheren Gewinnbeteiligung, ein kleines Paket von IG Farben-Aktien. Solide wie Gold, sagten jene, die sich in der Finanzwelt auskannten. Baron von Thiele war, über die Jahre hinweg, ein gerngesehener Gast in den großen Häusern des Großbürgertums, in demokratischen Salons, bei Versammlungen der Legionäre und im Offiziersklub der Wehrmacht. Bis das Blatt sich wendete, Visitenkarten verfielen, Hotelzimmer nicht mehr Titeln und Manieren zugänglich waren, und die Aktienkunden verschwanden, ins Ausland, oder, zusammen mit Baron von Thiele, ins Gefängnis. Beim Verhör brüllten sie ihn an: *Stojanow, du bist die längste Zeit Parasit gewesen.* Er verbat sich diese Anrede und forderte die Schergen des Staatssicherheitsdienstes auf, den deutschen Botschafter zu kontaktieren. Sie schütteten ihm einen Kübel Urin über den Kopf. Mit einem deutschen Akzent in seiner Muttersprache beteuerte er, eine Verwechslung liege vor. Dann

kannst du nur Gestapoagent sein, und wir erschießen dich
sofort. Er bot ihnen Güter in Ostpreußen an. Sie ließen ihn
die Güter beschreiben, bis hin zu den Stallungen, und erfreu-
ten sich am Klang ihrer Ohrfeigen. Es war nicht die Zeit des
Baron von Thiele. Die deutsche Botschaft war verwaist, Ak-
ten, Bilder und Möbel konfisziert, und Ostpreußen gehörte
schon dem Volk. Einige Haftjahre lang trug Baron von
Thiele seine Fetzen mit Würde, als sei er durchaus zufrieden
mit der neuesten Kreation seines Schneiders, dann zerstob
sein Geist in die Unendlichkeit des Wahnsinns.

Sein Sohn kommt gerade von einem Triester Spaziergang
zurück. Fast täglich fährt er mit dem Bus nach Triest, und
nach seiner Rückkehr läßt er vernehmen, wie aufregend es
gewesen sei ... da stand mir dieses heißblütige Weib gegenüber, genau das Alter, das ein Connaisseur schätzt, so zwischen dreißig und vierzig, und die wirft mir Blicke zu, zuerst
denk ich, wen meint sie, mich meint sie doch nicht, ihr wißt
ja, uns auf dem Balkan fehlt das Selbstbewußtsein, das ist
unser größtes Problem, wir denken immer, wir sind nicht gut
genug, mir wird aber schnell klar, die Braut meint mich,
ihre Blicke, die wurden immer schärfer, ich kann euch nur so
viel sagen, die hätte sich am liebsten an Ort und Stelle auf
mich geworfen, aber immer derselbe Mist mit der katholi-
schen Erziehung. Unsere Augen konnten nicht voneinander
lassen, natürlich habe ich dagegengehalten, ich blinzelte ihr
zu, warf meinen Kopf in den Nacken, das hat die sofort verstanden, wir beide, wir würden in einem Tango verbrennen ...
dann trat sie noch einen Schritt näher, ihr Armseligen, wenn
ihr wüßtet, ist nicht einfach, mit so was umzugehen, das
muß man aushalten können, selbst mein Holzbein wurde
schwach, ich dachte, katholisch hin oder her, die fällt mir
gleich um den Hals, ein elegantes Weib, und die Beine, hu-
uuh, ich hab mir die Beine auf der Zunge zergehen lassen, die
Knie, nun, ihr wißt hoffentlich wenigstens, wie ein Knie aus-
zusehen hat, und die festen Schenkel, braun wie Osterbrot,
und kaum guck ich mir die tollen Dinger genauer an, bewegt

117

die sich nochmal, einen kleinen Schritt, ganz breit steht sie da, ich fang an, unter ihren Rock zu träumen, ich kann euch nicht sagen, wie warm mir wurde. Das war vielleicht was ... uiijuijuijuijui.

Stojan zündet sich eine Zigarette an und bläst den ersten Zug weit hinauf.

Und dann?

Na, dann stieg sie aus.

Wie, einfach so, nach dem Theater?

Ama, was wißt ihr schon, so ist das Leben, manchmal hat man Pech ... sie legte ihre Hand auf meine Brust, ein Ring glitzerte, ein Vermögen, für so was hab ich den Blick, ein Prachtstück, in Gold gefaßt, die Frau war ja auch Gold wert, aber, wie sagt der Engländer, manche gewinnst du, manche verlierst du, sie war also vergeben, und ihr wißt, wie moralisch die hier sind, ganz traurig hat sie mich zum Abschied angeguckt. Zu einer anderen Zeit, Hühnchen, sagte ich ihr noch, zu einer anderen Zeit, da hätte es zwischen uns gedonnert und geblitzt, und ihr Gang, ich mag nicht daran denken, Weiber gibt es hier, was ist dieser Westen doch schön.

Am Ende des Gangs befindet sich ein Waschraum, im zweiten Stock für die Frauen, im ersten für die Männer. Funktionieren bei euch die Duschen, Vasko? Nein, ich habe das Waschbecken benutzt. Aus dem Hahn des Waschbeckens strömt mit Nachdruck sauberes italienisches Wasser. Nur ist es kalt. Jana muß dringend waschen, eine Plastiktüte voller Sachen. Sie ekelt sich, weil sie keine Unterwäsche zum Wechseln hat. Der Waschraum ist leer. Sie geht zu dem Becken, auf dem ein Stöpsel liegt. Die Kernseife, einen Quader, der ihre Hand ausfüllt, nimmt sie vom Waschbecken daneben. Sie läßt Wasser ein. Sie drückt die Wäsche ins Wasser, reibt sie mit der Seife ein. Jemand kommt herein, geht hinter ihrem Rücken vorbei, zu dem letzten Waschbecken in der Reihe, dem Fenster am nächsten. Jana und die andere sehen sich an, erkennen sich wieder. Eine von diesen seltsamen Drei Damen. Die Neue mit dem süßen Fratz. Machst dich mit der Sauberkeit vertraut, ha? Ja, ich muß jetzt, ich habe seit, ja seit Zuhause nicht mehr ... Zuhause? Das war mal dein Zuhause, Mäuschen, das ist vorbei, kein Grund zur Trauer, was, laß die Blüten nicht hängen, Unterwäsche muß man überall waschen, was. Wenn ich da mal reingucke: Ich wette, du brennst nur so darauf, dir was Hübsches zu besorgen. Solche Dinger, wie du sie da hast, die haben wir schon feierlich verbrannt. Sie hat ihr linkes Bein in das Becken gesetzt. Beweglich, denkt Jana. Und voller schwarzer Stopeln. Die Frau schöpft Wasser und läßt es über ihr Bein laufen, vom Knie abwärts. Du wirst nicht glauben, was für eine Auswahl es gibt. Hier habens die Frauen vielleicht leicht, die Männer anzumachen, was. Sie guckt sich nach der Seife um. Reich rüber. Jana bringt ihr die Seife. Die Frau nimmt sie und wendet sich wortlos ihrem Bein zu. Lange reibt sie die Seife zwischen ihren Händen, für ein bißchen Schaum, das sie sich über das Bein schmiert. Aus ihrer Hemdtasche holt sie eine Rasierklinge, setzt sie über dem Knöchel an und zieht sie nach oben. Jana schielt hinüber, während sie ihre Unterhose scheuert. Nicht, daß du denkst, ich mach das gern, aber die Männer hier erwarten das, sonst hast du keine Chance. Kommst nicht an. Wieso ankommen, wundert sich Jana. Frauen mit rasierten Beinen kommen an? Sie spült die Wäsche aus, bis sich keine Seifenblasen mehr zeigen. Ich schneid mich jedesmal. Geht scheinbar nicht ohne. Gehört dazu. Ein roter Tropfen bahnt sich einen Weg über das Schienbein. Was ist mit dir, Mädel? Nein, ich rasiere ... mich ... nicht. Du Glückliche, die Härchen alle an der richtigen Stelle, ha? Jana preßt ihre Wäsche aus. Wo aufhängen? So, die eine Hälfte ist fertig. Wo kann man die Sachen aufhängen? Ich tu meine ans Fenstergitter im Zimmer. In der Ecke dort liegen Lappen, mit denen kannst du es vorher ein bißchen abwischen. Wenn du was draußen aufhängst, verschwindet es. Lungern zu viele Tsigani und Arabzi rum. Gerade die, die explodieren ja gleich, wenn sie so ein Ding sehen. Die werden so kurz gehalten, daß sogar sozialistische Höschen sie heiß machen. Na dann, bis später.

He, das kitzelt. Du mußt nicht so flüstern, er ist schon eingeschlafen. Ich werde gleich lauter, wenn du weiter kitzelst. Wo wünscht Madam angefaßt zu werden, seitdem sie sich im Westen aufhält? An den selben Stellen wie im Osten auch, da hat sich nichts geändert. Hier? Nein, da nicht? Vielleicht hier? Nein, da auch nicht. Hör auf, Vasko. Sag nur, das kitzelt dich auch, das wär was ganz Neues. Nein, das erregt mich, der Kleine ist grad eingeschlafen. Und? Das kennen wir doch seit es ihn gibt, und das sind schon ein paar Jährchen. Wir haben die Freiheit noch nicht richtig gefeiert. Laß uns noch warten. Mehr als einschlafen kann er nicht. Hm, du schmeckst gut, die Spaghetti bekommen dir. Irgendwie schmeckte deine Haut anders, als du auf Bohnendiät warst. Nicht, daß sie schlecht schmeckte, aber ich plädiere uneingeschränkt für Spaghetti. Meine Zunge auch, hm, und hier erst, ich glaube, das wird meine Lieblingsstelle. Aaaaa, meine zwei Freunde, willkommen im Westen, jetzt könnt ihr frei schwingen ...

... warte mal, das ist unbequem, geh etwas hoch. Besser so? Ja. Das war schön. Ja. Und der Gauner da oben schläft noch, oder? Jaaa, was hast du vorhin mit diesem Boris besprochen? Ach, ging um Australien, er will unbedingt dorthin, und heute hat er von der australischen Botschaft Formulare erhalten. Mit tausend Fragen, seitenlang, unglaublich, was die alles wissen wollen. Irgendwie hat er mitbekommen, daß ich Englisch kann, also klopfte er an und wollte diese Formulare mit mir ausfüllen. Vasko, mein Lieber, Vasko, mein Teurer, du weißt ja, wie das ist, das kenne ich schon, wenn die Leute was wollen, guck dir bitte diese Sache an, da komm ich nicht ganz zurecht. War natürlich maßlos untertrieben, der versteht nämlich kein Wort, kein einziges Wort, und acht Seiten müssen ausgefüllt werden, und auf jede dritte Frage hat er keine Antwort, ach und och, wie denn und was denn, Vasko, jetzt hilf mir doch, was sollen wir da sagen? Was weiß ich, sag ich ihm, woher soll ich das wissen, bin doch gerade eben angekommen. Da gabs auch die Frage, über was für Geldmittel man verfügt. Da hat er sich vielleicht aufgeregt. He Vasko, schreit der Depp mich an, was soll das, deshalb sind wir doch da, die wissen doch, daß wir nichts haben, deshalb sind wir hier, mal gescheit Geld verdienen, was soll das?, wollen die uns veräppeln? Der konnte sich nicht mehr beruhigen. Ich hab die Formulare weggelegt, und er jammerte und fluchte weiter, quatschte blödsinniges Zeugs, er würde zum Katholizismus übertreten, weil die Polen so viel Hilfe kriegen, von irgendwelchen Missionen, die würden alles in den Hintern geschoben kriegen. Scheißkirche, das hat er gesagt, nicht ich, wer hilft dir schon, wenn du Atheist bist. Daß der wußte, was ein Atheist ist. Hat wohl in den Diamat-Kursen aufgepaßt. Schließlich hatten wir alles fertig. Die nehmen ihn doch eh nicht, die haben die Wahl, glaubst du, die brauchen jemanden wie Boris? Aber ich weiß jetzt, wies läuft. Die Formulare gehen zurück an die Botschaft, die prüfen sie und entscheiden, ob du aufgenommen wirst oder nicht. Wie will er denn überhaupt nach Australien kommen? Wahrscheinlich kauft er sich ein Flugzeug. Laß das jetzt, sei doch mal ernst, wer zahlt den Flug? Ich glaube, die Australier legen dir Geld aus, das zahlst du dann zurück, wenn du deinen ersten Job hast. Ich will nicht nach Australien, Vasko. Ich auch nicht. Wohin sollen wir? Laß uns schlafen, wir müssen das nicht jetzt entscheiden. Ich weiß nicht, ob es einen guten Ort für uns gibt. Wieso bist du wieder so pessimistisch, ist doch bisher alles gut gegangen. Wir hören uns um, lassen uns alles ruhig durch den Kopf gehen, etwas wird uns bestimmt gefallen, und ich verspreche dir, dort wird es wunderschön. Versprochen? Versprochen. Krieg ich noch einen Kuß?

He Bogdan, wie wärs, wir spendieren dir ne Runde Spaghetti. Wir legen zusammen, dann kommt ne satte Portion

für dich heraus. Grüß euch, grüß euch, vielen Dank für die
Einladung, großzügig, wirklich, aber ich esse mittags nicht.
Deine Figur, Bogtscho, die ist zum Anknabbern. Mädchen,
paß auf, was du sagst, wenn du mit einem Offiziellen
sprichst. Ich setz mich mal kurz zu euch, kleine Pause. Habt
ihr das vorhin mit den Rumänen mitbekommen? Eine ganze
Busladung Rumänen. Nicht? Das müßt ihr hören. Wir sitzen
im Büro, zur großen Besprechung, die wir einmal die Woche
haben, da fährt dieser Bus rein. Das ist ja ein rumänisches
Kennzeichen, sagt Ionel, der ist für die Rumänen zuständig.
Die hintere Tür des Busses öffnet sich und, rumps, wie ne
Explosion, stürzen lauter Irre heraus, rasen aufs Gebäude zu.
Wir natürlich alle zum Fenster. In einigen Sekunden waren
sie aus dem Bus raus, so etwa vierzig Typen, und die rasten
alle zum Eingang, als gings um ihr Leben, wirklich, so was
hat Bogdan noch nicht gesehen, dann geht die vordere Tür
des Busses auf, nur ein Kerl steht da, so ein Zwerg, steht
verloren rum und schreit sich die Seele aus seinem kleinen
Körper, das kümmert die anderen aber nen Dreck, wir
hören, wie die Tür aufgerissen wird. Und Schreie, dachte das
Gebäude stürzt ein. Was denkt ihr, was die geschrien haben?
Im Chor, klang fast wie Ioan Kukuzel: Asil, nur das, Asil Asil
Asil. Ionel und ich gehen natürlich zum Eingang. Die stehen
alle da und schwenken ihre Pässe und schreien: Asil. Kaum
sehen sie uns, schreien sie noch lauter. Könnt ihr auch noch
was anderes sagen? rief Ionel, das hätte er besser nicht getan,
die stürzten sich auf ihn, spuckten ihn mit Fragen an. Aber
dann wurd es richtig lustig. Ionel versucht die Jungs zu beruhigen, da kommt das Männchen herein, ein ganz erbärm-
licher Anblick, schmeißt mit den Armen um sich und redet
auf die anderen ein, mit so einer unangenehmen Pieps-
stimme. Einmal dürft ihr raten, wer das war. Mir wars sofort
klar, hätte die Erklärung von Ionel gar nicht gebraucht, kann
nur der Parteisekretär sein, und der steckt mächtig in der
Scheiße. Er macht einen letzten verzweifelten Versuch, die
Sache hinzubiegen. Keine Chance, ganz miese Karten hat er,

seine Schäflein drehen sich nicht mal um, die tun so, als gäbs ihn nicht. Ionel prustet los, die Rumänen gucken ihn verdutzt an, für sie ist das eine sehr ernste Angelegenheit. Ich mußte auch lachen, muß zu meiner Schande gestehen, konnt nicht anders, wie der Parteisekretär an der Tür steht und fleht und bettelt, die sollen keine Dummheiten machen, sich nicht in unüberlegte Abenteuer stürzen, Ionel hat nicht viel übersetzt, konnt sich vor Lachen kaum halten, der Parteisekretär kann nur noch betteln, keine Drohungen mehr, das mit dem großen starken Bruder von der Staatssicherheit zieht nicht mehr, das ist vorbei, ist doch klar, was abläuft, der Typ hat n großes Problem, sie haben ihn mit vierzig Mann rausgelassen, auf die er aufpassen soll, daß ja keiner abhaut, keiner ne Dummheit macht, und dann passiert sowas, alle vierzig futsch, lauter Dummheiten, wenn der jetzt allein nach Hause zurückkehrt, uiih, meint ihr, er kriegt nen Orden von der Securitate? Scheiß Situation, laßt mich nicht allein, schreit er, als könnt nichts Schlimmeres passieren, den packt die Panik, da tat er mir fast leid, ein Häufchen Elend, Radoiu, du, laß uns zurückfahren, komm, er zog einen der Typen an der Jacke, wenigstens du, Radoiu, denk doch an deine Frau, was soll die ohne dich machen, bitte, was soll ich jetzt machen? Und dieser Radoiu, den nervt das gewaltig, der reißt sich weg, das Männchen fällt hin, liegt auf dem Boden, und da drehen sich die Rumänen endlich um, sehen ihren gefürchteten Parteisekretär auf dem Boden liegen und brechen in schallendes Gelächter aus, das war unglaublich, die konnten sich vor Lachen gar nicht mehr halten, lachten wie verrückt. Das sind übrigens Fußballanhänger, die kamen von 'nem Spiel bei Juventus, die haben Steaua Bukarest wohl richtiggehend abserviert, nun, nachdem selbst Steaua nicht mehr gewinnt, gab es keinen Grund mehr, in die Heimat zurückzukehren, die Jungs beschlossen kurzerhand, diese Niederlage in einen persönlichen Sieg zu verwandeln und sich abzusetzen. Der Fahrer war gleich mit dabei, gehörte zu denen, die sich das ausgeheckt haben, die waren in der Überzahl, also sind die anderen schnell übergelaufen, blieb ihnen nichts anderes übrig, oder? Aber stellt euch mal die Qualen des Parteisekretärs vor, die fahren durch die Nacht, auf der Autobahn zwischen Turin und Mailand, und er hockt da ganz allein inmitten all dieser Landesverräter. Der muß sie stundenlang beschworen haben. Frag mich nur, woher die von dem Lager wußten. Wie auch immer, Ionel ging mit seinen vierzig Kunden ins Empfangszimmer, aber ohne den Parteisekretär. Der hat sich wieder in den Bus gesetzt, saß allein in diesem Bus, 'ne Stunde vielleicht, vielleicht wars auch länger, keiner hat sich um ihn gekümmert, also kam er schließlich wieder raus und beantragte politisches Asyl. In seiner Haut möchte ich nicht stecken.

ASYL   Und ich sage Euch, wenn ein Verlorener zu Euch kommt, gewährt ihm Zuflucht, nehmt ihn auf, verköstigt ihn, laßt ihn teilhaben an der Wärme eures Herdes und eures Herzens ... wenn ein Flüchtender in der Wüste auf einen Einsiedler stößt, entschuldigt er sich: Verzeih mir, daß ich deine Ordnung störe. Der Einsiedler antwortet: Meine Ordnung besagt, daß ich dich in Frieden empfangen muß ... wer zu ihnen als Flüchtling kam, dem tat niemand etwas zu leide ... und Schutz müssen erhalten die Benachteiligten und die Unterdrückten, die Verbannten und die Geächteten, die geflohenen Sklaven und die ausgerissenen Gefangenen, die gerecht Beschuldigten und die rechtlos Angeklagten, die Mädchen, die zu einer Verlobung, und die Bauern, die zum Frondienst gezwungen wurden.

Das ist das Gesetz, seit Menschengedenken, das ist die Ordnung. Ein Gott ist nur wahrhaft mächtig, wenn er Schutz gewährt. Und die Mächtigen auf Erden haben die Pflicht, die Heiligkeit aufrechtzuerhalten, die über den Forderungen nach Rache, Strafe und Entschädigung steht. Das verkünden nicht nur die Tafeln, sondern auch die Dichter. Wer zehn Jahre umhergeirrt ist, weiß zu berichten, daß die

Hilfe, die der Bedrängte erfährt, die Barbaren von den Zivilisierten trennt. Und wer Rom über alles liebt, spricht von dem ruhmreichsten Akt der Menschlichkeit. Das Asyl, die unverletzliche Zuflucht, ist der letzte Hoffnungsstifter für jene, die jede Aussicht auf Gerechtigkeit verloren haben. Das Asyl verkündet weithin: Es gibt ein Leben nach der Niederlage.

Seine Wirksamkeit ist landauf landab bekannt und anerkannt. Der Flüchtende hat vernommen, wie er es einzufordern hat: Mal diktiert er einem Beamten etwas in die uninteressierte Tastatur, mal begibt er sich in die Sakralstätte oder ergreift die Hörner eines Altars, mal wirft er sich zu Boden, umarmt die Knie des Fremden, setzt sich in die Asche des Herdes, küßt die Hand des Herrschers, mal fügt er dem Eigentum des Aufnehmenden einen kleinen Schaden zu, damit er diesem etwas schuldig bleibe und ihre Beziehung verbindlicher werde.

Seit Menschengedenken wird das Gebot respektiert. Und mißachtet. Selbst wenn ein Fluch über das eigene Geschlecht droht. Schutz wird verweigert oder entzogen, Flehende werden abgeschoben oder ausgeliefert. Frevler setzen sich über Tabus hinweg, treten die sakralen Regeln mit Füßen, wenn sie über die Schwelle des Heiligtums schreiten, um den Verfolgten hinauszuzerren, umzubringen, mit Tricks herauszulocken, oder zu belagern, bis er den Hungertod stirbt. Und wer den fremden Gott verachtet, der setzt die Lunte an den heidnischen Tempel und verbrennt ihn und die Flüchtlinge, die in ihm ausharren. Immer schon schleifen Einzelne die Mauern gegenseitiger Hilfe, um ihren Reichtum und ihre Macht zu vermehren.

Die Zeiten ändern sich so sehr sie gleich bleiben. Die Aufgenommenen werden nicht mehr mit einem Stigma auf der Stirn gebrandmarkt. Sie müssen bei der Polizeikontrolle ihre Aufenthaltserlaubnis vorweisen. Sie müssen die fremde Sprache lernen: Befugnis, Berechtigung, Bewilligung, Duldung, Erlaubnis, Gestattung. Das müssen sie deklinieren können, um nicht in einen Polizeiwagen einen Zug ein Flugzeug in das Land ihrer Niederlagen verfrachtet zu werden.

Aber das Herz ist manchmal ein Totem und manchmal ein Paragraph, und wer hat es gern, Unsicherheit aufzunehmen. In Zeiten, in denen ein Bürgerrecht auf Sicherheit eingeklagt wird. Auf totale Sicherheit. Dieser Fremde, er vermittelt nicht nur Auflösung, er verkörpert sie, ein aufgelöstes Leben, und niemand weiß, ob und wo es sich wieder sammeln wird. Der Aufnehmende steht auf, seine vier Wände erheben sich mit ihm. Er fragt sich, und es bekümmert ihn sehr, welche Spuren werden in sein Haus gebracht. Und er schließt die Pforten.

Iwo Schicagoto. Hav not bin tu Amerika, bat suun going der. Im Schneidersitz auf dem Rasen, zupft er Grashalme aus und kaut an den Stengeln. Stundenlang. Zieht die saftigen, hell-grünen Enden durch eine Zahnlücke. Der Nachmittag ver-wickelt sich in Gespräche. Iwo spuckt aus. Laßt mir nur ein paar Monate Zeit zum Eingewöhnen, dann seid ihr mir alle willkommen, ich führ euch rum. Iwo wartet auf das Affida-vit seines Vetters. Der hat ein Haus direkt am Ufer des Leik Mischigen, der ist ein angesehener Mann dort drüben, die halbe Stadt kennt ihn. Nur ein läppisches Dokument steht zwischen Iwo Schicagoto und den Wolkenkratzern. Wußtet ihr, daß die an der Spitze hinundherschwanken, mehrere Meter, unten gibt es Läden, mit Sachen drin, da träumt ihr nicht mal davon, riesige Parkplätze, in so einem Wolkenkrat-zer arbeiten tausende von Menschen, und wenn du oben ar-beitest, im vierzigsten Stock, guckst du über die ganze Stadt, als würde sie dir gehören. Nur noch etwas Geduld und Iwo fliegt zum Blues. Die Hauptstadt, die wahre Hauptstadt, dort haben alle Großen begonnen, in den Bars hört man, was morgen die ganze Welt hört, jeder zweite ist ein kleiner Sat-schamo, die Neger haben Musik im Blut, sagt mein Vetter ... er dreht sich zur Seite und spuckt ... was anderes können die nicht, sagt er, hat ne Schwarze, die bei ihm putzt, richtig Staub wischen, das kann man denen nicht beibringen. Eigentlich kann sich nichts mehr zwischen ihn und seinen weißen Cadillac schieben. Das ist das Auto schlechthin, dagegen kann jeder Mercedes einpacken, das sind Schlösser auf Rädern, tagelang kannst du darin fahren und wirst kein bißchen müde, weil du gar nicht merkst, wie du fährst, ja Stojan, in so nem Ding gucken dir die Frauen vielleicht nach, na, na, laß die Fäuste unten, ich fahr dich durch die Gegend, dann können wir gemeinsam was einfahren, und wir gehen große Steeks essen, aber du darfst nicht won steek sagen, dann blamierst du mich, du mußt nach Gewicht bestellen. Du gehst rein und sagst: Won tri-paunder, pliis. Und du mußt wel dan sagen, damit die wissen, daß dus gut durch haben willst. Denn die mögen ihr Fleisch innen roh.

Ach ja, Amerika. Was gibt es dort für Möglichkeiten. Ihr als Schuster zum Beispiel, ihr könnt ein Vermögen machen, ich sags euch, für handgefertigte Schuhe werden Sümmchen bezahlt, der Teufel würds nicht glauben, einige hundert Dollar das Paar. Da muß man nicht viel rechnen. Mal ein Paar hier, mal ein Paar dort, und man hat ausgesorgt.

Mein Vetter ist nach Kanada, ein guter Junge ist das, ein solider Kerl, der kann auch hinlangen, nun, ein Überflieger ist er auch nicht gerade. Aber so viel Verstand hatte er, daß er sich nach Kanada abgesetzt hat. Kein halbes Jahr vergeht, wir waren bei seinen Eltern, die hatten gerade einen Brief von ihm bekommen, war natürlich geöffnet worden, ist aber trotzdem durchgegangen, der Junge hatte sich ein Haus gekauft, mit einer großen Garage, damit auch Platz ist für sein neues Auto. Ich meine, ein halbes Jahr, das sind sechs Monate, und der Knirps hat schon Haus und Auto.

Kann einem schlecht werden. Ich hab fünf Jahre für so nen russischen Schrott gewartet.

Da hast du aber Glück gehabt.

Über meine Schwester ging das ...

Dort gehst du zu einem Händler um die Ecke, ein paar Minuten später kutschierst du in deiner Limousine davon. Autos kaufen ist einfacher als Schnaps kaufen.

Deutschland ist aber auch nicht schlecht. Ich hab von einem gehört, der war erst ein Jahr in Deutschland und hatte schon einen Mercedes.

Einen Mercedes! Der muß ja Millionär gewesen sein.

Dummes Gewäsch. Dort kann sich jeder einen Mercedes kaufen. Das ist nichts besonderes.

Wieso fährt dann nicht jeder einen?

Weils dort Auswahl gibt, das kann sich unsereiner gar nicht vorstellen, was das heißt. Du suchst dir das Auto aus, das dir gefällt.

So ist es. Du mit deinem Mercedes, hast du ne Ahnung. Glaubst du, das ist das Beste, ah? Weißt du, wie die Amerikaner so was wie dich nennen, grinhorn sagen die für jemand, der überhaupt nicht durchblickt. Mercedes, pfaa, das ist n Auto für Schuljo und Puljo.

Hinz und Kunz, sagen die Deutschen.

Was?

Schuljo und Puljo heißen bei denen Hinz und Kunz.

Woher willsten das wissen? Egal, dann weißt du vielleicht auch, was für Modelle diese Deutschen machen. Hast du mal von Porsche gehört? Ha? Das fahren die Leute, die Knete haben.

Mir hat mal einer erzählt, die Armen in Deutschland fahren Lada.

Das sind die, die nicht arbeiten wollen. Die kriegen Geld vom Staat, einfach so, damit können die sich immerhin 'nen Lada leisten. Aber ich bin doch nicht geflohen, um Lada zu fahren. Ich will was richtiges.

Der Typ hat dich angeschissen. In Deutschland gibts gar keine Armen.

Alex kennt ein neues Spiel: Und wie bist du geflohen? Das spielen die Erwachsenen gerne. Zupfe nur an der Hose an dem Hemd und frage.

Das denk ich mir, daß du das gerne hören willst. Dann paß mal auf, so eine Geschichte hörst du kein zweites Mal.

Iwailo saß im Gefängnis, weil er Witze erzählt hat. Die mögen so was nicht. Aber ich hab mich nicht lumpen lassen, kaum war ich drin, hab ich mich über die Wand hergemacht, hab gemalt, wie Breschnew unseren obersten Bauern von hinten ... na, vergiß das, auf jeden Fall, einen ganz bösen Witz hab ich an die Wand gepinselt, da gabs Schläge und noch mal ein paar Jährchen drauf. Mir wurde es dort drinnen langweilig. Gibt nicht viel zu tun, Junge, ein bißchen wie hier ist es, keine Spiele, du kannst nicht rumlaufen und du weißt nicht, wie lange du drin bleiben mußt, und das macht keine Laune, das dauerte mir zu lang, ich bin abgehauen, bin bis nach Jugoslawien. Hattest du solche gestreiften Kleider an? Na klar, Gefängnisfummel natürlich, die waren nicht gestreift, nein, die waren noch häßlicher, na, das war auch der Grund, wieso die mich in Jugoslawien erwischt haben, die haben mir als erstes gleich ein paar Schläge verpaßt und mich dann in einen Zug gesteckt, das war haarig, Junge, der Zug ging direkt zurück nach Hause, und ich wußte, was mich zu Hause erwartet, die verzeihen so was nicht, wie ich ihnen auf der Nase rumgetanzt bin, die hätten mich fertiggemacht, ich mußte aus dem Zug raus, und die Serben, die waren locker, ich war ihnen ziemlich egal, hatten den Auftrag, mich an der Grenze zu übergeben, wir haben Schnaps getrunken, und ich hab ihnen einige Witze erzählt, Stalin- und Chruschtschowwitze, die kamen bombig bei denen an, die Stimmung wurde immer besser, war kein Problem, aufs Klo zu gehen, alleine, hab dort das Fenster aufgemacht und bin raufgeklettert, aufs Dach. Ist das nicht gefährlich? Und wie, aber manchmal im Leben mußt du sowas machen, da mußt du mutig sein, ich wollte auf keinen Fall zu den bösen Jungs zurück, na, und dann sprang ich runter, fiel in irgendwelche Büsche, ganz weich bin ich gelandet, hab mir nicht mal den Knöchel verstaucht, na ja, der Rest war nur noch ein Kinderspiel ...

Alex, komm her.

Na Junge, Mama ruft.

Was ist ein böser Witz? Ich möchte einen bösen Witz hören.

Kriegst du, Junge, kriegst du, wir beide sind noch eine Weile hier.

Drei Tage nach ihrer Ankunft in Italien stehen sie an der Haltestelle vor dem Lagereingang, um den Bus nach Triest zu nehmen, der alle halbe Stunde fährt, das hat man ihnen gesagt, und in Vaskos Hosentasche tragen sie etwas Geld und Gutscheine von dieser Organisation namens Caritas, einzulösen in dem Geschäft eines gewissen Stepanovic. Das ist kein Italiener, sagte Vasko gleich. Na und, kaufst du etwa nur bei Italienern ein? Is 'n guter Laden. Der Bus hält. Vasko kauft die Fahrkarten. Biglietti. Wie bei uns, bilet, biglietti, fast dasselbe. Sie setzen sich rasch auf die ersten freien Plätze. Sie sehen die anderen Passagiere nicht an. So. Wir fahren wenigstens nicht schwarz, wie die anderen, diese Tröpfe, da kann dieser Einfaltspinsel Boris so viel philosophieren, wie er will, daß die hier genug Geld hätten und wir als arme, schutzlose, aufgeschmissene Flüchtlinge nichts zahlen sollen. Mit was für Kreaturen wir uns abgeben müssen! Mit so was hätte man zu Hause kein Wort gewechselt. Der Bus fährt. Oft können wir uns das nicht leisten. Wir sollten etwas Geld sparen. Werden wir brauchen. Die Villen zeigen sich selbstbewußt, verbergen sich nicht hinter Mauern, die Gärten zeigen offen, was die Besitzer haben. Müssen nichts verstecken. Wollen es nicht. Das Haus dort, mit Schwimmbecken, siehst du das? Die Terrasse gefällt mir. Die sitzen bestimmt oft dort.

Fällt dir auf, wie leise der Bus läuft, daran erkennst du, was für ein guter Motor das ist, der rattert nicht so wie bei den Lastwagen.

Was will die Frau? Hoffentlich spricht sie uns nicht an. Wieso kramt sie in ihrer Tasche. Wir haben Fahrkarten. Hast du unsere Ausweise, Vasko? Oh, ein Bonbon, grazie, Alex, bedank dich, gra ... zi, caro mio, che carino, oh, das ist ... lieb, das ...

Trieste, jetzt kommen wir in die Stadt rein. Das war eine berühmte, mächtige Stadt früher, die hat viel Handel getrieben, im ganzen Mittelmeer, war eine wichtige Stadt. Hörst du mir überhaupt zu, Alex? Willst du denn nur über Autos Bescheid wissen?

Daß wir Italien sehen, tatsächlich, aus der Nähe, daß wir wirklich da sind, als wär ein Schleier weggezogen, und wir mittendrin, können hineintreten, können es anfassen, dieses Italien.

Ich glaube, hier sollten wir aussteigen. Schnell, das ist es.

Sie schauen sich um, laufen in die Richtung, die Vasko vorgibt, und kommen nur langsam voran, werden immer wieder von ihrem Erstaunen aufgehalten, müssen sich umdrehen, nach all diesen fröhlichen Menschen, mit bester Kleidung und ohne Sorgen. Die vergnügt miteinander plauschen. Jana sieht Frauen, so jung wie sie, unbeschwert, federnd, gehen. Frauen in ihrem Alter, schweben. Stehen auf der Umrandung eines Brunnens und lehnen sich nach hinten, kokett kichernd, gehalten nur von der Umarmung eines Mannes. Sie haben keine Sorgen, natürlich nicht, woher sollten sie denn auch Sorgen haben. Sie lachen, viel mehr als bei uns, ihr Leben ist Lachen. Diese Stadt ist ein goldenes Huhn, das Glückseier legt. Guck sie dir an, die haben Geld zum Vergnügen, Zeit zum Müßiggang, die haben keine Sorgen, dolce vita, wissen wir, wie sollen sie nicht lachen, denen gehts so gut.

Alex, was gibts denn da? Jetzt komm. Alex! Das Schaufenster ist ein Parkplatz von klitzekleinen Autos, Spielzeugautos, morgen wird Alex von Bogdan erfahren, sie heißen *Matchboxautos*, und die Kinder hier sammeln sie eifrig, tauschen sie untereinander. Tati, dort, dort da, das ist der Iso Grifo. Ja, da hast du recht, gut gesehen, das ist er. Kann ich den haben? Hm, das muß ich mir überlegen. Bitte Papi, so ein kleines Auto? Hm, also, wenn du versprichst, mich morgens etwas länger schlafen zu lassen, ha? Dann könnte ich mir vorstellen, daß du ihn bekommst. Können wir ihn gleich kaufen? Nein, können wir nicht. Wieso nicht? Wir müssen jetzt gehen, Mami wartet auf uns. Stimmt nicht, sie guckt sich auch ein Schaufenster an. Wir kommen noch mal her, einverstanden? Aber wir sind doch schon hier. Ich hab bald Geburtstag, ihr braucht ein Geschenk für mich. Das weiß ich, bring deinem Vater nicht bei, wie man Kinder macht. Geschenke sollen eine Überraschung sein. Nur das da, Tati, nur den Iso Grifo, sonst will ich nichts. Hab ich was gesagt, oder nicht? Komm jetzt!

Sie haben den beschriebenen Platz gefunden, Piazza della Libertà. In einer der Seitenstraßen muß das Geschäft von Stepanovic sein. War tatsächlich leicht zu finden ... Ihr könnt den Platz gar nicht verfehlen, dort ist Markt mit ganz vielen Buden und Tischen, ein bißchen wie Flohmarkt ... ein Kleidermarkt, ein bißchen wie Suk, oder wie Basar, Stücke Packpapier und Fetzen alter Zeitungen auf dem Boden, von Fußabdrücken markiert, eingeklemmt unter rostigen Stangen, das sieht mir nicht sehr westlich aus, an vielen Ständen Jeans, Bluejeans, das blaue Gold, wie Boris sagt, aber auch schwarze und grüne Jeans, Einzelstücke und Türme gleicher Ware, auf einem Tisch geordnet geschichtet, auf anderen von ungeduldig und gierig grapschenden Händen durcheinandergewühlt. Gürtel für die Jeans, Jeanshemden und Jeansjacken, ausgelegt, aufgehängt, auch Schuhe, Turnschuhe, bunte, und Klappstühle, auf denen der Kunde sie anprobieren kann, wenn er im Getümmel auf seine Füße acht gibt. Hörst du, was die alle sprechen? Wunderbare Sachen gibt es, gute Sachen, aber der Gutschein, der gilt leider nur im Laden von diesem Stepanovic ... abgekartete Sache! Grand Stojan hatte wieder einmal den Durchblick. Die verdienen sich eine goldene Nase an uns, könnten uns das Geld einfach geben, könnten doch uns überlassen, was wir damit machen. Wenns nach dir ginge, müßten die sich mit 'nem Puff absprechen. Impotenter Trottel, soll sich deine Mutter doch – heee, hört auf ... hier laufen fast nur Jugoslawen herum. Es gibt sogar Röcke aus dem Jeansstoff, meinst du das würde mir stehen, lepo, kak lepo, eine Frau mit großem Becken gräbt in den Röcken, als müsse sie alle fühlen und sehen, ehe sie einen kaufen kann, der Verkäufer beginnt zu schimpfen, sieht Jana, lächelt ihr zu, und reicht ihr einen Rock über den Tisch, die Hände der anderen Frau versucht er mit Blicken wegzuschieben, kann mir gar nicht vorstellen, so etwas zu tragen, aber ich würde das gern mal probieren, jetzt nicht, jetzt haben wir kein Geld, ich weiß, mußt du mir nicht sagen, Alex, bleib da, nein, ich glaube, obwohl, wenn ich mir das überlege, dann hätte ich doch lieber so ein elegantes Paar Schuhe. Italiener kaufen hier wohl überhaupt nicht ein. Die können sich Besseres leisten. Hier muß es billig sein, Türken gibts ja auch, Komschii. Psss. Ist doch nichts Schlimmes. Fällt dir auf, die tragen alle ihre Tracht, Pluderhosen, und die Keftans, frag mich, was die mit Jeans wollen.

Der Markt verläuft sich, in Verschlägen, Kisten, müden Käufern, verschnürten Plastiktüten, eifrig diskutierenden Männern und geparkten Bussen. Hier und da sitzt jemand auf einer Kiste, wie ein ängstlicher König, der seinen Thron bewachen muß. Einige Buben dösen, Tüten als Kissen. Die Einkäufe lugen unter den Schnüren hervor: Töpfe, die ihren Henkel hinausreichen, Kaffeepäckchen, Zuckersäcke, ein Fernseher, Plastikpistolen, für die Kinder, vielleicht. Die machen bestimmt ein Geschäft daraus. Verscherbeln die Sachen daheim. Siehst du, deshalb geht es den Jugoslawen so gut. Die Busse sind bewohnt, Decken und Taschen auf den Sitzen, über der Leiste eines offenen Fensters hängt eine Strampelhose. Vor einem staubigen Rad sitzen einige, schlürfen aus Blechdosen, Stücke Fleisch werden mit einem Ästchen herausgepickt.

Der Laden von Stepanovic hat einen Eingang, der ist schmaler als der Eingang zu dem hölzernen Anbau im Lager, in dem sie vorgestern das Nötigste an Kleidung überreicht bekommen haben. Gebrauchte Sachen, hatte Bogdan erklärt, die vom Roten Kreuz gesammelt worden sind. Sie hatten ein T-Shirt für Alex, ein Hemd für Vasko und ein Kleid für Jana erhalten. Und sie hatten sich gewundert, wie sich Menschen von gut erhaltenen Sachen trennen können. Großzügige Menschen.

Dieses Geschäft sieht eher wie ein Lagerraum aus. In großen hölzernen Behältern liegt Kleidung. Ein Behälter für Socken, einer für Mützen, einer für Unterhosen undsoweiter. Wenn man etwas aus jedem Behälter kaufen würde, wäre man am anderen Ende des länglichen Ladens von Kopf bis Fuß angezogen, wenn man das Geld dazu hätte, wenn die Gutscheine mehr einbringen würden, als das Jäckchen für Alex, die Hose für Vasko, Schuhe für Jana sowie Unterwäsche und Socken für alle.

Dann laufen sie weiter durch Trieste, laufen und starren
starren auf die Menschen, was sie tragen,
starren auf die Menschen, wie sie sich benehmen,
Gebäude wie Menschen tragen reichen Geschmack, wie schön sie herausgeputzt sind, die schönen Fassaden,
die schönen Paläste, Palazzo del Governo, Palazzo Communale, schillernde Namen auf marmornen Tafeln, Palazzo Aedes, Palazzo Carciotti,
die schönen Caffès,
die schönen kleinen Brücken
über dem schönen Kanal,
die schönen Plätze, Piazza, das klingt, Pia-zza, wie der Refrain eines Liedes, beim Festival von San Remo, das hatten sie im Fernsehen gezeigt, Piazza della Borsa und die Piazza Unità d'Italia, Gelegenheit für Vasko, seinem Sohn etwas über Garibaldi zu erzählen und mit Jana die vier Kontinente zu erraten, aus deren Mündern Wasser strahlt,
die schönen Hotels.
Wie schön sie alle innen eingerichtet sein müssen.
Alles aufsaugen. Jana hat das Gefühl, hochgetaucht zu sein, die Wasseroberfläche durchbrochen, alles will sie einatmen
die wunderschönen Vitrinen auf einem Corso, das bedeutet so viel wie Allee, und in einer Vitrine ein roter Mantel,

ein roter Mantel, weich warm und wunderbar, auf einer Puppe, mir würde er besser stehen, mit Knöpfen, golden und groß, mit hohem Kragen, endlich wäre mir nicht mehr kalt im Nacken – eines Tages kaufe ich mir so einen Mantel.

Gelegentlich erkennen sie eine Kleinigkeit, eine Situation, wieder, von den Vorführungen im studentischen Filmclub. Ein Straßencafé, an der Wand das Reklameschild MARTINI – so sieht das also in Farbe aus! –, an der Kreuzung ein Verkehrszeichen, und eine flache, runde Uhr auf langem Pfosten, ein Fahrradfahrer mit Flechtkorb auf seinem Lenker, eine beleibte Mama vor einem Laden, das Hupkonzert auf der befahrenen Straße.

Sie starren auf die Reklamen auf die leuchtenden Schriftzüge,

soviel Licht, soviel Sauberkeit, soviel Freundlichkeit.

Jana kann nicht weitergehen, sie weiß nicht mehr, wohin sie gucken soll. Ihr ist übel, von soviel Schönheit ist ihr spei-übel.

Jana, ich habe eine Idee. Ich denke, wir sollten uns etwas gönnen. Was hälts du davon, wir kaufen uns eine große Tafel Schokolade, vielleicht gibts hier Schweizer Schokolade. Was meinst du, Alex? Dein Bauch macht schon Purzelbäume, stimmts. Wir sind vorhin an einem großen Lebensmittelgeschäft vorbei.

Sie gehen in das Geschäft

es dauert eine Weile, bis sie das Regal mit den Schokoladen finden, so groß, daß es in ihr altes Zimmer nicht hineinpassen würde, sie müßten die Hälfte zu Slatka ins Wohnzimmer ausquartieren, aber Slatka wäre nicht böse darüber, wenn sie das nur sehen könnte. Süßigkeiten auf vier Ebenen, und es wäre nicht so schlimm, wenn es bei den Schokoladen bliebe, die sich, nach Sorten und Arten geordnet, verschiedene Preise, verschiedene Größen, verschiedene Farben, mit Trauben und Nüssen und Milchbottichen auf ihrer Verpackung, mit Photographien oder Zeichnungen, oder mit goldener Schrift auf dunklem Rot, in den Bauch des Regals hinein stapeln. Jana nimmt diese und jene in die Hand, und eine dritte und vierte, guckt sie an, versucht, sich aus den Namen und Bildern einen Reim zu machen, bis ihr Blick über die Tafeln gleitet, ihre Aufmerksamkeit sich um so mehr verflüchtigt, je unentschiedener sie wird. Nicht mehr Schokoladentafeln, es wird immer schlimmer, Pralinen, Konfekt, Nougatkugeln in durchsichtigen Schachteln, sternenübersäte Baci, Krokant-riegel, Jana faßt nichts mehr an, ihre Blicke fliegen hinund-her, als würde sie den Kopf schütteln, glasierte Früchte, cara-melisierte Nüsse, Geleetierchen, Riegel mit Überzug, mehr Packungen als ihr Fassungsvermögen. Sie ist am Ende des Re-gals angelangt, mit Erleichterung erkennt sie im nächsten Regal Dosen, Pilze, Tomaten, Bohnen, sie weiß nicht, was sie tun soll, sie dreht um, vielleicht die andere Regalseite, es hört nicht mehr auf, Biscotti, als Löffel Rolle Doppelpack, Pan di Torrone, Baisers, Plätzchen, fertige Kuchen, Panettone in Hutschachteln, Mandelgebäck, Gonfietti im Viererpack, Ro-sinen, Feigen, getrocknete Pflaumen, sie muß raus, den Kopf an der Brust, konzentriert sich darauf, hinauszukommen, stößt gegen ein Regal, Flaschen klirren. Sie rennt

lehnt sich gegen das Schaufenster, ihre Gedanken prallen gegen Schoko und Mocca, sie wird wütend auf Nougat und Krokant, sie wollte nur eine Schokolade, aber sie ließen es nicht zu, und sie weiß nicht, wie sich zu beruhigen. Vasko und Alex kommen bald heraus. Alex reißt gerade die schwar-ze Verpackung einer Tafel auf, Staniol knistert unter seinen ungeduldigen Fingern. Vasko schlägt vor, daß sie sich an einen Brunnen setzen, auf den weißen Granitblöcken. Jeder bricht ein Stück ab, ein erstes Stück. Schiebt es in den Mund, beißt hinein, probiert. Noch ehe sich Alex ein zweites Stück nehmen kann, sagt Jana mit beleidigter Stimme: Du hast die schlechteste Schokolade gekauft. Alex mampft und wundert sich, daß Mamo unzufrieden ist.

Wie soll ich wissen, was dir gefällt, du hättest dir doch sel-ber was aussuchen können.

Das sieht man doch, das ist Kochschokolade.

Schweden. Schweden kommt in Frage. Vasko hat Bogdan gebeten, sie auf die Liste zu setzen. Doch elf Tage nach ihrer
Ankunft – Jana zählt genau – stehen zwei gutgekleidete Männer am Eingangstor und rufen hinein, gibts hier Landsleute,
hallo, versteht uns jemand? Vasko, Stojan und Assen erheben
sich. Kommt doch mal her, wir möchten mit euch reden. Die
drei gehen zum Tor. Guten Tag. Wer seid ihr? Wir waren auch
mal in diesem Lager, vor etwa drei Jahren. Die Nostalgie hat
die beiden gepackt, sie reisen in ihre Erinnerungen zurück.
Vasko fällt es schwer zu glauben, daß man nostalgisch an das
Lager zurückdenken kann. Wo lebt ihr jetzt? Norrköpping.
Wo soll das denn sein? In Schweden. Schweden? Ihr seid in
Schweden? Da habt ihr aber Glück gehabt, erzählt doch, wie
ist es dort? Die beiden gucken sich an, als wollten sie sich ver-
sichern, ob sie darauf antworten müssen. Einige Autos rasen
hinter ihnen vorbei. Dann packt der Linke mit beiden Händen das Gitter und ruckt daran. Es rappelt, und es bricht aus
ihm heraus. Schrecklich ist es, furchtbar, es ist nicht auszuhalten. Die Tomaten, die schmecken nicht wie Tomaten, und
die Gurken, die schmecken nicht wie Gurken. Das Essen, das
kannst du nicht Essen nennen. Braunes Brot mit Körnern,
und wenn du das nicht magst, gibts nur noch Zwieback. Und
die Menschen, mit denen kannst du nichts anfangen, die sind
zurückhaltend … nein nein, wie denn zurückhaltend? Die
haben die Unfreundlichkeit erfunden, die sind glücklich,
wenn sie ihre Mitmenschen nur einmal im Monat sehen müssen. Die treffen sich auf der Straße, begrüßen sich aus zehn
Metern Entfernung, tauschen zehn Worte aus, und dabei reden sie auch so langsam, und damit haben sie ihr Pensum für
den Monat erfüllt. Die laden einen nicht einfach mal so nach
Hause ein, das ist undenkbar, zweimal im Jahr gehst du mit
deinen Kollegen aus, und sie besaufen sich sinnlos. Die mögen uns nicht. Ich glaube, die mögen sich selber nicht. Kalt
sind die, abweisend und kalt … kommt vom Wetter, das ist
das Schlimmste. Acht Monate im Jahr hast du Winter, und
was für einen Winter, ständig hat es unter Null, ständig ist es

dunkel ... und ihr, wohin wollt ihr? Hat sich hier was geändert? Seit wann seid ihr hier?

Später sitzen sie wieder auf dem Rasen. Assen zündet sich eine Zigarette an.

Seltsam, sagt Vasko, vor Wochen hätten wir gejubelt, wenn wir nach Schweden gedurft hätten, und jetzt, jetzt stehen wir hier am Tor und hören, wie schlimm es dort ist, und ich überlege mir plötzlich, ob wir da hin wollen, wo es sich so schrecklich anhört.

Ich geb dir mal einen ganz heißen Tip, sagt Besserwisser Boris. Wenn ihr unbedingt in Europa bleiben wollt, dann haut von hier ab und geht nach Frankreich oder Deutschland. Dort könnt ihr wieder Asyl beantragen. Nur dürft ihr auf keinen Fall erzählen, daß ihr aus Pelferino kommt. Ihr müßt so tun, als wärt ihr gerade über die Grenze gekommen, erfindet einfach irgendwas. Dann kriegt ihr Asyl und könnt dort bleiben.

Du kennst bestimmt die Geschichte von Winni-Da-Pu, Saschko, mit dem lustigen Bär und dem traurigen Esel? Weißt du noch, wie Winni zum Essen eingeladen ist und ganz viel frißt und danach nicht mehr aus dem Bau rauskommt und dann hungern muß, bis die anderen es schaffen, ihn rauszuziehen. So wars bei mir, Saschko, ich hab mich gleich so vollgefressen, daß ich nicht weiterkam und hier steckenblieb. Aber im Gegensatz zu Winni bin ich nur dicker und dicker geworden und komme deshalb nicht raus und nicht weiter. Ich glaube, ich komm hier nicht mehr weg. Aber weißt du, Bogdan ist ganz zufrieden damit.

Ob das stimmt, Bogdan? Flunkerst du dem Kind nicht etwas vor? Was ist mit den Fragen, die du nicht mehr stellst? Interessiert es dich nicht mehr, wohin du wolltest, was du dir erträumt hast, was du dir vorgenommen hattest? Die Fragen sind nicht verschwunden, Bogdan. Sie verstauben in deinem Mund. Das gibt einen schlechten Geschmack, den man runterspülen muß, am besten mit Wein. Jeden Morgen wachst du in deinem ausgetrockneten und verstaubten Mund auf. Klar, tagein tagaus empfängst du diese geflohenen Kreaturen mit einem Bouquet der Ermutigung, da bist du großzügig, vielleicht danken sie es mir sogar, aber sie ziehen alle weiter. Manchen wird es gelingen, sich in Limousine und Haus einzurichten, manche werden in Nostalgie oder Reue versumpfen. Sie hinterlassen keine Spuren in mir. Du hast dich nicht getraut. Du hast es nicht probiert, und heute weißt du nicht, was du hättest schaffen können. Eine Frau hast du kennengelernt, von der du wußtest, das ist eine Frau, mit der es sich aushalten läßt. Und gleichzeitig bin ich in diese Arbeit hineingerutscht. Das wars dann. Steckengeblieben. Der Mund staubig, und wenn schon Zugeständnisse, dann an den Wein, oder an diesen feinen Feigenschnaps,

den Mirko der Slowene einschenkt. Mirko, der einzige Freund Bogdans, führt eine kleine Taverna in der Altstadt. Ein Familienbetrieb. Treue Triestiner und touristische Laufkundschaft, das reicht, acht hölzerne Tische zu besetzen, im Sommer auf einem schmalen Streifen Gasse nebeneinander gereiht, unter einem Laubdach, an dessen Stützen Bastflaschen hängen. Mirko begrüßt, hört zu, stimmt zu und empfiehlt, zwischen zwei Tischen wischt er sich mit dem Ärmel über den Nasenrücken, nickt und schreibt, fragt und rechnet, überreicht eine Rechnung, äußert sich zu Rathauspolitik und Reisezielen, zu Ladenpreisen und Konzerten. Und wenn der Stuhl des letzten Gastes zurückgezogen und zum letzten Mal ein schöner Abend gewünscht worden ist, möge der Gast uns bald wieder beehren, trägt Mirko seine Einnahmen zur Kasse, nimmt zwei Flaschen und zwei Gläser in die Hand und geht wieder hinaus, zu dem Tisch, an dem ihn sein Freund erwartet, wischt sich über den Nasenrücken und setzt sich zu Bogdan.

Dieser Schnaps ist mir so lieb, weil ich das Gefühl habe, er ist wie ich, grins nicht, was grinst du denn, wieso soll ein Schnaps nicht wie ein Mensch sein? Bin gleich wieder da, werd noch die anderen Lampen löschen.

Mir fiel gerade auf, wie dicht deine Pergola inzwischen überwachsen ist. Als wir uns kennengelernt haben, schienen die Sterne noch durch.

Ja, bald kann man auch bei Regen draußen sitzen. Am hinteren Tisch haben sie gewütet, als hätten sie Fisch ausgenommen.

Denen hast du bestimmt keine Feige angeboten.

Natürlich nicht. Den bekommen nur die Netten. Du kennst das Prinzip. Die Unangenehmen kriegen einfachen Sgnapa. Finde ich schön so. Du bist Zeuge meiner Sünden, Bogdan, aber dieser Schnaps ist gut, der hat keine Probleme, der macht keine Probleme. Ich glaube, ich habe dir nie davon erzählt, die Feigenbäume wachsen auf einem kleinen Hügel, die fühlen sich wohl dort, Sonne haben sie reichlich, und der Boden, der ist wie die Betten im Excelsior. Gut ist der Boden dort zu unseren Feigen, eine Liebesbeziehung vor dem Herrn. Möchtest du noch einen? Wir pflücken sie gemeinsam, wenn es Zeit wird, sie zu pflücken, die ganze Familie, meine Brüder und ich, die Cousins, die Kinder, und meine Mutter macht immer noch mit, verzeih mir, ich kann nicht anders, ich muß immer lachen, wenn ich dran denke, sie trägt immer zwei verschiedene Socken, ich weiß nicht, wieso sie das macht, kannst du dir vorstellen, seit dreißig Jahren ernten wir Feigen und jedes Jahr hat Mutter verschiedene Socken an.

Buona notte, Mirko. Morgen wirds etwas später, ich muß zum Arzt.

In Ordnung, buona notte. Sie besteht darauf, selbst auf die Leiter zu klettern. Jedes Jahr versuchen wir, ihr zu erklären, daß es zu gefährlich für sie ist, daß sie es einem ihrer Söhne oder Enkel überlassen kann, wir reden auf sie ein, wieso hast du so eine Schar, das mußt du ausnutzen, du mußt nicht mehr alles selber machen, aber sie hört nicht darauf, weißt du, als Kind, wenn am Horizont ein großes Schiff vorbeifährt und du bittest es, anzuhalten und dich mitzunehmen, aber es fährt weiter, unbewegt, so kommt mir Mutter vor. Sie steigt auf die Leiter und wir bangen, ob sie nicht ausrutscht und hinunterfällt, einer steht immer so, daß er sie im Fall der Fälle auffangen kann, ich glaube nicht, daß sie das merkt, wir gucken auf ihre Beine, man kann nicht ständig nach oben gucken, zu den Ästen, und sehen ihre Socken und tauschen Blicke aus und versuchen unser Lachen zurückzuhalten. Ich beiße mir auf die Oberlippe, das funktioniert, aber manchmal prusten wir doch los, Mutter dreht sich um, meine Schwester schreit auf, weil sie denkt, jetzt fällt sie gleich runter, aber Mutter hält sich fest und schimpft auf uns und beginnt mit den Feigen nach uns zu werfen, nimmt die aus dem Korb, die sie gerade gepflückt hat, und schimpft, so schimpfen kann nur sie, und unser Koch Luciano, wenn ihm was mißlingt.

Bogdano, du Göttlicher.

Wenn man vom Teufel spricht.

Was macht deine Irrenanstalt? Ich würd mich ja zu euch setzen, aber dieser Sklaventreiber hat mich geschafft. Du glaubst nicht, was er heute getan hat. Er hat allen Gästen Fisch aufgeschwatzt. Ich mußte zwischendrin girai fangen gehen, und dann kam ich aus dem Frittieren nicht mehr heraus. Wollte dir etwas Caramel aufheben, Bogdano, aber dann kam noch eine Gruppe Deutscher.

Nächstes Mal, ich komm wieder, Luciano.

Grüß Livia. Eiapopeia, die Nacht gehört jetzt mir.

Ja, heute war wirklich sehr viel los, aber wir brauchen solche Tage, du weißt, wie leer es im Winter werden kann.

Du hast gerade von deiner schimpfenden Mutter erzählt.

Nun, sie schimpft und die Leiter schwankt dabei, aber Mutter scheint das nicht zu beunruhigen, sie schimpft sich aus und gibt dann wieder ihre Anweisungen, wer was zu tun hat, und wie wir die Feigen zu pflücken hätten, obwohl wir das alle seit Jahrzehnten machen. Ich liebe ihre Stimme, sie paßt zu ihr, rauh, wie soll ich sagen, es ist, als würden ihre schwieligen Hände reden, versteh mich richtig, das kann zärtlich klingen, wenn sie einem übers Gesicht streicht, wie

keine andere, wenn wir nach einem Erntetag geschafft im
Bett liegen. Die Feigenernte macht sie richtig stolz.

Nach einem Glas Willkommensfeige entkorkt Mirko
einen Weißwein, vom Gut seiner Familie. Einen Chardonnay.
Bogdan, von den Jahren Genuß geschult, achtet auf Traube
und Jahrgang, und versucht, sich den Geschmack zu merken.

Weißt du, wieso es in Italien den besten Wein auf der Welt
gibt? Und im Friaul den besten Weißwein? Tradition, Bogdan, darauf kommt es an, Tradition. Ein Wein kann erst
dann wirklich gut sein, wenn er mit der Geschichte der Menschen verwurzelt ist, verstehst du, wenn dein Großvater mit
ihm auf die Geburt deines Vaters angestoßen, wenn er Giotto
zur Scrovegni-Kapelle inspiriert hat, wenn er vor dreitausend
Jahren von einem Mädchen als Opfergabe dargebracht
wurde. Dreitausend Jahre, das ist eine lange Zeit. Versteh,
ich meine nicht, daß die Rebsorten alt zu sein hätten, nein,
ich meine den Wein selbst, seine Persönlichkeit, die in uns
verwurzelt ist. Die Menschen und der Wein, sie haben bei
uns Zeit gehabt, sich kennenzulernen, sich aneinander zu gewöhnen. Es ist eine alte Freundschaft, die vererbt wird, auf
Seiten der Menschen, und auf Seiten des Weins, auf Seiten
der Weinbauern und auf Seiten der Trinker. Es ist eine uralte
Freundschaft in dieser Gegend. Du wirst es nicht wissen,
aber der Wein hat dieser Stadt schon große Dienste erwiesen.
Als sie von Venedig erobert wurde, das erste Mal 1202, das
ist eine der wenigen Jahreszahlen, die ich mir merken kann.
Venedig war damals das Maß aller Dinge und in diesem Jahr
landete der Doge von Venedig mit einer imposanten Armee
in Triest. Er hatte viele schwerbewaffnete Kreuzritter dabei.
Ich weiß nicht, ob sich die Triestiner wirklich über die Gäste
freuten oder ob sie schon damals diese vernünftige Ader hatten, die sie heute auszeichnet, auf jeden Fall läuteten sie die
Kirchenglocken, eine Delegation Geistlicher zündete Kerzen
an, warf sich ins beste Ornat und begrüßte den Dogen feierlich im Namen der Stadt. Der Doge hieß Dandolo, ein eleganter Name, findest du nicht auch, ich habe als Kind davon

geträumt, einen Windhund namens Dandolo zu besitzen. Es ist überliefert, daß der Doge eine beeindruckende Erscheinung war, ein hochgewachsener Mann mit dichten, weißen Haaren. Er ging aufrecht, aber er mußte geführt werden, Schritt für Schritt, denn er war blind wie ein Maulwurf. Da stand er nun, vor den schwerbewaffneten Rittern, den venezianischen Patriziern und Würdenträgern, in feinstem Stoff gehüllt. Und er erwartete die vollständige Unterwerfung von Triest. Eine prekäre Situation. Der Bischof von Triest verkündete, daß sich die Bürger der Stadt ergaben. Der Doge reagierte nicht. Der Bischof schwur Treue auf ewig. Der Doge zeigte keine Regung. Triest verpflichte sich, so der Bischof weiter, den Venezianern Dienst zu leisten wie die anderen Städte Istriens und verspreche, die Piraten von Rovigno zu bekämpfen. Die waren damals eine Plage für die Handelsbeziehungen Venedigs. Der Doge Dandolo blieb still und steif. Was konnten die Triestiner noch anbieten? Der Bischof erhob seine Stimme ein weiteres Mal und gelobte feierlich, als würde er das Sakrament der Ehe vollziehen: jedes Jahr fünfzig Faß besten Weins für den Palast des Dogen. Alle Augen richteten sich auf den Dogen, und in diesem Augenblick, ich habe es mir oft vorgestellt, huschte ein Lächeln über sein strenges Gesicht, und er bedeutete, der Vertrag möge aufgesetzt werden. Verstehst du! Unserem Wein schmeckt man an, daß er dem größten aller Dogen ein Lächeln abrang.

Triest ist eine Hafenstadt, die Drei Damen sind Hafenmädels, geboren und aufgewachsen in einer Stadt am Schwarzen Meer. Sie wußten früh im Leben, welches Schiff gerade eingelaufen war, kannten sich in den langen Abenden aus, wußten, welche Straßen sie mit ihren hochschenklig sichtbaren Beinen auf- und abschreiten mußten, um Aufmerksamkeit, Sprüche, Pfiffe und schnelle Fragen einzufahren, trotz ihrer Hinterhofgesichter. Zwei Schwestern und ihre Freundin, sie lernten schnell: Keine männliche Lust ist großzügiger als die von Matrosen und Urlaubern. Als Trio bildeten sie ein Team, das sich gegenseitig unterstützte, alles austauschte, was ihnen zu Ohren kam, und sich selbst den Polizeischutz teilte – wenn eine von ihnen Offiziellen Gunst gewährte, mußte die fällige Nachsicht für alle drei gelten.

Eines Tages floh die ältere Schwester in den Westen. Keiner weiß warum. Sie gelangte in die Staaten, wo sie ihrer Berufung treu blieb. Sie schnappte einige amerikanische Phrasen auf und war eines Tages schwanger. Es gelang ihr nicht, eine Abtreibung zu organisieren. Das Kind kam in einem Hospital zur Welt. Das Gelobte erwies sich nun als weniger gemütlich. Mit einem Baby ließ sich schwer arbeiten, die gönnerhaften Landsleute konnten es sich plötzlich leisten, auf ihre Gesellschaft zu verzichten. Du hast es nicht geschafft! Sie hielt altes Brot in ihren Händen, das Kind schrie, und sie konnte es nicht mehr stillen. Sie verkaufte alles, was sie besaß. Es reichte auf den Cent genau für ein Flugticket zurück nach Hause. Ihr Zuhause, wie gut das klang. Es gab ihr den Mut, ihr Kleines zu umarmen. Sie fuhr mit dem Bus zum Flughafen. Die glücklichsten Stunden waren das, einzuchecken, am Gate zu warten. Sich befreit zu fühlen. Die heimische Fluglinie, die Uniformen der Stewardessen in den Landesfarben, und eine Nette, die sich um ihr Baby kümmerte. Euphorisch aß sie die eingelegten Paprika, den Schafskäse und die Wurst. Sie schwätzte drauflos. Leider saß ein Amerikaner neben ihr. Sie fiel auf, diese Passagierin, die sich nicht um die Regeln der Vorsicht scherte. Der Landeanflug begann abrupt, das Flugzeug sackte ab, und ihre Euphorie zusammen. Was würde sie erwarten? Immerhin war sie geflohen, Landesflucht und Vaterlandsverrat, die Befürchtungen schüttelten sie kräftig durch. Sie würden einer Mutter mit einem Kleinkind doch nichts antun.

Die Behörden wußten etwas mit ihr anzufangen. Ein sprachmächtiger Mitarbeiter der Staatssicherheit schrieb einen Text, den sie im Radio vorzulesen hatte. Wenn sie weniger häßlich gewesen wäre, hätte man sie im Fernsehen

auftreten lassen. Es war nicht nötig, ihr Einverständnis ein-
zuholen.

Zur besten Sendezeit sprach sie mit belegter Stimme von
ihren Erfahrungen in Amerika, diesem schrecklichen Land.
Wo eine Schwangere schlimmer als ein Hund behandelt
wird, keinen Urlaub erhält, bis zum Tag der Geburt schuften
muß und sofort nach der Geburt wieder schuften muß und
das Krankenhaus teuer bezahlen muß, keine Hilfe, keine
Fürsorge erhält. Wer kränkelt, landet auf der Straße, so wie
es mit ihr geschah, ihr und ihrem Neugeborenen. Sie mußte
sich in der Gosse durchschlagen. Millionen leben und sterben in den Gossen, unter den Brücken. (Ja, das mag sein, sagt
Iwo Schicagoto, aber ihr solltet euch mal diese Brücken anschauen!) Sie habe die größte Dummheit ihres Lebens begangen, an das Märchen vom goldenen Westen zu glauben. Sie
bereue es und sei zutiefst dankbar, in ihrer geliebten Heimat
auf Vergebung und Verständnis zu treffen. Sie und ihr Kind,
sie würden dem Vaterland ewig dankbar sein.

Einige Monate nach ihrem ersten und letzten Radioauf-
tritt floh sie erneut. Sie bot einem Lastwagenfahrer, einem
flüchtigen Kunden ihrer guten alten Freundin, eine luster-
füllte Reise an – selbst bei Tempo neunzig könne sie ihn be-
friedigen. Keine Schönheit, dachte sich der Fahrer, aber wenn
sie mit ihrem Mund und ihrem Arsch umzugehen weiß, ein
langer Schlauch ist es ja diesmal, fast durch ganz Europa. Da
kam ihm solche Abwechslung gerade recht. Tausendmal besser, als allein mit seinen Paprikaschoten loszutuckern. Als
ihre Schwester von dem Plan hörte, wollte sie unbedingt mit.
Wäre das nicht wundervoll, wir könnten uns in der Fremde
helfen, uns gegenseitig stützen. Nur, wie sollte sie den Lastwagenfahrer dazu bringen, sie beide mitzunehmen. Sie war
erfahren genug, seinen Appetit nicht zu überschätzen. Am
Tag vor der Abfahrt, der Fahrer hatte sich auf rauhen Decken
schon eine kleine Anzahlung besorgt und freute sich auf die
Fuhre, überraschte sie ihn mit einer katastrophalen Nachricht. Sie habe gerade ihre Tage bekommen, ganz schlimm sei

das bei ihr, sie sei zu nichts zu gebrauchen. Der Fahrer hatte das Gefühl, ihm sei ein nagelneues Geschenk aus den Händen gerissen worden. Sie habe aber nachgedacht und ihr sei eine gute Idee gekommen, versprochen ist schließlich versprochen. Ihre kleine Schwester könnte mitfahren, die sei dazu bereit, und ihm würde es an nichts mangeln. Die Miene des Fahrers hellte sich auf, vielleicht gingen ihre Tage schnell vorbei, und er könnte es mit beiden Weibern treiben. Er bedang sich aus, daß sie ihn erst auf der Rückfahrt, kurz vor der jugoslawischen Grenze, verließen. Das in Amerika gezeugte Kind blieb bei den Großeltern zurück.

Noch ein Glas, in Ordnung, aber wirklich das letzte. Ein feiner Tropfen. Ich glaube, ich habe mich inzwischen auch mit deinem Wein angefreundet. Man gewöhnt sich schnell an die schönen Sachen, Mirko, an deinen guten Wein, an die schönen Sommerabende, an das vorzügliche Essen. Und vergißt. Nur meine seltsame Arbeit erinnert mich gelegentlich daran, wie seltsam mir all das hier erschien, wie ich am Anfang gestaunt habe. Die Neuankömmlinge erinnern mich daran. Gestern wieder, als ich mit Marina in die Stadt fuhr. Sie und ihre ältere Schwester sind Prostituierte, oder sie waren es, will nichts Schlechtes sagen. Marina mußte dringend zum Arzt, zum alten Dottore Svevo. Hat nicht gesagt, wieso, ich hab auch nicht gefragt. Ich überlaß es den Leuten, mir so viel zu erzählen, wie sie wollen. Wir haben uns verabredet, und als ich hinkomme, sitzt sie heulend da, schluchzt, bringt kein Wort raus. Dauerte ein Weilchen, bis ich den Grund erfuhr: sie war schwanger, hatte das Ergebnis des Urintests bekommen. Sie hörte nicht auf zu heulen und über ihr Schicksal zu klagen, daß sie endlich im Westen sei und es sich endlich gut gehen lassen wollte, und nun so ein Baby am Hals, und wie schlimm es für ihre Schwester mit dem Baby war – ich habs nicht mehr ausgehalten. Wir gingen gerade an einer Metzgerei vorbei, also hab ich ihr gesagt, ich kauf dir was Leckeres, Mädchen, zur Feier des Tages. Das mit der Feier hätte ich besser nicht gesagt, sie guckte mich bitterböse an, aber die Einladung war ein Erfolg. Sie guckte sich das Angebot an, wurde still, guckte und guckte, und zog mich dann plötzlich am Hemd und flüsterte: Sag mal, ist das alles echt? Wortwörtlich: Ist das alles echt? Ich stand da und wußte nicht, was ich sagen sollte. Das sind die Sachen, die man vergißt. Ich habe ihr versichert, daß alles echt ist. Nimm dir, was immer du möchtest, sagte ich. Sie überlegte noch 'ne Weile, entschied sich für einige Scheiben Schinken und eine Salami, guckte mich verlegen an und fragte: Bogtscho, darf ich noch was nehmen? Bogtscho, nett, nicht? Sie und ihre Schwester nennen mich so. Ich konnte nicht nein sagen. Sie überlegte wieder. Dann linste sie mißtrauisch zu mir rüber: Wieso nimmst du nichts, kauf dir doch auch was, wer weiß, obs morgen noch alles gibt. Ich mußte lachen. Wenn ich mir vorstelle, daß ich auch so gedacht habe. Hier gibts alles auch morgen, hab ich ihr gesagt, und übermorgen und überübermorgen. Sie hat noch einige Würste genommen und wir fuhren ins Lager zurück, erheblich besser gelaunt.

Wer hat sie denn geschwängert?

Konnte sie nicht so genau sagen. Aber es kommen nur drei in Frage: zwei Araber und unser Stojan. Von dem hab ich dir schon erzählt, nicht? Jetzt warten alle gespannt, ob das Baby hinken wird.

Nein, Mirko, das reicht, wirklich. Livia wird mich steinigen. Ich habe ihr versprochen, nur noch nüchtern ins Auto zu steigen. Ich wollte dich noch was fragen. Hast du was dagegen, wenn ich nächste Woche einen netten jungen Landsmann mitbringe, der neulich mit Frau und Kind geflohen ist. Sympathische Familie. Bescheiden und zurückhaltend. Er gehört zu den wenigen, die mir nicht die Geschichte erzählt, die ich schon tausendmal gehört habe: Ich hab mich gewehrt, ich hab Widerstand geleistet, ich hab denen die Meinung gesagt, das hättest du sehen sollen, mitten ins Gesicht, der hat was zu hören gekommen, das hat sich rumgesprochen, die hätten mich bald eingesackt, dem habs ich gegeben. Spielt keine Rolle, ob die Geschichten stimmen oder nicht – ich kann sie nicht mehr hören. Gestern wieder. Zwei Brüder aus einem Provinzstädtchen. Zwei einfache Typen, die sich an Wochenenden eine eigene Werkstatt aufgebaut haben. Kaum stand die Werkstatt, wurden sie erwischt. Dann ergings ihnen schlecht: Schläge, Tritte und Volkskomitee. Weißt du, was das ist? Keine Ahnung, obs das auch in Jugoslawien gibt. Da wirst du hingeschleppt, wenn du was verbrochen hast, womit sich die Gerichte nicht beschäftigen. Du hast zum Beispiel die Frau deines Nachbarn flachgelegt, und der Nachbar hat bei der Partei Gewicht. Jetzt wird dir ins Gewissen geredet: So geht das nicht, ist dir bewußt, was du da machst, du untergräbst die Gemeinschaft. Wir können ein solches Verhalten nicht dulden. Das kann stundenlang gehen. Du wirst weichgekocht wie in einem Eintopf. Nicht auszuhalten. Die Schuster sind nicht die ersten, die vom Volkskomitee in die Flucht getrieben wurden. Die Leute fliehen, weil sies satt haben. Und kommen hier als Märtyrer an. Ich versteh sie, mich können sie verschonen, ich versteh die Brüder, die nur etwas Geld verdienen wollten, um nett zu leben, läppischer, kleiner Traum, für den hat Bogdan alles Verständnis, das braucht mir keiner verkaufen, mir müssen sie nichts auftischen, die können einfach sagen, ich will mehr vom Leben, ich hab ein Recht drauf, deshalb bin ich da, ich würd nicken und *Politischer Flüchtling* ins Formular schreiben. Signatur, Stempel und abgelegt, ins richtige Körbchen sogar. Geht nicht. Geht leider nicht. Versteh ich auch. Sobald die begreifen, daß sies geschafft haben, daß sie draußen sind, macht jeder aus sich einen Helden. Ist ja was Wahres dran, die Feigen und Doofen, die sind zu Hause geblieben, die haben sich nichts getraut, die hatten nicht den Mut. Und sie wollen ständig was von mir. Bogdan, kannst du mir das erklären, Bogdan, ich brauch deinen Rat, hilf mir doch mal schnell, hab versucht, hab gemacht, ich glaub, ich habs falsch gemacht, Bogtscho, ich versteh das aber nicht, kannst du es mir bitte erklären. So geht das unentwegt, Bogdan hier Bogdan da. Die sinds nicht gewohnt, sich um ihre eigenen Sachen zu kümmern. Das kennen die nicht. Seit ihrer Geburt haben es andere für sie getan. Je früher die begreifen, daß ihnen keiner was schuldig ist, desto besser für sie. Sie sprühen vor Optimismus, oder sie fallen ins andere Extrem, daß keiner sie will, daß sie unerwünscht sind, daß sie hier nichts verloren haben, undsoweiter. Die Leute kriegen schwere Anfälle von Nostalgie, wir hatten schon welche, die nach einigen Tagen wieder zurück sind. Ist schwer mit diesen Flüchtlingen, Mirko. Bei aller Liebe, manchmal könnten sie mir gestohlen bleiben.

Das Geld wird nicht reichen für eine Torte. Für Kerzen erst recht nicht. Nach dem Kauf des Spielzeugautos ist nicht viel übriggeblieben. Zu einer Torte langt es auf gar keinen Fall. Aber vielleicht zu einer Kleinigkeit. Hier ist eine Bäckerei. Das schaut alles sehr teuer aus. Starr nicht so auf die Torten. Nächstes Jahr kriegt er so eine, mit den Trüffeln oben drauf. Laß uns woanders hingehen, das ist alles zu teuer für uns. Das geht nicht, wir sind schon drin, wir können nicht einfach wieder rausgehen, ohne was zu kaufen. Siehst du, was dieser Zopf dort kostet? Der schaut gut aus. Laß uns den nehmen. Reicht das Geld? Ja. Questo. Weißt du, wie das hier funktioniert. Man zahlt an der Kasse, kriegt einen Zettel und mit dem holen wir uns den Zopf ab. Haben wir genug Geld für die Fahrkarten? Ja, frag doch nicht ständig, ich hab alles im Griff. Die alte Frau sieht sehr vornehm aus. Oh, hast du gesehen, wieviel die gezahlt hat? Das war aber viel. Grazie. Die Dame, die hat so viel nur für die eine Tüte gezahlt. Oh, wir bekommen auch eine Tragetasche. Das ist aber schön.

Wieso eine große Tragetasche für einen kleinen Zopf, geht Jana durch den Kopf, und die wiegt so schwer, ein Gedanke, der kurz anbeißt und sich gleich wieder vom Haken löst. Vasko drängt zur Eile. Sie hasten zur nächsten Bushaltestelle.

Jana und Vasko sitzen im Bus, der nach Pelferino fährt. Jana hat die Tüte auf ihren Schenkeln abgestellt und starrt aus dem Fenster. Plötzlich beißt der Gedanke wieder an. Sie spürt Kühle auf ihren Schenkeln. Sie fühlt den Boden der Tüte: er ist kalt. Sie öffnet die Tüte, rasch, zupft die dünne, bläuliche Papierhülle auf und ihre Augen fallen wie Kometen. Vasko, Vasko! Sieh mal. In der Tüte liegt eine gigantische Eistorte. Die Oberfläche mit kandierten Früchten geschmückt. Jana stupst sie mit einem kleinen Finger an. Weiße Creme auf ihrem Nagel. Sie überläßt den Finger eine nachdenkliche Weile lang den Lippen. Müssen wir sie zurückgeben? Nein, dazu ist es bestimmt zu spät. Bist du sicher, meinst du, wir können sie behalten? Klar. Die muß der älteren Dame gehören, die vor uns war, die so vornehm war, dann hat sie unseren Zopf! Die Arme. Sie hat bestimmt viele Gäste eingeladen, und jetzt, nein, wie peinlich, sie kann ihnen nur diesen Zopf anbieten. Das muß schrecklich für sie sein. Ach was, wahrscheinlich kriegen ihre Gäste immer solche Torten serviert, die freuen sich über eine Abwechslung. Das glaubst du selber nicht. Komm, Jana, die Frau wird es überleben. Laß uns die Torte genießen. Was Alex für Augen machen wird. Das ist eine Überraschung! Das vergißt er nicht so schnell. Wir müssen sie gleich essen, sie fängt schon an zu schmelzen.

Alex wird vom Spielen abgeholt, auf Schultern gehievt und im schnellen Trab zu seiner Geburtstagsfeier gebracht. Zuerst Torte, bestimmt der Vater, dann Geschenk. Sie setzen sich an den Tisch, auf dem eine große Papiertüte steht. Der Vater hält ein Messer in der Hand, die Mutter greift in die Tüte hinein, hebt etwas heraus und stellt es mitten auf den Tisch.

Was für eine Torte!

Vasko, hör mal, ich geh doch abends oft auf ein Glas zu meinem slowenischen Freund, der mit dem Lokal in der Stadt. Möchtest du morgen vielleicht mal mitkommen? Ihr könnt gerne zu zweit kommen, aber ich weiß nicht, ob ihr Sascho allein lassen wollt.

Mirko schenkt einen Tokajer ein. Er erkundigt sich, aus Höflichkeit, denkt Vasko, wo genau die Familie über die Grenze geflohen ist. Bogdan übersetzt Vaskos Schilderung. Der Wald, der Sturm, die Mauer, und die Suche nach Alex, der Markt in dem Städtchen. Wie heißt der Ort? Wissen Sie das noch? Vasko weiß es noch, er nennt den Namen, und der Slowene ihm gegenüber, auf einem runden Tisch vor der Taverna, explodiert in Lachen. Vasko lächelt mit, und macht sich keine großen Sorgen, daß er den Witz nicht versteht, denn Bogdan lacht auch nicht. Es dauert, bis Mirko sich beruhigt hat.

Was ist denn?

Tut mir leid, bitte entschuldigt, neinhnhn, aa haa ha, aber, in der Gegend, das ist verrückt, das ist die einzige Stelle in dieser Gegend, wo es eine Mauer mit Wachposten gibt.

Die einzige Mauer?

Ja, kilometerweit weiter rauf und runter ist nichts. Mal ein paar Wachtürme, mehr ist da nicht.

Kennen Sie sich in der Gegend aus?

Bestens, unsere Weingüter befinden sich dort, nördlich von da, wo ihr rüber seid. Bei uns hättet ihr durch die Weinfelder nach Italien spazieren können. Liegen nur vierkantige weiße Steine herum, mehr Grenze ist dort nicht. Manche sieht man überhaupt nicht mehr, weil sie überwachsen sind. Collio heißt das Gebiet, Collio, die besten Lagen der Region.

Vasko nimmt einen großen Schluck.

Es ist ein Fluch mit dieser Grenze. Bei unseren Nachbarn verläuft sie mitten durchs Gehöft. Der Kuhstall ist jetzt in Jugoslawien, das Wohnhaus in Italien. Man muß damit leben, was soll man machen?

Freu dich doch, daß es nicht andersrum ist, mit dem Haus in Jugoslawien. Den Kühen gehts dort auch nicht schlechter. Was kümmert dich eigentlich die Grenze?

Erstens erzählst du mir ständig Geschichten von Leuten,

die rübergekommen sind, und zweitens lebe ich in Triest. Das sind doch zwei Gründe, mal darüber nachzudenken. Ich glaube, Triest hat ein besonderes Verhältnis zu Grenzen. Man könnte behaupten, daß Triest gar keine Grenzen kennt, man könnte behaupten, daß es voller Grenzen ist, der Grenzort schlechthin. Und beides würde stimmen. Genauso wie es stimmt, daß ich Slowene bin, daß ich Italiener bin und daß ich etwas von Wein verstehe. Wenn wir beim Wein sind: die Fässer, wißt ihr, woher die kommen? Aus Slowenien! Was folgt daraus? Hmm? Ohne die gute slowenische Eiche kein guter friaulischer Wein. Nicht anders und nicht andersrum. Es geht hin und her. Eigentlich sind Sie noch gar nicht in Italien, Signore, es kommt Ihnen so vor, und ich stimme Ihnen zu, es gibt eine Vielzahl von Gründen, sich in Italien zu glauben. Aber wir hier sehen das anders. Wenn jemand über den Monfalcone fährt, dann sagen wir, er fährt nach Italien. Das sind andere Grenzen. Es hängt immer davon ab, wen Sie fragen. Ein anderer wird Ihnen erzählen, daß wir noch keine Grenze haben. Zu Jugoslawien. Nach dem Krieg gabs Verhandlungen, aber es wurde nichts unterzeichnet. Wir sitzen nun hier in Zone A, das ist Trieste, und plaudern, fünfundzwanzig Jahre später, und die Zone B, irgendwo da drüben, die gehört zu Jugoslawien. Aber es gibt keinen Vertrag darüber. Das gefällt mir, in gewisser Weise. Wir sind nicht festgelegt. Morgen können wir entscheiden, uns einem anderen Land anzuschließen. Wir können es uns einbilden. Bogdan weiß, daß ich meine Mitmenschen mit der Geschichte quäle, aber ich muß es ausnutzen, daß Sie zum ersten Mal da sind. Wenn man die Geschichtskarten übereinanderlegt, die den Grenzverlauf in den verschiedenen Epochen darstellen, dann ergibt sich ein Topf weichgekochter Spaghetti. Das reine Durcheinander. Alles pappt zusammen. Jetzt kommen irgendwelche Historiker und wollen die Spaghetti feinsäuberlich trennen. Was für ein Blödsinn. Du hast ein Rezept, nach dem kochst du, und wichtig ist nur, ob es schmeckt oder nicht. Wer will schon wissen, welche Zutaten woher stammen und wieso sie drin sind. Das Leben hier in Triest, das schmeckt gut, hast du mir neulich selber gestanden, Bogdan, es schmeckt hervorragend, und es soll keiner behaupten, in dem Iota seien die Bohnen wichtiger als das Sauerkraut, der Knoblauch unverzichtbarer als das Geräucherte.

Langsam Mirko, ich muß ja auch noch übersetzen.

Gut, ich laß dir Zeit, ich hol etwas her, ich will euch etwas zeigen, ein Moment, bin gleich wieder da. So, darf ich die verehrten Gäste bitten, auf diese Tafel zu schauen und ihre Wahl zu treffen. Was darf es sein? Ich erlaube mir vorzulesen: Kaiserfleisch, Cevapcici, Iota, Scampi in bursara, Caramai ripieni, Strucolo. Ich schwöre, meine Überzeugungen haben auf diese Karte keinen Einfluß gehabt. Nur mein Geschmackssinn. Eine Triestiner Speisekarte. Was hätten Sie gern? Kaiserfleisch? Aus Österreich gebürtig. Cevapcici, kennen Sie, mit ihnen beginnt für den Gaumen der Balkan. Dann das Iota, das ich übrigens sehr empfehlen kann, Luciano kocht ein meisterhaftes Iota. Oder lieber die Scampi in bursara? Besser kann man Garnelen nicht zubereiten, ich habs von einem Freund aus Portorož gelernt. So, wir sind durch, nun, wo ist auf dieser Tafel Zone A, und wo ist Zone B? Versteht ihr? Genug über Essen geredet, ach, die Caramai ripieni hätte ich fast vergessen. Ein venezianisches Gericht, Tintenfische, normalerweise nicht meine Sache, aber wenn man sie in Weißwein schmoren läßt ... ich bring die Tafel wieder zurück.

Bogdan, mir läuft das Wasser im Mund zusammen.

Wir kommen einmal zum Essen, jetzt ist nicht so gut ...

Nein, ich meinte nicht ...

Die Küche hat schon zu.

Jemand ist im dritten Stock abgestochen worden. Das ganze Zimmer ist voller Blut. Hat 'ne Messerstecherei gegeben. Keine Ahnung, wies dazu kam. Sind übel beleidigt worden. Ein harmloser Scherz war das, das kann ich dir sagen, aber wenns um Ehre geht, drehen die Typen gleich durch. Typisch

Araber. Ach, das waren die Araber, jetzt wird mir einiges klar. Natürlich, das waren die, die jeden Abend auf dem Gang Fußball spielen. Habt ihr im zweiten Stock doch bestimmt auch gehört. Das hat man überall gehört. Mußte ja mal was passieren. Das hat dich verrückt gemacht. Der Ball knallte gegen die Tür, und die haben rumgebrüllt, als hätten sie einen ganzen Fußballplatz für sich. Die streiten sich ja dauernd. Ja, man denkt, die wollen sich gleich an die Gurgel. Eine Stunde lang haben die gebolzt, haben sich einen Dreck darum gekümmert, wie wir das finden. Jeden Abend, jeden scheiß Abend. Nicht, daß meine Frau und ich gutheißen, was passiert ist ... was ist denn genau passiert ... aber ich meine, wie die reagiert haben, das war doch nicht zivilisiert ... es mußte mal dazu kommen. Dieser verdammte Lärm, wenn der verdammte Ball gegen die Tür klatschte. Das sind Barbaren, Barbaren, die haben auf dem Korridor nichts verloren. Lauter Dschingiskhans. Das war kein Araber. Attila meinetwegen. Der auch nicht. Na und, Barbar ist Barbar, du hast doch gehört, was die gemacht haben.

Einige Fans von Steaua Bukarest waren in einem der Männerzimmer im dritten Stock untergebracht, mit zwei Bulgaren. Sie waren in dem Zimmer zu acht: Ein Maurer, etwa vierzig, ein stämmiger Typ, dem man die zwanzig Jahre am Bau ansah. Er war vermutlich der Anführer. Einer der Bulgaren war ein unscheinbarer Kerl, ein Lehrer, etwa dreißig. Er hat wohl keine Rolle gespielt. Im Gegensatz zu den zwei Brüdern aus Bukarest, Teilzeitkriminelle, streitsüchtig, ihnen ging man am besten aus dem Weg. Das Fußballspielen muß ihnen ziemlich gestunken haben. Sie haben sich wohl beraten, mit Händen mit Füßen mit Grimassen, wie sie es den Arabern mal richtig zeigen könnten.

Was danach geschah, stelle ich mir etwa so vor: Eine dieser alten Zeitungen, die herumfliegen, liegt aufgeschlagen auf dem Tisch, einer der Rumänen hat einen Apfel darauf geschält, und sein Blick fällt auf ein großes Foto von Mosche Einauge Dayan. Wahrscheinlich hatte der mal wieder gedroht, die Araber zu verprügeln. Der Rumäne kaute an seinem Apfel und hatte eine grandiose Idee. Die anderen waren sofort begeistert: Wir hängen das Foto an die Tür. Doch ein Dayan allein tuts nicht. Sie haben das Foto auf den Deckel eines Schuhkartons geklebt – die Brüder hatten ein Paar Mokassins, Größe 45, mitgehen lassen. Und sie haben Dayan einige Worte in den Mund getan, so wie in den Comics: Fuck Mohammed, oder so ähnlich. Ich meine, selbst diese doofen Fußballfans haben gehört, daß die Scheichs es mit Mohammed haben, und dann haben sie noch eine Fotze dazugemalt, na ja, ich habs gesehen, einige Striche waren das, man hätte sich sonstwas vorstellen können. Du vergißt die Schweinchen drumherum, das war die Idee des Maurers, und die waren klar zu erkennen. Da war er aber bestimmt mächtig stolz drauf, hat er teuer genug bezahlt, wenn ihm der Spaß so viel Blut wert war. Und den Karton haben sie an die Tür gehängt, mit nem Schuh festgenagelt, und wie ich die kenne, haben sie bestimmt auch noch schweinisch gegrinst.

Wir saßen alle um den Tisch herum zusammen und lachten, wir grölten, was die Wüstenpferde da draußen wohl für ein Gesicht machen. Nur der Lehrer, der hielt sich zurück. Der war zu gebildet für so was. Wir hörten einige Schreie, dann wurde es ruhig, kein Ball mehr, es war mucksmäuschenstill, ein klarer Sieg für uns, die Araber zogen den Schwanz ein. So kriegt man sie ruhig, Junge, volle Offensive. Ich steckte mir eine Zigarette an, die wollte ich richtig genießen. Einer der Raduceaus guckte hinaus, nichts, leerer Gang, eine ganze Sache. Ein voller Erfolg. Die werden uns alle feiern, wir sind die Helden von Pelferino. Der andere Bulgare, der was taugt, der grinste und ballte die Faust. Dann sangen wir Steaua Steaua, die Bulgaren haben die Melodie gleich kapiert, und sangen mit, lalala lala la lalala la. War gute Stimmung. Der blöde Lehrer, der hat vor Angst fast in die Hosen gemacht, den haben wir ausgelacht, gut, ganz unrecht hatte der Angsthase nicht. Er hat sich in die Ecke hinter der Tür verdrückt, neben dem Schrank. Haben uns um ihn nicht mehr gekümmert.

Die Zigarette wurde genüßlich weitergeraucht, einer der beiden Brüder saß am Fensterbrett und beobachtete die zum Hauptgebäude führende Straße, obwohl es nichts zu sehen gab, einige Laternen, das gleichbleibende Licht. Die anderen Männern hatten ihren Beinen eine bequeme Stellung auf dem Tisch verschafft. Die Tür platzte auf. Fünf Männer, jeder ein Messer in der Hand, stürmten herein, und noch ehe der Maurer seine Zigarette fallen ließ, stachen zwei Messer auf ihn ein, rapide Stöße, in die Schulter, in den Bauch, in die Oberschenkel. Nach dem ersten Stich fiel der eine Bruder vom Stuhl, kroch über den Fliesenboden und jaulte. Der andere Bruder hatte das Fenster geöffnet, er zögerte kurz, sah einen Araber mit Messer auf ihn zueilen, und sprang hinaus. Zwei Messer stachen auf den Maurer ein, er versuchte sich mit Rundumschlägen des Armes zu verteidigen, sein rechter Arm wurde Wunden, Hautfetzen, Blut. Der Lehrer hatte sich im Schrank versteckt, zwei der Fans waren im Durcheinander aus dem Zimmer entkommen, rannten die Treppen hinunter und schrien um Hilfe. Zwei Rumänen kauerten unter dem Tisch, traten gegen alle Hände und Arme, die sie sahen. Der Verletzte kroch nicht mehr über den Boden, er versuchte, in sich hineinzukriechen, schrie nicht mehr, jammerte, er wurde getreten, dort, wo der Schmerz bleibt, er warf sich von Seite zu Seite, den Tritten zu entgehen. Die Araber gingen schweigend vor, einzelne Rufe, nicht das Gebrüll, mit dem sie Fußball spielten. Wie beabsichtigt, war Ruhe eingetreten.

Die ersten, die sich in das Zimmer wagten, sahen: einer regungslos in seinem Blut, ein anderer zuckt, die Arme um den Kopf gewickelt, und wimmert vor sich hin. Die zwei Rumänen kriechen von unter dem Tisch hervor. Der Lehrer wagte sich erst aus dem Schrank heraus, als er italienische Stimmen hörte. Da waren die zwei Opfer schon abtransportiert.

Jetzt stell dir vor, so an die vierzig Messerstiche hat der Maurer abbekommen, und der hat das überlebt. Das ist ein Bär, den haut nichts um.

Sag mal, stimmt es eigentlich, daß der israelische Botschafter sie im Krankenhaus besucht hat?

Hab ich auch gehört, kann ja sein, aber daß der ihnen einen Orden an die Brust gehängt hat, das kann mir keiner erzählen.

EXIL   Selbst der Sohn des Königs ist ein Niemand im fremden Land, heißt es. Ein Exilant ist noch weniger. Stirbt er gänzlich beim Verlassen seiner Heimat oder nur zu einem Teil, wie ein verkohlter Baum, aus dem ein junger Ast sprießt? Er verbringt seine Zeit, falsch, seine Leerzeit, in einem Zug auf dem Abstellgleis, stillgelegt in Erinnerung und Erwartung: Die Rückkehr wird großartig sein, das treibt ihn voran, er lebt für die Rückkehr, für diesen einen Tag, der alles aufwiegen wird, an dem alles sich verwirklichen wird. So gewappnet, wird er älter, und dann alt genug, um sich mit anderen Exilanten am Friedhof zu versammeln, hinter dem Sarg ein Blumenskelett zu tragen mit der tröstenden Schleife für denjenigen, der nicht ausharren konnte und mit dem Trinkspruch für die Weiterwartenden – Nächstes Jahr in der Heimat!

Der Exilant ist nicht zu verwechseln mit den anderen, den Vertriebenen und den Auswanderern, den Goldsuchern und den legal Ausreisenden und illegal Wegbleibenden. Der Exilant in seiner reinen Form bleibt ohne Paß, nimmt keine neue Staatsbürgerschaft an. Er trägt den Flüchtlingsausweis und dessen Beschwerlichkeiten wie eine offene Wunde. Die Sprache der Gastgeber erlernt er nur, soweit er sie braucht, um sich im Café ein Sandwich zu bestellen und ein Bier und die fremde Zeitung zu überfliegen.

Exilanten leben als vorsichtige Nachbarn nebeneinander; nur gelegentliche Treffen auf den Schnittpunkten ihrer Existenz: bei einem Gemischtwarenhändler zum Beispiel, der in Gläsern neben der Kasse die gewürzten Oliven und das eingelegte Gemüse führt. An der Wand lehnen volle Säcke und über ihnen, in Augenhöhe, hängen Annoncen, Todesfälle Angebote Sprachkurse Suchanzeigen. Oder Demonstrationsankündigungen, zu verschiedenen Anlässen, zum Staatsbesuch des Diktators, des Parteivorsitzenden oder zum *Tag der Freiheit*. An diesen Tagen strömen aus den Zufahrten, Nebenstraßen, Gassen, Aufgängen und Durchgängen die Exilanten, begleitet von Sympathisanten, auf den *Platz der Freiheit*, der von der Polizei gesperrt worden ist, eine gern gewährte Hilfestellung zum Tag der Freiheit, wird diese doch anderswo eingefordert, in hitzigen Reden, ein tiefes Buhen folgt auf jede Erwähnung des Diktators der Partei des Systems, in Reden, die Revolution fordern, oder einen Umsturz, wenigstens einen Boykott, internationale Unterstützung, Solidarität, Hilfe … vom Podium aus wird Verbrechen um Verbrechen aufgezählt, es brodeln Schreie, Nieder! Mörder! Widerstand!, zum besonderen Anlaß sind sich die Exilanten einig. Es ist kühler geworden, ein Regenschauer bricht herein. Er fegt gründlich – schooschooschoo – genug demonstriert, himmelschreiende Ungerechtigkeit, was? Ab in die Stuben und laßt mich Himmel aus eurem Spiel. Auf dem Podium agitieren bald nur noch die achtlos weggeworfenen Pamphlete, schnell durchnäßte Kapitulationserklärungen vor den Stürmen der Geschichte. Die Exilanten flüchten in die Straße der Genüsse, zu ihren pfannenfesten Landsleuten, die sich von der kulinarischen Unangepaßtheit der Exilanten und der Neugier der Einheimischen nähren, von den schüttelfrostartigen Schüben Nostalgie, die sie zu lindern vorgeben: mit Teppichen Wandschmuck Vasen Tischtüchern. Mit den Vorspeisen zerfällt Wut Frust Hohngelächter und Einigkeit in Familienväter in Witwen in Elektriker in Raucher, in kleingewachsene und große Menschen, in Anarchisten Sozialdemokraten und Monarchisten. Die Nostalgie verschanzt sich unter dem Gaumen, von keinem Witz herauszulocken, von keinem, und da hilft das Dekor nicht und der rundliche Wirt nicht, so eifrig er auch herumläuft und jede Hand schüttelt und seinen Hausgemachten einschenkt, es wird nur noch schlimmer und schlimmer wenn die Lieder hinzukommen, die Hymnen der Wiederkehr, maternale Lieder, einst widerstrebend in der Schule gelernt, die nun dem Essen so zwingend folgen wie Kaffee, wie Likör. Mit kleinen Augen geht jeder Exilant in die Nacht hinaus, versucht die Fahrpläne von Straßenbahn oder U-Bahn zu entziffern und kehrt mit unsicheren Schritten in sein Provisorium heim.

Der Exilant wird von der Regierung des Landes, das ihn aufgenommen hat, weil es die Genfer Konvention unterschrieben hat, wenig geliebt. Exilanten haben keinen Sinn für Realpolitik, für politische Stabilität. Als Vogelfreie, die fast alles verloren haben, sind sie bereit, zuviel zu tun, zu weit zu gehen. Manche werden hofiert, für den Fall der Fälle, aber meist nur, wenn sie vor ihrer Flucht schon an der Macht beteiligt waren. Diese sind weniger idealistisch, ansprechbarer, berechenbarer, verstehen Andeutungen und Geschäfte, sind vertrauenswürdig. Die anderen behält man besser im Auge, für alle Fälle. Und wenn der Tag der Heimkehr kommt? Auf einen Linienflug, mit Bahnsteigkarte, offizieller als der Weggang. Wann spürt der Exilant, daß er die Jahrzehnte unter Quarantäne stand, und für die Zeiten zu steril ist. Er tritt auf den Boden, und der ist hart. Der Humus abgetragen – nichts wird hier noch Wurzeln schlagen, nichts. Nein, der Exilant gesteht sich das nicht ein. Soll er nach Amazonien, so nahe und fern wie das Grab?

Ein Klopfen an der Tür. Vasko müht sich, die Uhrzeit abzulesen. Vier Uhr früh. Er springt aus dem Bett, die Tür geht auf, er zieht sich die Hose hoch, das Licht geht an, er knöpft sich den Schlitz zu. Eine Frau mit Kind, etwa in dem Alter von Alex, geht einige Schritte ins Zimmer hinein. Der Mann, der sie begleitet, zeigt auf das zweite Stockbett. Er verschwindet wieder.

Vasko spricht die Frau an. Sie antwortet nur mit einem

Nicken. Von ihrem Mantel tropft es auf den Boden. Er hatte nicht mitbekommen, daß es regnet. Er weiß nicht, was er sagen soll. Jana hatte ihre Augen unwillig geöffnet. Nun, da der fremde Mann das Zimmer verlassen hat, steigt sie aus dem Bett. Zieh dir was an, zischt Vasko. Jana begrüßt die Frau, führt sie an den Tisch, zieht einen der Stühle heraus. Was ist los, Mamo, fragt Alex vom oberen Stock des zweiten Bettes. Der andere Junge schaut zu ihm hinauf.

Die Frau starrt auf den Holztisch. Ihre Finger gleiten über eine der Einkerbungen. Vasko und Jana setzen sich ihr gegenüber. Ihr harter, verhärmter Gesichtsausdruck wird von dem nassen Haar verstärkt. Sie murmelt etwas.

Möchten Sie vielleicht essen, wir haben noch Brot und Marmelade.

Sie schüttelt den Kopf.

Er kam und nahm mich mit.

Wie bitte?

Er war so lange weg. Vier Jahre. Vier Jahre. Und dann kam er. Letzte Nacht. Mit seinem Bruder. Sagte, wir sollen packen. Einfach so, nach so vielen Jahren. Kam und nahm mich mit. Ich hatte nichts von ihm gehört. Er war wie gestorben. Die ganze Stadt wußte, daß er geflohen war. Die Schande. Alle wußten es. Hat mich mit dem Kleinen sitzen lassen. Alle mieden mich. Er stand da. Hat mich umarmt, wie ein Fremder. Er sagte, ich soll schnell packen. Sein Bruder weckte meinen Sohn auf. Wir müssen heute nacht über die Grenze. Einfach so. Nach vier Jahren. Sein Bruder zog Iwailo an, und er drängte zur Eile. Ich habe einige Sachen in den Koffer geworfen. Wir müssen gehen. Sofort. Ich sollte mit. Ich konnte nicht klar denken. Ich glaube, das war letzte Nacht. Er kam einfach und nahm mich mit.

Wo ist ihr Mann jetzt?

In einer Pension in der Nähe. Wir müssen hierher. Er nicht, er hat einen fremden Paß.

Ich glaube, Sie brauchen etwas Schlaf. Alex, komm zu mir ins Bett.

Nein, lassen Sie. Ich kann mit Iwailo schlafen.

Es ist gar kein Problem. Sie sind sehr müde, sie brauchen einen ruhigen Schlaf.

Ein mieser Kerl, dieser Mann, sagt Jana am nächsten Morgen. Die Frau und ihr Sohn schlafen noch, Vasko und Jana sind leise aus dem Zimmer gegangen, um Tee zu besorgen.

Das kannst du so nicht sagen. Er ist immerhin zurückgekommen.

Das hat doch alles nur noch verschlimmert. Wieso ist er nicht gleich mit der Familie geflohen. Willst du ihn etwa verteidigen. Es hat vier Jahre gedauert, bis ihm wieder einfiel, daß er Frau und Kind hat. Auf einmal stellt er fest, daß er sie vermißt, wahrscheinlich hat er keine gute Frau gefunden, findet sich nicht so leicht. Jetzt taucht er auf und hält es für selbstverständlich, daß die Frau mitgeht. Als hätte sie überhaupt nicht mitzureden.

Aber er hat das Risiko auf sich genommen, zweimal über die Grenze zu gehen. Allein die Vorstellung, ich müßte noch mal zurück. Was, wenn sie ihn geschnappt hätten?

Wäre ihm recht geschehen. Hätte er nicht besser verdient. Wie kann man so etwas mit seiner Frau machen.

Iwo Schicagoto kommt zu Vasko. Kannst du mir bitte helfen, diese Sachen auszufüllen? Muß das jetzt sein? Bitte. Okay, komm, setzen wir uns in den Eßraum. So, gib mal her. Was ist das denn? Südafrika? Iwo, was willst du mit Südafrika. Du bist doch mit einem Bein schon in den Staaten, das ist doch viel besser als Südafrika.

Iwo schüttelt den Kopf, schaut zur Seite. Er ballt seine Handflächen, drückt die ausgestreckten Arme nach unten, zwischen seine Beine und beugt seinen Oberkörper nach vorne, den Armen hinterher. Vasko sieht mitten auf Iwos Kopf den Kern einer aufgehenden Glatze.

Ich mach euch was vor. Nein, ich mache mir was vor, das ist schlimmer. Der wird nichts schicken. Nicht nach sechs

Monaten und so vielen Briefen. Er will mich nicht, Gott weiß wieso, er will mich nicht.

Aber du hast doch Nachricht von ihm bekommen, ich dachte, er hat dir geschrieben, ich meine, du kennst dich doch so gut aus ...

Von früher, na ja, man weiß doch ein bißchen. Ich war sicher, er meldet sich gleich, wenn er hört, daß ich geflohen bin.

Kannst du ihn nicht anrufen?

Ich hab seine Nummer nicht. Wir hatten schon eine Weile nichts mehr von ihm gehört. Das ist es. Wir können ihm gestohlen bleiben. Er soll ein ziemlicher Geizhals sein.

Kann dich doch trotzdem wenigstens reinschleusen. Das schuldet man einem Verwandten.

Vielleicht ist er gestorben.

Wieso soll er gestorben sein?

Meinst du, in den Staaten sterben sie nicht?

Nein, aber wenn er so alt ist wie du, ist das nicht sehr wahrscheinlich, oder?

Und was, wenn er einen Autounfall gehabt hat?

Du hast doch erzählt, dort gebe es keine Unfälle, weil alle diszipliniert fahren? Slow motion, ha? Und wenns mal trotzdem kracht, passiert nichts, weil die Autos stabil sind.

Blödsinn, das hat jemand über Schweden erzählt, weil dort diese Volvos sind. In denen kann einem nichts passieren. In den Staaten gibts Unfälle so viel du willst. Die kraschen ständig. Überhaupt, was meinst du, wie gefährlich das Land ist, hast du 'ne Ahnung, wie oft man in Schikago überfallen wird. Ist wahrscheinlicher, du wirst umgelegt als eingebürgert.

Komm schon Iwo, übertreib nicht.

Was übertreiben? Ich weiß das. In den großen Städten kannst du gar nicht leben, die Hölle, mitten am Tag wird rumgeschossen. Hast du 'ne Ahnung, was dort abläuft! Du hockst irgendwo rum, kümmerst dich nur um deinen Scheiß, und irgendein Depp hat keine Lust auf die Welt, und weil dort jeder mit einem Revolver rumläuft, fängt der an, alles umzunieten. Geht ins nächste Lokal und erschießt alle, die gerade essen. Da bleibt dir der Burger im Hals stecken.

Das kann überall mal passieren.

Mal passieren? So was passiert dort nicht mal. Kommst du aus 'nem Dorf, oder was? Willst du wissen, wie man dort lebt? Wer Knete hat, fährt mit seinem Wagen in die Tiefgarage, die wird bewacht, und von der Garage nimmt er den Fahrstuhl in den vierzigsten Stock, oder wo immer er arbeitet. Und wenn er Hunger hat, bringen irgendwelche Boten Sandwiches oder Pizzas. Und am Abend fährt er aus der Tiefgarage raus und direkt nach Hause. Meinst du, so ein Typ ist lebensmüde und geht auf die Straße oder setzt sich in ein Lokal.

Dein Vetter gehört also zu den Armen, die sich so was nicht leisten können?

Der ist bestimmt ein armer Schlucker. Der war schon immer etwas blöde, kam in der Schule nicht mit, hat nichts Richtiges gelernt, was weiß ich, was der dort macht. Präsident ist er bestimmt nicht. Und wenn er dort die Straßen saubermacht, glaubst du, daß er uns das schreibt? Nicht in zwei Leben. Uns schreibt er, daß er in seinem gemütlichen Cadillac dahingleitet und sich über die sauberen Straßen freut. So läuft das. Glaubst du, ich durchschau das nicht? Der schreibt doch nicht die Wahrheit. Vergiß ihn, vergiß die Staaten. Laß uns diese Zettel ausfüllen.

Südafrika?

Ja, genau, Südafrika, hast du was dagegen? Ist eh viel besser, aber ihr seid wohl zu vornehm dafür. Überleg mal, jeder Weiße kriegt einen Dschob, dort gibt es jede Menge Arbeit. Die suchen Leute, für die schwierigen Arbeiten können sie die Neger nicht hernehmen. Die sind dort noch dümmer und fauler als die in den Staaten.

Woher weißt du das denn jetzt?

Man hat so seine Quellen.

Hast du dort etwa auch einen Vetter?

Sei doch ruhig! Was heißt das hier?

Das heißt Name, und das Vorname, das könntest du dir mal merken, das wird öfters gefragt.

Ein junger Mann steht am Tor.

Guten Tag, Ruggiero mein Name. Ich habe eine Verabredung mit dem Herrn Direktor.

Geradeaus zum Haupteingang und dann nach links.

Danke.

Während der junge Mann die Auffahrt hinaufgeht, sieht der Wachmann, daß an seiner Schulter eine Kamera baumelt.

Herein.

Guten Tag, Luigi Ruggiero, Lokalredakteur bei *La Cronaca*.

Was kann ich für Sie tun?

Ich möchte Ihnen einige Fragen stellen.

Worum geht es?

Um die Forderungen der Streikenden.

Was für Streikende?

Der Streik, der in ihrem Lager stattfindet, Herr Direktor, unter den Flüchtlingen.

Die arbeiten doch gar nicht, wie sollen sie dann streiken?

Hungerstreik, Herr Direktor. Wollen Sie das etwa abstreiten? Wir wissen schon einiges.

Von wem haben Sie die Information?

Wollen Sie mit mir reden oder nicht? Ich kann auch schreiben, daß der Direktor des Lagers Pelferino nichts über einen Hungerstreik weiß. Mal sehen, was passiert, wenn die ganze Stadt über den Streik redet.

Bitte schließen Sie die Tür. Setzen Sie sich, setzen Sie sich bitte. Also, was wollen Sie wissen?

Luigi Ruggiero kritzelt in sein Notizbuch. Gespräch mit Direktor: Gruppe Querulanten aus Osteuropa, ehemalige Häftlinge zumeist, keine weiteren Angaben zur Person möglich. Seit gestern in unbefristetem Hungerstreik. Forderungen: besseres Essen, Sprachkurse, mehr Freizeitangebote. Unverschämtheit. Mittel knapp bemessen. Größere Ausgaben unmöglich. Alles halb so schlimm. In 1−2 Tagen vorbei. Unzufriedenheit im Lager, vom Westen mehr versprochen. Gespräche mit Streikenden nicht möglich. Brauche jemanden, der Rumänisch, Tschechisch oder Bulgarisch spricht.

Auf dem Rasen vor dem Hauptgebäude sitzt eine Gruppe Männer. Kinder rennen an ihnen vorbei. Laute Gespräche, gute Stimmung. Die Männer haben zwei Buchstaben auf das Gras geschrieben: L und I.

Am Nachmittag kommt der Reporter mit einem Doktor der Slawistik zurück. Luigi Ruggiero notiert. Gespräch mit Konstantin P., einer der Anführer. Auf Russisch mit Dolmetscher. Hohes Kommissariat der UN zahlt dem Lager 10 $ pro Person und Tag (überprüfen). Bleibt einiges übrig, steckt die Verwaltung ein. Je mehr Flüchtlinge, desto mehr Geld. Flüchtlinge werden länger als nötig dabehalten. 2jhr Kinder, im Lager geboren. Wenn es so weitergeht, werden sie im Lager auch noch sterben, Zitat KP.

Luigi Ruggiero sammelt Äußerungen ein und verschießt einige Filme. Der Slawist ist ihm eine große Hilfe. Zufrieden steigen sie in Luigis Auto.

Ist Ihnen der Schriftzug auf dem Rasen aufgefallen?

Ja.

Da stand LIBE, oder?

Ja.

Was soll das bedeuten?

Keine Ahnung. Wieso haben Sie nicht gefragt?

Vergessen. Wird nicht so wichtig sein.

Am späteren Nachmittag, telefoniert Ruggiero von den Redaktionsräumen aus und schreibt mit: Informant im Innenministerium. Lagerverwaltung einträgliches Geschäft, viel besser als Gefängnisleitung. In den letzten zwei Jahren drei Direktoren wegen Bereicherung und Korruption abgelöst.

Am Tag nach dem Erscheinen der Reportage in *La Cronaca*, es ist der vierte Tag des Hungerstreiks, tauchen weitere

Journalisten auf. Eine Frau vom *Corriere della Sera*, ein Mann vom *Osservatore Romano* und ein Team vom Fernsehen. Wieso ist der Vatikan interessiert? frotzelt die Journalistin. Die katholische Mission engagiert sich in diesen Lagern. Wir möchten informiert sein, was mit den Menschen passiert. Das Fernsehteam eilt über den Rasen. Das Licht ist hervorragend. Schaut gut aus, wie die Männer zusammensitzen, manche im Schneidersitz, manche ausgestreckt, auf dem Rücken, auf der Seite, wie sie quatschen und rauchen und guter Stimmung sind. Im Hintergrund spielen Kinder. Wunderbar. Zuerst machen wir ein paar Interviews. Von denen kann ja keiner ein Wort Italienisch. Machen wir trotzdem Aufnahmen, ich laß sie einfach so reden. Die dreißig Männer blicken die Reporterin und ihre zwei Kollegen an. Sie geht mit dem Mikrophon in der Hand zu einem der Männer. Das ist aber ein großes Ding, Milan, mit dem kannst du nicht konkurrieren. Die Reporterin gestikuliert eifrig. Milan dreht sich zu den anderen um. Ich glaube, die will, daß ich was ins Mikrophon sage. Die Rumänen und Bulgaren hören aufmerksam zu; die Rumänen verstehen einige Worte von dem, was die Reporterin sagt, die Bulgaren einige Worte von dem, was Milan sagt. Hat sie dir eine Frage gestellt? Vielleicht, aber ich habe sie mit Sicherheit nicht verstanden. Die Tschechen lachen. Sie ist ein hübsches Ding, ich hab euch doch gesagt, wir müssen endlich ein paar Brocken Italienisch lernen. Milan lächelt die Reporterin an, und sagt kein Wort ins Mikrophon. Sie wiederholt, energischer, ihre Aufforderung. Das Licht ist wunderbar.

Milan, tu ihr den Gefallen, wäre gut, wenn das Fernsehen positiv über uns berichtet.

Du bist naiv, hier ist das Fernsehen auch staatlich, die unterstützen doch keinen Hungerstreik von Ausländern gegen offizielle Stellen.

Das läuft hier etwas anders, jetzt mach nicht so eine Affäre daraus, sag der Frau was Nettes ins Mikrophon.

Milan dreht sich zur Kamera um, lächelt die Reporterin

erneut an, räuspert sich und sagt: *Zemne se na západě líbí, móda krátkych sukní. Mají elegantní nobi, jako Žirafy, ne, ne zlobte se, ty je mají moc tenké, řekněme radeji, jak ty jedney Gazely, ne, řeknul bych, ti ysou kaké moc tenké. Nechdme toho porovnávání, jejich nohy jsou krásné, a ja jsem štastný, že je mohu vidět, dokuď držím hladovkú. Čímž nechci říci, že vý* ... das reicht, ruft die Reporterin und bedankt sich mit einem breiten Lächeln. Pietro, diesen Schriftzug hier, LIBER, hast du das? Basta, ich geh zur Verwaltung. Vielleicht haben die jemanden, der dolmetschen kann.

Haben sie nicht, denn Ionel und Bogdan haben vor einigen Tagen um Urlaub gebeten, außerplanmäßig, aus dringenden privaten Gründen. Kaum waren sie weg, begann der Hungerstreik.

Im Studio sichtet die Fernsehfrau das Material. Sie hat von unterwegs aus durchtelefoniert, daß sie einen Übersetzer aus dem Tschechischen benötigt. Der Übersetzer kommt. Am besten, er setzt sich dort hin und schreibt es uns erstmal auf. Mal sehen, ob wirs brauchen können. Die Frau setzt sich ans Telefon, um Hintergrundinformationen über die Flüchtlingslager zu organisieren. Sie spricht gerade mit dem Archiv, als der Nachrichtenredakteur zu ihr kommt. Er schneidet Grimassen, wedelt mit einem Blatt Papier.

Kannst du mich nicht in Ruhe telefonieren lassen?

Weißt du, was ich hier in der Hand halte. Die Übersetzung deines Interviews. Er wirft einen Blick darauf, runzelt die Stirn, schüttelt den Kopf und blickt sie mit einem betont ernsten Gesichtsausdruck an. Ein erschütterndes soziales Protokoll, meine Liebe, vom Innenleben eines Opfers der Diktatur. Eines Verzweifelten, eines Heimatlosen. Wir sollten das in den Hauptnachrichten senden, gleich an erster Stelle.

Machst du dich über mich lustig? Gibt her.

Nicht doch, nein, ich bestehe darauf, es dir vorlesen.

Moment. Ich ruf zurück. Leg los.

Es ist natürlich nur eine Rohübersetzung ...

Fang endlich an!

167

Na dann: *Was mir am Westen so gut gefällt, ist die Mode mit den kurzen Röcken. Sie haben elegante Beine, wie die einer Giraffe, nein, entschuldigen Sie, die sind zu dünn, sagen wir lieber, wie die einer Gazelle, nein, ich glaube, die sind auch zu dünn. Lassen wir die Vergleiche. Ihre Beine sind sehr schön, und ich bin sehr froh, daß ich sie sehen darf, während ich im Hungerstreik bin. Womit ich nicht gesagt haben will, daß Ihre ...* leider hast du ihn da unterbrochen. Wir werden den Rest seines Geständnisses nie erfahren.

Am fünften Tag des Hungerstreiks reist ein hoher Vertreter des UNHCR, ein schlanker, distinguierter Fünfzigjähriger mit Adelstitel, direkt von einer Konferenz in Wien mit der Bahn an – erste Klasse, Schlafabteil. Der Assistent des Direktors holt ihn am Triestiner Hauptbahnhof ab. Sehen Sie, die Hand des Adeligen wischt über den Anblick von Türken, Jugoslawen und Afrikanern, die in der weiten Halle in Grüppchen zusammenstehen, auf Gepäck sitzen, auf Zeitungen liegen. Das Problem ist allgegenwärtig. Lauter potentielle Probleme, falls wir uns um die nicht schon haben kümmern müssen. Sobald sich in ihrer Heimat die Situation zum Schlechteren wendet, haben wir sie am Hals, und das geschieht laufend, das ist das einzige, worauf man sich verlassen kann, ein Glücksfall, wenn sich die Lage verbessert. Migratorische Osmose. Wissen Sie, was Osmose ist? Umverteilung der Elemente bei unterschiedlichen Aggregatzuständen. Hat die Presse schon berichtet? Haben Sie die Zeitungen dabei? Ja, ich bitte darum. Und geben Sie Gas, wir haben es eilig. Ich will das Problem bis zum Abend gelöst haben.

Wir sind sehr unzufrieden, daß Sie das Problem dermaßen haben eskalieren lassen. Der Abgesandte geht im Zimmer des Direktors seit zehn Minuten auf und ab, während dieser mit seinen Assistenten am Tisch sitzt, zuhört und einsilbig antwortet. Haben Sie die Zeitungen gelesen? Dieses Foto hier, dieses siegessichere Grinsen, das ist ein Affront, und dann dieser lächerliche Schriftzug. LIBERTÀ. Woraus ist der eigentlich?

Brötchen.

Brötchen?

Ja, Brötchen aus der Kantine.

Aus Brötchen! Das wird immer schöner. Sie haben das Lager zu einem Zirkus verkommen lassen. Ich werde es in meinem Bericht vermerken. Wir werden dieses Problem so schnell wie möglich lösen und ich erwarte, daß derartige Vorkommnisse zukünftig unterbleiben. Wann kann ich mit den Rädelsführern sprechen?

Wir warten auf einen Vertreter des Ministeriums, er müßte jeden Augenblick kommen.

Stimmt es, daß man sich mit diesen Leuten auf Russisch verständigen kann?

Ja.

Ausnahmsweise ein positiver Effekt des Internationalismus.

Sie meinen?

Ein Scherz. Vergessen Sie es. Ich war Botschaftsattaché in Moskau. Bringen Sie die Anführer doch schon einmal herein. Wir können das Terrain ein bißchen sondieren, während wir auf Ihren Vorgesetzten warten.

Der Assistent kehrt einige Minuten später allein zurück.

Sie wollen nicht. Sie schütteln den Kopf und meinen, wir sollten zu Ihnen nach draußen kommen.

Das auch noch, die bestimmen hier wohl alles. Ihr Italiener ändert euch nie. Dann müssen wir uns wohl nach draußen begeben.

Meine Herren, sagt der hohe Vertreter des UNHCR zu den Männern, die sich seit fünf Tagen im Hungerstreik befinden, Sie werfen ein schlechtes Licht auf die Demokratie. Sie dienen mit ihrer unüberlegten Demonstration nur der anderen Seite, Sie bereiten uns Schande. Wir haben Sie aufgenommen, wir versorgen Sie und geben uns alle erdenkliche Mühe, Ihnen behilflich zu sein. Ich denke, Sie sind unserer

Gastfreundschaft und dem Geist unserer freiheitlichen Ordnung etwas schuldig. Meine Herren, Sie haben die Hölle der Diktatur hinter sich gelassen, und dafür gebührt Ihnen Respekt, also verscherzen Sie ihn nicht. Und täuschen Sie sich nicht, auch ein demokratischer Rechtsstaat kann nicht jedes Verhalten dulden. Die Freiheit muß gegen Anarchie und Chaos verteidigt werden. Wir haben Ihre Rechte hochgehalten, als Sie in Gefahr waren, wir haben Ihnen Schutz gewährt, und Sie haben ihn bereitwillig angenommen. Das schließt Pflichten ein, ich bitte, darüber nachzudenken. Ich will Ihnen mit allem Nachdruck nahelegen, diesen Hungerstreik unverzüglich zu beenden. Ich versichere Ihnen im Namen der UNHCR die baldige Bearbeitung aller liegengebliebenen Anträge. Aber zuerst müssen Sie, meine Herren, diese Demonstration beenden.

Sehr geehrte Herren, Konstantin ist aufgestanden, um im Namen der Streikenden zu sprechen, wir sind nicht bereit, alles hinzunehmen, nur weil wir eine Diktatur hinter uns gelassen haben. Sie kennen die Zustände in diesem Lager, ich brauche Sie Ihnen nicht zu schildern. Sie könnten besser sein, aber sie sind nicht unerträglich. Wenn man nur einige Wochen hier verbringen würde. Aber nicht, um hier jahrelang zu leben. Es gibt Kinder, die in diesem Lager geboren worden sind, die schon laufen können und reden können. Wir wollen nicht, daß sie hier aufwachsen. Es gibt hier Frauen und Männer, die schon so lange im Lager sind, daß sie ihren Beruf verlernt haben. Flüchtlinge werden systematisch zu Gefangenen gemacht. Wir werden Ihnen eine Frist geben, innerhalb der alle Anträge, die älter als einen Monat sind, bearbeitet werden müssen. Bis dahin bleiben wir im Hungerstreik.

Die fünftägige Frist wurde eingehalten, der Hungerstreik ging am zehnten Tag zuende.

Bogdan, es macht keinen Sinn, weiter hier herumzuhängen. Wir wollen auch weiter. Weißt du noch, was wir neulich besprochen haben? Wir würden das gerne so machen. Kannst du uns helfen?

Bogdan nickt.

Ihr habt recht. Das wird das Beste für euch sein. Wer in Europa bleiben will, darf nicht in Pelferino bleiben.

An einem der folgenden Abende verabschieden sie sich, von Grand Stojan, von Iwo Schicagoto, von Besserwisser Boris, von der schwangeren Marina und ihrer aufgeblühten Schwester, von den zwei Schusterbrüdern, von Assen und seiner Frau, von Iwailo, von Konstantin und den anderen Hungerstreikenden, die sich noch von den Strapazen erholen. Jana und Vasko haben Schwierigkeiten einzuschlafen und Mühe, Alex in der Dunkelheit des frühen Morgen wach zu kriegen. Sie schleichen die Treppe hinunter und treffen vor dem Haupteingang Bogdan. Sie umarmen sich. Bogdan gibt Alex eine Schokolade. Damit du was zu knabbern hast und Bogdan nicht sofort wieder vergißt. Mit einem Koffer in Vaskos rechter Hand, der dank Caritas wieder schwerer wiegt, gehen sie durch das Tor hinaus, das Bogdan aufgeschlossen hat.

Es geht mühsam voran. Ein Pärchen mit kleinem Kind wird gelegentlich mitgenommen, aber die Fahrzeuge, in die sie einsteigen, fahren nicht weit. Der Fahrer bedeutet, hier muß ich abbiegen, hier muß ich nach rechts, hier halte ich. Sie bedanken sich beim Aussteigen, schauen sich um, versuchen sich zu orientieren. Sie haben das Meer schon weit hinter sich gelassen, etwas kühler ist es geworden, die Landschaft hat sich verändert, es wachsen andere Bäume. Sie sehen eine Tankstelle. Vasko denkt, es wäre eine gute Idee, sich dort hinzustellen, wo die Autos wieder auf die Straße biegen. Sie kaufen eine Coca-Cola. Ich verstehe nicht, wieso die Menschen das trinken, sagt Jana nach einem Schluck. Es schmeckt widerlich. Vasko streckt den Daumen aus, Jana drückt die Daumen, bald hält ein ... Alex, was ist das? ... Ein Alfa Romeo, Giulia Super. Stolz hält er die Flasche Cola

171

fest, der Fahrer und Vasko tauschen Ortsnamen aus, und der Vater winkt sie herbei.

Ruckartig kommen sie voran, und leicht, dank den Ratschlägen von Bogdan viel leichter als bei ihrem ersten Versuch, überwinden sie die Grenze und erreichen zusammen mit der Abendsonne dieses Herbsttages das zweite Land des Gelobten. Aus Hügelketten sind in den letzten Stunden schroffe, scharfe Berge geworden. Jana sorgt sich um die Übernachtung. Für den Notfall hatte Bogdan ihnen etwas Geld mitgegeben, aber es sollte nicht gleich aufgebraucht werden. Hoffentlich nimmt sie ein Auto mit, das durch die Nacht fährt. Sie hockt mit Alex im Gras und spielt Stein Schere Blatt, hinter ihnen erstrecken sich Weideflächen. Vasko steht am Straßenrand und hält die Hand heraus. Der Verkehr braust im Gegenlicht heran. Er sieht wenig. Scheinwerfer flammen auf und eine übertriebene Bremsung bringt einen hellgrünen Lieferwagen knapp hinter Vasko zum Stillstand. Eine grinsende Kuh wirbt an der Seite für Käse. Ich hab gewonnen, ruft Alex, und versucht mit seiner Hand den Stein der Mutter möglichst breit zu umfassen. Ich hab dich, ich leg dich jetzt in meine Tasche, da mußt du bleiben. Vasko spricht mit einem Bärtigen. Der Fahrer nickt gutmütig, lehnt sich zur Beifahrerseite vor, öffnet die Tür. Sein Weg führt über den Paß und dann noch ein gutes Stück weiter. Glück gehabt. Ein Citroën, sagt Alex. Er steht in der Kabine, zwischen den Knien seiner Eltern, als würde er die Fahrt beaufsichtigen. Der Fahrer singt vor sich hin und beachtet die Familie nicht.

Die Straße steigt an. Wie die hier überholen, bei den Nadelkurven, da hat man doch keine Sicht. Kaum ein Wagen bleibt unnötig lange hinter dem Lieferwagen. Der ist aber langsam, beschwert sich Alex. Möchtest du lieber laufen, sagt sein Vater. Lauter Irre, die Mutter. Die Paßhöhe erreichen sie zum Sonnenuntergang. Der Himmel hat die gezupften Wolken weich gefärbt, zurück in den Süden und voran in den Norden fällt die Straße steil ab, verschwindet im alpinen

Aufundab. Nur an einzelnen, weit voneinander entfernten Stellen behaupten sich Lichter. Es dunkelt. In der Kabine fühlen sie sich sicher. Bald zeigt sich das Draußen nur noch in den Kanälen des Scheinwerferlichts. Die Familie rückt näher, Vasko hat seinen rechten Arm um Janas Schulter gelegt, sie ihre Hand auf dem Kopf von Alex, der sich zurücklehnt, still wie ein Eingeschlafener. Nach zwei Stunden Fahrt gähnt der Mann, sagt etwas, und hält an. Aussteigen, bedeutet er. Ein Rastplatz, von einer Balustrade begrenzt, hinter der Wassermassen rauschen. Kühle zurrt sich an den Körpern fest. Alex geht mit seinem Vater pinkeln, Jana vertritt sich etwas die Beine, geht den Halbkreis der Balustrade ab, ihre Hände kriechen durch gegenüberliegende Ärmel zu den Schultern hinauf. Sie hört eine Tür, die zuschlägt. Ein Motor springt an, als Vasko den Reißverschluß hochzieht. Vasko dreht sich um. Im Licht der einzigen Laterne dieses einsamen Rastplatzes grinst ihn die Kuh an, und bewegt sich. Will er anders parken? Will er wenden? Wieso wenden? Die Rücklichter tauchen ab. Vasko sprintet hinterher. Die Mutter läuft zu Alex. Der Vater bleibt stehen. Der Lieferwagen ist weg, er wird ihn nicht einholen. Er atmet schwer und versucht zu begreifen, wieso der Mann weggefahren ist. Gab es ein Mißverständnis? Nein, was für ein Mißverständnis, daß er uns auf diesem gottverlassenen Parkplatz zurückläßt. Er ist noch Schritte von Jana entfernt; sie ruft: Wir haben den Koffer drin gelassen. Der Koffer. Keiner von ihnen hält ihn in der Hand. Das kann nicht sein, daß dieser Typ sie wegen ihres läppischen Koffer mit alter Kleidung aussetzt, nachts in den Bergen. Das kann nicht sein. Was für ein ... was für ein ... zu dritt stehen sie am Rande des Lichts, das die Laterne gewährt. Jana weint, Alex hält ihre Hand fest. Vasko rührt sich nicht, versucht, klare Gedanken zu fassen. Er geht zur Balustrade und betrachtet die Dunkelheit aufmerksamer. Am Boden des Tals sieht er einen Wurf Lichter. Er weiß, die Entfernung täuscht, sie wirken näher.

Laßt uns zu dem Städtchen dort laufen, schlägt er vor.

Von der großen Reise
um die kleine Welt

DER TAXIFAHRER FÄHRT MIT HERUNTERGEKURBELTEN FEN-
STERN, kaut Sonnenblumenkerne und spuckt die Hülsen auf
die andere Straßenseite, entgegenkommende Fahrzeuge im
Visier. Treffer werden gezählt, nach einem ausgeklügelten
System, das für PKWs niederer Klasse einen Punkt vorsieht,
bei Limousinen zwei, Taxikollegen bringen drei Zähler, und
amtliche Vehikel vier. Höchste Punktzahl heimsen Blatt-
schüsse bei Motorradpolizisten ein, die Vollendung im System des sonnenblumenkauenden und hülsenspuckenden
Taxifahrers, seine Note 10, sein home run, seine crackling
six und sein Siegestor im Lokalderby, belohnt mit satten fünf
Punkten. Der Fahrer lacht auf und blinzelt mich an, ausgenommen als Ziele nur, erklärt er mit unmißverständlichen
Gesten, ausgenommen nur die Frauen der Stadt. Die Zauber-
haften ... Und er schaufelt weiter Kerne mit der Linken in
den Mund hinein, zirkelt mit der Rechten durch die Luft,
untermalt seine Beschreibung, lacht breit mit Zähnen, die
unordentlich herumhängen, und mit den Füßen tanzt er auf
den drei Pedalen, die ihm zur Verfügung stehen, tanzt sich
durch die Menge seiner ebenfalls sonnenblumenkerne-
kauenden Kollegen, die gegenseitig Treffer zu landen suchen
und lachen und die Frauen aussparen, um sie in den Pausen
zwischen den Wettkämpfen zu bestaunen, und lachen, mit
den undiszipliniertesten Zähnen der Welt und dem olympischen Glitzern des Goldes in der hintersten Rachennische ...
Er steigt mit beiden Füßen aufs Bremspedal, quietscht wie
die Reifen und erklärt, fast ohne Atem, zwanzig Jahre schon
Taxifahrer und der Rekord liege bei dreihundertsechzig
Punkten. Auf einer Route, versteht sich.
    Ich bin wieder aufgewacht. Der Herzenswunsch einer al-

ten Freundin, die Wegbeschreibung einer Kartographin der Zukunft, vor einigen Tagen erst, und das Vergnügen dieses Mannes haben meinem jahrelangen Müßiggang ein Ende bereitet, nein, besser noch, meiner Lethargie, diesem Zudecken der Sehnsüchte, wenn es kalt wird, bis sie fast ersticken. Nachdem wir eine Zeitlang herumgefahren sind, auf meinen Wunsch hin, bitte ich den Sportler, mich zum Flughafen zu bringen.

Jemand abholen?

Nein, selber verreisen.

Einfach so?

Ich lächle und öffne meine Weste. Aus den Innentaschen lugen mehr Plastikkarten und Pässe hervor, als der Mann Verwandte hat. Kredit- und Mitgliedskarten, Ausweise, Versicherungspolicen, Passepartouts, Blankos, Invitationen und Rekommandationen. Hier UN-Gesandter, dort Leibarzt des europäischen Parlaments. Nun weiß der Taxifahrer zwar nicht, mit wem er es zu tun hat, aber ihm dämmert, so ganz normal kann der da hinten nicht sein. Er unterläßt weitere Fragen, begnügt sich mit schüchternen Blicken in den Rückspiegel. Ich lasse ihn vor der Abflughalle parken, ziehe ihn mit mir und zeige ihm die schwarze, von der Decke herabhängende Tafel mit den leuchtenden Namen der ausländischen Häfen. WOHIN? Der Taxifahrer nimmt bedächtig einen letzten Kern, spitzt den Mund, bläst die Wangen auf und läßt hinauszischen

eine speichelgestärkte Hülse mit viel Effet, die den Namen der Stadt trifft, in die ich fliege.

Der Name der Stadt weckt mich, die bevorstehende Landung wird angesagt. Wir fallen durch die Wolken, die Rücklehne richtet sich auf. Der erste Blick auf ein fremdes Land: Grüngraubraune Flächen, geometrisch angelegt, dazwischen Straßen, auf denen kleine Juwelen in allen Farben wie am Strang gezogen vorwärts gleiten.

Die Ankunft von oben, und dazu noch unmittelbar nach

einem Schlaf, ermöglicht keinen fließenden Übergang. Ganz anders die Ankunft zu Fuß, die ich lange Zeit bevorzugt habe, zuerst aus Mangel an Alternativen, dann aus Überzeugung: Bei ihr nimmt man allmähliche Veränderungen wahr, wenn die Erde rötlicher wird, oder bröckeliger, sandiger vielleicht, die Luft nach Senke schmeckt, nach Gipfel, oder nur ein Tal weiter plötzlich meeresgenährt ist, wenn Kastanien zurückbleiben, aus Scheu vor Oliven, und die Stimmen in ihrer Unverständlichkeit einschüchtern. Während man vorsichtig weiterschreitet, werden drohende Worte entschärft, durch Gesten und Gesichtsausdrücke, als würden Lippen und Zunge über deine Aufnahme debattieren – das Lächeln plädiert für eine Umarmung und die Laute rufen zur Vertreibung auf. Bei dieser Annäherung hat man Zeit, die Fehler kennenzulernen, die man vermeiden will, hat Muße, sich zu akklimatisieren, an die dünne Luft der Fremde. Man kann süchtig danach werden. Zu Fuße süchtig, auf Satteln, zu Pferd zu Fahrrad. Sobald Kabinen ins Spiel kommen, muß die artifizielle Methode herhalten, die Technik des Druckausgleichs, über Sprachschnellehrgänge, Pillen, Zeitumstellungen, auf der kosmopolitischen Plattform der Flughäfen, in den Transiträumen stummer Bewegung. Hier traut der Mensch nicht mehr seiner Nase oder dem, was der Horizont verspricht, hier folgt die Masse Piktogrammen, die nach rechts weisen oder das Rauchen untersagen. Seit man die Welt in achtzig Tagen umreisen kann, stirbt das Ankommen aus.

Gehen Sie vor, gehen Sie nur, bei mir dauert es immer etwas länger.

Andere aufzuhalten ist mir peinlich, insbesondere, wenn nur ein Schalter der Grenzpolizei Durchlaß gewährt und hinter mir eine wachsende Schlange zu murren und zu scharren droht.

Sie heißen Bai Dan?

Ich erwarte die üblichen, unterschiedlich penetranten Fragen: Was ist der Vorname, was der Nachname? Meine Antworten steigern die Verwirrung. *Bai* ist eine Respektsbekundung, eine Art Auszeichnung. Wofür? Nun, das ist so leicht nicht zu erklären. Ich bin ein Meister ohne Fach, der sein bestes versucht ...

Hängt wohl mit dem Alter zusammen, wie?

Aha, ein Komiker, oder etwa eine Kontrollfrage?

Na, da haben sich die Kollegen aber vertippt!

Der Mann drückt seinen Nagel in die Zahl, die mein Alter einzufangen versucht. Es hat bei ihm etwas gedauert, aber schließlich kommen alle drauf. Ich gucke unverbindlich zurück. Vielleicht, könnte sein, vielleicht auch nicht.

Aber dann wären Sie ja ...

Neunundneunzig Jahre alt, ich weiß, man sieht es mir nicht immer an.

Er schaut auf die langen weißen Haare, die Zeitläufte im Gesicht, da könnte er es glauben, dann nimmt er meine Statur wahr, aufrecht, kein bißchen gebrechlich, die feste Stimme, weiter fällt ihm auf, das Haar mag ja noch so weiß sein, aber voll ist es, die Haut wirkt nicht wie Pergament, das zum Restaurateur muß. Er tippt eifrig auf der Tastatur seines Computers, fragt an, fotokopiert die ersten vier Seiten des Passes.

Moment mal.

Er zieht sich zurück, in ein Hinterzimmer, in dem Kniffliges und Gefährliches beratschlagt, analysiert wird. In der Schlange hinter mir keimt Empörung. Den Gesichtern sehe ich an, daß sie mich verantwortlich machen. Seltsame Blindheit, nicht zu erkennen, wer die Geißel schwingt. Der zurückgekehrte Staatsdiener sieht mich mißtrauisch an, als würde ich mein Alter vor ihm verstecken wollen, um es in sein Land hineinzuschmuggeln. Mein lieber Befehlsempfänger, bin ich geneigt zu sagen, an Alter wird doch in eurem reichen Land mit gesetzlicher Krankenversicherung und ausreichenden Rentenbezügen kein Mangel herrschen?

Beruf?

Vertreter.

Für was? Wen vertreten Sie?

Ach, wissen Sie, das hängt zur Gänze von den Zeiten ab, von der Saison sozusagen. Momentan vertrete ich nur Ideen. Ich lehne mich vor, so nahe zu ihm hin, daß ich die Haare zählen könnte, die ihm aus der Nase wachsen, und flüstere: Spezielle Fabrikate: Ideen mit Zünder, gedankliches Schrapnell, Güteklasse A.

Ich muß diese Grenzhüter nur dazu bringen, die Typologie des Bedrohlichen, die Eigenschaften und Merkmale, die Verdachtsmomente hervorrufen oder verfestigen, mit dem zu vergleichen, was vor ihnen steht. Dann haken sie ab, atmen aus – so schrullig kann keine Gefahr sein. Um gewisse Hürden zu überwinden, muß man Mißverständnisse zulassen.

RICHTUNG INNENSTADT: alle Formen des modernen Nahverkehrs. Ich beschließe, wieder zu Fuß zu gehen, durch die ordentlichen Felder, die hinter den Parkplätzen, Zufahrten und Hangars beginnen.

Ich entschnüre meine ledernen Stiefel, ziehe sie aus, die Strümpfe gleich dazu und hineingestopft in den Sack, der schon für meine Requisiten zu klein ist, der Schatten in der tagesfrühen Sonne einem Dudelsack gleich. Ich schreite eine Böschung hinab. Der blühende Raps empfängt mich bauchnabelhoch und reif zur Bewunderung. Meine Fußsohlen genießen das Prickeln und Stechen, die Zehen krallen sich in die Erde. An den gelegentlichen Traktorschneisen halte ich, lüfte meinen Kopf, stülpe mir die Mütze wieder über und weiter durch den Raps ... bis sich ein Ende des Feldes abzeichnet – Masten und Leitungen im Morgenblau.

Hinter dem Feld ist ein Graben voller Dosen, Plastikflaschen, zerknüllter Prospekte, zerrissener Fahrpläne und anderem; dahinter Gleise und ein Vorstadtbahnhof. Ich vernehme die sanften Geräusche eines erwachenden Ortes, der sich in seine Hecken und Fassaden hüllt, mit der Bitte um eine weitere Stunde Schlaf. Links neben dem Bahnhof salutieren zwei fleckige Balken einer Bahnschranke, steife Vorposten. Ich schüttele neben ihnen die Blüten von meiner khakifarbenen Weste ab. Einige Male schwenke ich die Mütze, wie um mich vorzustellen, mit Empfehlung natürlich, von anderen Barrieren, von Brunnen, Märkten, kleinen Treppen und größeren Fluchten, und dem Speichel eines Taxifahrers. Mir wird nicht das geringste Interesse entgegengebracht. Das Bahnhaus schläft noch tief, eine Seitentür nur offen, der Kiosk jalousienverhangen, die Automaten auf Dauerbetrieb, ohne Kunden. An der Stirnseite des Raumes hängt eine Telleruhr, deren Zeiger sekundenstramm weiterrückt. Einzige Verbindung zur Außenwelt, denke ich, die funkgespeiste Zeit, und eine Bahn, die laut Plan in zehn Minuten von dieser Endstation in die Innenstadt fahren soll. Ein geregelter Ort, wie mir scheint, was nicht gebraucht wird, landet im Graben, der Rest hat seinen Platz, seine Funktion und seinen Gehorsam. Ich gehe zu den Gleisen hinaus und überlasse mich meinen Eindrücken.

Achtung, zurücktreten, Türen schließen. Der Zug fährt pünktlich los, geht bald danach untertage. Zuerst die Nomografie der Stadt. Im Zweiminutentakt, rütteln rattern abbremsen einfahren, Lichter, Bahnsteige – Namen über Namen, zuerst per Lautsprecher angekündigt, dann durch Schilder bestätigt, die Ahnengalerie der Einheimischen, bedeutende Gestalten, Geschichtsgewichtheber, Generäle, Fürsten, Heilige und Professoren, die im Keller, im Verließ, in den Katakomben, im Laboratorium ihre Visitenkarte abgeben und oben empfangen, oder vom Pferde herab milde lächeln – zumindest die VIPs aus den Roßzeiten. Selbstbewußt, vorahnungslos, bis die Geschichte wieder an Gewicht zulegt, und sie stürzen, vom Hengst vom Sockel

... willkommen in der Stadt. Ein subversiver Eintritt Ihrerseits, und wir wissen nicht, wann sie nach oben steigen werden, und Sie wissen nicht, wo es Sie hinauftragen wird ...

Ich lehne meine Augen an die Scheibe und bestaune stationenweise Eindrücke von oben, in den Farben der Menschen auf die Bahnsteige projiziert. Blitzgeschichten, die in das Abteil dringen, taktlang rascheln, von sich erzählen, um sich dann zu vermischen mit der nächsten Geschichte, und weiter zur nächsten ... zum wahren eklektischen Bild der Stadt, das bei einem Säufer begann, für den die Nacht keinen Ausgang hatte ... und von Ihnen möchte ich, er schwenkte eine rote Flasche, begierig rülpsend, und von Ihnen möchte ich ... fuffzigtausend ... ein heißes Lachen stieg aus seiner Kehle hoch, dunstgetrieben, gurgelte um die Augen herum und fiel plötzlich zusammen; das sich weiter sammelt in den gelangweilten, müden Gesichtern von Rentnern und Arbeitspflichtigen, deren Augen nichts wahrnehmen, die von einer großen mißmutigen Unzufriedenheit ausgefüllt sind und jedem Partikel ihrer Welt grollen, schon jahre- und jahrzehntelang. Und einer Dame mit Korb, in dem sich etwas verbirgt, warm bedeckt, gelüftet von einer schlüssellangen Schnauze: ein geschorener Hundekopf, der herauslugt, um kurz die Umgebung zu beschnüffeln; die zweidreifarbigen Gesänge von umjubelten Toren, Siegern, Schiebern, Fans beim Aufwärmen; bis hin zu den flüsternden Konzertbesuchern in Paaren, auf dem Weg zur Kultur, ohne die Randfiguren Fußnoten Wasserzeichen eines Blickes zu würdigen, die Nachtschichtler auf Heimwegen, die Frühschichtler, denen sichtbar ein warmes Gefühl nachhängt. Und das Bild fließt und zerfließt; mehrmals von Vorort zu Vorort, den Tag hindurch, unterschwellig, vom auslaufenden Rapsfeld zu den technotonen Wohngebirgen am anderen Ende der Stadt, wo die Bahn wieder hinauffährt, und die Bilder wandeln sich wie bei einem Kaleidoskop, vom Anfahren durcheinandergeworfen, vom plötzlichen Abbremsen geformt ...

... spät, ein Mann sitzt mir gegenüber, in einem fast leeren Wagen. Aus seiner Hosentasche zieht er ein kleines rotes Messer, öffnet die Klinge, beschaut sie zwei Stationen lang, und schneidet sich dann in einen seiner Finger. Er drückt den blutenden Finger an die Fensterscheibe und versucht zu schreiben: FU ... so weit gekommen, geht ihm die Tinte aus.

Enttäuscht guckt er auf seinen Finger, preßt ihn zusammen und nickt traurig, als hätte er geahnt, daß nicht mehr Blut in ihm sein würde. Es ist an der Zeit auszusteigen ...

STATION: FERNSEHTURM. Über den Rolltreppen hängen Plakate: TV*turm* ist Herr des Hauses, *International* seine Gattin und unzählige flinke Funkwellen die Wechselbälger. Weiter anwesend ein mächtiger Onkel namens Satellit, und die schnatternden Tanten NACHRICHTEN: HEUTE, MORGEN und ÜBERALL. Die Rolltreppe geht in nassen Asphalt über. Eine menschenleere Gegend, betonierte Hügel und ein Gebäudekoloß, der weit oben irgendwo inmitten von Sternen endet. Ich laufe noch eine Weile herum, müde, bereit, das erste Hotel zu nehmen, das sich mir anbietet. Hinter einem kleinen Park, an einer Kreuzung, leuchten an einer unscheinbaren Fassade die Buchstaben HOT L PHÖ IX, jede der Neonröhren leuchtet mit eigener Intensität, das X am grellsten. Hastig überquere ich die Straße, werde angehupt, von hinten angespritzt. Der Eingang befindet sich etwas seitlich von dem renovierungsbedürftigen Schriftzug, nicht die übliche Glaspforte, sondern schweres Holz, das über den Gehsteig schwingt und mit der Wucht des Rückschwungs den Gast hineintreibt. Ein Vorraum zuerst, mit einem Kleiderständer eingerichtet, an dem ein einzelner Mantel hängt. Eine zweite Tür eröffnet einen engen, langen Raum, beherrscht von einer engen, langen Theke. Die gegenüberliegende Wand trägt schlecht an ihrer Tapete; meine Schritte werden skeptischer. Aus Liebe kehrt hier niemand ein, niemand reserviert hier ein Zimmer mit Aussicht, niemand kreuzt diese Unterkunft in einem bunten, qualitätsfiligranen Katalog an. Der starre Blick des Rezeptionisten verspricht, den Gast nicht zum Bleiben zu überreden. Im muffigen Geruch stehen einige unausgespülte Biergläser herum.

Haben Sie ein Zimmer für mich frei?

Ja.

Darf ich es bitte sehen?

Unsere Zimmer sind alle gut.

Das bezweifle ich nicht, vielleicht bin ich für ihr Zimmer nicht gut genug.

Der Rezeptionist dreht sich um und fischt einen Schlüsselbund von einer Holzplatte, auf der über zwanzig Nägeln zwanzig Nummern eingeritzt sind. Er geht zum Ende der Theke, klappt ein Seitenbrett auf und steigt eine Treppe hinauf, die erst hinter einer Ecke sichtbar wird. Der kahle Hinterkopf des Rezeptionisten wippt leicht beim Treppensteigen, dämmriges Licht weist Beulen und Dellen aus, als sei der Kopf zu oft gegen die niedrige Decke am Treppenende gestoßen. Zwei Fettreifen stützen den schweren Kopf. Zwischen den hinabgerollten Socken und den zu kurzen Hosenbeinen zeigt sich weiße Haut, an einigen Stellen aufgeschürft oder ausgeschlagen, schon folge ich ihm einen Korridor entlang, er stampft mit jedem Schritt, als wolle er die Falten des Teppichs glätten, bis zur letzten Tür, die er mühevoll öffnet, nach einigem Ziehen und Drücken mit der linken Hand.

Ich bin der Eigentümer hier.

Ich heiße Bai Dan.

Zum ersten Mal in der Stadt?

Ja.

Wir haben hier Erfahrung mit ausländischen Gästen.

Freut mich.

Hier ist die Dusche, Handtuch bring ich gleich.

Fenster haben Sie nicht?

Nein.

Sie haben gar kein Zimmer mit Fenster?

Nicht frei.

Das freut mich nicht.

Was ist? Wollen Sie das Zimmer nicht?

Aha, es gibt einen Fernseher.

Ja, in allen Zimmern ohne Fenster.

Haben Sie unten eine Bar?

Nein. Ich kann Ihnen etwas holen lassen.

Auch einen Tee?

Ja, auch einen Tee. Sie nehmen das Zimmer?

Ja, mit einem schwarzen Tee und einem guten Whiskey.

Scotch oder Bourbon.

Scotch. Single Malt, mindestens zwölf Jahre alt.

Hier sind die Schlüssel, die Tür klemmt etwas.

Das ist mir aufgefallen.

Wie lange wollen Sie bleiben?

Ich weiß nicht, ich suche jemanden.

Interessiert mich nicht.

Haben Sie ein Telefonbuch?

Ja, ist unten.

Vielleicht können Sie es mir zusammen mit den Getränken hochbringen lassen.

Sie können unten telefonieren.

Danke.

Das Zimmer muß bis zehn geräumt werden, wenn Sie nur die eine Nacht bleiben.

Verstehe. Ich danke Ihnen.

Ich setze mich im Schneidersitz auf das Bett, neben mir mein grauer Sack. Ich schüttele ihn über der kratzigen Decke aus: ein zusammengeklapptes, hölzernes Spielbrett, die Steine und die Würfel, eine Taufurkunde und ein Dolch; der Geruch von Schwefel, Schweigen und Schmerz; Souvenirs an Zorn Aufbegehren und Enttäuschung ... eingepackt und ausgepackt, vergessen und wieder entdeckt, im Lagerraum eingemottet und in der Auslage präsentiert ... die Augen geschlossen und die Würfel in der Hand, lasse ich los

das Gelbe Haus an der Ecke, erst wenige Tage her, und doch fast wie in einer anderen Epoche. Vor einigen Jahrzehnten, als das bombenbeschädigte Haus wiederaufgebaut wurde, strich man die Außenwände in Erinnerung an die Vorkriegszeit erneut gelb. Großzügige Augen können das erkennen, auch wenn die vereinzelten Farbflecken inzwischen einem Ausschlag ähneln. Ein vernachlässigtes Gebäude inmitten eines vernachlässigten Viertels inmitten einer vernachlässigten Stadt, so sehr im Zentrum gelegen, daß man vom Balkon des vierten Stockes aus auf das Innenministerium spucken könnte. Aus einer gewissen Entfernung betrachtet, wirkt das Haus wie der vergebliche Versuch, den monströsen Bau des Ministeriums, der dem ganzen Wohnblock über die Schulter schaut, zu verschönern, und das überwucherte Blumenbeet wiederholt die Vergeblichkeit im Kleinen.

Eingang und Treppenhaus scheinen unter Denkmalschutz zu stehen – jede Verformung wird von der Untätigkeit der Bewohner konserviert. Hinter der Tür hängen Briefkästen an der Wand, schwere eiserne Behälter, die von Briefen eine Gewichtigkeit erwartet haben, die nur einmal eingelöst wurde. Von einer unauffälligen, bunten Postkarte, einem Strandpanorama, am Schwarzen Meer vermutlich, doch das Foto pries die Adria, die Briefmarke wies ITALIA aus, und die Schrift gehörte zur jüngsten Tochter. Slatka war es schummerig vor den Augen, sie ahnte ein Mißverständnis und sie konnte es nicht zuordnen. Wenn die Tochter mit Ehemann und Sohn in die Ferien fährt, ans einheimische Meer, wie jedes Jahr, nur diesmal nicht an denselben überfüllten Strand, wo man sich an die sonnenbrandartigen Nachteile gewöhnt hat, wenn sie sich mit einem flüchtigen Kuß verabschiedet, dann sollte die Mutter nicht eine Postkarte aus Italien erhalten – dieses Italien, das so weit weg war –, und es sollte sich nicht herausstellen, daß ein anderes Meer gemeint war, und auch Ferien anderer Art, Ferien ohne Heimkehr. So weit dachte sie in diesem Augenblick nicht, sie stand nicht mehr sicher auf ihren stämmigen, von Krampfadern gepeinigten Beinen. Die Postkarte fiel zu Boden, Slatka griff nach dem Briefkasten, hielt sich an ihm fest, und dieser, soviel Masse nicht gewohnt, verbog sich. Eine Schraube sprang heraus, der Briefkasten kippte nach vorne, geknickt wirkte er, geknickt sollte er bleiben. Die Schraube wurde nicht aufgehoben und auch nicht ersetzt.

Das schiefe Geländer zum ersten Stock hinauf verdanken die Bewohner einem Arzt, der nicht mehr unter ihnen weilt.

Mit Pflaumenschnaps hatte er den Erfolg des Sputniks gefeiert, willkommener Anlaß, einige Male öfter nachzuschenken, aus den Flaschen, die in der Mitte des niedrigen Tisches in der Wohnung eines Kollegen standen, Flaschen, die der Gastgeber gleich zu Beginn dort plaziert hatte, als wolle er das Programm des Abends bekanntgeben. Das war fast jeden Abend so, bei einem der Kollegen, nur ging es zu Ehren Gagarins besonders lustig und flüssig zu, was damit zusammenhing, daß die Straße unten seit Jahren aufgegraben war – man suche das Schulzeugnis des Generalsekretärs, wurde gemunkelt –, daß von Kleinkindern bis zu Greisen alle über Holzplanken zu ihren Hauseingängen balancieren mußten, und daß der kosmische Erfolg so weit über dem irdischen Versagen kreiste, daß die Witzbolde zu eigenen Höhenflügen und Umlaufbahnen ansetzten. Der Arzt hatte allerdings zu früher Morgenstunde große Mühe, sich die zwölf Stufen am Geländer hochzuhangeln – und das sieht man dem Geländer seither an.

Zwischen dem ersten und zweiten Stock stolpern Besucher über das Unglück eines Untermieters, der von großen musikalischen Ambitionen geplagt war. Ein Hornist, wenn ich mich recht entsinne. Leider ließ seine Begabung zu wünschen übrig, zumindest nach den Maßstäben von Grigori – damals musikalischer Leiter der Oper –, der sich die Zeit nahm, dem jungen Mann seine Grenzen aufzuzeigen und ihm einen Rückzug auf andere Begabungen nahezulegen: logisches Denken, gesunder Menschenverstand. Und wie du mit Zahlen umgehen kannst. Sehr plump, befand Slatka. Wie kann man jemanden, der von Musik träumt, mit Mathematik trösten wollen. Grigori weigerte sich, dem Hornisten eine Stelle zu verschaffen. Beharrlich riet er ihm, den Beruf zu wechseln. Die achte Stufe zwischen dem ersten und dem zweiten Stock barg, unvermutet, die Lösung des Problems. Ein Stück brach ab, der Hornist rutschte aus und über die Stufen hinunter und blieb mit einem komplizierten Armbruch im ersten Stock liegen, vor der Tür des Arztes. Mit dem gesunden Arm klingelte er Sturm, schrie vor Schmerz und um Hilfe, ausdauernd, ohne nachzulassen und im wachsenden Bewußtsein, etwas Schreckliches sei ihm zugestoßen, ihm selbst, und diese Erkenntnis, daß er es war, er selbst, vergrößerte den Schmerz.

Die Wände können die Schreie nicht vergessen haben, die mit Todesanzeigen vollgeklebten Wände, die schwarzweißen Zettel dicht an dicht, eine Sammlung des Sterbens in diesem Haus, seit dem letzten Krieg. Eine Ausstellung des Lebens im Rückblick, inspiriert von einem Zyklus, der schon fünfundvierzig Jahre andauert: Wohnraum wird frei, und schnell wieder besetzt. Im Herzen ist mehr Platz, und im Treppenhaus, wo Fotografien, mit einem Namen überschriftet und von zwei Jahreszahlen untertitelt, davon berichten, daß es in einer der acht Wohnungen einige Tage oder Wochen weniger eng zuging. Die Menschen hinter den schweren braunen Türen haben sich erst mit dem Tod aus der Anonymität gewagt, sich einem Verwandten anvertraut, der die schulheftgroßen Blätter in Auftrag gab, sie versandte und aufklebte, an den Masten der Umgebung, an der Hauswand neben dem Eingang zum Bäcker und im Treppenhaus. Die Bekanntmachungen haben sich über die Jahre hinweg kaum verändert, in ihrer Gestalt nicht, und auch nicht in der Druckqualität. Die Namen der Toten überragen die Namen auf den Klingelschildern, Namen, die mehrmals überklebt, ausradiert und korrigiert worden sind. Im vierten Stock bildeten die Buchstaben, neben vielen anderen Namen, darunter einem GRIGOROW in schöner Handschrift, ein schwer zu entzifferndes, weil verblaßtes LUXOW. Die Tür wurde von einem ausrangierten Boiler bewacht.

Erst vor einigen Tagen klopfte ich mit meinem Schirm an seine Seite, während ich wartete. Es dauert immer eine Weile, bis Slatka öffnet. Wir umarmten uns. Die Worte sprudelten aus ihr heraus, jeden Tag so, als sei die Stimme gerade auf Grundwasser gestoßen. Ich folgte Slatka durch den dunklen Flur nach links in die Küche.

Ich war einkaufen heute morgen, hat wieder Stunden gedauert ...

Sie setzte sich auf die Eckbank, nahm ein Messer in die
Hand, hielt es, als wollte sie jemanden abstechen. Wild sah
sie aus, das vergilbte Haar fiel über die fleckige Stirnhaut,
und die übriggebliebenen Zähne stießen hinaus wie Grab-
steine auf dem Stadtfriedhof.

In meinem Alter, und bei diesem Wetter, eine Kälte ist
das, und ich muß draußen herumlaufen, und die Beine tun
mir gleich weh, du weißt, die schwellen an, als seien sie
nicht schon dick genug, das Wasser läuft unten zusammen,
da kann man nichts machen, Bai Dan, was ist das für ein
Leben.

Sie war dabei, Walnüsse auf dem Tisch zu säubern. Zu
ihrer Linken lag eine weiße Plastiktüte mit ganzen Nüssen,
zur Rechten ein Teller mit den aufgebröselten Früchten.
Dazwischen Splitter und Hälften, Ausschuß und die gerade
aufgebrochene Nuß.

Da stehen wir rum, fast nur Alte, und die Tscherpowska,
die Halbrussin vom Haus gegenüber, weiß nicht, ob du die
kennst, die beginnt zu fluchen. Die mußt du mal fluchen
hören, die flucht schlimmer als ein Regiment Serben. Die
flucht und flucht, und sie steckt die anderen damit an, die
beginnen auch zu fluchen, jeder wie er kann, du wirst es
nicht glauben, ich fluche auch, aber ich bin ja harmlos, die
anderen mußt du hören, wie die fluchen können.

Sie kichert. So erinnert sie mich an die Slatka vor dreißig
Jahren, die sich mit diebischer Schadenfreude durchs Leben
schmunzelte.

Wir verfluchen sie alle, die kriegen alle ihr Fett ab, da
spüre ich meine Füße nicht mehr so, die passen nicht mehr in
die Schuhe, das sind ja keine Schuhe, vor dem Krieg war ich
mit Vater in Budapest, dort hat er mir Schuhe gekauft, zwei
Paar, die fühlten sich an, wie ein Schal um den Hals, das waren Schuhe ... das haben wir alles euch zu verdanken, ja, ihr
Mistkerle, ihr Schweine.

Ihr kreisendes Messer ließ offen, ob sie die Parlamentarier oder irgendwelche anderen Verbrecher meinte.

Wenn ich mir das so vorstelle, Slatka, wie ihr in einer Schlange vor dem Schipka-Laden wartet, euch aufregt und flucht, alle miteinander und jeder so laut, wie er noch kann ... stell dir vor, die Abgeordneten würden euch hören, ein Brodeln im Hintergrund zuerst, ein heranbrausendes Grummeln, aus allen Häuserblocks strömen Rentner herbei und fluchen und schließen sich euch an, und euer Fluchen wird lauter, stärker, manch ein Abgeordneter steht beunruhigt auf, der Redner, einer dieser Selbstgefälligen, sagen wir mal Lainarow, wird davon abgelenkt, er verliert den Faden, der Parlamentspräsident ruft zur Ordnung, aber wen denn?, im Sitzungssaal ist es ja ruhig, ganz still, jemand reißt die Tür auf, und euer Fluchen platzt herein, daß kein Wort mehr zu verstehen ist und die Sitzung unterbrochen werden muß. Die Verfassung ist mit absoluter Mehrheit überflucht und euren Flüchen hinterher eilt ihr ins Parlament ...

Was denn eilen? In diesen Schuhen kann man nur humpeln, da braucht selbst so ein Katzensprung seine Zeit ...

Egal, wie lange es dauert, ihr stürmt das Gebäude, verscheucht die Parasiten, die sich an euren Renten vollgesogen haben, besetzt die Reihen und führt die Sitzung fort ...

Ja ja, als erstes wird der ganze Schwätzerklub entlassen, und wir enteignen die Parasiten zugunsten der Pensionäre ... guck dir diese Walnüsse an, wie die Kinder, die herumlaufen, jedes zweite verfault oder verdorben, das sind doch keine Walnüsse.

Sie begann eine Gurke zu stückeln.

Hast du Hunger?

Ich wusch mir die Hände, versuchte, den undichten Hahn mit Hilfe eines herumgewickelten Drahtes zu schließen. Ich mußte ihn zuerst ganz abnehmen, das eiskalte Wasser spritzte in alle Richtungen, ich drückte den Hahn hinein, deckte die Öse ab, schnürte den Draht wieder zu. Mit meinem ganzen Körpergewicht lehnte ich mich auf den Hahn und drückte ihn weiter hinein. Er tropfte nur noch unregelmäßig.

Schweigend bereiteten wir das Essen. Das Zerkleinerte in eine Schüssel, mit Joghurt vermischen, etwas Petersilie dazu. Und Eiswürfel, die schon zur Hälfte geschmolzen waren – der Strom war vor einer Stunde abgeschaltet worden. Ich riß den Brotlaib in Stücke und wünschte Slatka einen guten Appetit. Knoblauch und Petersilie waren zu schmekken. Slatka aß wortlos, bis der Teller leer war, abgewischt mit einem Brothappen. Sie hielt den Löffel in der Hand und blickte auf ihren leeren Teller. Wir schwiegen uns an, bis in die Dämmerung hinein. Slatkas Löffel fiel auf den Teller. Sie schrie los.

Wir sollten sie alle abschlachten, diese Schweine, wir haben sie lang genug gemästet.

Slatka? Slatka!

Sie schrie weiter, sie sprach nicht zu mir, auch nicht zu Nachbarn oder Verwandten. Nicht einmal zu Verstorbenen. Sie sprach nur zu ihren unablässigen Enttäuschungen und Schmerzen.

Dreckige Scheine, die sie uns hinwerfen. Abschlachten, alle abschlachten.

Allmählich verebbte ihr Zorn. Ich ergriff ihre Hand. So hatte ich sie noch nie erlebt. Sie saß steif und regungslos da, wie die Statue des Unbekannten Soldaten, und so fest ich sie auch umarmte, sie entspannte sich nicht. Ihre Augen waren so fleckig wie ihre Haut.

Ich bin hier, Slatka. Hier bei dir. Möchtest du, daß wir spazieren gehen?

Ich faßte sie an den Schultern und strich ihr durchs Haar, redete auf sie ein, wartete. Zog sie hoch, stützte ihren aufgedunsenen Körper und führte sie zum Bett. Streichelte ihre Stirn und erzählte ihr von dem gierigen Bischof – er hatte mehrmals tief in die Kirchenkasse gegriffen –, an dessen Umhang eines Tages bei der Sonntagsliturgie Geldscheine befestigt waren. Während er nach allen Seiten Weihrauch verteilte, schleifte der Umhang hinter ihm her, durch die ganze Kirche, und es gab keinen, der den pekuniären Saum nicht gesehen hätte.

Erinnerst du dich Slatka, selbst die Frommsten bissen sich in die betenden Finger. Die Mitgänger rannten hinaus und lachten, bis der Schnee unter ihren Füßen geschmolzen war. Und du hast mich beschuldigt, der Urheber des Ganzen gewesen zu sein.

Streng sah sie mich an, als wollte sie sagen: Und das glaube ich auch heute noch! Sie atmete etwas ruhiger, lag da, ihre Hände in meinen, schluckte noch ein bißchen, auf dem holprigen Weg der Beruhigung. Schließlich erlaubte sie dem Schlaf, sie auszuführen. Leise fiel die Tür hinter mir ins Schloß.

Ich schlenderte durch den Stadtpark, der am frühen Abend sehr belebt war, durch den *Freien Markt*, auf dem jeder alles verkaufen durfte. Der Ausverkauf gestrandeter Haushalte. Mehr Verkäufer als Käufer. Kleine Tische, auf denen Orden und Wörterbücher, Ikonen und Besteck, Mützen und Whiskey, Juwelen und Stofftiere feilgeboten wurden, erstreckten sich entlang der Wege durch Rasenflächen und Baumgruppen. Die späte Sonne leuchtete auf junge Verkäufer herab, die fest an die Maxime glaubten, daß jeder klein anfängt, daß aus zwei Packungen Kaffee mit abgelaufenem Verfallsdatum, aus einigen eingedellten Flaschen Gesichtscreme, eine Perspektive erwachsen würde: größeres Angebot, größerer Absatz, größerer Profit. Nicht im Park, natürlich, sondern in einem Laden, mit einem Lager, in Geschäftsräumen mit einem Fax, aus dem Bestätigungen und Bestellungen aus dem fernen Gelobten unablässig ausschlüpfen. Kleiner Handel wurde dies verheißungsvoll genannt, erste Liebeserklärung, mit Quittungen auf Klopapier. Ein Junge bot Schokoladenriegel an, einige wenige Riegel, die nicht schwer genug waren, den Karton, der sie präsentierte, zu halten. So waren die Auslagen hier: schmutzige Kartons auf hochkantigen

Obstkisten. Jeder Windstoß – vergeblich versuchten die Hände das Sortiment zu sichern – blies die Riegel weg, verstreute sie über den Rasen. Der Junge sammelte sie ein, auf Knien. Business ist Business.

Die Schatten bargen Ältere und Alte, denen die Illusionen ausgegangen waren. Sie kamen hierher, um sich nicht zu langweilen. Und vielleicht würde ein unverhoffter Kauf ihre Rente etwas aufbessern. Sie zogen den Schatten vor, weil sie eigentlich nicht verkaufen wollten, weil manches in ihrem Angebot unerschwinglich sein sollte.

Das also sind wir. Und inzwischen wächst unser Stolz. Die vernachlässigte Gehirnhälfte Europas. Das kurzsichtige Auge. Ein Körper, der als ganzes nicht gedeihen kann, dessen Organe sich aber zur Transplantation eignen. Und Slatka, eine kleine Zelle darin, die abstirbt.

Arrête, Bai Dan, hierher, wo der Schmuck gedeiht. Eine Halskette gefällig?

Aus dem dunkelsten Dunkel tauchte ein Mann auf, die Kleidung eines Bauarbeiters und das Gesicht eine einzige Baustelle: die Wangen eingestürzt, die Nase halb abgerissen, das Kinn eine Grube. Aber die Augen leuchteten wie ein Schweißbrenner, flammten auf und verschlangen, was ihren Weg kreuzte.

Das ist doch nicht etwa der Villenkönig?

Wir umarmten uns heftig. Dieser König bestand aus siebzig Jahren, verteilt auf einen türhohen Körper.

Wieder draußen, Jordan!

Ich umarmte meinen Namensvetter ein zweites Mal.

Seit einem Monat, Freund, seit einem Monat. Ein Hoch auf die Amnestie. Ich befürchtete schon, ich würde die neue Ära mit der alten Wachmannschaft erleben müssen. Komm hierher. Ich habe meinen Safe wieder geöffnet und einige alte Meisterstücke ausgewählt, zur Bereicherung der Allgemeinheit.

Deinen Safe? Willst du mir weismachen, du hast einen Teil deiner Beute doch verstecken können? Du hast uns die ganze

Zeit angeschwindelt, all deine Beteurungen ... du hast uns vielleicht was vorgemacht!

Er nickte.

Und da ist dir keiner auf die Schliche gekommen?

Du sagst es. So ist es – genau so. Sie wußten, sie hatten nicht alles wiedergefunden, aber am Ende nahmen sie mir ab, ich hätte alles in Saus und Braus verpraßt. Aber es ist einiges übrig und wenn du mal wieder einen Aufstand planst, gib mir Bescheid, ich finanziere ihn!

Der Villenkönig Jordan. Stets eine Spur übermütig, nie um eine spektakuläre Geste verlegen. Nebensächlich zu leben war ihm ein Graus. Das zeigte sich sowohl an seiner einstigen Profession – Villenräuber –, als auch an der Art, wie er sie betrieben hatte – mit Stil. Mit viel Gefühl für Ritual und Zeremonie. Zuerst packte er ein, was er so brauchte, was ihm wertvoll schien und was er wegschaffen konnte. Was danach folgte, unterschied ihn von seinen konservativeren Kollegen, die sich hastig davonschlichen, sobald die Beute gesichert war. Er aber widmete sich Küche und Speisekammer, begutachtete die Vorräte, und stellte das bestmögliche Menü zusammen. Er deckte eine festliche Tafel und wählte sorgfältig einen passenden Wein aus. Wenn nötig, stieg er in den Keller hinab, um dort aufzuspüren, was seinen Gaumen zu beglücken versprach.

Dann dinierte er, ausgiebig, und rundete den Abend mit einem Cognac und einer Zigarre ab. Nun folgte der eigentliche Höhepunkt: Er ließ seine Hosen herunter, hockte sich auf den Teppich des Salons oder des Wohnzimmers und hinterließ ein Häufchen. Das war seine Unterschrift – sie teilte den heimkehrenden Eigentümern ihre Enteignung auf penetrante Weise mit.

Sein Vorgehen wurde ruchbar. Nach der Verhaftung war es ein Leichtes, ihn einer Vielzahl von Einbrüchen zu überführen.

Dieser Ring gehörte der Frau eines Generals der Volksarmee. Ein zauberhaftes Wesen. Ich sah ihr Porträt auf der

Kommode und war nahe daran, mich ins Bett zu legen und auf ihre Rückkehr zu warten. Ich hätte ihr zur Begrüßung eine Brosche aus ihrer eigenen Schatulle geschenkt, die stand ihr bestimmt sehr gut. Ein Kollege wird mir den Ring abnehmen, der schleicht in den internationalen Hotels herum, und macht bisnes mit bisnesmen. Hat sich irgendsoeinen ausländischen Ausweis nachmachen lassen und stolziert umher, als sei er der Direktor von IBM. Sehr erfolgreich, der Mann.

Bei Kriegsende wurde Jordan, ein Opfer des Faschismus, ein Kämpfer gegen die Monarchie und ein Sympatisant der Partisanen, aus dem Gefängnis entlassen. Man ernannte ihn zum Polizeichef seines Heimatstädtchens, damals ein nicht unüblicher Karrieresprung. Doch schon bald fiel ihm auf, daß die Villen blieben, ausgestattet mit neuen Bewohnern, aber auch mit den alten, ewigen Verlockungen. Die Ablösung war nahtlos erfolgt, bei den Eigentümern der Paläste sowie bei den Gefängniswärtern. Er beobachtete diese Entwicklung mit wachsendem Widerwillen – sein Körpergewicht und seine Gewissensbisse nahmen zu. Es hatte ihn nie interessiert, wer die Villen bewohnte. Solange es welche gab, mußten sie ausgeraubt werden. Also wurde er wieder tätig. Und weil er seinen Stil nicht ändern wollte und konnte – wie willst du deine Handschrift verändern? –, war es ihm nicht lange möglich, glaubhaft zu beteuern, jemand ahme seine Arbeitsweise nach, um die Polizei in die Irre zu führen.

Überhaupt geht hier wenig. Ich will diese schönen Sachen nicht verschleudern, und die Kunden in dieser Gegend suchen nur nach Schnäppchen. Einen Antiquar habe ich besucht, stellte sich als ehemaliger Repressierter heraus. Will jetzt keinen Ärger haben.

Da er zuletzt die Villa eines hohen Parteifunktionärs ausgeraubt hatte, wurde er als unverbesserlicher politischer Straftäter abgeurteilt und in das Gefängnis gesteckt, das für die intimsten Feinde des Volkes reserviert war. Die anderen Insassen, sowohl die Idealisten als auch die Altgardisten, betrachteten ihn zunächst mit Skepsis. Sie haben dich falsch eingeteilt, und die Finger zeigten auf den anderen Trakt, in dem die Kriminellen hausten. Aber während sie in den Stunden offener Haft vor den zwei Klos lange Schlange standen und Gespräche mit Vor- und Hintermännern knüpften, schloß er eine Freundschaft nach der anderen – mit dem Sekretär eines der Regenten fachsimpelte er über Jahrgänge und Anbaugebiete, mit dem hedonistisch geneigten Führer der Sozialdemokraten, eine der vielen Parteien, die nur in den Gefängnissen und Lagern existierte, stritt er sich über die schönsten Damen der Hauptstadt, die der einstige Abgeordnete von Empfängen kannte, der Villenkönig dagegen von den Porträts, die er mitgenommen hatte, wenn der Rahmen des Lächelns stimmte. Andere unterichtete er im Öffnen von Schlössern, Vermeiden von Geräuschen und Schätzen von Edelsteinen. Denn das Gefängnis war zu einer Universität umfunktioniert worden. *Einführung in das Nachtleben der Weltstädte, Fortgeschrittene Kritik von Proudhon, Trotzki und Keynes* oder *Grundwortschatz Wiener Schimpfwörter*, so lauteten einige der Vorlesungen. Und der Villenkönig war im polytechnischen Zweig tätig, im Institut für Feinwerktechnik.

Wir sind im Bisneszeitalter, Bai Dan. Aber sag, was hast du denn so getrieben?

Einige Sätze später beschloß er, seinen Laden zu schließen. Wir gingen zu mir, tranken eine Flasche Traubenschnaps und sprachen über die Gefängnisse des Lebens. Kurz nachdem sich der Villenkönig verabschiedet hatte, klopfte ein Steinchen an mein Fenster. Ich lehnte mich hinaus, die kühle Luft beschwindelte mich etwas.

Siehst du, wie sie mir zuzwinkern? Der Villenkönig deutete auf die Straßenlaternen und verschwand.

Slatkas Zorn war verflogen, als ich sie am Tag darauf besuchte. Sie hatte sich so weit gefangen, daß es ihr Freude bereitete, mein Mitbringsel, ein Glas mit eingelegten Kirschen, zu öffnen, und im Laufe unseres Gespräches zu verspeisen, guten Gewissens, denn nach einer Probe aus Höflichkeit lehnte ich ihre Einladungen zu einem weiteren Löffelchen ab.

Als ich heute morgen aufwachte, Bai Dan, waren meine Gedanken bei Jana, bei Jana und bei Alex. Du weißt, wie traurig es mich macht, daß wir nichts mehr von ihm wissen. Nach dem Unfall, Gott habe sie gnädig, es war mir ein Trost, daß wenigstens Alex am Leben geblieben war. Und dann ist der Kontakt abgerissen, ich weiß gar nicht, wie das passiert ist. Jetzt ist es, als seien sie alle gestorben. Wir haben nichts mehr von ihm gehört, ich verstehe nicht, wie das passieren konnte. Er lebt noch, ich bin mir sicher, er ist verschwunden, keinen meiner Briefe hat er beantwortet. Ich weiß gar nicht, er war nicht mehr da, mein Sascho, muß inzwischen ein großer Mann sein, bestimmt hat er studiert, was meinst du, Bai Dan, er ist bestimmt erfolgreich, weißt du noch, was für ein aufgeweckter Junge er war, alles wollte er wissen und hat schnell begriffen, was war das für eine schöne Taufe, da bin ich dir so dankbar, Bai Dan, du hast mich sehr glücklich gemacht, ich muß von ihm geträumt haben, ich bin aufgewacht und konnte an nichts anderes denken, ich habe die Fotos herausgeholt, hier, ist das nicht schön, kannst du dich erinnern, wir alle nach der Taufe, Priester Nikolai, der arme, der weiß gar nicht, wie er seine fünf Kinder ernähren soll, ich habe nachgedacht, ich habe viel nachgedacht, und ... ich kam auf eine Idee, du wirst lachen, Bai Dan, aber ich bitte dich, ich bitte dich im Namen unserer uralten Freundschaft, diesen einen Gefallen mußt du mir noch tun, nimm ihn ernst, ich werde dich um einen Gefallen bitten, alte Frauen dürfen etwas verrückt sein, mir zu Liebe, Bai Dan ... kannst du dir vorstellen, wie schön es wäre, Alex wiederzusehen ...

Und was hast du für eine Idee, Slatka?

Gratschkata! Du mußt Gratschkata aufsuchen.

Vor dem Wohnblock stand ein Mädchen mit einer Narbe im Gesicht – eine Sichel zog sich vom Mund fast bis zum Auge.

Sie starrte mich an, erwiderte nicht meinen Gruß und nicht mein Lächeln. Nichts ließ erahnen, was sie sah. Ich ging an ihr vorbei. Nach einigen Schritten drehte ich mich um. Das Mädchen starrte weiter vor sich hin, auf zehnstöckige Bauten, häßlich wie unerwünschte Gäste, auf Geröll, Kindergeschrei und Gras, das in spärlichen Büscheln wuchs. Daneben Schutthaufen, in denen gelegentlich Spucke zerrinnt.

Ich trat in die Dunkelheit ein, ins Erdgeschoß. Nach links, dort war der Fahrstuhl zu vermuten. Flüstern. Pirschte sich an mich heran, umzingelte mich, Stimmen, leise, ohne Sinn. Es war leichtsinnig weiterzugehen, meine Schritte nicht zu verlangsamen, zu selbstbewußt vielleicht, aber wiederum, was hätte ich sonst tun sollen? Es war ein Fehler. Kein Boden unter den Füßen. Heftiger Schmerz in meiner linken Schulter. Unter meinen Händen war es kalt und schmutzig. Stimmen prasselten auf mich herab.

Was haben wir denn da?

Was haben wir was haben wir hier

Einen Besucher?

Besuch Besuch

Hat er sich angemeldet, hat er um Erlaubnis gefragt?

Hat er nicht hat er nicht, böser böser Mann

He Auslaufmodell, steh gefälligst auf, wenn wir mit dir reden

Willst du willst du nicht was? Wirst schon noch wirst sehen

Ich richtete mich auf. Lehnte mich gegen eine Wand. Zwischen den Stimmen flammte ein Streichholz auf, ein Gesicht, das so dringend Ermutigung brauchte wie das Mädchen am Eingang. Die Flamme des Streichholzes näherte sich meinen Augen, ich blinzelte, kniff sie zusammen. Näherte sich meiner Nase: Wie lange hältst du den Schmerz noch aus?

Wohin Alterchen, wofür die Ehre?

Willste rauf willste runter willste wieder weg

Nein verlaß uns nicht gleich wieda, ist soooo schön mit dir

Mach noch ne Flamme

Vielleicht zünden wir seinen Bart an, hier ists so kalt, warum hast du auch die Heizung abgestellt, Alterchen

Fresse auf, Rostkiste, sonst hol ich einen Dosenöffner

Ich überlegte, was diese Grobiane hören wollten. Mir fiel nichts ein, außer ihnen zu sagen, daß ich mich auf dem Weg zur Gratschkata befand.

Wozu denn, bist du etwa guter Hoffnung?

Heee, dieser Sarg auf zwei Beinen denkt, er hat ne Zukunft.

Laßt mich, der Große, der Geheimnisvolle, Pischkata, mal vorhersagen. Ruhe, sonst kann ich die Geister nicht hören, schweigt ihr lächerlichen Kreaturen uuuuuuugh ich fühl es ich faß es ich hab es jaaaaaaaa da ist es klar ganz klar HALT zuerst Zahlung macht hundert Piepen, hundert also na Jungs wie nennt man das?

Honorar

Genau, hundert mal Honorar, zahlbar vor der Zukunft, vielleicht gefällt sie dir ja nicht Alterchen, und dann willste nicht zahlen, das kennen wir schon

Ein weiteres Streichholz und einige Gesichter drängten sich erwartungsvoll vor. Ich würde nicht zahlen.

Meine Herren, ich würde jetzt gerne meinen Weg fortsetzen, wenn Sie nichts dagegen haben.

Dagegen? Wir sind dafür, gleich werden wir dich weiterbringen, wenn du unserem Meister hier nicht sein Honorar zahlst

Macht man so was? Tststststst ... Was habt ihr Alten doch nur für Manieren da muß man sich ja schämen

Sie faßten mich an, schubsten mich gegen die Wand. Die Stimmen legten sich übereinander, verstärkten sich, prallten aus Treppenhaus und Keller zurück, belagerten mich als dumpfes Echo, während Hände meine Taschen befingerten, Schuhe mir auf die Füße traten und eine Faust mit meiner Nase spielte, im Schlagrythmus von

Haha-hoho-norar

Was ist hier los, was macht ihr da? Vladi, bist du das, hör sofort auf, komm her ...

Eine Frauenstimme, sie kam näher, die anderen Stimmen, die forschen Hände, Fäuste und Schuhe wichen zurück.

He, es ist schon okay, Mamo

Was ist okay? Wer ist denn das, wer von euch hat ein Streichholz ... ooi, guten Tag, das tut mir aber leid, haben diese Nichtsnutze Ihnen wehgetan, oioi Sie Armer, kommen Sie, wohin müssen Sie? Macht Platz, wie könnt ihr nur

der Arm, der mich packte und wegzog, ließ spüren, wieso die Jungs sich fügten. Er hatte schon zu viele Kartoffelsäcke in den siebten oder neunten Stock geschleppt, um Wiederspruch zu dulden. Die Frau schimpfte. Dann entschuldigte sie sich ausgiebig bei mir.

Sie müssen leider laufen, sechster Stock, rechte Seite, zu dieser Tageszeit haben wir keinen Strom, und der Fahrstuhl ist eh schon seit Ewigkeiten kaputt, Sie wissen ja.

Ich bedankte mich und begann meinen Aufstieg. Von unten rief mir noch Pischkata der Große der Geheimnisvolle zu

Heh du, Alter, du kriegst deine Zukunft von mir aus kostenlos, bin ja kein Kapitalist, bist du bereit, hier kommt sie: du wirst bald ABKRATZEN, bald bist du abgekratzt, viel Spaß dabei. Baibai.

Im sechsten Stock angekommen, mußte ich zuerst etwas Luft holen. Dann klopfte ich an die Tür. Sie öffnete sich leicht. Ich wurde erwartet. In der Diele blieb ich stehen, bis ich etwas sehen konnte, dann rief ich zweimal meinen Namen.

Kommen Sie herein, sagte eine Stimme, die weder Geschlecht noch Alter hatte. Ich folgte dem Licht, das durch eine Türritze drang, in einen großen Raum, der so vollgestopft war, daß ich kaum hineinzupassen glaubte.

Nehmen Sie mir gegenüber Platz, sagte die Stimme. In der entferntesten Ecke saß eine in Decken gehüllte Gestalt. Ich näherte mich ihr, sah das Profil einer Bäuerin, das geschlossene Auge tief in einem Tal ihres Gesichts gelegen. Es schien nicht erwünscht, sie förmlich zu begrüßen. Ich setzte mich auf das Sofa ihr gegenüber. Auf dem Tisch stand eine Holzfigur, ellenbogengroß, aus deren Mund, dem Maul eines Zie-

genkopfes auf menschlichem Torso, Rauch drang. Gratschkata war vollständig in Decken gehüllt, Decken ohne Muster
und ohne Farbe. Rauchkerzen glommen auf den verschiedenen Schränken und Seitentischen, Vorhänge hingen zwischen den Möbelstücken, zusammen mit den vielen Spiegeln
bedeckten sie die Wand vollständig.

Ihr Haar ist so weiß wie meines, sagte sie.

Es stimmte, und ich erschrak, obwohl Slatka sich bemüht
hatte, mich vorzubereiten. Gratschkatas Augen waren offen,
sie bestanden aus reinem Weiß. Sie war seit Kindheit blind.

Wenn Sie mich ansprechen wollen, nennen Sie mich Tante.

Ich komme auf Bitte von ...

Wie geht es Ihrem Zuckerspiegel?

Gut, ich denke gut.

Auch Sie haben dieses Jahrhundert vollständig erlebt.

Ja.

Ich spüre es, wenn ein Wissender mich besucht. Es erfreut
mich. Ich habe viele berühmte Männer empfangen, aber sie
waren alle unwissend. Sie wollten alle die Zukunft vorherge-
sagt bekommen, als ginge es um ein Kochrezept. Aber die
Zukunft kann man nicht zubereiten, Sie wissen das. Sie ...
wissen ... das. Die letzten zwei Zaren waren bei mir, Mini-
sterpräsidenten, Offiziere fremder Armeen, Generalsekre-
täre, alle sind sie zu mir gekommen. Nicht hier, ich hatte ein
Häuschen am Fuße des Towasch. Meine Großnichte hat dort
ein Restaurant eingerichtet. Ich will auch von der neuen Zeit
profitieren, sagte sie, und ich mußte in diese Wohnung um-
ziehen. In einem Jahr hatte ich das ganze Politbüro zu Besuch. Manchmal wären sie sich fast über den Weg gelaufen.
Von wegen Materialisten. Die waren abergläubischer als
schwarze Katzen. Ich habe einen Verdacht über dieses Jahrhundert. Alle wollen die Zukunft erfahren. Wieso? Wissen
Sie wieso? Ich habe einen Verdacht, einen teuflischen Verdacht. Weil sie die Vergangenheit verloren haben. Der Teufel
bringt die Bäume dazu, ihre eigenen Wurzeln zu verbrennen.
Er liebt vertrocknete Blätter, leere Blätter. In der Verzweif-

lung wollen sie sich mit der Zukunft trösten. Ich habe keinen von ihnen getröstet. Nicht einen. Und deshalb haben sie mir nicht erlaubt, nach Jerusalem zu fahren ...

Was wünschen Sie? fragte sie schroff.

Ich erklärte es ihr.

Schweigen Sie, ich muß aus Stille schöpfen. Wenn Sie Stimmen hören, denken Sie sich nichts dabei, das sind keine Geister, sondern die Nachbarn von unten.

Und kalt ist es zudem, dachte ich, und betrachtete die Rauchfäden, die der Ziegenkopf unablässig aufsteigen ließ. Es roch klar und streng, ohne daß ich den Geruch hätte zuordnen können. Je länger ich auf dem Sofa sitzenblieb, desto kleiner erschien mir das Zimmer. Mir fiel auf, daß kein Buch zu sehen war.

Alex braucht Hilfe, sagte schließlich die Stimme mit geschlossenen Augen.

Er braucht dringend Hilfe. Er braucht Sie, ich sehe keinen anderen, der in Frage kommt. Sie stammen aus den Alten Bergen.

Ja.

Dort gibt es noch verwurzelte Orte. Dort sammle ich Kraft. Dort ziehe ich mich zurück.

Und Alex, wo ist er? wagte ich zu unterbrechen.

Ein Meisterspieler ist niemals ungeduldig. Niemals. Haben Sie das vergessen?

Nein, aber es betrifft nicht mich. Es ist nicht mein Spiel.

Geduld! Auch wenn Sie für andere spielen.

Sie haben recht. Aber wo soll ich anfangen?

Fahren Sie, fahren Sie einfach los. Und merken Sie sich eines: Noch ist diese Welt groß. So groß, daß Hilfe gefunden wird. Irgendwo.

Wie sollte ich Slatka das erklären?

Wie zahlen Sie? Neulich wollte ein schlitzäugiger Bisinessmann mit Kreditkarte zahlen. Bei mir!

Nein, nein, vielleicht werde ich diese Dinger in Zukunft mal brauchen.

Genau. Geben Sie mir die Scheine aus ihrer rechten Hosentasche, das reicht, und hören Sie, einen letzten Rat, bevor Sie aufbrechen, kostenlos, weil Sie aus den Alten Bergen stammen: Hüten Sie sich vor Amerikan Ekspress. Die wird es nicht mehr lange geben.

Ein Intermezzo in der Geschichte. Aufbruchstimmung. Rattenfänger blasen zum Marsch in eine bessere Zeit. Sentimentale Monate, eine süßliche Stimmung, die nicht anhalten wird. Jeder sucht in seinem Herzen nach Veränderung, und viele stoßen auf den Wunsch, ihr Land zu verlassen. Entweder sie beachten die Grenzen nicht oder sie wählen den offiziellen Weg. Das bedeutet Visum, und da beginnen die Probleme. Früher bekamen sie keinen Paß, heute bekommen sie kein Visum. Die dort drüben, im Gelobten, haben festgestellt, Annäherung geht zu weit, wenn sie bedeutet, Hunderttausende aufzunehmen, die viel Hab und ein wenig Heil suchen. Wobei sie keineswegs gastfreundlicher wären, suchten die Fremden viel Heil und ein wenig Hab. Sie verlangen eine Einladung, eine Einladung aus dem Land, in das man erst noch reisen will. Schwierige Sache. Eine Einladung von einer Institution oder einer Privatperson. Zeige sie bei der Botschaft vor und du hast einen glaubhaften Besuchsgrund. Der Gastgeber garantiert, dich zu beherbergen und zu ernähren, dich im Falle einer Krankheit zu pflegen und den Arzt zu bezahlen.

Wenn ich durch das Diplomatenviertel spaziere, sehe ich vor manchen Gebäuden – nicht alle Regionen des Gelobten sind gleichermaßen begehrt – Menschentrauben, die wie Fäuste an eine fremde Tür klopfen, beständig, nachdrücklich, und doch zahm, unbedrohlich.

Und da es mir nicht besonders liegt, Schlange zu stehen, mich in Menschenmengen drücken und stoßen zu lassen, wie Teig in den Händen eines Bäckers und es mir noch weniger behagt, meine Pläne von den Entscheidungen der Staatsdiener abhängig zu machen, schloß ich zu Hause alle Türen

ab, zog alle Gardinen zu, öffnete einen Schrank, lockerte die
Rückwand und holte den Sack heraus. Die Weste mußte erst
kräftig entmieft werden, und der Schnitt war auch nicht gerade modisch. Aber die Innentaschen hatten es in sich! Ich
stattete dem besten Fälscher unseres wenig gerühmten Landes einen Besuch ab – auch er eine Bekanntschaft aus dem
Gefängnis – und verabredete mich mit einem Rosenhändler,
der regelmäßig nach Süden fährt. Er setzte mich irgendwo in
der fremden Hauptstadt ab, an einem Platz mit einer retten-
den Eigenschaft: einem parkenden Taxi, dessen Chauffeur
sich gerade in einem Café stärkte. Er kam kurz darauf hinaus, seine Linke in der Hosentasche, wo sie nach etwas zu fi-
schen schien. Es waren Sonnenblumenkerne …

Es klopft an der Tür, einmal, ich richte mich auf, der Whiskey! Sonnenblumenkerne würden gut dazu passen. Die Würfel fallen zu Boden, ihr listiges Kullern, überdröhnt von
einem zweiten Klopfen. Ein pickliger junger Mann hält mir
ein Tablett entgegen.
    Vater hat gesagt, Sie sollen gleich zahlen.
    Und was habe ich zu zahlen?
    Sechsundzwanzichfufzich.
    Bitte schön.
    Kann nicht herausgeben, da muß ich nochmal hochkom-
men.
    Ist schon in Ordnung, danke schön. Ach, entschuldigen
Sie, das Telefonbuch, das hat ihr Herr Vater wohl vergessen.
    Hat mir nichts von Telefonbuch gesagt.
    Wenn Sie bitte so freundlich wären.

Ich suche in dem Telefonbuch, von Lubitsch zu Lützow, zwischen Luxemburg und Luzenberger, finde einige Vertreter
des Namens Lux, denen aber kein Luxow folgt. Keine leichten Lösungen also – die Suche hat ernsthaft begonnen.
    Was bleibt mir übrig in diesem fensterlosen Raum, als zum
Tee und Whiskey etwas fernzusehen. Erneut mache ich es

mir auf dem Bett bequem, nachdem ich auf einen großen Knopf am Apparat gedrückt habe. Ein Aufblitzen und wenig später erscheint eine Wetterkarte, in Farbe zudem, da hat der Hotelier keine Kosten gespart – dafür riecht das Handtuch nach Hund oder Katze –, einige Wolkensymbole tanzen über Europa, ein ins Bild genommener Mann erklärt die Nachteile der Scheide zwischen Hoch- und Tiefdruck für Grillpartys – die Temperaturen für Morgen, Sonntag den ... aha, wir haben also Samstagabend, universaler Garant für ein vorzügliches Fernsehprogramm. Ich gieße mir eine Fingerhöhe ein und rieche genüßlich an dem Scotch. Das Abendprogramm beginnt.

Guten Abend, liebe Zuschauer. Den Anfang unseres heutigen Abends bildet, wie an jedem ersten Samstag des Monats, unsere Show ASYLANTENROULETTE. Diese Show hat zuletzt sensationelle Erfolge gefeiert, und das europaweit. Genießen Sie wieder mit Ihrem Gastgeber Emil Zülk den Wettstreit der Flüchtlinge um Asyl in der EG. Nach ASYLANTENROULETTE folgt das Journal vom Tage ...

Na also. Gespannt auf dieses Roulette nippe ich an meinem Tee.

Willkommen meine Damen und Herren in der Stadthalle Battenberg. Wir wünschen Ihnen einen wunderschönen Abend mit ihrem Gastgeber Emil Zülk. Applaus. Hallo, hallo, hallo. Seien sie mir willkommen. Schön Sie alle wiederzusehen, ich bin auch gekommen und gemeinsam freuen wir uns auf eine weitere Runde von ... TUSCH ... Asylantenroulette. Wie immer auf Eurovision und meine Damen und Herren, gerade hat man mir gemeldet, wir haben einen neuen Zuschauerrekord, 22 Millionen Zuschauer zu unserer 33. Sendung. Wir werden immer beliebter. Nicht nur in unserem Ausstrahlungsgebiet. Über Satellit empfängt man uns natürlich auf der ganzen Welt. Stellen Sie sich das vor, in vergammelten Hallen, in Slumbaracken, unter freiem Himmel, im Osten, im Sahel, im Kaukasus, in Afrika, überall sitzen die Menschen vor Fernsehern oder Leinwänden, Kollegen vor Ort übersetzen, was sie heute abend live bei uns miterleben. Vor einigen Wochen hörten wir, daß in Bangladesh die erste ASYLANTENROULETTE-Schule ihren Betrieb aufgenommen hat. Da haben sich clevere Geschäftsmänner gedacht, wieso bereiten wir die Leute nicht vor, damit ihre Siegeschancen steigen. Wir haben natürlich sofort ein Kamerateam hingeschickt, um für Sie von dieser weltweit ersten Schule in Dhaka zu berichten. Sehen Sie einen Bericht von Arno Stir.

Nahaufname Rajith Bopitham. Er versucht zum siebten Mal das Wort *Hohenzollern* auszusprechen. Seine Zunge weigert sich. Die Klasse lacht. Off-Ton: Aller Anfang ist schwer, muß Rajith Bopitham an diesem schwülen Abend in einem ärmlichen Vorort von Dhaka erfahren. Halbtotale der lachenden Klasse. Der Lehrer läßt eine Tonbandstimme das Zauberwort wiederholen. Nahaufnahme des konzentriert zuhörenden Rajith. Das achte *Hohenzollern* hintereinander treibt die Mosquitos und den Staub auseinander, als es auf den verkrusteten Lehmboden niedersinkt. Erneut bemüht sich Rajith, den Laut nachzuahmen. Hinter den glasleeren Fenstern des Raumes, kurz vor Dämmerung, drängen sich die Schulkinder, denen der Raum tagsüber gehört, und lugen über den morschhölzernen Fensterrahmen in diesen seltsam besetzten Raum hinein, in dem ihre Väter, Onkel und älteren Cousins mühsam seit einer halben Stunde das Wort *Hohenzollern* nachzusprechen versuchen. Ein allgemeines Kichern setzt ein, als ein kleiner Junge mit überbordendem Selbstbewußtsein *Ho-en-zoll-een* piepst, was den schon verzweifelten Lehrer, der einen Sprachkurs in einem örtlichen europäischen Kulturinstitut absolviert hat, vollends in Rage bringt. *Hohenhohenhohenzollerrrnn*, donnert er und schaut verzweifelt auf seine Klasse. Wie wollt ihr denn nach Europa kommen, wenn ihr nicht einmal *Hohenzollern* aussprechen könnt. Rajith faßt sich ein Herz und sagt laut *Honzoln*. Der Lehrer ergreift sein Tonband, flucht auf mehrere Götter zugleich und verschwindet. Die Männer stehen langsam einer nach dem anderen auf und gehen hinaus. Die Jungen sind schon dabei, einem aus Stoffetzen zusammengeklaubten Fußball hinterherzujagen und schreiend alle möglichen Laute zu wiederholen, die irgendwie dem einen, reinen, vollendeten *Hohenzollern* nahekommen.

Reporter Arno Stir vor der Schule, tropisch gekleidet mit kurzärmligen Hemd. Ins Richtmikrophon: Aller Anfang ist schwer, müssen in diesem Vorort von Dhaka sowohl Lehrer als auch Schüler erfahren. Aber der Wille ist mächtig, und so kann es nur eine Frage der Zeit sein, bis diese eifrigen Bangladeschi sich auf den Weg machen, der zu Ihnen führt, liebe Zuschauer. Und damit zurück zu Emil Zülk.

Ich schenke mir zwei Finger ein. Der Beuteltee hat es mir nicht angetan.

Das Publikum klatscht begeistert. Die gute Stimmung verbindet Zuschauer mit Zuschauer. Ein gönnerhaftes Pfeifen, einzelne Rufe und die polierte Stimme des Moderators.

So, meine Damen und Herren, Sie sehen, wenn Ihre Frage in die Sendung kommt, dann werden Sie nicht nur mit einem Hunni belohnt, nein, Ihre Frage hallt vielleicht auf der ganzen Welt wieder.

Aber zurück zu unserer Show. Wie immer möchte ich ihnen zuerst unsere Schiedsrichter vorstellen. Oberste Instanz, von Anfang an dabei und schon so etwas wie das behördliche Maskottchen unserer Sendung, Dr. Helge Schramm, Ministerialdirigent im Regierungspräsidium. Ihm wird zum Schluß der Sendung die angenehme Aufgabe zufallen, den siegreichen Kandidaten den Asylbescheid zu überreichen. Mit dieser Sendung wollen wir allerdings eine Neuerung einführen, eine sehr reizvolle Neuerung, wie ich finde. Vielleicht erläutern Sie das selbst, Herr Dr. Schramm.

Räuspern, Typ eleganter Herr, Richtung eher konservativ. Bis hin zu seiner Brille, die ihm schwer auf den Nasenflügeln liegt – er könnte sich sicherlich leichtes Titan leisten. So wie er sich mit beiden Armen am gerundeten Kunststofftisch abstützt und selbstbewußt in die Kamera blickt, kommt er sehr seriös rüber. Er strahlt Autorität aus, aber es menschelt auch.

Nun, Herr Zülk, einen guten Abend auch an Sie, und um Ihre Frage gleich zu beantworten: Wir hatten letztes Mal einen beeindruckenden Punkterekord und nach der Sendung fragten viele Zuschauer an, ob eine solche Leistung nicht besonders honoriert werden könnte, ähnlich etwa den Prämien bei Leichtathletik-Meetings.

Applaus. Einige Sekunden.

Wir haben über diese Anregungen nachgedacht und beschlossen, ich muß gleich hinzufügen, daß alle Instanzen von Anfang an sehr kooperativ waren, einen Sonderpreis zu ermöglichen. Wir werden zukünftig einen neuen Punkterekord mit sofortiger Staatsbürgerschaft belohnen ...

Ausrufe, Schreie der Verzückung, aufbrausender Beifall und die durchschlagende Stimme von Dr. Schramm.

Ja, Sie haben richtig gehört: Die ganze siegreiche Familie wird eingebürgert, per sofortigem Beschluß.

Donnernder Beifall, wonniges Grinsen bei Zülk, vornehme Zufriedenheit bei Dr. Schramm.

Da soll mal einer sagen, unsere Topbeamten seien nicht flexibel. Meine Damen und Herren, ich sehe, Sie finden diese Idee genauso spitze wie ich. Einen Dank an unsere Partner in der Verwaltung, wunderbar wie die mitziehen.

Ein Tusch von der Band, dann einige fetzige Takte, bis der Leader, Saxophonspieler und Clown zugleich, abbricht und inmitten des Applauses seinen Daumen in die Höhe streckt.

Aber bis es soweit ist, wird unsere Jury, wie immer mit den Beisitzern Frau Rosenthal und Herrn Abramzcik, mit Adleraugen aufpassen. Es wird ehrlich zugehen, und wenn einer der Kandidaten schummeln sollte, was ich nicht annehme, wir hatten bislang immer ganz tolle Teams, aber sollte es mal vorkommen, dann muß die Familie leider abgeschoben werden, noch während der Sendung. Da sind die Regeln streng, aber gerecht, nicht wahr, Herr Dr. Schramm?

So ist es, Herr Zülk, so ist es. Wie ich zu sagen pflege, streng sein ist Pflicht, großzügig sein Kür.

Starker Applaus, mit Lachern versetzt.

Und nun zu unseren heutigen Kandidaten.

Mit dem großen roten Knopf kann man auch ausschalten. Gute Nacht.

Heute morgen wachte ich mit einem großartigen Gefühl auf, ich stand auf, fühlte Gelingen, unaufhaltsam, fühlte den Drang zu handeln, und mußte an Saint-Simon denken, der seinem Valet auftrug, ihn jeden Morgen mit dem Ausruf *Aufgestanden Graf, es erwarten Sie große Taten* zu wecken. Leider bin ich nicht als Adeliger geboren und kann mir einen Valet nicht leisten, aber wenigstens teile ich mit dem Grafen die Überzeugung, daß es jeden Zustand zu verbessern gilt. Das vergaß er nie, nicht in den Tagen vor, nicht während und erst recht nicht nach der Französischen Revolution. Ich dagegen vergesse es von Zeit zu Zeit, so auch am gestrigen Tag, den ich, abgesehen von einem kurzen Spaziergang, vor dem Fernseher verbrachte. Ich bestellte bei dem pickligen Jüngling einmal Kuchen, und einmal brachte er mir Döner Kebab. Es gab so viele Shows, ein flimmernder Ozean des Geredes, das schläferte mich ein.

Die Stadt, in der Bai Dan gelandet ist, hat etwa eine Million Einwohner, 351250 Wohnungen, 303762 Arbeitsplätze, 185346 Minderjährige, 1,3 Millionen Fahrzeuge, 145673 Ausländer und 2745 Illegale. Einer der Einwohner heißt Alexandar Luxow. Er lebt allein, hat keinen festen Arbeitsplatz, kein Auto und er steht nicht im Telefonbuch. Wie wird Bai Dan ihn finden? Wie wird er es mit seiner Lebenserfahrung und den reichhaltigen Innentaschen seiner Jacke anstellen? Gerade steigt er aus einem Bus und guckt sich um. Es ist nicht einfach, sich an der Universität zu orientieren. Nirgendwo steht *Zentralgebäude*. Er fragt ein Mädchen mit hochgestecktem Haar und Stofftragetasche. Sie ist hilfsbereit und führt ihn zum Sekretariat.

In diesem Land kann ein älterer Ausländer nicht einfach in das Sekretariat der Universität hineinspazieren und um die Adresse eines Herrn Luxow bitten, von dem anzunehmen ist, er habe hier studiert, oder studiere noch, falls er sich viel Zeit gelassen hat. Das wird schwierig, Bai Dan, auch wenn du liebenswert grüßt, lächelst, dich mit deinem klingenden Namen vorstellst, und die ältere Dame von ihrem Schreibtisch aufsteht, um sich nach deinen Wünschen zu erkundigen. Deine dichten weißen Haare gefallen ihr sofort. Du flunkerst ihr vor, du seist vom Roten Kreuz, zuständig für Familienzusammenführung.

Ein Gebot der Menschlichkeit. Wir versuchen alles nur denkbar Mögliche, weltweit die Familienangehörigen aufzutreiben, die vermißt werden. Wir versuchen den tragischen Wechselfällen der Geschichte zu trotzen. Ich hoffe, Sie können uns dabei helfen?

Ich werde es versuchen.

Meine Recherchen hinsichtlich einer Familie namens Luxow haben mich zu Ihnen geführt. Ein seltsamer Name, auch bei uns keineswegs häufig, dafür aber markant, was uns die Suche etwas erleichtert. Ich bin auf der Spur eines gewissen Alexandar Luxow, einziger Sohn von Tatjana und Vasko Luxow, und Enkel von Slatka und Grigori Grigorow. Ich hoffe sehr, verehrte Dame, Sie können den verzweifelten Angehörigen helfen. Ich hoffe es sehr. Ich bin heute voller Optimismus, wir befinden uns nämlich an der Scheide zwischen einem Hochdruck- und einem Tiefdruckgebiet. Solche Wetterlagen bringen Glück.

Diese exzentrischen Ausländer, charmant charmant, wenn sie an ihren Vorgesetzten denkt, bruuuuh, häßlich, zudem grob und steif. Und keinen Sinn für Humor.

Nun, Herr Bai, lassen Sie uns doch mal gucken. Schuldigung, wie war der Name noch mal genau? Also, wenn der bei uns studiert hat, werden wir ihn finden, es sind alle erfaßt, keine Bange.

Ich bange nicht, Madam, ich habe alles in ihre Hände gelegt.

Schuldigung, wenn ich Sie so direkt frage, aber Sie gehen sicherlich bald in Rente? Schuldigen Sie die Frage, es geht mich nichts an, aber das beschäftigt mich momentan. Werden Sie denn in Ihrem Land auch gezwungen, in Rente zu gehen?

Nein, nein, Sie brauchen sich nicht zu entschuldigen. Nur kann ich Ihnen leider nicht viel dazu sagen. Menschen wie ich kennen nur eine Rente, und die liegt zwei Meter unter der Erde. Bis dahin gedenke ich, noch einige Jahre vergehen zu lassen.

Gibts denn bei Ihnen keine Vorschriften? Wir werden in den Ruhestand geschickt, ob wir wollen oder nicht.

Es gibt Vorschriften, Madam, aber wir halten uns nicht daran. Erst recht nicht in so wichtigen Angelegenheiten. Aber wieso macht Ihnen das Sorgen, Sie sind doch noch weit vom Rentneralter entfernt.

Sie Schmeichler! Na ja, einige Jährchen hätte ich schon noch, aber der Druck, in Vorruhestand zu gehen, der ist so groß, na, und das kommt für mich in absehbarer Zeit in Frage … Luxow, Alexander, mit e wird der hier geschrieben, müßte aber derselbe sein, wenn Sie sagen, daß der Name so selten ist. Ich mach ihnen einen Ausdruck, dann haben sie es schriftlich, aber ich kann leider nicht garantieren, daß die Adresse noch stimmt, schließlich ist er schon seit einiger Zeit exmatrikuliert, und die Studenten, wenn sie einen Job haben und richtig Geld verdienen, ziehen sie meistens um, oder sie heiraten, das Übliche, nicht wahr.

Es ist eine erste Spur, Madam, und ich bin voller Zuversicht. Nach so vielen Jahren Berufserfahrung habe ich fürs Suchen einen siebten Sinn, ich würde behaupten, ein fast untrügliches Gefühl. Ich wußte heute morgen gleich nach dem Aufwachen, es würde ein glücklicher Tag werden, ich sagte es Ihnen schon. Sie können sich nicht vorstellen, wie viele Menschen Sie glücklich machen werden.

Aber ich bitte Sie, eine Selbstverständlichkeit, man muß ausländischen Kollegen doch helfen.

Ich danke Ihnen, auch im Namen der Angehörigen dieses jungen Mannes. Vielen Dank.

Bai Dan küßt ihre Hand. Sie bleibt verwirrt zurück.

Die Adresse lautet Waldstraße 5. Im Freien setze ich mich an einen runden, behäbigen Brunnen, in dem sich drei Nymphen, oder Nixen, in die Höhe recken, Schulter an Schulter gelehnt, die rechten Arme dreieinig gegen Himmel gerichtet. Um ihre Hüften herum steht schmutziges Wasser. Ich falte den Stadtplan auseinander. Die Waldstraße liegt im Süden, die Universität im Norden, und eine Buslinie führt direkt von hier nach dort. Wie günstig. Es ist die Linie 23.

Die Haltestelle heißt Hohenzollernplatz, aber nur einige Schritte entfernt beginnt die Waldstraße. Weit und breit kein Wald. Eine kurze Straße. Nr. 5. Ich gehe zum Hauseingang hoch, die Ansammlung von Klingelschildern schon im Auge, und etwas nervös. Ich gehe von unten nach oben die Schilder durch. Tatsächlich, da steht er, Luxow, in derselben Druckschrift wie alle anderen Namen auch. Ich drücke die Klingel, einmal und kurz, richte mich auf und warte. Es passiert nichts. Wahrscheinlich habe ich nicht richtig gedrückt. Ich presse den Knopf stärker und länger. Die Wohnung muß in der Nähe sein, ich höre es klingeln. Vielleicht ist eines der Fenster offen. Wieder geschieht nichts. Ich warte eine Weile ab, überlege. Ich könnte ihm einen Zettel in den Briefkasten werfen, mit der Telefonnummer des Hotels. Ich habe sie mir nicht aufgeschrieben. Passieren solche Fehler auch dem Roten Kreuz? Ich könnte ihm das Hotel Phönix angeben. Und wenn das Hotel nicht im Telefonbuch steht?

Bai Dan geht zum Hohenzollernplatz zurück, wo er eine

Telefonzelle findet. Er schlägt ein abgegriffenes Telefonbuch auf. Das Hotel ist nicht verzeichnet. Nicht unter Hotel, und nicht unter Phönix. Sicherlich gibt es eine Auskunft. Er sucht auf den ersten Seiten. Zeitansage, Fußballtoto, Auskunft. Vier Zahlen, leicht zu merken. Er sucht in seinem Portemonnaie nach Münzen. Jede Menge. Aber der Apparat nimmt keine Münzen. Über dem Schlitz ist eine Karte abgebildet. Ins nächste Lokal. Er bestellt eine Suppe und fragt, ob er telefonieren dürfe. Ein Arm zeigt in Richtung des Schildes TOILETTEN. Die Treppen hinab. Neben einem Zigarettenautomaten hängt ein Telefon, das mit Münzen läuft. Die Auskunft kann ihm nicht helfen, das Hotel Phönix erscheint auch in ihren Datenbanken nicht. Bai Dan geht wieder hinauf. Er ißt seine Suppe. Als er zu zahlen wünscht, verlangt die Bedienung Geld für die halbe Scheibe trockenen Brotes, das er in die Suppe getunkt hat. Gerade hatte er großzügig beschlossen, sich nicht über das Brot zu beschweren. Bai Dan geht ins Hotel zurück.

Während er den Rezeptionisten, wieder der Eigentümer selbst, nach der Telefonnummer seines Hotels fragt, klingelt es. Von irgendwo her. Der Mann reagiert nicht. Ein Telefon steht neben ihm, aber das klingelt nicht. Der Mann schreibt die Nummer auf einem Quittungsblock auf. Wieso stehen Sie nicht im Telefonbuch? Der Mann starrt Bai Dan feindselig an. Er reißt das Blatt ab und schiebt es über die Theke. Geht es Sie was an, da haben Sie die Nummer. Es klingelt erneut. Sie werden wohl gerufen. Der Mann schüttelt unwirsch den Kopf und wendet sich demonstrativ einigen vor ihm ausgebreiteten Papieren zu. Bai Dan steigt die Treppen hinauf. Er hört Geräusche, als würde eine verriegelte Tür aufgeschlossen. Er bleibt mitten auf der Treppe stehen. Wartet. Hört Stimmen. Einige Stimmen mit starkem Akzent. Einige stark gewürzte Worte, die klarer zu ihm heraufdringen. Und der Eigentümer, der unaufgeregt sagt: Ihr könnt ja zurückgehen, gleich nach Hause, wenns euch nicht paßt. Der Staat übernimmt sogar die Flugkosten. Bai Dan geht vorsichtig die Treppen hinab. Seine kindliche Neugier. Er blickt vorsichtig um die Wandecke. Drei südländisch aussehende Männer in Anoraks, und ein Schwarzer. Einer von ihnen redet erregt auf den Eigentümer ein. Da es jetzt auch kein Wasser gebe, sei der Preis, den er verlange, unakzeptabel, reine Ausbeutung. Wasser morgen wieder, verstanden? Morgen kommt Handwerker. Und jetzt haut ab. Der Eigentümer dreht ihnen den Rücken zu. Die drei unrasierten Weißen gehen zur Haustür, der Schwarze bleibt zurück. Er bittet um Zigaretten. Der Eigentümer wirft ihm eine Schachtel zu. Ich will wieder nach unten. Hättest du das nicht gleich sagen können? Der Eigentümer nimmt einen Schüssel vom Brett und geht auf Bai Dan zu, der zurückweicht, sich umdreht, einzwei Schritte nach oben, sich schnell wieder umdreht, als würde er gerade die Treppe hinuntersteigen. Aber der Eigentümer kommt nicht um die Ecke. Natürlich, der Schwarze hat *nach unten* gesagt. Er hört das Schieben eines Riegels. Das wird er sich ansehen müssen, später. Jetzt sollte er sich für ein Stündchen hinlegen. Wer weiß, wie lang der Tag noch wird.

Die Sonnenstrahlen fallen dem Wohnhaus in der Waldstraße Nummer 5 nicht mehr in den Rücken, als Bai Dan wieder davor steht und bei Luxow klingelt. Es wird ihm nicht geöffnet. Diesmal hat er Adresse und Telefonnummer des Hotel Phönix dabei. Er wird bei einem der Nachbarn klingeln, um Einlaß bitten, einen Zettel schreiben, sein Taufkind auffordern, zu ihm ins Hotel zu kommen. Telefonieren sei ungünstig, da er nicht sicher sein könne, ob ihm die Nachricht übermittelt werde. Er hört Schritte, schaut über die Schulter. Ein Mann, der gerade einen Schlüsselbund aus seiner Hosentasche zieht. Bai Dan spricht ihn an. Der Mann hört aufmerksam zu. Ich bin ein Nachbar von Herrn Luxow, sagt er. Sie haben Pech, er ist seit Wochen verschwunden. Verschwunden? Ja, so kann man das nennen. Der Postbote hat ein Päckchen für ihn bei meiner Frau abgegeben und eine Benachrichtigung in seinen Briefkasten gesteckt. Aber er hat es nicht abgeholt. Nach einer Woche haben wir bei ihm angerufen, aber kommen Sie doch rein, und da war nur der Anrufbeantworter. Was sagte der? Das übliche, daß er nicht zu Hause ist und man etwas aufs Band sprechen kann. Das haben wir natürlich auch getan, aber er hat sich noch nicht gemeldet. Bitte, kommen Sie doch auf einen Sprung zu uns herein. Ich werde meine Frau fragen. Vielleicht hat er heute ein Lebenszeichen von sich gegeben. Manchmal hat man Glück.

Seine Frau weiß auch nicht mehr. Sie hat sich schon beim Hausmeister erkundigt. Der hat keine Ahnung.

Tut uns sehr leid.

Vielleicht sollte man die Polizei informieren.

Das ist zu früh, Schatz. Er ist nicht fest angestellt, arbeitet von Zuhause aus, da ist er flexibel, vielleicht ist er plötzlich verreist, für länger, also ich könnte mir sowas nicht leisten.

Aber das hat er noch nie getan, er verläßt so selten seine Wohnung.

Nun, er muß sich nicht bei uns abmelden.

Das ist aber dumm, Sie haben so einen langen Weg auf sich genommen, und jetzt ist Ihr Enkel verschwunden.

Tut mir leid, daß wir Ihnen nicht weiterhelfen können.

Ich bitte Sie. Sie waren mir durchaus behilflich, wirklich. Sagen Sie, ist das seine Wohnung dort?

Nein, es ist die nächste.

Ich danke Ihnen. Aufwiedersehen.

Aufwiedersehen.

Das Licht geht schnell aus. Wo ist der Schalter? Ob der Villenkönig so eine massive Tür öffnen könnte? Meine Handfertigkeit ist eingerostet. Ich könnte nachsehen, ob ein Fenster offen ist. Das wäre der leichtere Weg in die Wohnung hinein. Wäge Risiko und Erfolgsaussicht ab. Das begreifen die ängstlichen Spieler nicht. Selbst wenn sich ihre Niederlage abzeichnet, riskieren sie nichts. Das Fenster ist offen, nach innen gekippt. Ich kann auf die Kante hochsteigen,

216

mich abdrücken, so … das geht, das Fenster, es geht auf, es schwingt in den Raum hinein. Jetzt noch hochkommen.

Bai Dan tastet ab, was sich hinter dem Fenster befindet. Eine Flasche fällt zu Boden, ein Scheppern, das im ganzen Haus zu hören sein muß. Er bekommt die Kante eines Tisches zu fassen, mühsam zieht er sich in die Wohnung von Alexander Luxow hinein, liegt auf einem Tisch, spürt Sachen unter sich, die er wegschiebt, es kracht und scheppert wieder, vorsichtig steigt er vom Tisch und tritt auf Scherben.

Gut, daß ich die Stiefel anhabe, wo ist Licht, irgendwo an der Wand müßte ein Schalter sein, aha, die Küche, es riecht nach Schimmel. Eine kleine Küche, der Raum daneben, die Tür ist ausgehängt, das Wohnzimmer, langweilig und spärlich eingerichtet, mit Fernseher, einigen Bücherregalen, einem Sofa, zwei Stühlen, einigen Bildern, und jede Menge Staub. Ich gehe in die Küche zurück, schiebe mit den Füßen die Scherben in die Ecke und öffne den Kühlschrank. Leer, fast leer. Eine flache Tube Mayonnaise, ein halbvolles Gläschen Senf und ein Salatkopf, der so dicht Schimmel trägt wie ich Haare. Mein Taufsohn ist ein schlampiger Mensch, und er hat diese Wohnung schon länger nicht mehr betreten.

Das Telefon klingelt. Dreimal, ein Klicken, eine Stimme. Zum ersten Mal seit mehr als zwanzig Jahren höre ich die Stimme meines Taufkindes. Aber in einer anderen Sprache. *Alexander Luxow. Leider bin ich abwesend. Nach dem Signal können Sie eine Nachricht hinterlassen.* Etwas lauwarm, mein Junge. Da hat doch kein Mensch Lust, dich anzurufen. Diese Ansage werden wir verbessern müssen. *Guten Abend, Herr Luxow, noch einmal Witiczek vom Übersetzungsbüro Nadolny, wir haben leider nichts von Ihnen gehört hinsichtlich der Staubsaugerbetriebsanleitung. Wir müßten bis morgen mittag von Ihnen Bescheid bekommen, ob Sie den Auftrag übernehmen. Ablieferungstermin, noch einmal zur Erinnerung, wäre in zehn Tagen. Wenn Sie sich nicht melden, werden wir den Auftrag anderweitig vergeben.* Aha, der Junge übersetzt. Aber scheinbar nicht in letzter Zeit.

Das zweite Zimmer besteht aus einem Bett, einem Einbauschrank und einem Schreibtisch. Bai Dan schaltet die Tischlampe an und setzt sich hin. Eine Unmenge an Papieren liegt herum, Umschläge, Werbungen, Rechnungen, Quittungen, Briefe. Bai Dan sichtet sie und stößt auf mehrere Anschreiben von einer Klinik. Er liest sie durch und versteht nur so viel: Alex ist in diese Klinik eingewiesen und operiert worden. Wahrscheinlich befindet er sich immer noch dort. Bai Dan steckt das Schreiben ein und macht sich auf den Weg zur Klinik.

Ich wachte auf, wie nach einem sehr langen Schlaf. Hatte ein übles Gefühl. Eigentlich keine Lust aufzuwachen. Im Zimmer war es dunkel. Über dem Wald dämmerte es. Ich hatte so ein Gefühl, daß sich jemand im Zimmer aufhielt. Konnte nicht sein. Wer denn? Hatte das Zimmer schon seit Wochen für mich allein. Herr Hoffnang war in eine andere Klinik verlegt worden, zu einem Spezialisten. Wers glaubt. Man kann sich auf Hoffnangs Fall doch nicht spezialisieren. Hoffnang erwartete nichts. Ich schloß wieder die Augen. Es konnte niemand im Zimmer sein. Sie hätten mich vorgewarnt, wenn sie mir einen anderen reintun wollten. Mit geschlossenen Augen spürte ich deutlicher, jemand war im Zimmer. Das gabs doch nicht. Ich drehte mich herum und knipste die Bettlampe an. Da, auf dem einzigen Stuhl, saß er. Was sollte das? Ein alter Typ, der mich zu allem Überdruß auch noch anlächelte.

Ich nehme an, ich habe die Ehre, Herrn Alexandar Luxow vor mir liegen zu sehen.

Der Mann sprach mit Akzent. Ich kannte ihn nicht. Ich wußte nicht, was ich sagen sollte. Ich starrte ihn an.

Sie werden sich wundern, wer ich bin und woher ich Sie kenne. Nun, mein Junge, ich bin dein Taufpate Bai Dan, und ich bin sehr froh, daß ich dich gefunden habe.

Er stand auf, kam zu mir, nahm meinen Kopf in seine Hände und küßte mich auf beide Wangen. Ich wischte mir mit einem Pyjamaärmel die Wangen ab. Bai Dan. Kannte ich ihn? Den Namen hatte ich schon mal gehört. Von den Eltern wohl. Mein Taufpate? Ist mir entgangen, daß ich getauft worden war.

Hallo.

Mehr fiel mir nicht ein. Ich hatte keine Lust auf ein Gespräch mit einem Alten, der sich als mein Taufpate ausgab. War ja bisher gut ohne ihn ausgekommen.

Wie kommen Sie hierher?

Ich kenne mich mit den Verkehrsmitteln eurer Stadt schon bestens aus.

Nein, ich meine, woher wußten Sie, daß ich hier bin.

Ich bin in deine Wohnung eingedrungen. Etwas illegal, fürchte ich, aber ich habe dein Einverständnis vorausgesetzt. Nachdem du freundlicherweise das Fenster offen gelassen hast. Sehr zuvorkommend von dir. Was ist mit deinen Haaren passiert? Bist du für eine Glatze nicht etwas zu jung?

Sind mir vor der Operation abrasiert worden.

Bist du am Kopf operiert worden?

Nein.

Was hast du eigentlich?

Das ist eine lange Geschichte. Verschiedenes. Wird Sie nicht interessieren.

Und wie es mich interessiert, mein Junge. Ich habe jede Menge Zeit.

Dieses bescheuerte *Mein Junge* hätte er sich sparen können. Ich erzählte ihm ein bißchen. Vielleicht würde er dann wieder gehen.

Ich verstehe, sagte er schließlich, fortgeschrittenes Stadium der Oblomowitis. Aber ich verstehe nicht, wieso du noch hier bist, wenn die Operation schon drei Wochen her ist. Müßte man dich nicht schon entlassen haben?

Dann verstehen Sie es halt nicht. Man muß ja nicht alles verstehen.

Wieso sollte ich es ihm verraten? War bequem im Krankenhaus. Ich fühlte mich keineswegs gesund. Jeden Morgen mußte ich den Ärzten von neuen Schmerzen berichten. Sie behielten mich zur Überwachung da, was blieb ihnen auch anderes übrig. Komplizierte Rekonvaleszenz.

Ich werde dich wieder schlafen lassen, mein Junge. Ich komme morgen wieder, und wir reden weiter.

Ich seufzte. Das auch noch.

An der Tür drehte er sich noch einmal zu mir um.

Bist du eigentlich gläubig? Gehst du in die Kirche?

Nein, überhaupt nicht, wie kommen Sie darauf?

Er betrachtete mich, als sei irgendwas mit mir nicht in Ordnung, und wünschte mir dann eine gute Nacht.

Was mache ich mit dem Jungen? Ein schlechter Zwischenstand. Betrüblich betrüblich. Das habe ich nicht erwartet, das war nicht vorherzusehen. Unbekannte Teufel, neue Spielregeln, düstere Lage. Der Junge ist erstarrt. Vollständig erstarrt. Seine Stimme trieft vor Selbstmitleid. So wie er daliegt, mit der Glatze und den glanzlosen Augen, als sei er bereit, die letzte Ölung zu empfangen. Schlimmer noch. Er könnte noch Jahrzehnte so weiterleben. Ich muß nachdenken. Das wird ein ziemliches Stück Arbeit. In diesem Zustand kann ich ihn nicht zu Slatka bringen. Ich muß mir etwas einfallen lassen.

Natürlich kam er am nächsten Tag wieder. Trug so etwas wie einen Rucksack mit sich. Er versuchte, mich auszufragen. Nach meinen Eltern zuerst. Ich sagte ihm, daß ich darüber nicht reden wollte, schon gar nicht mit einem Fremden. Nach unserer Flucht. Woher sollte ich was darüber wissen, ich war damals ein Kind gewesen, und es hatte mich nie sonderlich interessiert. Nach meiner Jugendzeit. Ich sagte ihm, daß es da nicht viel zu erzählen gebe. Nach meinem Studium. Die reinste Langeweile. Er wollte alles wissen. Ob ich mich an Baba Slatka erinnere. Kaum, log ich. Mich beschlich mit der Zeit so ein schreckliches Gefühl, daß er mich nicht in Ruhe lassen würde. Ich konnte ihn nicht einmal rauswerfen. Er war nicht der Jüngste, aber er wirkte ziemlich kräftig. Kräftiger als ich. So lau wie mir war, hätte ich es nicht einmal mit einem Hundertjährigen aufnehmen können.

Ich habe keine Lust mehr zu quatschen, sagte ich irgendwann.

Dann spielen wir.

Bevor ich abwinken konnte, hatte er eine hölzerne Schatulle aus seinem Sack herausgeholt und sie am Fuße meines Bettes geöffnet. Ein Spielbrett.

Du kennst es bestimmt. Dein Vater hat es dir sicherlich beigebracht.

Da beging ich den folgenschweren Fehler, ihm Recht zu geben. Ich sollte meine Dummheit in den nächsten Tagen öfters verfluchen. Er ordnete die Steine an. Es begann total beschissen. Selbst als Kranker will man ja gewinnen. Er hatte seine zwei Steine schon herausgeholt und eine kleine Mauer erbaut, während ich noch herumkrebste. Ich warf zweimal hintereinander zwei und eins. Dann einen schwachsinnigen Pasch, auf meiner Seite standen zwei Würste aus je sechs Steinen. Ich schmiß die Würfel hin.

Das bringts nicht. Ich hab nur Pech. Ich mag nicht spielen.

Junge, wir haben gerade erst begonnen. Es kann sich noch alles ändern.

Sagte er und warf einen Viererpasch, mit dem er mich endgültig einschloß.

So macht das keinen Spaß, ich werfe nur Scheiße, und du kriegst immer das, was du brauchst.

Ändere deine Taktik, nutze mein Glück aus. Gib nicht gleich auf.

Ich warf das Brett um und schaltete den kleinen Fernseher ein, der in der Ecke neben dem Screen hing. Bai Dan war nicht sonderlich begeistert. Er schien sich nicht viel aus Fernsehen zu machen. Bald kamen Nachrichten, die eine Viertelstunde dauerten, danach lief ein Film mit einer schönen amerikanischen Sängerin an. Ein ganz netter Beginn. Bai Dan starrte mich mißbilligend an. Wenn er das tat, vergaß ich für einen Augenblick, daß ich ihm widersprechen, ihn anlügen konnte.

Was hälst du davon, wenn du dieses Ding ausmachst, sagte er.

Ist ja gut, okay. Ich schalts aus.

Das sollen Nachrichten sein? Ich werde dir sagen, was Nachrichten sind. Heute haben Menschen ihre Augen geöffnet, ihren Terminplan, ihren Kalender, ihren Einkaufszettel aufgeschlagen und gelesen: Es wird Zeit, daß Du den Kampf wieder aufnimmst, die Ideale entstaubst, den Mut aus der Reinigung holst. Wie kannst Du resignieren, wenn noch nichts entschieden ist. Wieso bist Du enttäuscht? Na gut, Du hast ein schlechtes Jahrhundert hinter Dir, und zu jedem Ende hin wird man müde, die Saison schließt schlecht ab, wenn man absteigt. Und zugegeben, auch ein Winterschlaf muß mal sein, aber siehst du nicht, daß sich wieder Neues ankündigt. Ja, am Ende der Saison ist man müde, das Ende nährt eine eigene Logik, und man vergißt sogar das Selbstverständliche, daß es nichts Bleibenderes als die Veränderung gibt.

Das, mein Junge, wären wirklich Nachrichten.

Am nächsten Tag fiel ich fast aus dem Bett, als er mir unterbreitete, daß er mich aus dem Krankenhaus holen werde und wir beide eine kleine Reise unternehmen würden. Meine Großmutter Slatka wünsche mich zu sehen, und bevor wir zu ihr fahren, habe er noch einiges mit mir vor. Ich sagte ihm klipp und klar, daß das ausgeschlossen sei. Mit so einem Alten kann man leider nicht Klartext reden, wie man möchte. Sonst hätte ich ihm schon verklickert, was ich von ihm und seinen Einbildungen halte, schneit herein, nervt mich, macht lächerliche Vorschläge. Er wollte nicht begreifen, daß ich krank war und die Klinik nicht verlassen konnte. Und außerdem keinen Grund sah, mit ihm zu gehen. Obwohl, ganz stimmte das nicht. Slatka wiederzusehen, das war irgendwie kein unnetter Gedanke.

Der alte Bock hatte es zudem geschafft, sich mit den Schwestern gutzustellen. Es war nicht zu glauben. Die fraßen ihm aus der Hand. Und ich mußte mir ihre blöden Sprüche anhören, wie sehr ich mich doch bestimmt freue, daß mich mein Taufpate besuche, wo ich doch so selten Besuch bekäme. Und so ein reizender Herr. Zur Essenszeit brachten sie ihm auch ein Tablett. Es war zum Schreien.

Er überredete mich zu einem weiteren Spiel. Diesmal lief es etwas besser. Wir spielten zu Ende. Es gab einige Würfe, mit denen ich nicht so recht umzugehen wußte, und ihn konnte ich ja nicht gut um Rat fragen, er war der Gegner. Wahrscheinlich habe ich falsch gezogen, denn ich verlor. Gut, spielen wir noch eins. Nichts lief zusammen. Meine Stellung zerbröselte wie Vollkornbrot. War schnell klar, daß er gewinnen würde.

Sieg für dich.

Das Spiel ist noch nicht vorbei.

Ich geb auf. Hat doch keinen Sinn. Ich kann eh nichts mehr machen.

In diesem Spiel hat man immer eine Chance. Die Lage ist nie hoffnungslos.

Blödsinn. Was soll ich bei dieser beschissenen Stellung machen?

Auf unserer kleinen netten Reise durch die große weite Welt sollten wir auch übers Meer fahren, das war tags drauf seine Masche, das sollten wir unbedingt tun, das wäre die richtige Einstimmung auf meine Heimkehr. Das Meer! Und er fing an zu schwärmen. Erstaunlich, wie sehr er sich über Sachen begeistern konnte, die ihm schon fast ein Jahrhundert lang vertraut waren. Dieses Meer, das so eine Ausstrahlung habe, das so reich sei, das die Menschen anlocke. Nur die Meermenschen, natürlich. Und ich erfuhr wieder etwas Wertvolles, daß es nämlich Meermenschen gebe, und Bergmenschen, und nur die Meermenschen für ozeanische Lockrufe empfänglich seien.

Ich werde dir ein Beispiel erzählen aus dem Städtchen, in dem ich lange gelebt habe, ein Städtchen, das weitab von den Meeren dieser Welt liegt. Ich habe dort die Bank geleitet und abends traf ich mich mit den anderen Spielern in einem Café. Einer der Stammspieler hieß Umeew; er hatte einen gescheiten kleinen Sohn, auf den er sehr stolz war. Bis der Junge eines Tages anfing, das Meer zu malen. Im Kunstunterricht. Der verwunderte Lehrer fragte den Kleinen, ob er denn schon einmal am Meer gewesen sei. Nein, antwortete der Junge. Aber deine Eltern? Nein, Herr Lehrer, meine Eltern waren noch nie am Meer. Hat dir deine Großmutter davon erzählt? Der Junge schüttelte energisch den Kopf. Oma weiß nichts vom Meer. Hast du es in irgendwelchen Büchern gesehen? Nein, Herr Lehrer, wir haben nur die Bibel zuhause. Wieso malst du dann das Meer? Weil ich es mag. Der Lehrer gab auf. Was immer er in den Wochen darauf den Schülern auftrug, der kleine Umeew malte stets nur eines – das Meer. Der Lehrer forderte die Klasse auf, das schönste Ferienerlebnis zu zeichnen, und der kleine Umeew malte einen Wuschelkopf an einem breiten, gelben Strand, und dahinter, in dem sattesten Blau, das die Stifte hergaben, ein gewaltiges Meer. Wird sich wieder geben, dachte der Lehrer. Er täuschte sich. Der Junge malte weiterhin das Meer, unbeirrt und unentwegt – seine schulischen Leistungen verschlechterten sich. Er begann, das Meer auch während der anderen Unterrichtsstunden zu malen. Er füllte die Ränder seines Mathematikheftes mit Wellen, Wellen, die über Seiten liefen, unabhängig davon, ob er zu dividieren oder zu subtrahieren hatte, unabhängig davon, ob er die Aufgabe richtig oder falsch löste. Er verbrauchte so viel blaue Farbe, daß der einzige Schreibwarenladen in dem Städtchen bei den Vertretern die doppelte Menge an blauen Stiften und blauer Wasserfarbe bestellen mußte. Der Vater wurde in die Schule bestellt. Nach einem eindringlichen Gespräch mit dem Klassenlehrer und dem Rektor kehrte er wütend nach Hause zurück, entschlossen, diesem Unfug ein Ende zu setzen. Er verbot dem

Jungen, mit Blau zu malen, und seiner Frau schärfte er ein, diese Farbe nicht mehr einzukaufen. Aber auch das half nichts. Der Lehrer trug den Schülern auf, die Alten Berge zu zeichnen. Der kleine Umeew malte das Meer. In Rot. Der Lehrer verzweifelte. Der Junge wollte nicht einsehen, daß er nicht Meer malen durfte, wenn Berge gefordert wurden. Der Vater verzweifelte. Je mehr er seinem Jungen das Meer auszureden versuchte, desto ausschließlicher dachte dieser daran. Am Ende des Schuljahres hatte der kleine Umeew das Meer in allen Farben gemalt, und er war sitzengeblieben. Bedrückt schlich Umeew an diesem Abend hinter uns her, und im Café verdrückte er sich in eine Ecke. Einige Spiele später bat er uns um Rat. Wir hatten es erwartet, denn an den Abenden zuvor hatte er wie ein Anfänger gespielt. Wir grübelten und grübelten, stundenlang waren nur die Würfel zu hören. Plötzlich sagte jemand: Wir müssen ihm das Meer zeigen. Wir Spieler wußten eine gute Idee sofort zu erkennen – und so fuhren wir mit allen Kindern aus der Klasse des kleinen Umeew ans Meer.

Er ließ nicht locker. Quasselte und quasselte, Geschichte auf Geschichte, beschwor und beschimpfte mich, kannte bald das halbe Krankenhaus mit Namen, begrüßte alle herzlich und redete auf mich ein. Ich gewöhnte mich etwas an ihn. So schlimm waren seine Besuche nun auch wieder nicht. Aber natürlich ließ ich mir nicht weismachen, das Krankenhaus zu verlassen. Da biß er bei mir auf Granit.

Wir spielten wieder und es erging mir endlich einmal besser. Es kam zu einem richtigen Showdown beim Herausnehmen. Er hatte mehr Glück und gewann. Total knapp.

Nur ein einziger Pasch.

Es wird Spiele geben, bei denen er dir zufällt.

Du hast leicht reden, bei deinem Glück.

Das hat mit Glück nichts zu tun.

Das hat nur was mit Glück zu tun.

Dann erklär mir bitte, wieso.

Was soll die Frage? Weiß doch jeder, daß Würfeln Glück ist.

Wieso?

Nerv mich nicht.

Es freut mich, daß du mich duzt, und ich will keineswegs deine Nerven strapazieren, nur bin ich nicht der Ansicht, daß dieses Spiel so viel mit Glück zu tun hat, wie du behauptest.

Ich meine das Würfeln, nicht die Taktik und solche Sachen. Das Würfeln ist reinster Zufall.

Dann erkläre mir doch bitte, wo beim Würfeln der Zufall liegt. Hast du nicht alles in der eigenen Hand. Hängt es nicht von dir ab, mit welcher Kraft du wirfst, in welchem Winkel zum Brett du losläßt, welche Zahlen am Anfang oben stehen. Das hat mit Zufall wenig gemein, stimmst du mir zu? Und wenn du die Oberfläche, auf der die Würfel rollen, und die Beschaffenheit der Würfel kennen würdest, dann könntest du den Wurf berechnen. Du könntest dich mit allen Voraussetzungen seiner Entscheidung vertraut machen. Eine gewisse Geschicklichkeit und Erfahrung natürlich vorausgesetzt. Verstehst du, was ich dir sage? Anstatt herumzujammern, solltest du dich etwas mehr mit diesem Spiel beschäftigen.

Mir blieb die Spucke weg.

Am übernächsten Tag wurde die Tür aufgestoßen und ein Gehstock tanzte in den Raum hinein, ein robuster, knorpeliger Gehstock. Der Gehstock hatte nichts Besseres zu tun, als die Bremsvorrichtung an meinem mobilen Bett zu lockern, sich um die Stange an der Fußseite zu legen und das Bett durchs Zimmer zu ziehen. Bai Dan, schrie ich, hör auf. Du mußt in Bewegung kommen, Junge, und wenn du zu faul oder zu feige bist, muß ich dich mitsamt deinem Bett hinausschaffen. Er war verrückt, mein Taufpate, er zog mein Bett durchs Zimmer, und drohte mir. Ich begann mir Sorgen um ihn zu machen, er lief schon rot im Gesicht an. Das konnte ich nicht brauchen, daß er mit einem Herzinfarkt in meinem Zimmer zusammenbricht. Was für Komplikationen. Sein bescheuertes Verhalten zwang mich, aufzustehen. Ich konnte es nicht glauben. Wegen diesen Spielchen mußte ich aufstehen. Er würde nicht aufhören. Bestimmt nicht. Er nicht. Sobald das Bett auf die Wand prallte, machte ich mich heraus. Wie immer wurde mir dabei etwas schwindlig. Bai Dan setzte gerade an, das Bett wieder in die andere Richtung zu ziehen. Er sah mich. Er blickte grimmig drein. Mit erhobenem Stock ging er auf mich zu. Plötzlich bekam ich Angst. Schon stand er neben mir und schlug mir mit dem Knauf auf den Hintern, nicht hart, aber ich spürte es, ich spürte es gut, und jedem seiner Schläge warf er einen Spruch hinterher – dem war nicht zu entkommen. Schätzt du das Leben so wenig, daß du nicht das geringste wagen willst? Ein weiterer Schlag auf meinen Hintern. Wieso hast du Angst vor dem Ungewissen, wenn dir das Bekannte so unerträglich ist? Wieder ein Schlag. Ich verspreche dir, und er schwang drohend seinen Gehstock, ich werde dich so lange schlagen, bist du dich aufraffst, aua, bis du wieder Mut gefaßt hast, aiii, bis du mit mir kommst, aaaaah.

Was blieb mir übrig, ich mußte nachgeben. Ich konnte mich ja zuhause auch hinlegen. Also, wieso nicht mitgehen. Hör auf, Bai Dan, ich werde mich anziehen, okay? Ein Schlag, als hätte er mich nicht gehört. Ich zieh mir die Jeans an, siehst du, und jetzt mein Hemd, zufrieden? Er war es nicht. Ich entwischte seinen Schlägen, ins Bad. Hier, siehst du das, das ist mein Waschbeutel. Au. Ich komm ja mit, hör auf. Als ich die Schranktür öffnete, um meinen Koffer herauszunehmen, landete ein gepfefferter Schlag auf meinen Hintern. Ich schmiß den Koffer auf den Boden. Warf meine Sachen hinein, wie sie mir gerade in die Hände kamen. Er öffnete mir die Tür, und wir verließen das Krankenzimmer.

Aber Herr Luxow, riefen die entsetzten Krankenschwestern, während sie uns nachliefen, das geht doch nicht, Sie können doch nicht einfach ...

Meine Damen, wie Sie sehen, können wir durchaus, und es scheint sehr gut zu gehen. Ich bin der neue Doktor, und ich habe sofortige Entlassung verschrieben, und ich werde noch viel mehr verordnen, Bewegung, frischen Wind und anregende Gespräche.

Aber der Oberarzt hat doch erst gestern ... wir schritten durch die Glastür und verließen die Station. Das Taxi fuhr uns zuerst zum Hotel meines Paten, eine ziemlich heruntergekommene Herberge. Er blieb nur kurz weg.

Wegen dir, mein Junge, habe ich vergessen nachzusehen, wie dieser brave Hotelier seinen Keller nutzt. Waldstraße 5, bitte. Ich hoffe, du hast frische Bettwäsche.

Überraschung, sagte Bai Dan einige Tage später.

Ich hatte überwiegend im Bett gelegen, und ein bißchen gelesen, Bai Dan hatte von einigen der Bücher in meinen Regalen geschwärmt. Und ich hatte mich bekochen lassen. Es stellte sich nämlich heraus, daß mein Taufpate wahnsinnig gute Eintöpfe machen konnte. Zuerst hatte er sich die Küche vorgenommen. Er schmiß die Flaschen weg, machte sauber und ging einkaufen. Er kehrte so schwerbeladen zurück, daß er sich drehen und wenden mußte, um durch die Tür zu kommen. Er füllte den Kühlschrank bis an den Rand, die Hängeschränke auch, und zog aus einem Karton einen riesengroßen, roten Topf heraus. Er kochte prinzipiell nur in großen Töpfen. Er stand lange in der Küche, schnitt, briet und rührte. Und hörte Musik, seltsame Sachen, die er sich gekauft hatte. La Damnation de Faust. Danse macabre. Götterdämmerung. Macbeth. Symphonie Fantastique. Und Zigeunerlieder. Die hörte er am häufigsten.

Es ging mir schon etwas besser, als er mich mit seiner Überraschung aus dem Haus scheuchte und zielstrebig voranging. Wir fuhren mit der U-Bahn in die Innenstadt. Er kannte sich gut aus, legte ein ziemliches Tempo vor. Er mußte sich am Tag zuvor, als ich zur Nachuntersuchung in der Klinik gewesen war, umgesehen haben. In einer Gasse blieben wir stehen, ich traute meinen Augen nicht: vor einem Fahrradgeschäft.

Was willst du denn hier?

Kannst du radfahren?

Wieso?

Kannst du radfahren, habe ich gefragt.

Natürlich kann ich radfahren. Bin früher viel Rad gefahren.

Hervorragend hervoragend. Es wird immer besser. Folge mir.

Und er stürzte sich in den Laden. Der Verkäufer kannte ihn. Begrüßte ihn freundlich wie einen Stammkunden. Was hatte Bai Dan bei ihm gekauft?

Ah, das ist also ihr Partner, sozusagen.

Sie sagen es, das ist der Motor. Sehen Sie, Ihre Sorgen waren unbegründet.

Guten Tag.

Hallo.

Du wirst es nicht glauben, Alex, dieser Mann wollte es mir ausreden. Ein Verkäufer, der nicht verkaufen will. Er hielt mich für zu alt. Er hat mir später gestanden, daß er befürchtet hat, ich würde mit Oma Dan losziehen. Ich mußte ihn beruhigen, daß es keine Oma Dan gibt, sondern daß ein kräftiger, kerngesunder junger Mann mitfährt.

Aber ...

Ein bescheidener junger Mann, dabei ist er ein hervorragender Radfahrer. Er hat seine Jugend auf dem Rad verbracht.

Bai Dan, hallooo, ich rede mit dir. Wohin denn mitfahren?

Geduld, Geduld, persönliche Empfehlung von Gratschkata, soll ich dir mit besten Grüßen übermitteln. So, jetzt sollten wir uns aber unserem neuen Begleiter widmen.

Selbstverständlich, ich habe alles soweit fertig. Wenn Sie mir bitte nach hinten folgen. Dann können wir Sattel und Pedale gleich richtig einstellen.

Bai Dan zwinkerte mir zu.

Bitte schön, da ist das herrliche Stück. Ihr Großvater wollte das Beste, und das ist das Beste, was wir haben. Ein Renner. Carbonrahmen, 16 Gänge, Schimano-Schaltung Dura Ace, Shimanobremsen, Klickpedale. Ich zeig Ihnen mal, wie Sie mit den Bremshebeln schalten können.

Kann ein Tandem auf Sie zubrausen wie ein Bulldozer oder so bedrohlich wirken wie ein Schlachtschiff? Man erklärt Ihnen: Das Tandem ist ein Gerät, das der Fortbewegung zweier Menschen dient, aus zwei Sitzen und zwei Pedalpaaren besteht, aus einem Antriebssystem und aus einem Lenker, bedient vom vorderen Sattel aus.

Sie verstehen nicht? Sie haben den Falschen gefragt. Fragen Sie mich doch, kommen Sie, fragen Sie mich! Und ich werde Ihnen sagen: Ein Tandem ist ein kleines Wunder, das Alex und mich durch die Welt trägt. Da sind zwei Paar Beine, zwei sehr gegensätzliche Paare. Hinten schwarzer Stoff, darunter nackte Knie und Unterschenkel, behaart, vorne eine Cordhose und geschnürte Lederstiefel. Ich habe schnell herausgefunden, daß ich die Füße auf den Ständer in der Mitte hochstelle und mich somit der Anstrengung für kürzere oder längere Zeit entziehen kann. Der Junge hinter mir soll ja in Fahrt kommen. Sie können sich vorstellen, daß er ziemlich schimpft. Er hat keine Lust, die ganze Arbeit zu tun. Ich würde nur mit flotten Sprüchen beitragen, wirft er mir vor. Aber ich lenke doch! Das ist eine verantwortungsvolle Aufgabe, denn du hast keine Ahnung, wohin du willst. Auch unsere Köpfe wird keiner verwechseln. Hinten schützt sich der Kahle mit einer bunten Strickmütze, meinen Haaren lasse ich dagegen freien Flug. Ich höre ihn jetzt wieder meckern. Ich blicke mich um. Was meinst du, mein Junge? frage ich, und er schreit mich an: Dreh dich wieder um, dreh dich um!

So geht es voran, auf unserem Tandem.

Zuerst nach Süden, verkündete er. Ich fragte ihn, was unser Ziel sei, und wie wir dorthin gelangen wollten. Er antwortete: Ich kann es besser mit meinem Geist, als mit meiner

Zunge bestimmen. Du wirst dich gedulden müssen. An solche kryptischen Antworten mußte ich mich gewöhnen.

Fantasie, dozierte er, während wir eine Landstraße entlangfuhren, die uns mit Steigungen verschonte, Fantasie ist das Elixier jedes Spiels. Was siehst du, und was machst du daraus? Auf beiden Seiten der Straße dehnten sich Weizenfelder. Nimm das nächste Auto, das uns überholt, und sage mir, was du darin siehst. Was soll das schon wieder? Sei kein Spielverderber, Alex. Die Weizenfelder werden auf die Dauer langweilig, also laß uns die Autos näher betrachten. Das da, was siehst du? Eine weiße Limousine. Was noch? Ein wohlhabender Geschäftsmann, der es eilig hat, pünktlich zu einem Termin zu kommen. Oh, das kannst du sicherlich besser, mein Junge, streng dich doch ein kleines bißchen an. Familienvater mit einem Kind. Übergewichtig vielleicht? Gut, ein fettes Wechselbalg, und eine Ehefrau und einen Bausparvertrag und den dicken Wagen hat er auf Leasing und er hat eine Vollmacht über die Konten seiner Mutter. Seine Mutter, was ist mir ihr, geht es ihr nicht gut, verstehen sich die beiden nicht? Die Mutter ist senil, und er hat Angst, daß sie das Geld zum Fenster rausschmeißt oder einer Sekte spendet, also hat er sie entmündigen lassen – reicht dir das jetzt? Gut, wenn du zornig wirst, siehst du viel mehr. Nehmen wir das nächste Fahrzeug. Der hat so ein geiles Autoradio, daß er immer mit heruntergekurbelten Fenstern fährt. Was läuft im Radio, mein Junge, was werden wir noch hören? Was weiß ich, das übliche Blabla, ein Scherz des Moderators, oder ein Interview mit einer Schlagersängerin, die heute Geburtstag hat und ganz aufgekratzt ist, eine überdrehte Schnepfe, die sich dreißig Jahre lang ins Mittelmaß eingegraben hat, so tief, daß man nur noch den Sargdeckel draufschmeißen muß. Böse, böse, aber nicht schlecht. Und was ist mit den Düften, Alex? Bei diesem Wagen. Konservativ, Rasierwasser, Irish Moos vielleicht, und Pseudoleder. Zu wenig! So einer putzt sich bestimmt die Zähne, mit Colgate, und es riecht nach Hundeshampoo! Welche Marke? Woher soll ich das wissen,

ich hasse Hunde. Drück aufs Gas, mein Junge, das ist noch
etwas zäh. Hör auf, mich zu nerven, Scheißspiel, so ein Blödsinn, was willst du denn hören? Wie es riecht? Es riecht
nicht, es stinkt, nach Kouros, Selbstgedrehten, Schweiß,
vollen Babywindeln, und im Radio bringen sie Kermit the
Hermit, und in dem da riecht es nach Femme Fatale, Paloma
Picasso, auf dem Beifahrersitz Jean-Charles de Castelbajac,
nach Mentholzigaretten, Blend-A-Dent, und im Radio läuft
Driver-Seat. Jetzt zählst du nur auf, Alex, das kann doch je-
der: West, Wrigleys, Bata, Bally, Jack Daniels, Sonnenschein
Liebe Mein. Du mußt mehr daraus machen, es muß etwas
passieren, etwas muß sich entwickeln. Ok, ok ok, Radio, ok?
Stau auf der A22, und zääääähfließender Verkehr, Husten
Niesen Schmatzen, Singen, wie in der Badewanne, Fluchen
Furzen Rülpsen. Weiter, weiter. Eine dringende Durchsage:
Achtung, auf der B1 kommt Ihnen entgegen – Ihr Chef nach
Zahnarztbesuch, Ihre unvollständige Steuererklärung, Ihr
zerplatztes Kondom, Ihr graffitibesprühter maschinenunles-
barer EG-Ausweis, Ihre lügenbestickte Zunge, aus der Eiter
tropft und Aquaplaning verursacht, fahren Sie auf die rechte
Straßenseite und überholen Sie nicht. Das ist gut, Alex, das
ist viel besser, wer weiß, vielleicht mauserst du dich doch
noch zu einem guten Spieler. Ich kann nicht mehr, Bai Dan,
ich bin außer Atem. Ruh dich aus, mein Junge, du wirst
deine Kräfte noch brauchen.

Wir rollen und rollen und rollen, die Landwirtschaft hinter
uns und das Gebirge vor uns, durch eine kleine Stadt. Durch
ein mittelalterliches Tor mit spitzem Bogen. Laßt jede Hoffnung hier fahren, rufe ich aus, und falle unter die verwun-
derten Blicke der mit samstäglichen Einkäufen schwerbe-
ladenen Bürger der Stadt. Langsam, Bai Dan, höre ich von
hinten, bremsen, Fußgängerzone. Und wir steigen ab. Rat-
hauscafé, viele Tische und Stühle und Sonnenschirme. Hier
sollten wir uns stärken. Wir bestellen einige Hörnchen,
einen Milchkaffee und eine Schokolade. Kleine Schattenrau-

ten kriechen über die Tischdecke. Ein angenehmer, leichter Wind. Kennst du Dante, mein Junge? Kennt er. Hast du ihn gelesen? Hat er nicht. Vor uns ist großes Treiben. Nun, da es damals keine Tandems gab, zog er mit seinem alten Freund Vergil zu Fuß los, auf einen beschwerlichen Weg durch die Welt der Leiden. Danke schön, die Schokolade ist für mich. Und weißt du, welchen Sündern die beiden zuerst begegneten? Was meinst du? Mördern? Lügnern? Den Maßlosen oder den Trägen? Den Glaubensverächtern? Gibst du mir bitte ein Hörnchen, danke. Den Schandtätern, den Egoisten, den Machthabern? Du hast eine große Auswahl. Nun, keine von denen. Dante und Vergil treffen zuerst auf die Neutralen, Menschen, die in ihrem Leben keine Position bezogen haben, die kleinmütig und verzagt handelten, die geschwiegen haben, die sich nie aus dem Fenster lehnten, die weder Rebellion noch Treue lebten. Das sind sehr schmackhafte Hörnchen. Zur Strafe hecheln sie einem Banner hinterher, das keine andere Bedeutung hat, als daß es sich nach vorne bewegt. Sie haben keine andere Wahl – sie müssen dem Banner der Sinnlosigkeit folgen. Schlimme Strafen, die sich der Signore Dante ausgedacht hat. Wie ist es um unsere Finanzen bestellt? Nicht gerade üppig. Es wird an der Zeit, etwas Geld zu verdienen. Natürlich hier. Das ist ein hervorragender Platz zum Geldverdienen. Fräulein, bitte. Ich komme gleich zu Ihnen. Hats geschmeckt? Danke der Nachfrage. Wären Sie bitte so freundlich, uns drei Tassen zu bringen. Wie bitte? Und darf ich Ihnen schon Ihr Trinkgeld überreichen. Oh, danke, ja sofort.

Wir werden die Bürger dieses Städtchens zu einem Spielchen herausfordern, Alex. Meinen Sack, bitte. Ein Würfel genügt für dieses einfache Spiel. Danke, Fräulein. So, hilf mir bitte, den Tisch etwas nach vorne zu schieben. Drei Tassen, ein Würfel. Ganz einfach. Wo ist der Würfel. Ein Testspiel? Du siehst, hier ist der Würfel. Aufgepaßt, wo ist er jetzt? Gut. Und jetzt? Sehr gut. Jetzt knöpfe ich den obersten Knopf meiner Weste auf, der Würfel bewegt sich auch, und er verschwindet und ich vermute, du weißt wieder, wo er ist. Hier? Bist du sicher? Nicht eher hier? Sicher? Gut, wie du willst. Falsche Entscheidung. Du hast dein Portemonnaie verloren. Bitte überreiche es mir. Nimm deine Mütze in die Hand und sammle unsere Gewinne ein.

Meine Damen und Herren, leihen Sie mir Ihre Aufmerksamkeit, für ein Spielchen vor dem Mittagessen. Von weit komme ich her, um mich mit Ihnen zu messen. Sie sind jung und gesund, Sie haben gute Augen und schnelle Reflexe, und ich bin ein alter Mann aus dem Orient. Ich öffne diese Brieftasche und ich ziehe diesen Schein heraus und ich fordere Sie auf, es mir gleich zu tun. Sie kennen das Spiel. Ein Würfel, drei Tassen, mit einem Drittel Sicherheit haben Sie gewonnen, bevor wir überhaupt zu spielen beginnen. Junger Mann, Sie? Legen Sie bitte ihren Schein neben meinen. Ihr Mut wird belohnt. Sollen wir beginnen? Einen Probedurchlauf? Sie sehen, meine Hände sind langsam und ihre Augen schnell. Wo ist der Würfel? Goldrichtig. Sollen wir jetzt ernstmachen? Noch ist es einfach. Etwas schneller? Sie folgen mir noch? Er liegt hier, hier liegt er schlecht, lassen Sie ihn uns verschieben, hierhin, und dorthin, und noch einmal auf die andere Seite. Fertig. Verehrte Damen und Herren, dieser aufmerksame junge Mann wird uns zeigen, unter welcher Tasse sich nun der Würfel befindet. Ooooh, Sie hätten schwören können, er sei hier. Ja, und ich hätte Ihnen recht gegeben. Aber er liegt woanders. Lassen Sie uns nachsehen. Voilà. Wissen Sie was, ich lasse unsere Einsätze einfach liegen, damit Sie sich revanchieren können. Sie waren wahrscheinlich einen Augenblick lang unkonzentriert, für einen Moment abgelenkt. Das kommt vor. Aber diesmal werden Sie besser aufpassen. Es geht wieder los. Bei diesem Spiel, hochverehrte Damen und Herren, gibt es zwei Möglichkeiten. Entweder Sie vertrauen sich dem Schicksal an und wählen, ohne auf ihre Augen Rücksicht zu nehmen, eine der drei Tassen. Dann ist Ihnen das Schicksal mit einer Wahrscheinlichkeit von eins zu drei gewogen. Oder Sie versuchen dem Würfel zu folgen, dann multipliziert sich mit jeder Verschiebung die Möglichkeit, daß ihre Augen Sie in die Irre führen, und wenn ich die Tassen fünfmal gänzlich neu ordne, stehen Ihre Sinne einer Herausforderung von drei hoch fünf gegenüber. Man könnte meinen, Ihre Gewinnchancen seien erheblich gesunken. Das wäre aber falsch, weil es zugleich die Möglichkeit gibt, daß Ihr scharfes Auge jeden Zufall ausschaltet. Etwas kompliziert, nicht wahr? Nun, wo ist der Würfel? Nein, leider nicht. Grämen Sie sich nicht, junger Mann, ich danke Ihnen für das Spiel, und wünsche Ihnen ein schönes Wochenende. Es wird doch in diesem schönen Städtchen begabtere Spieler geben, trauen Sie sich, gegen einen alten Mann wie mich, dessen Geschicklichkeit schon bessere Tage erlebt hat.

Was tun Sie hier?

Herr Wachtmeister, was für eine Frage, alle hier versammelten Bürger sehen es und wissen es – wir spielen.

Glücksspiele sind auf der Fußgängerzone verboten.

Eine gute Verordnung, eine sehr gute Verordnung. Glücksspiele sind teuflisch. Sie müssen unter Kontrolle gehalten werden. Aber wissen Sie, dort, wo ich herkomme, sind Glücksspiele ausgestorben. Das ist noch besser. Und wissen Sie, warum? Weil jeder die Würfel beherrscht. So einfach. Wollen Sie nicht einen Einsatz wagen?

Beenden Sie sofort dieses Glücksspiel, bevor ich unangenehm werde.

Sie enttäuschen mich, Herr Hauptmann, das hier hat doch nichts mit Glück zu tun. Überprüfen Sie es selbst. Sehen Sie diesen Würfel? Ich lege ihn unter diese Tasse, und verschiebe dann einige Tassen. Nun frage ich Sie: Wo ist der Würfel? Sehen Sie. Sie wußten es. Sie haben aufgepaßt. Das machen wir noch einmal. Und jetzt? Sie haben schon wieder recht. Wollen Sie behaupten, Sie haben nur Glück gehabt? Das wäre unsinnig. Die Erklärung ist einfach: Männer Ihres Berufs verfügen über eine genauere Beobachtungsgabe. Stimmen Sie mir zu? Hätten Sie etwas von Ihrem Salär gesetzt, Sie wären reich geworden.

Haben Sie eine Gewerbeanmeldung?

Aber Herr Wachtmann, ich bin entsetzt. Gerade noch haben Sie mich des verbotenen Glücksspiels bezichtigt, und nun möchten Sie eine Gewerbeanmeldung sehen. Wie soll ich das verstehen? Wissen Sie, wir spielen seit etwa einer Viertelstunde, und kein Bürger Ihres Städtchens hat ein einziges Spiel gewonnen. Können Sie mir das erklären? Außergewöhnliches Pech, nicht wahr? Und wo es Pech gibt, muß es auch Glück geben. Ich kann mir nicht vorstellen, daß in diesem anständigen Städtchen für Glücksspiele in der Fußgängerzone Gewerbeerlaubnisse erteilt werden. Nun, wir wollten gerade aufbrechen, lieber Herr Polizeimeister, die Berge rufen. Meine sehr geschätzten Damen und Herren, wir bedanken uns und ziehen mit den allerbesten Erinnerungen an Sie weiter ...

Kein Andante, mein Junge, wir sind presto, komm schon, du kannst unsere Einnahmen später zählen, wir müssen weiter, galopp, hopp hopp, aufsitzen, und los, der erste Tritt, vom zweiten überholt, und wir rollen weiter und rollen und rollen ...

Tage später schenkte er mir einen Paß. Hinauf zum Sankt Irgendwas – einundzwanzig unentwegt aufsteigende Kilometer. Rhythmus ist bei so einem Aufstieg alles. Kontinuierlich durchtreten, es langsam angehen lassen, sich nicht frühzeitig verausgaben, gleichbleibend drücken und ziehen. Bai Dan bewunderte derweil die Landschaft. Als hätte er noch nie Berge gesehen. Wenn es besonders steil wurde, strengte er sich auch an. Das brachte mich aus dem Rhythmus. Die Autos rasten an uns vorbei, der Luftzug schüttelte uns durch, für eine Sekunde, wie ein Flugzeug in Turbulenzen. Ich mußte aus dem Sattel raus. Ich pumpte. Meine Lunge war erstaunlich gut in Schuß, aber die Oberschenkelmuskeln wurden allmählich sauer. Ich nahm mir die nächste Kurve vor. Ich versuchte, nur an die geringe Entfernung bis zur nächsten Kurve zu denken. Wie viele Straßenmarkierungen

noch. Die schwarzweißen Dreiecke. Der graublaue Asphalt.
Die sauber gezogene, breite, weiße Linie. Vielleicht seid ihr
damals auf dieser Straße nach Norden, rief Bai Dan. Kannst
du dich an die Gipfel erinnern? Majestätisch, erhaben, so etwas sieht man nicht alle Tage. Was für ein Schwärmer. Noch
eine Kurve. Die Muskeln bringen es bald nicht mehr. Es geht
nicht mehr. Anhalten. Ich schlug Bai Dan auf den Rücken
und deutete auf einen Parkplatz vor uns. Wir rollten über die
Straße zu einem Steintisch mit zwei steinernen Bänken. In
Beton gefaßten Papierkörben. Und eine Balustrade, dahinter
ein Abgrund. Das Rauschen eines Wasserfalls war zu hören.
Was für eine Pracht, Bai Dan stand an der Balustrade, Junge,
genieß doch mal die Aussicht. Schnaufend ging ich zu ihm
hin, jeder Schritt tat weh, meine Beine waren wie Lakritze.

Endlich erreichten wir den Paß. Ein tolles Gefühl. Die Häu-
sergruppe hatten wir schon einige Minuten vorher gesehen,
die letzten Kurven überblickt. Da geriet selbst Bai Dan in
Radlereuphorie und begann so eifrig in die Pedale zu treten,
wie er es in diesem Jahrhundert noch nicht getan hat. Mit
Tempo kamen wir um die letzte Kurve, auf die Zielgerade.
Links parkten Busse, Touristen liefen etwas planlos umher.
Wir wurden angestarrt, als wäre im Busradio gemeldet worden, daß unsere Art ausgestorben sei.

Wir rollten aus, unentschlossen, wo wir halten sollten, sahen die Statue des Heiligen hinter dem Parkplatz, dieser
Sankt Sonstwas. Bai Dan lenkte uns hin. Wir umkurvten ihn.
Du hast uns viel abverlangt, aber wir haben es dir gern gegeben, rief Bai Dan und putzte sich die Nase. Dann setzte uns
das Tandem vor dem Gasthaus ab.

Die Außenwände des Hauses waren von Sprüchen ge-
zeichnet: Lob auf den Fleiß, Vertrauen auf den Herrgott. Das
Interieur wog noch schwerer. Voller Betrieb. Eine robuste
Kellnerin kam uns entgegen, in ihrem Kugelstoßerarm eine
Batterie Bierkrüge, auf der anderen Hand ein Tablett mit
braunweißrötlichen Speisen. Hinten ist noch Platz, und sie

eilte an uns vorbei. Hinten hieß ganz hinten, der schlechteste Platz in der ganzen Raststätte, neben der Tür zur Küche. Der Rauch und der Lärm drückten uns in die Bänke. Nach zwei Flaschen Mineralwasser bestellten wir Essen, die braunrotweiße Ausführung.

Glückwunsch, Alex. Du hast die erste große Herausforderung bestanden. Zwischenzeitlich hatte ich gewisse Zweifel, aber ich sehe, in dir ist noch Biß. Hervorragend hervorragend. Zum ersten Mal betrachtete ich meinen Taufpaten, so ausführlich und aufmerksam, als könnte mir sein Gesicht doch etwas sagen: Er hatte eine beeindruckende Stirn, hoch breit gewölbt, wie eine große Leinwand, für Cinemascope geeignet.

Die Küchentür kam nicht zur Ruhe, hinter dem Kopf von Bai Dan schwang sie auf und ab, als würde sie im Akkord arbeiten. Hast du das gehört? schmatzte Bai Dan. Was denn? Hör mal, heimische Klänge. Da flucht jemand, als hätte er drei Spiele hintereinander doppelt verloren. Bai Dan stand auf, und kam wenig später mit einem Mann an seiner Seite zurück, der auf seiner Brust Küchenreste und in seinem Gesicht Wülste trug. Iwo. So stellte er sich vor.

Setzen Sie sich kurz zu uns?

Wieso nicht, hab ja gekündigt. Muß mir nichts mehr bieten lassen.

Was trinken Sie?

Einen doppelten Schnaps und ein Bier.

Wir aßen weiter, er trank. Als wir alle gesättigt und erholt und beruhigt waren, fragte Bai Dan diesen Herrn Iwo, ob er denn spiele.

Und ob ich spiele. Wissen Sie überhaupt, wem Sie gegenübersitzen? Wenn ich irgendwas kann, dann ist es das. Ich bin ein Meister. Da kann mir niemand was vormachen.

Hervorragend hervorragend. Vielleicht hätten Sie Lust, einen Fünfer gegen diesen jungen Mann hier zu spielen. Ich nehme an, Sie können ihm einiges beibringen.

Mich juckt es schon in den Fingern. Keine Schonung,

oder? Ein Spiel zwischen zwei Männern. Daß das klar ist, will ja nicht, daß sie mir nachher böse sind, weil sie den Jungen noch tagelang trösten müssen. Wo kriegen wir überhaupt ein Spiel her?

Wir sind in diesen Dingen gänzlich autark.

Und Bai Dan beugte sich zu seinem Sack hinunter.

Bei der Abfahrt war mir zum ersten Mal seit Jahren zum Singen zumute. Ich hatte diesen Aufschneider besiegt. Zwischendrin hatte es gar nicht gut ausgesehen. Er begann mit zwei Siegen, und er hörte überhaupt nicht mehr auf, Schaum zu schlagen. Ich war mies drauf. Bis mir Bai Dan gegen das Schienbein trat. Ich riß mich zusammen. Und ich gewann. In einem spannenden Endspurt. Wir lagen gleichauf, und ich warf dreimal hintereinander Pasch. Das muß mir erstmal einer nachmachen. Der Typ war vernichtet. Wenn das kein Grund zum Singen ist.

What a difference a day made, twentyfour little hours, auch die Berge gefielen mir besser, what the sun and the flowers, where there used to be rain, und wie ich mich auf den Süden freue, my yesterday was blue, dear, today I'm a part of you, dear, und wenn der Alte nicht aufpaßt, habe ich ihn bald auch im Sack, my lonely nights are through, dear, since you said you were mine. Jaaaaaaaaaah, Lord, what a difference a day makes, there's a rainbow before me, skies above can't be stormy, since that moment of bliss, that thrilling kiss.

Tage später erreichten wir Monaco.

Die Insel der Millionäre, nannte es Bai Dan. Mein Junge, wir müssen unsere Reisekasse wieder aufbessern. Der Wein gestern abend war vorzüglich, aber er nahm zu großen Einfluß auf die Rechnung von heute morgen. Wir radelten am Yachthafen vorbei nach Monte Carlo, rollten auf den Parkplatz des Grand Casino und hielten neben zwei Sportwagen. Ich traute meinen Augen nicht.

Bai Dan! Sieh dir das an.

Ein Auto?

Das ist nicht *ein* Auto. Das ist ein Iso Grifo! Das ist das schönste, was es gibt.

Seltsamer Name.

Ich würde meine rechte Hand dafür hergeben, ihn einmal zu fahren.

Vielleicht kann man das billiger haben.

Bai Dan schloß das Tandem mit der alten Kette ab, die wir bei mir im Keller gefunden hatten. Ein Portier kam herbeigerannt, fuchtelte mit den Armen und erregte sich. Bai Dan überreichte ihm den kleinen, ölverschmierten Schlüssel.

Bitte fahren Sie nicht mit ihm herum, ja? Er ist nicht versichert. Und er reagiert sehr ungehalten, wenn Fremde aufsitzen.

Drinnen entschied sich Bai Dan für Baccarat. Roulette dauerte ihm zu lange. Aber auch für Kartenspiele hatte er nicht viel übrig. Stümperhafte Werkzeuge, murmelte er.

Sie können hier nicht Platz nehmen, Monsieur.

Pardon?

Dieser Tisch ist für hohe Einsätze reserviert.

Mache ich einen falschen Eindruck auf Sie?

Drüben haben wir noch andere Tische, ich bin sicher, Sie werden sich dort wohl fühlen. Wenn Sie bitte so freundlich wären.

Ab welchem Einsatz erhält man Zugang zu diesem Tisch? ... Wenn dem so ist, möchte ich Sie bitten, mir den Platz zu reservieren. Ich werde in zehn Minuten wiederkommen.

Was soll das heißen, du kommst in zehn Minuten wieder? Wo willst du das Geld herkriegen?

Hast du mal im Freien übernachtet, an einem Feuer? Du wachst mitten in der Nacht auf, dir ist kalt und das Feuer ist bis auf einen letzten Glutfunken herabgebrannt. Du beschließt, das Feuer wieder zu entfachen. Wir haben Jetons für mehrere hundert Franken. Das ist mehr als ein Funken Glut.

Überflüssig zu berichten, daß Bai Dan gewann. In weniger als zehn Minuten hatte er den Betrag zusammen, den er einsetzen mußte, um am hohen Tisch spielen zu dürfen. Er begrüßte den Bankhalter und blickte auf seine Uhr.

Ich denke, ich habe mich nicht verspätet. Mein Einsatz. Bitte schön.

Die ersten Anzeichen von Beunruhigung seitens des Casino-Managements offenbarten sich, als ein kleiner, graumelierter Mann in dunkelblauem Anzug zum Tisch kam und einige Worte mit dem Bankhalter wechselte. Er verschwand wieder. Bai Dan hatte inzwischen eine Summe erspielt, mit der wir ein ernsthaftes Angebot auf den Iso Grifo hätten abgeben können.

Der Mann, der neben uns saß, verlor die Unsummen, die Bai Dan gewann. Ein Neureicher, allem Anschein nach, ein Gesicht wie eine Tropfsteinhöhle, und der beleibte Körper in einem chamoisen Seidenanzug. Etwas zerknittert, den Verlusten am Tisch entsprechend. Ab und an zwängte er seine Linke in die Hosentasche, strich mit dem Daumen über die Naht, zog die Hand zur Hälfte wieder hinaus, während er mit den Fingern der anderen Hand seine Kartenwünsche diktierte und seine Einsätze deklarierte. Als er zur Abwechslung einmal gewann, riß er seine Linke aus der Hosentasche, und ein Schlüsselbund fiel zu Boden. Ich sah den Anhänger – ein Maserati-Logo – und stupste sofort Bai Dan an.

Der da neben dir, dem gehört der Iso Grifo.

Was du nicht sagst. Scheint ihm wenig Glück zu bringen. Könntest du mir bitte ein Wasser besorgen ...

Als Alex mit einem Glas und einem Fläschchen zurückkam, war ich in eine angeregte Unterhaltung mit dem Maseratimann vertieft. Ich kenne nicht Ihre Vermögensverhältnisse, hatte ich ihm gesagt, aber Sie haben eine nach jedem Maßstab exorbitante Summe verloren. Vielleicht können Sie sich das leisten. Vielleicht aber auch nicht. Vielleicht wird dieser Nachmittag unangenehme Folgen für Sie haben. Gewissensbisse, Vorhaltungen ihrer Frau, Vorwürfe ihrer Familie. Vielleicht geht Ihnen eines Tages das Geld aus, oder der Hahn

241

wird ihnen abgedreht. Es können so viele schlimme Dinge passieren, wenn man so heftig am Tisch verliert. Sollen wir es so weit kommen lassen? Sollten wir es nicht verhindern?

Wie denn?

Indem wir ein Geschäft abschließen, daß für beide Seiten vorteilhaft ist. Ich spiele für Sie weiter, an Ihrer Stelle, auf mein Risiko, aber zu Ihren Gunsten. Sollte ich so viel erspielen, wie Sie heute abend verloren haben, verlange ich als Gegenleistung nur, daß Sie ihren Sportwagen meinem Enkel für eine halbe Stunde leihen.

Meinen Wagen!

Ich werde während seiner Abwesenheit in ihrer Nähe bleiben, und er wird Ihnen zuvor seinen Paß übergeben.

Ich weiß nicht ...

Er besitzt einen gültigen Führerschein.

Und wenn Sie nicht gewinnen?

Dann haben Sie keinerlei Verpflichtung.

Dann habe ich nichts zu verlieren. Einverstanden. Aber nur für eine halbe Stunde.

Hervorragend hervorragend. Seien Sie versichert, Sie werden Ihr Auto keine Minute länger vermissen.

Und das ist alles?

Ja, so gut wie alles. Eine Kleinigkeit noch, eine Winzigkeit, eine Petisse, eigentlich nicht der Rede wert. Wir beide, mein Enkel und ich, sind nur auf der Durchreise, wir sind momentan auf einem Tandem unterwegs, um uns zu amüsieren, Sie verstehen sicherlich. Nun vermute ich, daß mein Enkel mit ihrem schnellen, wendigen Wagen den Hausberg dieser Stadt hinauffahren möchte. Das ist wahrscheinlich, nicht wahr? Ja, wenn ich genauer darüber nachdenke, bin ich mir sicher, daß er genau das tun wird.

Wenn es überhaupt dazu kommt.

Gesetzt den Fall, wir gewinnen, natürlich. Er fährt also diese Serpentinenstraße hinauf, muß sich dabei nicht sehr anstrengen und kann die Sicht von oben genießen. Ich habe gehört, sie sei wunderbar, die Sicht von dort oben. Wäre es denn gerecht, wenn sie mir entginge? Ich würde auch gerne in den Genuß dieser Aussicht über Bucht und Stadt und Küste kommen. Aber wie? Wie soll ich hinaufgelangen?

Indem Sie einfach mitfahren.

Ach, ich vergaß zu erwähnen. So ein Auto, wie Sie es haben, ist für jemanden, der an Klaustrophobie leidet, wenig geeignet. Begreifen Sie mein Dilemma? Mein Chauffeur ist mit einem, wie heißt noch einmal ihr Modell ... ja, mit einem Iso Grifo vorausgefahren, und ich kann sehen, wo ich bleibe. Verstehen Sie?

Nein. Worauf wollen Sie hinaus?

Ich benötige einen Partner, der mich den Berg hochradelt. Der hinten auf dem Tandem sitzt und tüchtig in die Pedale tritt. Und ich kenne jemanden, der sich dafür eignet.

Nein.

Doch doch.

Ausgeschlossen.

Keineswegs.

Kommt nicht in Frage, wissen Sie, wie weit es hinaufgeht, ohne Auto ist das mörderisch.

So schlimm wird es doch nicht sein.

Nein. Nicht mit mir. Das kann ich nicht.

Der Mann erhob sich und ging einige Schritte vom Tisch weg. Er hinkte.

Sie haben sich den Falschen ausgesucht – ich habe ein Holzbein.

Schade, ich werde auf die Aussicht verzichten müssen.

Nachdem er mir das Glas abgenommen und einen großen Schluck getrunken hatte, spielte Bai Dan an zwei Positionen. Der Maseratimann schaute mit einem ungläubigen, säuerlichen Gesichtsausdruck zu, wie sich die Jetons und Tafeln, die Bai Dan mit den Karten zu seiner Linken gewann, vor ihm stapelten. Er versank in seinen Stuhl, und rauchte unentwegt.

Eine halbe Stunde später drückte er mir auf dem Parkplatz

243

die Schlüssel in die Hand. Als ich zurückkam, euphorisch und überglücklich, diese Pracht von Wagen ausrollen ließ, dem Maseratimann seinen Iso Grifo zurückgab, und wieder auf dem harten, hinteren Sitz Platz nehmen mußte, als ich lostrat, und zum Abschied winkte – weder der Maseratimann noch der Portier schienen besonderen Wert auf diese Freundlichkeit zu legen –, hatte Bai Dan mir folgendes zu erzählen: Der häßliche Mensch im zerknautschten Anzug war ein Landsmann namens Stojan Stojanow, der den Maserati nur ausgeliehen hatte, um Eindruck zu schinden.

Bei wem?

Ich habe nicht nachgefragt, antwortete Bai Dan, um nicht belogen zu werden.

Beim Frühstück verlor Bai Dan nie ein Wort über seine Pläne. Auf meine Frage, wohin wir als nächstes fahren würden, lobte er die Konfitüre, die frischen Brötchen oder den Kaffee. Warum machst du so ein Geheimnis daraus? Das Lächeln in seinen Augen stachelte meine Neugier nur noch mehr an. Wir packten, es dauerte nie länger als einige Minuten, Bai Dan zahlte an der Rezeption, drückte dem Pensionsinhaber einige Scheine in die Hand oder hinterließ eine Aufmerksamkeit auf dem Küchentisch des Bauern. Wir verstauten unser Gepäck in den Hängetaschen des Tandems und hievten uns auf die Sattel. Und nun? Ein Fuß stützte sich auf dem Pedal ab, der andere auf dem Boden. Bai Dan blickte nach vorne, zu beiden Seiten und dann nach hinten, an mir vorbei, und mir in die Augen: Paris. Und es ging los, mit einigen heftigen Tritten, um das schwere Tandem in Fahrt zu bringen.

Tage später erreichten wir Paris. Das Tandem mußte an einer RER-Station warten.

Paris ist eine Stadt für Füße, sagte Bai Dan.

Woher weißt du das? Bist du schon mal hier gewesen?

Schon öfters.

Wann denn?

Als ich im Gefängnis war. Montag war Reisetag. In unserem Trakt waren einige Franzosen, so nannten wir sie, in ihren Adern floß natürlich kein Tropfen gallisches Blut, aber der eine war vor dem Krieg Botschafter in Frankreich gewesen, der andere hatte an der Sorbonne Geschichte studiert und der dritte Stendhal und Balzac übersetzt. Er träumte davon, einen Albert Camus zu übertragen, doch obwohl er wöchentlich um Erlaubnis und Bücher bat, wurde es nie genehmigt. Ich weiß nicht, was der Direktor gegen diesen Camus hatte. Wie dem auch sei – diese drei Franzosen organisierten Stadtrundfahrten. Jeden Montagabend zeigten sie uns eine Sehenswürdigkeit, ein Pariser Viertel.

Trocadero zum Beispiel. Schau dir auf dem Plan dort an, wo es liegt. Im Osten, wenn ich mich nicht täusche. Der Historiker begann den Rundgang mit dem Ausruf: Augen zu. Wir stehen am Trocadero, ein großer, belebter Platz mit Rundverkehr, sternförmig gehen die Straßen ab. Zwei hellwandige, imposante Gebäude bilden einen Halbkreis – ich verschone dich mit den architektonischen Details –, in dem einen befindet sich, wenn ich mich recht entsinne, das Marineministerium, wir blicken zwischen den zwei Gebäuden hindurch, zu einer grandiosen Terrasse, größer als der Innenhof des Gefängnisses, wir halten die Luft an, es ist ein sonniger, klarer Tag und wir blicken direkt auf den Eiffelturm, ein eisernes Gerippe, höher als der Towasch, zur Weltausstellung erbaut. Aus dieser Entfernung erscheint es noch filigran, ein Wunderwerk moderner Ingenieurkunst, und dahinter, wir sehen eine viereckige, ordentliche Rasenfläche, das ist das Marsfeld, zu beiden Seiten baumbestanden, und dahinter fließt die Seine. Wir verlassen die Terasse auf einer kurvenden Treppe, über mehrere, kleinere Zwischenterassen. Wir gehen zum Fuße des Eiffelturms. Jetzt wirkt er massiv, gewaltig. Zwischen die vier Stützen würde das ganze Gefängnis passen. Kioske sind über den Platz verstreut, den Eiffelturm kann man in vielerlei Art als Andenken mit nach Hause nehmen, als kleines Modell, auf Schals und Wimpeln,

245

als Postkartenfoto, auf Anhängern und Regenschirmen. Wer möchte, daß wir ihn besteigen? Wir waren natürlich alle dafür. Wir könnten zu Fuß hinaufgehen ... nein, lassen wir das lieber, die Bohnensuppe liegt mir schwer im Magen ... nehmen wir lieber den Lift. Hier sind eure Eintrittskarten, wir treffen uns oben.

Oder die Tuilerien. Der Botschafter in seinem Element. Wir spazieren, meine Herren, wie durch eine Pralinenschachtel, und mit uns die feinen Bürger der Stadt. Die Pariser Damen übertreffen den Garten an Eleganz. Ich würde nicht behaupten, die Natur hätte ihnen mehr Schönheit geschenkt als unseren Frauen, aber sie bestehen von den Schuhen bis zu dem Hut aus Kultiviertheit, und ihr Gang, ihre Gesten, ihre Konversation sind voller Anmut und Charme. Die Männer dagegen, eine Enttäuschung. Kleinwüchsig und ... die Tuilerien, Eure Exzellenz ... zurück zu den Tuilerien. Sie schließen an den Louvre an, den wir letzte Woche besucht haben. Wie ich schon sagte, ihr müßt euch vorstellen, wir spazieren durch eine Pralinenschachtel. Eine aufwendige Anlage, breite Wege und gepflegter Rasen. Die Marmorstatuen sind aus weißer Schokolade, die Büsche wie überzogene Kirschen, man würde nicht vermuten, aus wie vielen Ästchen sie bestehen. Die Blumenbeete bilden für sich allein kleine Schachteln mit Genüssen in allen Farben und Formen, Schachteln, in die man hineinschnuppern muß, um sich zu sättigen. Und die Springbrunnen sind caramelisierte Walnüsse, und die Bassins Toffeehalbkugeln.

Oder Père Lachaise, der größte Friedhof der Stadt. Die letzte Ruhestätte vieler großer Männer. Und der Übersetzer wußte alles, was es darüber zu wissen gibt. In diesem verwinkelten Reich von Verwilderung, Rost, Höhlen und Tiefen und Grün, von den Bäumen der Alleen und von dem Moos, das zwischen den Inschriften wuchert, von Grasbüscheln, die zwischen den Gräbern gedeihen. Der Übersetzer verfügte über ein sagenhaftes Gedächtnis. Er kannte den Weg zum Grab von Alexandre Dumas, an asthmatischen

Grüften, buckligen Türen und gichtigen Statuen vorbei, er wußte, wo die Gebeine von Frédéric Chopin ruhen, wo man die schönsten Mausoleen findet und natürlich wußte er auch – das würde er selbst nach einem Monat in der Straf-zelle nicht vergessen –, wo Stendhal begraben liegt. Nicht weit vom Haupteingang entfernt, neben einem Kritiker na-mens Sainte-Beuve. Der Übersetzer war empört. Der un-sterbliche Stendhal in einem so bescheidenen Grab, während dieser Hugo, den man nicht im selben Atemzug nennen dürfte, mit einem Platz im olympischen Panthéon geehrt wurde. Das Panthéon? Das sehen wir uns nächsten Montag an. Das Grab von Stendhal wurde uns minutiös beschrieben, die Farbe des Kalksteins, die Inschrift, die benachbarten Gräber, bis wir das Gefühl hatten, Stendhal ruhe mitten in unserer Gefängniszelle. Wir standen ehrfurchtsvoll um sein Grab herum und gedachten seiner. Der Übersetzer zitierte aus *Rot und Schwarz* und aus der *Kartause von Parma*, dann hielt er eine improvisierte Rede über *Stendhal oder das be-fleckte Hemd der Freiheit*.

Hier steigen wir um.

Die Station hieß Châtelet/Les Halles. Station ist eigentlich der falsche Begriff – es war eine Krake des Umsteigens. End-lose Laufbänder summten durch die schlechte Luft. Bai Dan erzählte von den wunderbaren Markthallen, in denen der Reichtum der umliegenden Region die Hauptstadt erreichte und über Hunderte von Ständen zu Tausenden von Parisern gelangte, die ihn in ihre einmalig anspruchsvollen Küchen trugen. Das klang so verlockend, daß ich fast den Wunsch geäußert hätte, hinaufzugehen, aber ich besann mich eines Besseren, denn Bai Dan ließ sich nie von seinen Plänen ab-bringen. Wir bogen in einen Seitentunnel ab. Er öffnete sich auf einen Bahnsteig. An der Ecke saß ein alter Afrikaner auf dem Boden, die Füße flach aufgesetzt, den Oberkörper vor-gebeugt. Sein Singsang wurde von Tönen begleitet, die sein Daumen auf einem kleinen Instrument anschlug. Er trug spitze gelbe Sandalen, ein Gewand in Regenbogenfarben, eine Sonnenbrille und eine gestickte Kopfbedeckung. Auf einer Plastiktüte vor ihm lagen Münzen. Ein Griot, flüsterte Bai Dan, ein Mann der Weisheit. Während wir auf die nächste Metro warteten, wechselten sich auf Bildschirmen entlang des Bahnsteigs Meldungen über Jeans und Wahlen und Zahnpasta und Streiks ab. Eine E-Gitarre jaulte aus einer fernen Nische. Was sind Griots? Ein bißchen von allem: Sänger, Erzieher, Dichter, Chronisten, Unterhalter, Ratgeber, Musiker, Kenner der Gesetze, Bewahrer der Geschichte. Der Zug fuhr ein, entließ die Aussteigenden in gemeinsamer Eile die Rolltreppen hinauf oder in den Seitentunnel hinein, und saugte die Wartenden auf. Die Türen schlossen sich. Der Zug fuhr nicht ab. Wir setzten uns ans Fenster. Der alte Afrikaner zupfte und sang auch ohne Publikum weiter.

Der Zug verharrte am Bahngleis. Zeitungen raschelten im Warten, die Augen eines Kindes stupsten Bai Dan an. Einige Jugendliche stürmten aus dem Gang, an dem Alten vorbei, versuchten die Türen unseres Wagens zu öffnen, fluchten und traten gegen die Außenseite, in Höhe der Reklame. Sie bemerkten den Griot. Sie umringten die gezupften Töne. Ohne sich abzusprechen, begannen sie ihn anzupöbeln. Seine Stimme richtete sich auf, seine Finger verfehlten einige Töne. Einer der Jugendlichen, er gebärdete sich wie ihr Anführer, riß ihm das Instrument aus der Hand und warf es über den Bahnsteig

es fliegt, prallt auf den Beton, scheppert, gleitet über Kippen und Schmutz, kratzt am Boden. Die Gespräche im Waggon ersterben. Augen ziehen sich zurück. *Wir sind das Gedächtnis der Menschen, wir, die wir vergangene Taten und Worte für die Zukünftigen am Leben erhalten*, murmelt der Alte. Im Waggon hören sie nicht das Geräusch eines Stiefels, der in sein Gesicht tritt, eines Fußes, der herausschnellt und seitwärts das Profil voran in die schwarze Fresse dieses verdammten Parasiten, was hat dieser Schmutz in unserer Stadt verloren, wir müssen unsere Stadt von diesem Ungeziefer reinigen, niemand kümmert sich darum ... beim

nächsten Tritt gerät der Jugendliche aus dem Gleichgewicht, zieht das andere Bein nach … *Sohn des Vaters, Sohn
des Großvaters, Söhne des Urvaters, ihr Ahnen, die ihr über
meine Schritte wacht …* im Waggon hören sie die Spucke
nicht. Bai Dan steht an der Tür, ergreift die Hebel und wirft
sie nach außen – die Türen lassen sich nicht öffnen. Der Zug
wird jeden Augenblick weiterfahren. Wir sorgen uns um
ihre Gesundheit, ROUSSEL UCLAF, immer eine Pille vor-
aus. Eine tätowierte Hand tätschelt den Kopf des Alten
klopft auf den Schädel klopft, tanz mal Nigger laß uns
deine Buschmanntänze sehen, fester klopfen fester drauf-
hauen, was bist du für ein schwaches Tier, *geachtet und
mißachtet, in der Fremde verschwindet der Ruhm so schnell
wie die abendliche Sonne hinter einem Termitenhügel*, ein
Basketballschuh zertritt die Brille. Die Finger von Bai Dan
und Alex versuchen, sich zwischen die Gummiabdichtung
der Türen zu zwängen. Die Türen lassen sich nicht öffnen.
Der Alte krümmt sich auf den Boden, sein Kopf rutscht zwischen Kippen, Spucke und Stiefel. Die Augenhöhlen sind
weithin sichtbar, das rechte Auge ein aufgeschlagenes, ver-
dorbenes Ei. Die Pupille des linken Auges schwimmt in
einem milchigen Meer, *unsere Opfer, wie viele wurden ge-
blendet, um ihre Ohren und ihre Erinnerung zu schärfen.*
Noch einmal, streng dich an, fordern die Augen Bai Dans.
Die Türen sind nicht zu öffnen. Die Jugendlichen werfen
sich die Kopfbedeckung des Alten wie ein Frisbee zu,
schnapp, heute abend tritt er mit seiner neuen Band in
Bercy auf, schnapp, der Alte auf dem Beton, überflüssig wie
die zertretene Sonnenbrille die zerdrückten Kippen die vertrocknete Spucke, die Tropfen Blut. Irgendwo ist Rot auf
Grün gesprungen, es geht weiter, der Zug zuckt, Bai Dan
und Alex lehnen sich erschöpft gegen die Tür. Die Jugendlichen haben genug vom Alten, sie laufen mit dem angefah-
renen Zug, drohen, schneiden Grimassen, Kehlen durch, ihr
Spießer da drin, ihr seid noch einmal davongekommen,
nächstes Mal bleibt von euch Schnecken nur eine schleimige

Spur, eine schleimige Spur, der Tunnel schluckt sie, geräusch-
los im unschuldigen Waggon.

Das Sightseeing war uns verleidet. Wir saßen schweigend
nebeneinander, verständigten uns mit einem Wort darauf, so
bald wie möglich auf die RER-Linie umzusteigen, die uns zu
dem Endbahnhof brachte, wo wir unser Tandem unbeschä-
digt vorfanden. Fluchtartig ließen wir Paris hinter uns.

Tage später erreichten wir London.

Das Tandem banden wir vor dem British Museum fest. Bai
Dan zog seine Weste zurecht.

In diesem Museum wird das wertvollste Spielbrett aufbewahrt. Mein alter Freund Konstantin arbeitet hier. Er wird
es uns zeigen.

Wir fanden seinen Freund in der Bibliothek des Königs.
Die beiden umarmten sich, der Holzboden knackste. Einige
Blicke gaben zu verstehen, daß sie sich gestört fühlten.

Konstantin, das ist mein Patenkind, Alexandar.

Er schüttelte meine Hand und musterte mich.

Ich habe vor vielen Jahren einen kleinen aufgeweckten
Alexandar kennengelernt. In einem Lager. Wie lautet dein
Familienname?

Luxow.

Dann treffen wir uns also wieder.

Er schüttelte erneut meine Hand.

Wie geht es deinen Eltern?

Sie sind tot.

Das tut mir leid. Es waren gute Leute. Wie ist es passiert?

Da geschah etwas Seltsames. Ich hatte die Wochen davor
die Fragen Bai Dans überhört, hatte starken Widerwillen ver-
spürt, darüber zu reden. Aber nun, zwei zurückhaltend neu-
gierige Augenpaare auf mich gerichtet, in der weisen und
zeitlosen Atmosphäre dieses Museums, war ich bereit zu berichten, in Einzelheiten.

Es war das erste richtige Auto, daß sie sich leisten konnten.
Die erste Limousine, sie stellte wirklich etwas dar, davor hat-

ten wir nur kleine, rostige VWs und Fiats gehabt. Mutter hatte sich durchgesetzt – zuerst eine Wohnung, dann ein richtiges Auto. Nicht andersrum. Ich weiß die Automarke nicht mehr. Ich bin nur einmal mitgefahren. Wenn jemand das Wort *stolz* in den Mund nimmt, sehe ich meinen Vater an jenem Tag hinterm Steuer, er pfiff, was er nur tat, wenn er besonders guter Dinge war. Und wenn so ein kleineres Auto, eins von denen, die er bis vor einem Monat selber gefahren hatte, ihn aufhielt, schimpfte er, daß die Leute nicht wüßten, auf welcher Spur sie hingehörten. Ich glaube, auch Mutter war beeindruckt. Wir fuhren zu einem Gasthaus, das Forellen aus eigener Zucht servierte. Vater forderte mich heraus, und ich aß zwei Forellen. Auf der Rückfahrt bin ich im Auto eingeschlafen. Es war so bequem. Irgendein Idiot hat mir nachher Fotos gezeigt. Ich hätte das Wrack nicht als unser Auto wiedererkannt. Was immer geschehen ist, es muß sehr schnell passiert sein. Ich bin erst im Krankenhaus aufgewacht.

Konstantin, bevor wir uns in Erzählungen verlieren, möchte ich, daß du mir das Brett zeigst, von dem du mir geschrieben hast. Ich brenne vor Neugier. Und dann mußt du mir sagen, wie wir es entwenden können.

Es war wunderschön. Klein, kleiner als Bai Dan erwartet hatte, aber jeder Millimeter eingelegt mit rhombusförmigen Edelsteinen, von den Kanten und Rändern aus massivem Holz abgesehen. Die Zacken bestanden aus Blattgold, die Würfel aus Elfenbein.

Nicht zu glauben, daß sich dieses Kunstwerk mal in unserem Städtchen befunden hat. Konstantin, dürfte ich vielleicht, nur einen einzigen, kleinen Wurf?

Konstantin nickte, nachdem er sich versichert hatte, daß uns niemand zusah. Bai Dan rieb die zwei kleinen Würfel zwischen seinen Fingern, hielt inne.

Wem hat es ursprünglich gehört?

Einem Perser.

Nun, dann wollen wir sehen, was wir diesem Perser bieten können.

Die Würfel schossen aus seiner Hand, prallten gegen die Seite und blieben einmütig nebeneinander liegen, als Sechserpasch.

Nicht schlecht, Bai Dan, aber der Mann, der dieses Brett aus eurem Städtchen nach England brachte, der konnte noch besser würfeln.

Du willst mich beleidigen.

Keineswegs. Es war nur so, daß dieser Mann um alles auf der Welt gewinnen wollte. Und das verschafft einem manchmal einen gewissen Vorteil.

Wer war das?

Ein britischer Offizier namens Richard Burton, der in Indien gedient und gerade einen Aufstand in Afghanistan niedergeschlagen hatte. Er war ein neugieriger, fernsüchtiger Mensch; er ließ sich mit der Heimreise Zeit. Eines Tages erreichte er euer Städtchen in den Bergen, ihm wurde das Café gezeigt, er verköstigte sich dort und sah, wie die Spieler hereinströmten. Er zückte seinen Notizblock, skizzierte einige Gesichter und die Innenausstattung des Cafés und bat den Wirt, ihn den Spielern vorzustellen.

Wie war das Spiel von dem Perser in unser Städtchen gekommen?

Der damalige Meister der Spieler war ein Hadschi. Auf der Reise nach Jerusalem hatte er die Bekanntschaft des Persers gemacht, einer aus der königlichen Familie, ein Vetter von Muhammad Sháh. Die Zeiten waren in Persien unruhig und der anglophile Adelige hatte beschlossen, sich unter dem Vorwand einer diplomatischen Mission für einige Zeit nach England abzusetzen. Die beiden entdeckten eine gemeinsame Leidenschaft: das Spiel. Takhdanard heißt es auf Persisch, oder so ähnlich, ist nicht mein Fachgebiet. Der Perser war überheblich und siegessicher, er versprach seinem Gegner, ihm das Brett zu schenken, falls er verlieren sollte. Und er verlor. Der Hadschi kehrte zweifach bereichert heim – mit einem Fläschchen gesalbten Wassers und diesem Brett im Gepäck.

Wo wurde es aufbewahrt?

Im Café. Nachdem die anderen Männer das Brett gesehen hatten, wollte sich natürlich keiner mehr mit den einfachen einheimischen Brettern begnügen – sie bestanden allabendlich auf dem Schmuckstück.

Bis dieser Richard Burton auftauchte?

Der sich als begeisterter und fähiger Spieler erwies. Er wurde natürlich eingeladen. Sie spielten, zum harmlosen Zeitvertreib zuerst. Burton beschloß, sich einige Tage in diesem Städtchen auszuruhen. Tagsüber durchstreifte er die Gegend und verführte eine Bäuerin (deshalb hat seine Frau nach seinem Tod das Balkanische Tagebuch, in dem er seiner Gewohnheit gemäß alles minutiös notiert hatte, verbrannt). Abends erfreute er im Café die Spieler mit Geschichten aus dem Orient – er sprach Arabisch und Türkisch, die Sprachkundigeren übersetzten. Die Spiele aber, vor allem die zwischen dem Hadschi und Burton, wurden im Laufe der Tage immer stürmischer. Keiner der beiden konnte entscheidene Vorteile für sich verbuchen. Der Ehrgeiz raubte ihnen Zeit und Verstand. Je knapper die Spiele ausgingen, desto heftiger war das Begehren, sich als der Bessere durchzusetzen. Sie schlossen eine Wette: Das Brett des Persers gegen die Freiheit des Engländers. Richard Burton würde im Fall eines Sieges das Brett mitnehmen, im Falle einer Niederlage würde er in dem Städtchen bleiben und den Widerstand gegen das osmanische Reich organisieren helfen. Sie spielten und spielten, aber es gab keinen Sieger. Wer eine Partie gewann, verlor die nächste, gewann dann wieder, um die darauffolgende Partie zu verlieren. Sie spielten, unterbrachen nur, um zu essen und für einige Stunden zu schlafen. Der Spielstand änderte sich nicht – keiner der beiden gewann zwei Spiele in Folge. Bei einer Pause lehnte sich der Hadschi in seinen Sessel zurück, verschränkte seine Finger und bemerkte:

Es kann nicht angehen, Effendi Burton, daß die Frage nach

253

dem Besseren davon abhängt, ob wir eine gerade oder unge-
rade Anzahl von Spielen bestreiten.

Sehr richtig.

Wir müssen eine klare Entscheidung erzwingen.

Ich stimme Ihnen voll und ganz zu.

Haben Sie einen Vorschlag?

Wir sollten einen einzigen Wurf entscheiden lassen. Wer
die höhere Zahl hat, gewinnt.

Effendi Burton, verstehe ich Sie recht, Sie wollen Ihr
Schicksal dem reinen Glück überlassen?

Wenn Sie es so nennen wollen.

Ein Wurf also, ein einziger Wurf. Wollen Sie beginnen?

Nach Ihnen.

Der Hadschi verstummte, bewegte sich nicht. Alle, die sich
im Café befanden, eilten herbei. Es herrschte absolute Stille.
In einer raschen Bewegung griff der Hadschi die Würfel auf
und warf. Seine Hand verharrte in einer Geste der Be-
schwörung. Auf einem der goldenen Zacken lagen die Würfel, so wie deine vorhin, einmütig nebeneinander. Und beide
zeigten eine sechs.

Kismet, sechs und sechs, dju schesch, Effendi Burton, im
Morgenland wie im Abendland der höchste aller Würfe. Die
Hilfe eines Herrn von solcher Leidenschaft und Bildung wird
uns große Freude bereiten.

Nicht so voreilig. Auch auf meinen Würfeln befinden sich
zwei Sechser, und Sie erlauben, daß wir auch ihnen eine
Chance gewähren.

Selbstverständlich.

Burton preßte die Würfel zwischen seinen Händen, und
warf sie mit großer Kraft. Der eine Würfel prallte gegen eine
Ecke und blieb dort liegen – eine Sechs. Der andere aber
drehte sich, zirkelte, irrte über das Brett, prallte gegen die andere Seite und brach entzwei – eine Sieben. Burton hatte eine
sechs und eine sieben geworfen.

Eine sieben?

Ja, eine sieben.

Natürlich, du hast recht, zwei gegenüberliegende Seiten ergeben immer sieben.

Bis zum heutigen Tag gehen die Meinungen auseinander, ob es sich um göttliche Fügung, um einen unglaublichen Zufall gehandelt hat, oder ob Burton präparierte Würfel benutzt hat. Beides wäre denkbar, denn er war wagemutig, und er war ein Schlitzohr.

Und er hat die Märchen von Tausendundeinernacht übersetzt.

Bai Dan, stets der Skeptiker. Deshalb haben sie deinen Paten zum Bankdirektor ernannt. Wußtest du das? Führte keineswegs dazu, daß die Bank ihren Betrieb aufnahm. Unser Herr Direktor hier nutzte sein warmes Büro nur dazu, die Lektüre einiger liegengebliebener Romane nachzuholen. Ein Bankdirektor, der sich den Arbeitstag über durch Swift und Sterne las, das ging nicht lange gut. Da jeglicher Zahlungsverkehr ausblieb und die drängenden Briefe mit dem Vermerk *Adressat unbekannt* zurückkamen, schickte die Zentrale einen Revisor. Dieser begab sich auf den mühsamen Weg in die Berge. Als er in dem Städtchen ankam, mußte er die Pforte der Bank selber öffnen – sie krächzte vor Widerwillen. Er ging hinein, wandelte begriffsstutzig durch die leere Halle und klopfte an ihrem Ende an die Tür des Direktors. Herein, rief eine Stimme, deren Tonfall sich über die Störung beschwerte. Der Revisor war erleichtert, zumindest den Direktor vorzufinden, obwohl sich dieser weder über unterschriftsreife Dokumente noch über kontrollwürdige Bilanzen beugte, sondern mit den Beinen auf dem Tisch – in Pantoffeln natürlich, er wußte schon immer, was sich gehört – in einem Buch vertieft war. Er sah kurz auf und winkte den Besucher herein. Kaum hatte dieser Platz genommen, begann er ihm eine Stelle aus Tristram Shandy vorzulesen, die ihn gerade amüsiert hatte. Etwa eine Stunde später, der Revisor hatte gerade einmal seinen Namen einwerfen können, stand der Direktor plötzlich auf und verkündete: Dienstschluß. Zuvorkommend hielt er dem Revisor die Tür seines

Büros und die Pforte der Bank auf. Am unteren Ende der Treppe warteten schon die Spieler, die sehr erstaunt waren, einen zweiten Mann aus der Bank herauskommen zu sehen. Gemeinsam gingen sie ins Café. Als der Revisor seinen Schock überwunden hatte, befand er sich schon auf dem Heimweg. In seinem kurzgefaßten Bericht empfahl er die umgehende Schließung dieser Filiale und den Verkauf des Gebäudes. Dein Patenonkel mußte woanders weiterlesen.

Konstantin, paß auf, was du erzählst, du raubst dem Jungen noch den Glauben an die Wahrscheinlichkeit. Sag uns lieber, womit du dich im Augenblick beschäftigst.

Wir waren von Norden nach Süden, von Osten nach Westen, und wieder von Süden nach Norden gezogen, wir waren durch schöne Landschaften geradelt, durch Dörfer und Städtchen, in denen Bai Dan meist entdeckte, was ich dort am wenigsten vermutet hätte. Wir übernachteten in Scheunen, Doppelbetten oder Dachkammern, bei neuen Bekanntschaften, alten Freunden von Bai Dan oder in Pensionen. Wir besuchten Jahrmärkte und Trödlerläden, und begegneten immer wieder Landsleuten – man konnte den Eindruck gewinnen, es gibt mehr von ihnen im Ausland als in der Heimat. In Museen zeigte Bai Dan mir Flaggen, hinter denen sich – ach so lange her – Menschenmassen scharten; er führte mich zu einem Clown, der früher Bombenleger und in ein Dreisternerestaurant, das einst ein Gefängnis war. Manchmal fragte ich mich, was das sollte, und gelegentlich fragte ich ihn, aber ich erhielt keine Antwort. Ich sei auf dem richtigen Umweg, bemerkte er höchstens. Jeden Abend sah er mich prüfend an, als würde er meinen Puls messen, und eines Abends, als wir in Schottland in einem Schloß übernachteten, in dem vor mehreren hundert Jahren ein Clan von englischen Soldaten massakriert worden war – wie in einer Whiskey-Werbung: Kamin, Geweih, die passenden Muster – nickte er, und erklärte, ich sei bereit für das Meer. Als sei das die letzte Stufe der Rettung.

Und wir schifften uns nach Amerika ein.

Das Tandem wurde in eine Holzkiste verpackt. Bai Dan bestand darauf, daß einige Löcher gebohrt wurden. Wir legten ab. Alle Passagiere standen an der Reeling und winkten ihren Verwandten und Freunden zu, also winkten wir auch. Als wir am nächsten Morgen aufwachten, befanden wir uns auf hoher See.

Die Reise bot in den ersten Tagen wenig, außer Seekrankheit, und Gesprächen, die wir auch an Land hätten führen können. Aber dann lernten wir ein anderes Paar kennen. Unter den überdachten Arkaden neben dem Schwimmbecken, unserem bevorzugten Aufenthaltsort, standen zwei Tischtennisplatten. Bai Dan war ein eifriger und gänzlich unbegabter Anfänger, der bei jedem Ball mit großem Aplomb beide Arme schwang, was beim Dirigieren ein grandioses vivacissimo hervorgebracht hätte, beim Tischtennis aber nur Luftschläge produzierte. Ich mußte lachen, während Bai Dan mürrisch den Ball holen ging. Hinter mir, am zweiten Tisch, klackte es beständig, als würde ein Metronom schlagen. Viele geduldige Angaben später erwischte Bai Dan endlich den Ball, voll und prall, ich sah ihn kaum, er zischte an meinem linken Ohr vorbei. Jetzt mußte ich ihn holen. Ich drehte mich um, bereit, den Ball zu suchen und mich zu entschuldigen, sollten wir die hörbar besseren Spieler hinter uns gestört haben. Ein Mädchen, eine wunderschöne junge Frau, stand vor mir, in der Hand einen Ball, den sie mir reichte. Ich murmelte einen Dank und wendete mich wieder dem Spiel mit Bai Dan zu, das nun jeglichen Reiz verloren hatte. Er schlug von sich aus vor, aufzuhören und an die Poolbar überzusiedeln. Ich war erstaunt, daß Bai Dan schnurstracks auf den Tisch zusteuerte, von dem aus man am besten zur anderen Tischtennisplatte schauen konnte. Nachdem ich Platz genommen und meinen Blick in alle anderen Richtungen schweifen gelassen hatte – derweil klackte es unermüdlich weiter – , traute ich mich, die Platte ins Visier zu nehmen. Ich erblickte den Grund für Bai Dans Interesse: eine ältere Frau

257

spielte gegen das schöne junge Wesen, sie hielt den Schläger im Rückhandgriff knapp über der Platte, den Oberkörper etwas hinübergebeugt, und drückte ihn mit einer kurzen Bewegung nach vorne. Wahrscheinlich die Großmutter, eine tischtennisbegabte Dame, die präzise schlug, selbst wenn ihr Arm zum rechten oder linken Rand der Platte schnellen mußte.

Beeindruckend, meinte Bai Dan.

Da kannst du nicht mithalten.

Ich liebe Frauen, die mir etwas beibringen.

Den restlichen Tag zermarterte ich mir das Hirn, wie ich das Mädchen kennenlernen könnte. Nachdem ich hundert Situationen konstruiert und tausend Anreden erdichtet hatte, ließ Bai Dan mich am Abend vor dem Eßsaal stehen und ging zur Sitzgruppe hinüber, wo die zwei Frauen einen Aperitif zu sich nahmen. Er ging einfach so hin, sagte etwas, sie sprachen miteinander. Dann kam er zurück und sagte:

Komm, ich stell dich vor.

Kurze Zeit später saßen wir zu viert an einem Tisch und studierten das Menu. Der Taufpate und die Oma – es handelte sich tatsächlich um Großmutter und Enkelin – unterhielten sich lebhaft. Sie hatte ihre grauen Haare zu einem Zopf gebunden. Ihr Gesicht war ein Strand, an dem viele Geschichten ausgelaufen waren und Treibgut zurückgelassen hatten. Das ganze Abendessen über vergnügten sich die Alten, während das Mädchen und ich uns anschüchterten. Gelegentlich versuchte einer von ihnen, uns in das Gespräch hineinzuziehen, aber unsere Antworten versandeten in Einsilbigkeit. Zum Hauptgericht erzählte Bai Dan vom kleinen Umeew. Als er zu den Farben gelangte, die der Junge dem Meer geben mußte, wurde er ausführlicher.

Der Junge hatte kein Blau mehr, also benutzte er die anderen Farben, als hätte er geahnt, daß das Meer nicht immer blau wie marine ist. Daß es grün sein kann, an Küsten und Flußmündungen, in der Nähe von Klippen bräunlich und sogar schwarz, und bei schlammigem Grund grau. Kalkküsten lassen es hell werden, hellgrün bei Korallengrund, olivengrün, rötlich und gelblich wegen der vielen kleinen Tiere und Pflanzen. Nachts kann das Meer zu Milch werden und leuchten. Die Seetierchen leuchten, manche farblos, manche rötlich, andere bläulich, gelblich oder grünlich. Manche leuchten stetig und andere nur, wenn sie ihre Muskeln bewegen. Und wenn es warm ist, kann das Meer durchsichtig werden, das ist das wunderbarste, wenn das Licht wie ein Rechen mit tausenden von Spitzen hineindringt und die ersten fünfzig Meter so durchleuchtet, daß man von oben die Schichten und Schwärme des Lebens sieht.

Die Großmutter hörte verzückt zu. Bai Dan redete über das Meer wie über seinen besten Freund. Nach dem Kaffee lud er die Großmutter zu einem Spaziergang auf Deck ein. Und was macht ihr? Die beiden waren schon aufgestanden. Ihre Blicke forderten uns auf – streng oder ungeduldig –, endlich etwas mit uns anzufangen. Ich schlug eine Partie Billard vor. Bai Dan half der Großmutter in ihre Wollweste, sie ergriff seinen hingehaltenen Arm.

Von Billardspielen hatten wir eine gewisse Ahnung, wir wußten, mit welcher Seite des Stockes die Bälle gestoßen werden. Wir versenkten Kugeln nur zufällig, und nie in dem anvisierten Loch – wir entspannten uns. Sie trug ein knielanges, ärmelloses Kleid. Wir lächelten uns an. Und wieder. Berührten uns, zufällig, flüchtig. Lachten über Massenkarambolagen und Bälle, die auf den Boden landeten. Sie trug Sandalen, die mich an Römerfilme erinnerten, mit Riemen, die über den Spann und den Knöchel und die Fessel zum Unterschenkel hochgeflochten waren. Wir redeten. Irgendwann sah sie mir neckend in die Augen und sagte: Du bist ja ein Philosoph. Ich küßte sie auf die Wange. Sehr leicht. Sie sagte, sie könne sich nicht vorstellen, an einem anderen Ort zu heiraten als am Strand. Wir gingen nach draußen, redeten, schauten ins Meer hinab, auf die Köpfe und Täler der Wellen in der schwachen Dünung. Wir waren die einzigen auf dem

259

Deck. Das Meer und der Himmel unterschieden sich nur in einem Nachschlag Grau. Ich bemerkte ein Muttermal auf ihrem Ohrläppchen. Wir setzten uns auf die Liegestühle. Ich schob meinen Stuhl so herum, daß ich meinen Kopf auf ihre Oberschenkel legen konnte. Sie kraulte mein Haar. Wir redeten. Und redeten. Mir fiel Bai Dan ein. Die Großmutter hatte erwähnt, daß sie eine Einzelkabine habe, weil sie so schnarche. Ich schnarche auch, hatte Bai Dan gesagt, aber der Junge hat einen festen Schlaf.

Ich glaube, sie haben sich nach dem Spaziergang artig voneinander verabschiedet und sind ins Bett gegangen.

Das glaube ich auch.

Wir schwiegen. Ich hatte die Augen geschlossen. Ihre Finger kreisten über meine Schläfen. Als ich meine Arme hochstreckte, um ihren Nacken zu ergreifen, berührte ich ihre Brust. Sie protestierte lachend und drohte mir. Mit Verbannung und Ächtung. Ich öffnete die Augen, die Nacht war verändert. Von einem Hauch Helligkeit. Wir begrüßten den Tag mit müde ausgestreckten Gliedern. Die Stirn des Himmels lichtete sich und zog die dunkle Decke von einem Meer, das sich hob und senkte, wie die Brust eines Schlafenden. Wind kam auf. Das Meer erwachte und flutete über den Himmel und tränkte die Luft, Gischt zog in Wolken weiter. Die ersten Strahlen, und wir beschlossen, kalt zu duschen. Komm in mein Zimmer, sagte sie, dann weckst du deinen Paten nicht auf. Ich ging als erster duschen; als ich herauskam, war sie quer über dem Bett eingeschlafen. Ich breitete die Decke über ihren Körper und ging hinaus.

Leise schloß ich unsere Kabinentür auf. Die Vorhänge ließen nur eine Skizze von Licht herein, aber das reichte, um zu erkennen, daß Bai Dans Koje leer war. Die Bettwäsche war unberührt. Symmetrisch gefaltet im Stil des Zimmermädchens. Hier hatte Bai Dan die Nacht nicht verbracht.

Auf Deck war es immer noch einsam. Ich strich mit meiner Hand über die Reeling, den Kopf so voll von frischen Erinnerungen wie eine reife Melone mit Kernen. Auf einmal spürte ich ein Glücksgefühl, unmittelbar wie der Stich einer Biene. Ich mußte mich bewegen, loshüpfen, zickzack, und meine Arme als Tragflächen. Ich hob ab. Und hätte fast eine Putzfrau über den Haufen gerannt.

Natürlich holte Bai Dan nach diesem Erlebnis zu einer Rede über die Unterschiede in der Liebe zwischen Jungen und Alten aus. Ich war einige Bahnen geschwommen, er lag in einem Liegestuhl und nuckelte an dem Drink, an dem er großen Gefallen gefunden hatte, einem dubiosen Cocktail namens Club Special.

Soll ich dir auch einen bestellen?

Nein, danke. Ich legte meine Arme auf den gerillten Rand des Schwimmbeckens.

Ich habe die Liebe bei den Jungen oft beobachten können.

Er schüttelte den Kopf, als sei er erstaunt.

Was ist damit?

Wenn sich ein junger Mann verliebt, dann dauert es nicht lange, bis die Liebe ihr eigener Herr wird, ein eigenes Leben führt, das weit über seine Begierden und Bedürfnissen hinausgeht. Wir Alten dagegen, wir entscheiden uns zielstrebig und abgeklärt für die Leidenschaft, die wir wollen, und begnügen uns damit. Ich weiß nicht, ob man es Leidenschaft nennen kann. Ein von mir sehr geschätzter Herr hat irgendwo einmal geschrieben, daß wir uns nur mit einer einzigen Vorsicht ins Bett begeben – uns nicht zu verkühlen. Er hat recht, wir bangen nicht, und wir bilden uns nichts ein. Denn das wäre ungesund, zu glauben, die Jugend sei zurückgekehrt, über Nacht, beim Austausch von Berührungen und Körpersäften, und man selbst sei ein jugendlicher Liebhaber, dem die Welt gehört. Der große Zeiger unserer Lebensuhr deutet auf so viele Gebrechlichkeiten, daß wir mit der Ungewißheit leben, wie lange wir uns der Liebe noch hingeben können. Wir haben keine Zeit zu verlieren, wir nehmen jede Abkürzung, die sich uns bietet, und schlagen uns nicht in den Büschen herum.

Einige Tage später erreichten wir Newyork.

So sprach Bai Dan es aus. In einem Schwung. Erstaunlicherweise kannte Bai Dan niemanden in Newyork, obwohl es in dieser Stadt von Spielern und Ex-Häftlingen nur so wimmeln mußte. Sicherlich reiner Zufall, daß keiner von ihnen mit Bai Dan bekannt war. Wir hatten uns von der Schiffahrtsgesellschaft ein Hotelzimmer reservieren lassen. Nachdem wir die Unterbringung des Tandems organisiert hatten, nahmen wir eines dieser gelben Taxis.

Da Bai Dan unser Gepäck auf den Rücksitz gehievt hatte, wollte ich vorne einsteigen. Der Taxifahrer winkte mit dem Zeigefinger ab. Nach hinten, rief er, vorne sind meine Dips. Es stimmte, vorne waren seine Dips. Auf dem Nebensitz lagen fünf runde Plastikschälchen mit verschiedenfarbigen Soßen.

Ich steh auf Dips. Wohin solls gehen? Mit den Knabbersachen, Chips und Nachos und das ganze Zeug, kann man mich jagen, aber Dips, hey ...

Er hielt plötzlich eine Karotte in der Hand, die er, ohne hinzusehen, in eines der Schälchen tunkte.

Nehm mir immer was von zuhause mit. Paprika, Gurken, Käse, schneid sie in Streifen, damit ich sie besser reindippen kann.

Paprika? Gurke? Was für einen Käse denn?

Schafskäse, frisch muß er sein, und jung, sonst bröselt er zu sehr.

Schafskäse! Wo kommen Sie denn her?

Bai Dan hörte den Namen des Landes, und es war das erste Wort, das er in New York verstand.

Was sagt er da über uns?

Sie sprechen ja ...

Ein Landsmann!

Er hieß Topko. Topko the Taxidriver, ehemaliger Fußballnationalspieler, der sich während der Weltmeisterschaft in Mexiko abgesetzt hatte. Im entscheidenden Spiel wurde er in der 77. Minute eingewechselt. Ich war immer der Joker. Was

262

für ein Witz! Ich kam rein, und gleich hatten wir eine Riesenschanse. Topko hätte unsterblich werden können. Der Spielstand eins zu eins, ein langer Paß in die Gasse, durch die Abwehr, die auf Abseits spekuliert, genau in den Lauf von Topko, der rechtzeitig losgesprintet ist. Er läuft unbedrängt auf den Torwart zu. Fünfzehn Meter, zehn. Jetzt muß er schießen. Ich hatte so viele Möglichkeiten, ich konnte über den Torwart schlenzen, flach und scharf in die Ecke, mit Außenriß um ihn herum, oder ihn ausspielen und das Ding ganz ruhig reinschieben. Mir schoß das alles durch den Kopf, die vielen Möglichkeiten, bis ich gar nichts mehr wußte, ich traf den Ball so schlecht, daß er irgendwo bei der Eckfahne rausflog. Das wars, unsere letzte Torschanse.

Zuviel denken, ha! Der Trainer verpaßte ihm in der Kabine eine Kopfnuß. Zu viel Hirn, ha! Das ist das gottverdammte Problem der Menschen, sie haben zuviel Hirn. Etwas weniger Hirn und wir wären im Viertelfinale.

Das Unentschieden reichte uns punktemäßig nicht, wir flogen raus und mußten nach Hause zurück. Beziehungsweise die anderen mußten nach Hause zurück, ich bin geblieben. Wir waren mal spazieren gewesen, mit den Spürhunden natürlich, aber die Atmosphäre war locker und ich guckte mir dieses Mexiko-City an. War ja überwiegend ein häßliches Chaos, aber wenn ich an den Boulevard Lenin dachte, dann wars auch ein schönes Chaos, und wenn ich an meine schlechtgelaunte Mutter dachte, und die Nachbarn, von denen man alles weiß und die alles von dir wissen, ich brauch euch ja nichts erklären, der im Stockwerk über dir niest, und der unter dir sagt: Gesundheit. Das ging mir alles durch den Kopf, wir spazierten durch diesen Riesenmarkt, was da alles angeboten wurde, und die Indianer, die tragen immer so farbige Sachen, das war ein Anblick, alles war so bunt und lebendig.

Die haben hier seltsame Häuser. Bai Dan hatte mehr zum Fenster hinausgesehen und weniger zugehört. Das da drüben sah aus wie ein Puzzlestück, das vom Himmel eine entsprechende Wolke mit Ausbuchtung erwartet, und das dort … wieso ist die Spitze schief, als hätte der Bauherr vor dem Abschluß Pleite gemacht?

Ganz berühmt ist das, das schiefe Dach, das soll Sonnenenergie speichern. Also saß ich da in meinem Hotelzimmer und dachte daran, wie mich zuhause alle blöd anmachen würden wegen dieser Riesenschanze, ich schämte mich selbst schon genug, so was kriegst du aus deinem Kopf nicht mehr raus, aber die fetten Deppen, die Fußballexperten der Partei, die werden es mir noch jahrelang einreiben … ich stahl mich hinaus, mitten in der Nacht, war ganz leicht, weil wir uns besoffen hatten, beziehungsweise die anderen hatten sich besoffen, ich tat nur so, ich stahl mich hinaus, war kein Problem, mein Zimmernachbar, der rechte Außenverteidiger, ein Dorftrottel namens Iwanow, fiel jede Nacht in Winterschlaf. Bin dann hier gelandet, das ist ne lange story. Und hier hats mir gleich gefallen, hier kümmert sich keiner um Fußball, nobody cares a damn.

Wir verabredeten uns für den nächsten Tag, er war bereit, uns für die Dauer unseres Aufenthaltes herumzufahren. Bai Dan zahlte an.

Wollt ihr mit zur Vollversammlung kommen, fragte Topko einige Tage später, nachdem wir auf die Wolkenkratzer gestiegen waren, von der Staten-Island-Fähre aus das Panorama Südmanhattans von nah und fern bewundert und das Metropolitan, das Guggenheim und das MoMA sowie die Börse besichtigt hatten. Das ist unser big event.

Darf man da überhaupt rein?

Natürlich, ihr seid ja mit mir, und ich bin member … Bai Dan und ich guckten uns verdutzt an … kanns euch nur empfehlen, dort werden die wichtigen Entscheidungen gefällt …

Was machst du bei der UN?

Das werdet ihr noch sehen. Kommt einfach mit nach Brooklyn.

Alex, sieh mal auf meine Seite hinaus. Das erinnert mich sehr an die Parteizentrale bei uns. Die Beerdigungszüge kommen sicherlich auch hier vorbei.

Ich sah nur eine weiße Mauer mit vollkommen gleichförmigen, viereckigen Fenstern.

Das ist das Municipal Building.

Wenn man sich das anguckt, kommt man ins Grübeln, ob nicht die Amis sogar die Stalinarchitektur erfunden haben.

Topko fuhr über die Manhattan Bridge nach Brooklyn. Einige breite Alleen entlang und durch kleinere Querstraßen. Wißt ihr, daß ich schon zwanzig Jahre in New York bin, und kein einziges Mal auf dem Festland. Crazy hey? Manhattan Brooklyn Queens, das ist meine Welt. Aber ich habs Gefühl, ich fahr durch die ganze Welt. Nehmt mal dieses Brooklyn, da sollen die Leute 180 Sprachen reden. Darüber gabs eine Sendung, Sprachen, von denen hatte ich nicht einmal gehört. Eines Tages fiel mir auf, ich bin gar nicht in Amerika. Ich bin in New York, und so wie New York ist, leb ich in einer eigenen Welt. Ich hab sie Bigwelt getauft. Ihr versteht, hey? Die ganze Welt in einer Welt. Wie findet ihr das? Ich hab lang drüber nachgedacht. Ging mir nicht aus dem Kopf. Ihr kriegt die Aufgabe, eine Insel zusammenzustellen, soll die Menschheit vertreten, die ganze Menschheit. Wieso? Lets say wir wollen die Insel ins All schießen, Achtung, hier gehts gleich bergab, hat jemand aus einer anderen Galaxie rübergefunkt und sagte, Hi, wir haben von euch gehört, aber no idea, wie ihr so seid, taugt ihr überhaupt was? Schickt uns was rüber, was wir uns anschauen können. Was schickt man denen? New York! Was Besseres findet ihr nicht. Schickt New York, und ihr seid aus der Patsche. Glaubt mir, das hier ist ein Experiment, das kriegen wir nicht mit, weil wir ... wie heißt das? ... guinea pigs, mir fallen soviele Worte nicht mehr ein, genau, wir sind die Versuchskaninchen. Die ganze Menschheit an einem Ort, mal gucken, was dabei herauskommt. Wer weiß, heute nur hier und in hundert Jahren auf der ganzen Welt, also wollen die das mal auschecken. Ich

265

steh im Stau, hey, wißt ihr, wie die Nigerianer, die bei uns fahren, die Staus nennen? Go slow, sagen die, go plenty slow, I love it. Ich fahr mit offenem Fenster, im Stau hab ich jede Menge Zeit, guck rum, gibt immer was zu sehen, hab Zeit, nach oben zu gucken, zum Empire oder Twin Tower oder Chrysler, whatever, oben hocken sie, die Wissenschaftler, betrachten alles, riesige Computer haben sie, die Printer drucken ständig results, macht doch Sinn, daß die oben sind, im Untergrund hat man weniger Überblick, ist auch nicht so angenehm, das ist eh eine andere Welt, da läuft irgendein anderes Experiment, mit dem Abschaum, der sich dort verkriecht. Was meint ihr, was die da oben rausfinden? I swear, das würd ich gern wissen. Ich schau mir nur die News auf dem New York Channel an. Auf den anderen Sendern läuft was übers Ausland, was kümmert mich San Diego? Mir reicht die news von home in den Briefen meiner Mutter. Hey, der Kultur Palace ist abgerissen worden, habt ihrs gesehen? Was für ein joke. Ich mein, die ganze Arbeit und was das gekostet hat, und jetzt ists wieder weg. Der ganze Spuk, nur für einige Jahre, und haben so wichtig getan. Na, mir solls recht sein, das war eh ein häßliches Ding. Das Mausoleum steht noch, oder? Der Leichnam ist weg, hab ich gehört, den haben sie endlich verscharrt. Wozu steht das Mausoleum noch rum? Ich hatte eine Idee, wollt dem Präsidenten schreiben. Man sollte ein Klo draus machen. Ein Paar Graffitikünstler aus der Bronx rüberschicken, die sprühen die Verbrechen dieses motherfuckers an die Wände. So wie damals bei diesem Teppich in England, auf dem gezeigt wird, was für ein big shot dieser König war. Das wär was, hey? Ich organisier die Graffitikerle, Pros, die kann man mieten, die heuert man an wie Maler. Wieso lassen die das Ding einfach so stehen?

Wir fuhren an vergammelten Lagerhallen vorbei. Topko bog in einen breiten schwarzen Schlund hinein. Im Schritttempo rollten wir in eine gigantische Garage. Überall standen gelbe Taxis herum, hunderte von ihnen, kreuz und quer, in keinem ersichtlichen System, ein Knäuel, ich wunderte mich, wie sich das wieder entwirren würde. Auf der linken Seite befand sich eine Werkstatt.

Hier werden die Taxis gewartet. Ich laß euch mal kurz allein, muß mich abmelden, wir haben noch Zeit, bis die Vollversammlung beginnt.

Als er zurückkam, suchte Topko eine Lücke in dem Knäuel, fand sie, und wir stiegen aus. Die Versammelten standen zwischen ihren Taxis oder breitbeinig auf den Dächern, saßen auf den Motorhauben, liefen herum. In der Mitte des Knäuels parkten fünf Taxis mit ihrer Schnauze nach innen nebeneinander, sternförmig, und zwischen ihnen standen fünf Männer.

Das ist unser Sicherheitsrat, besteht aus fünf Leuten. Immer der Ire, der ist unser Generalsekretär, und der Afro, weil die beiden schon so lang dabei sind. Das sind die zwei, die gerade miteinander quatschen. Der ganz links, der dunkle, das ist Pakistan, daneben der hagere, der ist Polen, und der dritte Ghana. Die fünf sind unsere Sprecher. Gibt bei uns kein Vetorecht, läuft alles demokratisch ab, nach Mehrheit. Wie früher im Dorf. Ich komm aus Belowo, kennt ihr das? Kreis Makar. Also der Ire, der wird gleich die Tagungsordnung bekannt geben.

Der Ire lachte schallend, boxte den Schwarzen in den Arm und ging zu einem der Taxis, öffnete die Fahrertür und hupte. Drei schrille Töne.

Das ist das Signal, jetzt fängts an.

Liebe Vollversammlung, wir haben heute nur einen Punkt auf unserer Tagesordnung: Die vielen Beschwerden. Wie ihr wißt, nehmen sie zu. Uns wird immer häufger vorgeworfen, wir würden die Taxis nicht sauber halten, wir würden sie verkommen lassen, es sei widerlich, es stinke. Und dann noch die Fälle, in denen einer von uns unhöflich, grob oder beleidigend gewesen sein soll, nicht geholfen habe. Wird sogar behauptet, es sei eklig, in ein Taxi zu steigen. Wir sollten besprechen, ob das alles stimmt, und wenn ja, was wir dagegen unternehmen können.

Der Pakistani meldete sich als erster zu Wort.

Was kann Taxifahrer tun, wir nichts dafür können, jeden Tag, ich hab einen, der kotzt, einen der pappt Kaugummi an Türgriff, einen, der schlitzt Sitz auf, kann froh sein, daß nur Sitz ist. Dann steigt Bisinessman mit Bisinessuit ein und Hose reißt an Feder. Er schreit. Bladi maderfaker, beleidigt mich und meine Mutter und meine Großmutter und alles. Was kann Taxifahrer tun?

Ein Hupen.

Wenn sich jemand zu Wort melden will, hupt er einfach, erklärte Topko.

In deinem Taxi stinkts doch immer, das kann ja nicht an den Passagieren liegen, sagte ein Mann mit Turban und Bart.

Mann, fang nicht wieder mit diesem bullshit an, Tariq hat recht, wir sind nicht Krankenschwester und nicht Putzweib. Jemand will von A nach B, wir fahren ihn. Aber der Typ ist nicht mehr auf dem Damm, der flippt aus, Mann, der braucht nen Doktor für sein Kopf, und ich will meine Ruhe, ich bleibe cool, sein Kopf und ich, wir sind Fremde, was geht mich das an? Wir kriegen mehr freaks ab, als sonst jemand.

Jamaika, flüsterte Topko, und der andere, mit dem er Händchen hält, das ist Moldawien. Der sagt nie ein Wort, der Rasta redet für zwei.

Das Hupen kam diesmal von ziemlich weit hinten. Ein Schwarzer sprang auf eine Motorhaube und schrie.

Ich kein Scheiß nehmen von niemand. Mann Kind Weib schlecht schlecht machen, raus sie schmeißen. In mein Taxi, Jojo der König.

Der ist aus Nigeria, der macht ständig nur Ärger. Die anderen Afrikaner sagen, dem ist New York zu friedlich.

Was haltet ihr davon, wenn sich der Sicherheitsrat zusammensetzt und eine Liste von Vorschlägen erarbeitet, die wir nächstes Mal diskutieren.

Vietnam – der bringt immer so konstruktive Vorschläge.

Was für Vorschläge?

Wie wir die Kunden behandeln sollen und wie wir unser Image ändern können.

Was ich mich frage, sagte ein älterer weißer Mann, wieso solche Sachen immer öfter passieren. Früher gabs keine Probleme. Das frag ich mich. Ich will niemanden beschuldigen, aber ich denke, das hat was mit Kultur zu tun. Der Jojo, der ist was anderes gewohnt, hat er doch selber erzählt, daß er in seinem Buschtaxi Hühner und Ziegen fuhr, daß die Babys über die Sitze und auf andere Passagiere pinkelten und jeder seine Bananenschalen hinwarf, wo er lustig war.

He, Jack, mach mal halblang, das Thema hatten wir schon oft genug. Ich will heute keine Prügelei.

Was ist das für eine Welt, wo man nicht mal ein paar Fragen stellen kann. In meiner eigenen Stadt. Ich bin hier geboren, verdammt noch mal, und dieser Affe ist grad fünf Jahre da.

Na und, wieso dein Taxi gut und meins schlecht. Taxi Leben sein ...

Auf deine Art Leben können wir gut und gerne verzichten. Wenn du bei uns Taxi fahren willst, mußt dus machen wie wirs machen.

Von da an konnten wir keiner Diskussion mehr folgen. Die Stimmen schlugen aufeinander ein, eine warf sich auf die andere, versuchte sie zu würgen, unter sich zu begraben, wurde von weiteren weggestoßen, das Hupen wurde dringlicher, die Mitglieder des Sicherheitsrates versuchten zu beschwichtigen, in hörbarer Vergeblichkeit, das Hupen wuchs an zu einem Feuerwehralarm, die Schreie rannten davon und liefen wieder aufeinander zu, beim Zusammenprall japsend und jaulend, und selbst die Wortfetzen wurden unverständlich, die slawischen und afrikanischen und spanischen und arabischen Laute, die alle, in ihrer Einsamkeit, recht hatten.

Dann gingen die Lichter aus.

Was soll das!

Arschloch!

Fuck the duck!

Okay Leute, Standlichter an.

Das war die schwere irische Stimme des Generalsekretärs, der alles wieder im Griff zu haben schien, kein Hupen
mehr, die Stimmen zogen sich zurück, um Türen zu öffnen
und zuzuschlagen. In dem stockfinsteren Gewölbe erglomm
Scheinwerfer auf Scheinwerfer.

Letztes Mal sind Scheiben zu Bruch gegangen, da hat der
Chef gewarnt, wenn wir nicht friedlich sind, schaltet er uns
das Licht aus, erklärte Topko, während er sein Licht an-
knipste. Wenn sichs beruhigt hat, wird er das Hauptlicht
wieder einschalten. Irgendwie find ich die Atmosphäre so
super, wie space shuttles, die im Weltraum unterwegs sind.

Ich schäme mich für Euch – wieder der Ire, dessen stäm-
mige Gestalt im Sperrlicht der fünf Taxis an den Umrissen
schimmerte –, früher waren wir uns einig, daß uns etwas verbindet, daß wir als Taxifahrer zusammenhalten, weil uns das
was bringt. Das war das wichtigste, alle Unterschiede zwischen uns waren zweitrangig. Ich meine, zu Hause machen
wir doch, was ihr wollen, keiner schert sich darum, aber als
Taxifahrer waren wir alle gleich. Und jetzt, lauter Nichtswis-
ser hier, die stolz darauf sind, nicht zu kapieren, worum es in
dieser Stadt geht.

Das Deckenlicht spuckte einige Male, ehe es wieder zu
strahlen begann.

Leute, das macht so keinen Sinn. Ich trete zurück, zum
Streiten und Kämpfen brauchen wir doch keinen Rat.

Die Widersprüche brausten von allen Seiten auf, und alle
auf englisch. In die ohrenbetäubende Kakaphonie hinein rief
mir Bai Dan ins Ohr:

Mein Junge, ich glaube, wir haben genug gesehen. Meinst
du nicht, wir sollten nach Hause fliegen?

Ich nickte.

Dann laß uns doch bei den Fluggesellschaften vorbeifah-
ren. Sag mal, Topko, kriegen wir hier irgendwo in der Nähe
ein Taxi?

Es gibt einen Flug am nächsten Tag und auch zwei freie Plätze. Alex und Bai Dan fliegen von JFK ab. Sie müssen einmal umsteigen, Flüge wechseln. Sie haben Slatka angerufen, die schon so lange hatte warten müssen, daß sie alle Desserts probegekocht hatte.

Aber ich habe dir doch gesagt, daß es einige Wochen dauern kann. Es war etwas schwieriger als erwartet, aber wir sind jetzt soweit. Wir kommen morgen abend an.

Ich werde euch abholen.

Nicht nötig, Slatka, wir haben unseren eigenen Transport dabei.

Ich werde euch abholen.

Wie willst du das machen?

Ich werde den Nachbarn von unten bitten, der hat einen Moskwitsch und den ganzen Tag nichts zu tun.

Wir freuen uns auf dich, Slatka. Und er gab ihr die Ankunftszeit durch.

Der Nachbar hat sich als hilfsbereit erwiesen. Nicht, daß Slatka ihm eine Wahl gelassen hätte. Da sitzt sie nun auf einer Bank im Ankunftsterminal, in ihrem schönsten Kostüm, das schon zweimal geändert worden ist, in einem Paar Schuhe, die sie erst kürzlich aus Paris erhalten hat, in dem linken Schuh einen Gruß von Bai Dan, in dem rechten eine Nachricht von Alex, in ungelenker Schrift und mit einigen Schreibfehlern. Sie nimmt zwei Plätze ein und ist erleichtert, daß sie sich nicht verspätet hat. Der Flug wird in einer Stunde erwartet. Den ganzen Tag über hatte sie Angst, sich zu verspäten. Sie sieht Reisende hinter einer gläsernen Wand, die auf ihr Gepäck warten.

Sie fragt den Nachbarn, ob der Flug pünktlich ankommt, fragt, ob das Flugzeug schon gelandet sei. Sie bittet ihn, sich zu erkundigen. Er geht auf die Toilette, kommt zurück und beruhigt sie: Das Flugzeug ist gerade gelandet. Aber es dauert noch ein bißchen, bis sie herauskommen.

Sie sieht nichts, weil sich einige andere Wartende vor ihr

aufgestellt haben. Sie richtet sich auf. Das müssen Passagiere aus ihrem Flug sein. Die ersten kommen durch die Paßkontrolle.

Sie sieht Bai Dan zuerst, braungebrannt und um zehn Jahre jünger, und an seiner Seite, ein hübscher junger Mann, Saschko, sie geht einige unsichere Schritte nach vorne, Saschko, sie drängt die anderen zur Seite, sie muß zu Saschko, der Nachbar eilt hinter ihr her, warte doch Slatka, sie kommen eh gleich heraus. Slatka schubst sich durch die Menge. Sie achtet auf niemanden. Sie trampelt und trampelt und erreicht die Absperrung in dem Augenblick, in dem Bai Dan und Alex herauskommen.

Alex, du hattest recht, in dieser Umarmung kann man glücklich ohnmächtig werden. Aber du hattest die Küsse nicht bedacht. Du weißt nicht, was du sagen sollst, es ist unwichtig, weil Slatka weint, so, wie man nur aus Glück weinen kann, und so laut, daß sie alle Blicke auf sich zieht. Sie blockiert den Ausgang, hinter dir hat sich eine Schlange aus anderen Passagieren gebildet. Sie räuspern sich, beschweren sich schon, und du siehst das Augenzwinkern von Bai Dan und du weißt, diese Reise ist vorbei.

Setz dich hin, Saschko, neben mir, laß dich ansehen, oh, mein Liebster. Daß ich dich doch noch einmal sehe. Seid ihr gut geflogen?

Und wie. Das war der erfolgreichste Flug im Leben dieses jungen Mannes, meint ein grinsender Bai Dan.

Was ist passiert?

Ach, so besonders ist es auch wieder nicht. Ich habe Bai Dan einen Fünfer abgenommen.

So ists richtig. Die Jugend muß gewinnen.

Das war das erste Mal, Babo. Aber bestimmt nicht das letzte.

Wir müssen zum Sondergepäck, unterbricht Bai Dan.

Am zuständigen Schalter zeigt er sein Ticket und den Coupon vor. Es dauert, bis die Holzkiste von zwei Männern herangeschoben wird.

Wie sollen wir das in die Stadt bringen, in meinem Mosk-witsch? Das geht nicht.

Ganz einfach. Können Sie mir bitte eine Zange geben.

Bai Dan schneidet die metallenen Verschrebungen durch. Zusammen mit Alex hebt er das Tandem heraus.

Was ist denn das? Slatka bekreuzigt sich.

Der Gaul des Teufels. Die Träger lachen.

Wir treffen euch zu Hause.

Nein, nein. Ich lasse euch nicht aus den Augen. Slatka gibt Alex einen weiteren Kuß.

Dann fahren wir euch nach, wir sind ziemlich flott, und es geht überwiegend bergab.

Ich bin ziemlich flott, denkt sich Alex und läßt Bai Dan das Tandem in Richtung Parkplatz schieben.

Slatka hat sich bei ihrem Enkel untergehakt und bestürmt ihn mit Fragen. Über die Flucht, das Lager, die Eltern, die Schulzeit, das Studium, über sein jetziges Leben. Und Alex kann endlich erzählen.

Den ersten Hügel hinab. Der Wind pfeift durch den weißen Bart, zischt durch Öffnungen, poltert in den Ohrmuscheln, als sei er hier zu Hause, und nimmt die Schreie der beiden auf, katapultiert ihre ausgelassenen Schreie hinaus, ajde ajde, weiter gehts, haka haraka, der Wind weiß ein siegreiches Tandem zu erkennen: die Umrisse der Glieder, und der Oberkörper ... Siegeszeichen, aus Etappen und Epochen ... die gestreckte Faust, das gedehnte V, der zum Himmel stre-bende Daumen, der eingewinkelte Arm, hinein in die Rucksäcke schlüpft der Wind und bläst fröhlich vor sich hin, nicht zu stark, natürlich, er will nicht, daß sie abheben, und die Reifen rollen, zum nächsten demnächst, karamba, hey hoo hey hoo ... Alex klimpert auf der Klingel, das weiß der Wind als Morsezeichen zu deuten, zu übersetzen ... wir kämpfen und geben nicht auf und träumen und spielen und verlieren und gewinnen und werden, erneut, auf ein weite-res und immer wieder, frei

Letzte Würfe

... KLACKENTRICKENKLACKEN Trommeln Tracken und Trik-
ken, Klacken und Trommeln, zwischen zwei Festungen, die
sich gegenseitig belagern. Einserpasch, kommt wie bestellt,
der Gegner hält die Würfel in der Hand, haucht hinein, deutet ein Spucken an, reibt seine Ungeduld in die Würfel, bis sie
ganz heiß werden. Nein, wie kann ich da leer würfeln, wo
nur zwei zu sind, ich bin so ein Trottel, der Vierer wird besetzt, endlich, und jetzt, wo soll ich hinziehen, was für ein
blöder Wurf. Ach Dimtscho, wie kannst du bei dem Unge-
schick deiner Hände von Glück reden? Einfaches Spiel, kon-
zediert Dimtscho, einige Würfelwürfe und Züge und Flüche
später. Der Fünfer dahin. Ich danke dir, Meister. Dimtscho
steht auf, dem Nächsten, dem schnurrbärtigen Elin, Platz zu
machen. Pejo der Wirt nimmt Nachbestellungen auf, serviert. Wer hat die Marlboros bestellt? Elin, warst du das mit
dem doppelten Scotch? Ja, der braucht so was Extravagantes
vor dem Spiel. Da tuts dein Schnaps nicht mehr. Da-da-da-
danke, hööö-r nicht aaaufsie, dasdas sa-sa-sa-gen sieso.
Selbst die Würfel stottern bei Elin, ein geflügeltes Wort. Sie
kreiseln gerne lang, gespannt erwartet man ihre Entscheidung, und dann bereiten sie meist eine Enttäuschung. Hin
und wieder aber, selten genug, verkünden sie unwidersteh-
lich, daß sich das Warten gelohnt hat. Drei und vier. Der ge-
schlagene Stein kommt herein, springt heraus und schlägt
auch noch einen der gegnerischen Steine. Elin ist ein gefähr-
licher Gegner. Aber im ersten Spiel wirft er einen Sechserpasch zu viel. Das ist tödlich. Der Pasch schenkt dir kein
Spiel, Elin, er nimmt eins weg. Elin weiß das, er nickt. Ivan
verläßt die Runde. Es ist noch früh, aber er muß weit fahren,
in die Vorstadt, und sein gebrechlicher alter Diesel, ein west-

liches Fabrikat, das ihm sein Sohn aus Deutschland mitgebracht hat, tuckert langsam dahin. Er geht hinaus, die Tür fällt hinter ihm nicht zu, kalt zieht es hinein, ein Jugendlicher taucht auf, und ein zweiter. Die Tür fällt erst hinter ihnen zu.

Ach, der Greisenclub ist wieder da.

Die gehören hier zur Einrichtung.

Laß uns gleich flippern, bei dem Anblick vergeht einem ja alles.

He, Pejo, kannste mal wechseln, wir brauchen 'ne Batterie Fuffziger.

Ein Moment. Hier, einen Fünfer kann ich euch klein machen. Bitte behandelt den Apparat etwas weniger grob als letztes Mal. Ihr habt so gewütet, ich mußte den Techniker rufen. Wenn das wieder passiert, nehmen sie ihn wieder mit.

Ist ja gut, das Mistding tiltet viel zu schnell, ich hab nur ein bißchen gerüttelt, schon krachte es zusammen, die sollen die Dinger robuster bauen.

Den Regeln des Spiels kann man nicht widersprechen. Das kam vom Tisch der Spieler.

Was?

Wenn man sich einmal darauf eingelassen hat.

Kannst du dir deinen Senf woanders hinschmieren? Danke, vielen Dank. Wenn ich doof angemacht werden will, muß ich nur zu meinem Vater gehen.

Junger Mann, widmen Sie sich lieber Spielen, die Ihre Fantasie beflügeln.

Redet der immer so'n Blödsinn? Diese dämlichen Würfel machen die wohl ganz gaga.

Ist ja gut, komm schon, laß uns flippern.

Dann fang doch an ...

... und zu dem Tricken und Tracken, Klicken und Klacken gesellt sich unhöfliches Scheppern, Klingen und Raunen, Kugeln jagen jaulend durch die Galaxie, gibs ihm, lightflash und lasershot, knall ihn da oben rein, sonderbonus, special, jingle, free ball, Freispiel in Sicht, klong.

Zwei Steine von Bai Dan sind in der fremden Festung eingesperrt, und er scheint machtlos, sie zu befreien. Das Falltor ist herabgelassen, die Grabenbrücke hochgezogen. Mit zwei Gefangenen kann der Feind noch umgehen, aber was ist, wenn die Gefangenen sich vermehren, vier Geiseln können Schwierigkeiten bereiten, vielleicht reichen die Wachen nicht aus, der Platz in der Festung wird knapp, die Bedrohung kippt um wie eine Wippe, wenn sich eine Wache allein in den Kerker wagen muß, überwältigt wird und die Geiseln zu Geiselnehmer werden. Bai Dan vertraut auf die Gier des Gegners, ein kleiner Keil kann manchmal das größte Tor öffnen. Wie lange hältst du es aus, Elin, wann wirst du unachtsam, wann streckst du deine Kräfte so sehr, daß es Risse gibt? Da ist es passiert, der Aufstand der Gefangenen, ein Ausbruch, sie eilen in die eigene Festung und Elin muß nun zusehen, wie er seinen einsamen Gefangenen befreit. Es ist unmöglich. Er wird einsam bleiben, und wenn er wieder herauskommt, verabschieden sich Bai Dans Steine in den Sieg. Wer zu große Brocken schluckt, Elin, erstickt daran.

Drei grimmig dreinblickende, untersetzte, stiernackige Männer mit verschrumpelten Ohren sind hereingekommen, haben sich sorgfältig umgesehen und sind zur Theke gegangen. Sie haben es nicht eilig.

Pejo sieht sich drei häßlichen Problemen gegenüber. Mit Gesten versucht er zu beschwichtigen. Einer der Männer lehnt sich über die Theke zu ihm hin und zieht mit dem Zeigefinger an der Halskette, die Pejo von Vejka zur Silbernen Hochzeit geschenkt bekommen hat. Die Alten hören auf zu spielen. Der Mann läßt die Kette los, dreht sich langsam um und starrt auf die Spieler. Er drückt sich mit dem Ellenbogen von der Theke ab und nähert sich ihnen.

Euer Freund kann nicht zahlen. Wir beschützen ihn, und er bleibt uns was schuldig. Das gibt Probleme, große Probleme. Ihr wollt doch nicht, daß euer Freund Probleme bekommt? Ich schlage vor, daß ihr mal zusammenlegt und

seine Schulden bezahlt. Sonst kann es sein, daß ihr bald woanders spielen müßt.

Wollen sich die Herrschaften nicht setzen, sich auf ein
Spiel zu uns gesellen? Sollten Sie gewinnen, werden wir
selbstverständlich zahlen.

Halt die Fresse, Alter.

Es würde uns Freude bereiten, unsere Kräfte mit der jüngeren Generation zu messen.

Du verstehst wohl nicht, total verkalkt, was? Wir wollen
Kohle sehen, und zwar sofort. Deine Sprüche kannst dir
sonstwo hinschmieren.

Ist uns der Ruf so sehr vorausgegangen, daß sich die Jüngeren nicht einem Spiel gegen uns zu stellen wagen?

Du, ders langsam im Kopf, besorgs ihm mal, ich kann das
Geschwätz nicht mehr ertragen.

Der größte von den dreien baut sich vor dem sitzenden Bai
Dan auf.

Nicht so hastig, lassen Sie sich etwas Zeit zum Nachdenken.

Bai Dan erhebt sich.

Bevor Sie in Ihr Verderben rennen, sollten Sie gewarnt
sein. Sehen Sie den Herrn dort in der Ecke, er ist klein von
Wuchs und hat einen leichten Buckel. Sein Name ist Pentscho, und er hat den spitzesten Gehstock in der Stadt. Neulich hat er einen tollwütigen Hund aufgespießt.

Pentscho steht auch auf.

Der würdige Herr neben ihm, das ist Umeew. Nicht nur
hat er mehr Verstand als Sie drei zusammen, er ist auch pas-
sionierter Sammler alter Waffen. Die mögen alt sein, aber sie
schießen noch. Sie machen große, unsaubere Löcher. Und er
trägt seinen Lieblingsrevolver stets bei sich.

Umeew steht auf und greift mit der Rechten in die Innen-
seite seiner Jacke.

Der Riese mir gegenüber, das ist Jordan der Villenkönig.
Er hat die geschicktesten und kräftigsten Finger im Land. Er
hat viele Jahre in den schlimmsten Gefängnissen zugebracht.

Es tut mir jetzt noch weh, wenn ich daran denke, was er mit den Häftlingen anstellte, die Ärger suchten. Mit den Provokateuren und den Spitzeln. Danach waren sie zahm wie Lämmer.

Jordan steht auf.

Vielleicht reicht das, Sie von der Unvernunft Ihrer Absichten zu überzeugen. Entweder Sie lassen sich auf unsere Spielregeln ein oder Sie gehen.

Du, die sind verrückt. Da wird mir unheimlich.

Die gehören ins Irrenhaus. Hat keinen Sinn mit denen.

Gehen wir. Wir kommen wieder, Wirt. Wir kommen bestimmt wieder.

Die drei ziehen ab. Pejo spendiert eine Runde Traubenschnaps, die Alten lachen erleichtert und setzen ihr Spiel fort … einer nach dem anderen messen sie sich mit Bai Dan, jeder mit dem Ehrgeiz, es dieses Mal zu schaffen, ihn dieses Mal zu bezwingen.

Bald ist es an der Zeit. Die letzten Spieler werden sich verabschieden, von Bai Dan, von Pejo und Vejka. Sie werden in die spärlich beleuchtete Kälte hinausgehen. Bai Dan wird ein Glas Rotwein trinken und sich bei Pejo bedanken, der sich auf einige Worte zu ihm setzt. Ein weiterer Tag ist vergangen, ein weiterer Tag, den sie gemeinsam abschließen. Es waren schöne Geschichten, Bai Dan, die Geschichten von Alex und Slatka, von Vasko und Jana, wird Pejo sagen. Ja, es waren gute Spiele, wird Bai Dan erwidern. Dann wird auch er aufbrechen. Pejo wird den Tisch abwischen, seine Schürze aufhängen und die Finger seiner Vejka küssen. Und dann werden die Lichter verlöschen, das eine abgeschaltet, das andere ausgehaucht.

Ein guter Spieler verfügt nicht nur über seinen eigenen Geist, sondern auch über den seiner Freunde. Die Reise wäre ohne diejenigen, die Geschichten mit mir geteilt und mich unterstützt haben, im Sande verlaufen. Vielen Dank

Nico, für die vielen Jahre Ermutigung.

Mamo und meiner ganzen Familie.

Claudia, Elisabeth, Ingrid, Veronika, Alban, Bennett, Berthold, Bertram, Christoph und Christoph, Dirk, Iso, Martin, Michael, Sigi, Stephan, Vater Johannes.

Und ich danke den fremden Orten, die mich aufgenommen haben: Yumbe Guest House, Lamu; Künstlerhaus, Schloß Wiepersdorf; Spatzennest, Riederalp.

Inhalt

Erste Würfe   7

Aus der heimlichen Hauptstadt der Spieler   15

Bericht über das Gelobte Land   87

Von der großen Reise um die kleine Welt   175

Letzte Würfe   275

Einfühlsamer Reisebericht
und bittere Gesellschaftsanalyse

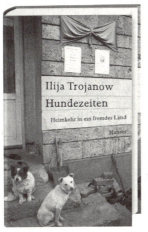

312 Seiten. Gebunden

Bulgarien – ein weißer Fleck auf der europäischen Landkarte. Seit sich auch hier 1989 der Eiserne Vorhang öffnete, bereist Ilija Trojanow regelmäßig das Land, in dem er geboren wurde. Die Menschen, die er traf – Dissidenten, Politiker, Taxifahrer, Kleriker und Hausfrauen –, erzählten ihm von ihren Hoffnungen auf Freiheit und ein besseres Leben nach der Wende und davon, wie diese Hoffnungen zerstört wurden. »Was Trojanow in erster Linie kann: erzählen, was keiner vor ihm erzählte, was keiner vor ihm so erzählte.«
Rainer Moritz, NZZ

HANSER

Als Fremder im eigenen Land –
Breytenbachs Rückkehr nach Afrika

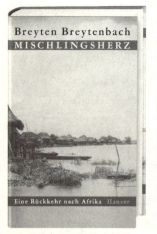

Aus dem Englischen von Matthias Müller
240 Seiten. Gebunden

Breyten Breytenbach, Südafrikas bekanntester Dichter, reist nach Jahren des Exils zurück in seine Heimat, ins Herzland der Buren. In seinem Buch mischen sich Traum und Erinnerung, komische und grausige Anekdoten, grandiose Landschaftsbeschreibungen und anrührende Porträts der unterschiedlichsten Menschen.
»Breytenbach ist für die einen der wohl bedeutendste lebende Dichter afrikaanser Sprache, für andere ein Symbol des Widerstandes gegen Angriffe auf Freiheit und Phantasie.«
Robert von Lucius, F. A. Z.